IRISH SUMMER BREEZE

UTE JÄCKLE

Ute Jäckle

c/o Barbara's Autorenservice

Tüttendorfer Weg 3

24214 Gettorf

Email: ute.jaeckle@yahoo.com

Cover: VercoDesign, Unna

Juni 2022

ÜBER DIE AUTORIN

Ute Jäckle wurde in Stuttgart geboren. Sie studierte BWL in Nürnberg und verbrachte einige Jahre in den USA. Nach dem Studium arbeitete sie für die Industrie. Schon immer war ihre ganz große Leidenschaft das Lesen, aber das Schreiben ist ihre Erfüllung. Seitdem kann sie aber nicht mehr davon lassen und widmet sich voll Hingabe dem Verfassen von Liebesromanen. Unter dem Pseudonym Lena Marten schreibt sie humorvolle und sexy New Adult Romane für den LYX Verlag. Ute Jäckle ist Mitglied bei DELIA, dem Verein deutschsprachiger Liebesromanautoren.

Für meine liebe Hündin Leika, die mich leider während des Schreibens an diesem Roman für immer verlassen musste. Du fehlst mir sehr meine Muse, meine beste Freundin, mein kleiner Sonnenschein.

1

JUNE

Hoffentlich kam mein betrügerischer Exfreund in seinem nächsten Leben als Klobürste zur Welt. Wütend kickte ich einen Stein ins Gebüsch, der am Straßenrand lag und zerrte meinen Koffer hinter mir her, während der Regen auf mich niederprasselte und mir unangenehm ins Genick lief. Der Fahrservice des Hotels hatte mich nicht wie verabredet vom Flughafen abgeholt, weshalb ich mangels bereitstehender Taxis zuerst den Bus nach Corph nehmen musste, und nun das letzte Stück zu meiner Unterkunft zu Fuß zurücklegen durfte, die irgendwo in der Einsamkeit lag. Ich sehnte mich nach Abgeschiedenheit, Ruhe und Entspannung. Bekommen hatte ich einen Gewaltmarsch durch Matsch und Schlamm. Seufzend betrachtete ich meine nagelneuen Sneakers, die nun nicht mehr schneeweiß, sondern verdreckt grau aussahen, sich mit Wasser vollgesogen hatten und bei jedem Schritt ein schmatzendes Geräusch von sich gaben. Ich bereute es bitterlich, heute Morgen von London nach Cork geflogen zu sein. Ausgerechnet Irland. Genau genommen hatte ich diese Misere meiner besten Freundin Harper zu verdanken. Okay, sie hatte es nur gut gemeint, als sie mir zu meinem morgigen, fünfundzwanzigsten Geburtstag eine Woche in einem *Bed and Breakfast* geschenkt hatte. Warum hatte ich mich auf diesen Urlaub überhaupt eingelassen, statt zu Hause in meiner gemütlichen Wohnung zu sitzen, meinen Liebeskummer in viel Weißwein zu ertränken und Schokolade in mich hineinzustopfen. Der Teufel sollte Brandon holen, der nicht nur mit mir Schluss gemacht hatte, sondern mich obendrein noch feuern ließ. Selbst schuld. Freunde hatten mich gewarnt: Kein Techtelmechtel am Arbeitsplatz, fang niemals was mit deinem Boss an. Aber ich, June Mitchell aus London, lernte eben immer nur auf die harte Tour. Das hatte ich nun davon. Statt durch den Großstadttrubel zu flanieren, latschte ich durch diese trostlose Einöde, tropfnass und frierend, ohne Beziehung und Job. Und sowas nannte sich Urlaub. Mein Leben war ein einziger Trümmerhaufen.

Zwei Scheinwerfer wurden sichtbar, ein Wagen kam auf mich zu. Leider war die Person in die entgegengesetzte Richtung unterwegs, denn laut Google Maps lag bis zu dem Bed and Breakfast noch mehr als eine halbe Stunde strammer Fußmarsch vor mir. Vielleicht sollte ich besser umkehren, und mir eine Übernachtungsgelegenheit in diesem Küstenstädtchen Corph suchen. Ich hatte diese verdammte Gegend jetzt schon satt. Als das Auto näherkam, überlegte ich ernsthaft, ob ich den Daumen rausstrecken sollte. Ich war am Ende meiner Kräfte.

Der Fahrer kam mir jedoch zuvor und hielt an. Ein Schwall heißer Angst rauschte mir den Rücken hinunter, immerhin befand ich mich allein im Nirgendwo, und es begann bereits zu dämmern. Die Seitenscheibe wurde heruntergelassen und ein attraktiver Mann, etwa in meinem Alter, musterte mich. Wuschelige Stirnfransen hingen ihm in die Augen, was ihm etwas Verwegenes, Naturburschiges gab. Rein optisch passte er perfekt in diese Gegend.

»Sind Sie June Mitchell?«, fragte er ruppig und verzog keine Miene.

Ich horchte auf.

»Und Sie sind?«, hakte ich nach. Als Großstadtmädchen war ich es gewohnt, nicht zu vertrauensselig zu sein. Zu viele Verrückte trieben sich in den Straßen Londons herum.

»Mein Name ist Kayden Graham vom *Swing to Heaven House*. Ich bin spät dran, aber vorhin sah es aus, als würde Daisy heute schon Mutter werden wollen. Tja …«, er zuckte die Achseln. »Ich hätte es besser wissen müssen. Bei der Diva geht nun mal nichts ohne Drama. Also habe ich ihr erst mal den Bauch massiert und gut zugeredet, damit die Sache endlich mal in Gang kommt. Am Ende hat sie es sich dann doch anders überlegt und wurde plötzlich wieder ganz ruhig.«

»Daisy ist Ihre Frau?« Ich ging näher an das Auto heran, der kalte Regen lief mir unangenehm ins Genick. Für einen werdenden Vater wirkte er ziemlich entspannt.

Der Typ musterte mich, als wäre ich nicht ganz richtig im Kopf. Woher sollte ich wissen, von wem er da faselte?

»Daisy ist eine Kuh«, ließ er mich wissen, und hob eine Augenbraue.

»Eine Kuh«, wiederholte ich und war mir sicher, er benutzte diese Daisy nur als dämliche Ausrede, um nicht zugeben zu müssen, dass er mich vergessen hatte. Der Kerl sah eher wie ein Vorstadt Bad Boy als ein Geburtshelfer aus. Zugegeben, dieser Kayden war heiß, etwas Rohes, Wildes haftete ihm an. Er war einer von der Sorte, der bestimmt ordentlich zupacken konnte – nicht nur bei einer Kuh … Trotzdem war ich sauer, nicht der Hauch einer Entschuldigung stolperte über seine Lippen.

»Sind Sie jetzt June oder nicht?« Er klang dezent genervt. ER! Von Reue keine Spur. Ihn schien nicht mal zu interessieren, dass ich wegen ihm klatschnass war und erbärmlich fror.

»Die bin ich«, spielte ich die Gelangweilte, worauf er ausstieg und nach meinem Koffer griff. »Hüpfen Sie rein, Lady. Sie schauen so fertig aus wie eine ausgesetzte Katze.«

Wow, *charmant* war er auch noch.

»Wem ich das wohl zu verdanken habe«, schimpfte ich vor mich hin, während ich den Wagen umrundete und mich auf den Beifahrersitz setzte. Hauptsache, ich kam erst mal aus dem Regen. Das Wasser tropfte mir aus den Haaren in den Schoß, meine kastanienbraunen Locken klebten an den Wangen und unter meinen Schuhen sammelte sich eine Pfütze.

Nachdem Kayden mein Gepäck auf dem Rücksitz verstaut hatte, nahm er wieder Platz und startete den Motor, ohne mich eines Blickes zu würdigen. Es war echt unglaublich. Behandelte man in Irland seine Gäste auf diese Weise? Er fuhr noch ein Stück, bevor er auf der schmalen Fahrbahn eine Stelle zum Wenden fand. Dann tuckerten wir die Landstraße entlang, die sich kurvig vor uns hinzog. Zu unserer Linken erstreckten sich Wiesen, die in der Ferne von Hügeln durchbrochen wurden, rechts von mir lag das Meer mit seinen Steilküsten. Ein atemberaubender Anblick, das musste ich zugeben. Irische Countrymusik dudelte aus dem Radio und ich nutzte die Gelegenheit, diesen Typen möglichst unauffällig etwas genauer unter die Lupe zu nehmen. Er trug ein einfaches graues Sweatshirt, das einen muskulösen Oberkörper erahnen ließ, zu einer hellen Jeans. Konzentriert sah er geradeaus, und hatte die Stirn in tiefe Falten gelegt, was ihm einen Hauch von Melancholie verlieh. Ihn aber irgendwie auch sexy und geheimnisvoll wirken ließ. Stopp! Ich sollte sein rüpelhaftes Benehmen nicht auch noch romantisieren. Wahrscheinlich war Grumpy, wie ich ihn in Gedanken taufte, einfach nur notorisch schlecht gelaunt.

»Wie lange fahren wir noch?«, versuchte ich ein Gespräch in Gang zu bringen, das Schweigen wurde langsam unangenehm.

»Fünf Minuten.« Grumpy sah mich nicht mal an.

»Ich freue mich schon auf eine Woche Ruhe und Entspannung in der Einsamkeit.« Weit und breit entdeckte ich keine Menschenseele. Hier konnte man nichts tun, außer Relaxen und Spazierengehen. Wundervoll. Genau das, was ich brauchte. Hoffentlich hörte der Regen bald auf.

»Wann reist Ihr Partner an?«

Verdutzt wandte ich den Kopf. »Gar nicht. Ich mache allein Urlaub.«

»Hm.« Grumpy musterte mich eine Sekunde lang mit hochgezogener Augenbraue. Etwas wie Überraschung spiegelte sich in seinen Iriden, bevor er in einem Affenzahn um eine enge Kurve brauste. Verängstigt hielt ich mich am Haltegriff fest. Wenn uns jemand entgegenkam, war alles zu spät. Aber wir hatten Glück.

»Müssen Sie so rasen?«, keuchte ich, mein Herz pochte bis hoch in den Hals.

»Lady, ich fahre diese Strecke fünfmal am Tag.«

In dieser Art und Weise? War er lebensmüde?

»Und was hatte dieses *hm* zu bedeuten?«, hakte ich nach, nachdem ich den Schreck verdaut hatte.

»Wir sind ein reines Pärchenhotel.«

»Warum? Ist das so ein irischer Moralkomplex?« Oh, nein. Wo hatte Harper mich da nur einquartiert? Wenn man sich nicht um alles selbst kümmerte. Aber ich war die vergangenen Wochen so dermaßen am Boden zerstört gewesen, dass ich mich zu nichts mehr aufraffen konnte. Das hatte ich jetzt davon. Ich war einem bigotten Hinterwäldler in die Hände gefallen und sah mich schon fünfmal täglich den Rosenkranz beten, ansonsten gab es kein Frühstück. Würde mich nicht mal wundern, wenn sie nur Katholiken beherbergten, dann sollte ich ihm lieber nicht erzählen, dass ich schon vor Jahren aus der Kirche ausgetreten war. Dabei machte der Kerl gar nicht den

Eindruck eines überreligiösen Eiferers. Im Gegenteil: Seine Bad Boy Aura sprach eine völlig andere Sprache …

Oder boten die nur Doppelzimmer an? Was wollte er mir mitteilen? Der Kerl führte ein Bed and Breakfast, Himmels Willen. Mehr als ein sauberes Bett samt ordentlichem Frühstück erwartete ich von dem Schuppen sowieso nicht.

»Ich fühle mich auch allein in einem Doppelbett ausgesprochen wohl.« Ich hoffte, er bemerkte mein demonstratives Augenrollen.

»Warum haben Sie ausgerechnet das *Swing to Heaven* gebucht?«

Wow! Das war fast schon eine Anklage. Was sollte das denn jetzt? Der Kerl konnte mir nicht weismachen, dass er sich in dieser Einöde seine Gäste aussuchen konnte. Im Gegenteil! Er sollte besser froh sein, dass jemand wie ich diese beschwerliche Reise auf sich genommen hatte. Mit Sicherheit sah dieser Flegel mich kein zweites Mal, und weiterempfehlen würde ich seine Unterkunft bei diesem ungehobelten Benehmen mit Sicherheit nicht. Obendrein hatte ich den vermaledeiten Urlaub nicht mal selbst gebucht. Ginge es nach mir, würde ich jetzt am Strand von Ibiza liegen und nicht in diesem irischen Regenloch versauern.

»Die Reise war ein Geschenk meiner Freundin zum Geburtstag«, ließ ich ihn wissen.

»Hätte es eine Handtasche nicht auch getan?«, murmelte er vor sich hin. Das war genug!

»Hören Sie, ich habe eine harte Trennung hinter mir, und kürzlich erst meinen wirklich tollen Job in einem Zeitungsverlag verloren. Das Letzte, was ich gerade gebrauchen kann, sind dumme Sprüche von Wildfremden.«

Seine Hände verkrampften um das Lenkrad. Was war jetzt schon wieder los?

»Sie sind Journalistin?«, hakte er nach, seine Finger lockerten sich wieder.

»Nicht, dass Sie das irgendwas angehen würde. Aber ja.« Ich verschränkte die Arme vor der Brust.

»Wir mögen keine Presseleute«, sagte er abfällig, und ich konnte nicht anders und lachte. Was bildete dieser Hinterwäldler sich ein?

»Ich glaube nicht, dass ausgerechnet *Ihr* Leben für irgendeine Zeitung von großem Interesse sein könnte, also keine Sorge.« Ich beobachtete den Scheibenwischer, der das Wasser nach allen Seiten spritzte und Schlieren auf dem Glas hinterließ, sodass man kaum noch etwas sehen konnte.

»Wir mögen euch trotzdem nicht.« Seine Augenbrauen schoben sich zusammen. Also reine hinterwäldlerische Sturheit? »Ihr verdreht die Wahrheit, wie es euch gefällt, druckt Lügen und mischt euch in alles ein«, fällte er sein Urteil.

»Und das wissen Sie woher so genau?« Ihr sah ihn abwartend an.

»Aus der Zeitung.« Ein harter Zug umspielte seine Lippen. »Darum mögen wir euch nicht.«

»Oh, Gott.« Ich klatschte mir an die Stirn. Gegen diese Art der Argumentation hatte ich keine Chance. Der Mann war ein einziges riesengroßes Vorurteil.

»Ich finde Sie auch nicht besonders nett«, hielt ich dagegen. »Und keine Angst. Das steht morgen mit Sicherheit nicht in der Zeitung.«

»Keiner hat euch Briten hergebeten. Warum bleibt ihr nicht auf eurer eigenen Insel?«

»Was ist eigentlich Ihr Problem?«, schnappte ich.

Statt einer Antwort erntete ich ein Prusten.

»Haben Sie ein Problem mit allein reisenden Frauen?«, ließ ich nicht locker.

»Nicht das geringste. Ich frage mich nur, was Sie sich ausgerechnet von unserem Bed and Breakfast versprechen.«

»Ich bin ein sehr kontaktfreudiger Mensch und finde schnell Anschluss. Man kann sich ja auch mit Pärchen ganz zwanglos austauschen.«

Seine Schultern verspannten, als ich das sagte. Inzwischen war er mir richtig suspekt.

»In Form von … Interviews?«

»Nein, ich bin im Urlaub.« *Und sowieso arbeitslos.* Was war mit dem bloß los? »Ich dachte an simple Unterhaltungen, Smalltalk. Was man halt so macht, wenn man neue Leute kennenlernen möchte. Wie tun Sie das denn?«

»Ich?« Er ließ ein paar Sekunden verstreichen. »Ich mag keine fremden Menschen um mich herum.«

»Und warum arbeiten Sie dann ausgerechnet im Hotelgewerbe?« Ich drückte Wasser aus meinen braunen Haarspitzen.

»Lady, ich möchte bloß nicht, dass Sie enttäuscht sind, das ist alles.« Er fuhr so rasant um die nächste Kurve, dass mir ein spitzer Schrei entfuhr. Wenn er so weitermachte, würde mein Urlaub noch im Krankenhaus enden.

»Fahren Sie bitte langsamer.«

»Ich kenne die Gegend in- und auswendig.« Zu meiner Erleichterung stieg er trotzdem vom Gaspedal und fuhr gemächlicher weiter. Er pfiff ein kleines Lied vor sich hin.

Demonstrativ blickte ich aus dem Seitenfenster, und betrachtete die regenverschleierte Landschaft. Typen wie den strafte man am besten mit Ignorieren. Ich rieb meine Arme, die schon ganz klamm von der durchnässten Jacke waren. Wenn ich nicht schleunigst in trockenen Klamotten steckte, würde ich mir mitten im Sommer auch noch eine Erkältung einfangen.

»Ist Ihnen kalt?« Ohne eine Antwort abzuwarten, langte er

auf den Rücksitz und zerrte eine braune Decke nach vorn, die er mir auf den Schoß warf.

»Danke.« Als ich mich hineinkuschelte, stieg mir der Geruch von nassem Hund in die Nase. Aber egal. Hauptsache Wärme.

»Ganz schön schlechtes Urlaubswetter habe ich da erwischt«, wechselte ich das Thema und sah an ihm vorbei durch das Fenster auf seiner Seite. Die raue Küstenlandschaft versank in einem trüben Gemisch aus Nebel und Regen.

Sein Blick schweifte gen Himmel, als hätte er keine Ahnung, wovon ich redete. »Ist ein stinknormaler irischer Sommertag.«

»Na, das kann ja heiter werden«, seufzte ich und lehnte mich zurück.

»Wir bieten Indoor Aktivitäten an, aber die sind halt für Pärchen gedacht«, ließ er mich wissen.

»Ich habe Regenklamotten dabei, euer Programm brauche ich nicht«, entgegnete ich. Sollten die sich doch ihre Pärchen-Aktivitäten sonst wo hinstecken, wenn die keine Singles dabeihaben wollten. Wie diskriminierend war das bitteschön?

Ich widmete meine Aufmerksamkeit wieder der Küstenlandschaft, das Meer schlug schäumend an die Klippen. Bei gutem Wetter war die raue Natur an diesem Fleckchen Erde bestimmt spektakulär. Weit und breit entdeckte ich kein einziges Haus. Erst als wir um die nächste Kurve bogen, ragte mitten im Nirgendwo ein dreistöckiges graues Gebäude aus Naturstein auf, welches bestimmt weit über hundert Jahre auf dem Buckel hatte. Hoffentlich war das nicht …

»Das *Swing to Heaven*«, bestätigte Kayden meine Befürchtung und ich sank in mich zusammen. Okay, Harper hatte etwas von ländlich gelegen gemurmelt, aber bei ihren Schilderungen hatte ich ein romantisches Fischerdorf-Flair vor Augen gehabt und nicht diese uralte Bude mitten in der Pampa.

Wir hielten vor der rot gestrichenen Eingangstür des Bed

and Breakfasts. Kayden stellte den Motor ab und schwang sich bereits aus dem Wagen, während ich immer noch wie erstarrt dasaß, und mit meiner Enttäuschung kämpfte. Ich sollte nicht undankbar sein, immerhin war der Urlaub ein Geschenk gewesen, Harper hatte es lieb gemeint. Im Gegenteil: Ich sollte die Sache positiv sehen, in dieser Einöde konnte ich wenigstens mal abschalten. Weit weg vom hektischen Stadtleben und meinen Problemen gelang es mir bestimmt am besten, mich ein bisschen zu erholen. Eine Woche würde ich schon aushalten.

2

JUNE

ALS DIE BEIFAHRERTÜR AUFGERISSEN WURDE, zuckte ich zusammen und blickte direkt in Kaydens wasserblaue Augen, die in seinem gebräunten Gesicht auffällig leuchteten. Regen tröpfelte aus seinen Haaren über die Stirn.

»Darf ich bitten?« Er machte eine einladende Geste in Richtung Tür. »Lady, ich werde klatschnass«, fügte er gereizt hinzu, als ich nicht prompt reagierte. Was sollte ich da erst sagen? Dank ihm war ich drei Meilen durch den Regen marschiert.

»Na, dann mal los«, murmelte ich mir selbst Mut zu, und stieg aus. Ich eilte unter das Vordach, auf das der Regen prasselte. Kayden kam mit meinem Koffer hinterher und öffnete die Tür. Überraschend galant ließ er mir den Vortritt. Ich hätte ja eher vermutet, er würde als erster an mir vorbei ins Trockene trampeln. Aber ein kleiner Rest von Anstand schien wohl doch tief versteckt in ihm zu schlummern. Als ich hineingehen wollte, huschte eine braun getigerte Katze vor mir ins Trockene. Erschrocken stolperte ich über meine eigenen Füße und rammte Kayden versehentlich meine Schulter ins Brustbein.

Er ächzte auf.

»Sorry«, sagte ich, während ich mich an ihm abstützte, um nicht der Länge nach auf der Nase zu landen. Wow, der Kerl war richtig durchtrainiert, ich spürte harte Muskeln unter meinen Handflächen.

»Das ist Sweetheart«, klärte er mich auf, als wäre nichts gewesen. »Unsere Hotelkatze, sie hält die Mäuse vom Haus fern. Dieses Jahr sind die Viecher eine richtige Plage.«

»Mäuse?«, japste ich. »Wird ja immer besser.« Wo war ich bloß gelandet? In Gedanken ging ich hektisch meine Impfungen durch. Tetanus, Hepatitis, Tollwut. Hatte ich die alle schon erhalten? Welche davon schützte einen wohl am besten vor Schädlingen? Ich hatte keine Ahnung.

»So ist das Landleben nun mal, Lady.« Er zuckte mit den Achseln. »Sie wollten es nicht anders.«

Ich ignorierte Kayden und schlängelte mich an ihm vorbei. Wider Erwarten war die Einrichtung recht modern gehalten. Ich stand sofort in einem Vorraum mit Rezeptionstresen aus Holz und Edelstahl, hinter dem mich ein junger Mann mit kupferfarbenem Haar freundlich anlächelte. In der Ecke flackerte ein Feuer im offenen Kamin, das für eine gemütliche Atmosphäre sorgte, und wohlige Wärme verströmte. Eine kleine rustikale Sitzgruppe daneben lud zum Verweilen ein. Der Stilmix aus alten und neuen Möbeln verlieh dem Bed and Breakfast seinen ganz eigenen Charme. Ein ziemlich großer hellbrauner Hund schnarchte in seinem Bettchen neben dem Kamin. Durch die geschlossene Tür im Hintergrund drang Partymusik bis zu uns, flankiert von Stimmengewirr und Gelächter. Aha, in dieser von außen so unscheinbar anmutenden Herberge schien es ja hoch herzugehen. Wahrscheinlich amüsierten sich die *erwünschten* Gäste bei diesem ominösen Unterhaltungsprogramm, von dem Grumpy so kryptisch gefaselt hatte, und das für Singles wie meinesgleichen strikt verboten war. Dann eben nicht. Ich war sowieso todmüde, wollte nur noch heiß duschen und mich anschließend ins Bett kuscheln. Zum Glück hatte ich am Flughafen die unnötige Wartezeit auf meinen Fahrer sinnvoll genutzt und noch schnell ein Sandwich gegessen, denn wie der Name schon verriet, wurde in diesem Haus nur Frühstück serviert.

Sweetheart steuerte zielstrebig auf den schlafenden Hund zu, holte weit aus und verpasste ihm eine saftige Ohrfeige mit ihren ausgefahrenen Krallen. Jaulend fuhr der arme Kerl in die Höhe, bevor er hastig aufstand und sich zu dem winzigen Katzenbettchen daneben trollte, in das er gerade mal mit dem Hinterteil hineinpasste. Der Rest des Körpers lag nun auf den Holzdielen, während es sich Sweetheart mit hoch erhobenem Kopf in dem nun freigewordenen Riesenbett gemütlich machte.

»Ich muss wohl nicht erklären, wer von beiden der Boss ist«, sagte Kayden trocken.

»Sweetheart ist ja so entzückend, wie ihr Name verspricht.« Der arme Hund tat mir richtig leid.

Kayden deutete zum Empfang. »Mein Bruder Neil ist Ihnen beim Einchecken behilflich. Ich bringe noch den Koffer aufs Zimmer, und dann ist mein Dienst für heute zum Glück beendet.« Mit großen Schritten ging er an mir vorbei.

»Danke, Grumpy«, murmelte ich absichtlich laut genug, um von ihm gehört zu werden.

Kayden drehte sich auf dem Treppenabsatz um, und blitzte mich an, während sein Bruder in Gelächter ausbrach.

»Grumpy. Einen passenderen Spitznamen hätte die Lady nicht mehr für dich finden können. Bestimmt hast du dich auf der Fahrt mal wieder von deiner besten Seite gezeigt.« Mit einem breiten Grinsen auf den Lippen wandte er sich an mich. »Willkommen im *Swing to Heaven*, June«, nannte er mich wie selbstverständlich beim Vornamen. »Bei uns geht es nicht so förmlich zu. Nenn mich einfach Neil.«

»Hi, Neil.« War mir nur recht, ich mochte es legerer ebenfalls lieber. Außerdem war mir dieser Neil um Längen sympathischer als mein Fahrer. Ich schätzte ihn ein bisschen jünger als Kayden. Zwar stand ich nicht auf rothaarige Männer, doch bei ihm sah es gut aus. Ungelogen war er ein irisches Klischee auf zwei Beinen, aber ein attraktives. Mit dem kantigen Gesicht, und dem golden schimmernden Dreitagebart, verströmte er eine gewisse sexy Aura, wegen der gewiss die eine oder andere Frau dahinschmolz. Zum Glück war das Letzte, was ich gerade gebrauchen konnte, ein Kerl. So verschieden die Jungs auch waren, eins musste man den Brüdern lassen: Sie waren beide gutaussehend. Neil war ebenfalls groß und breitschultrig wie sein Bruder, aber damit hatte es sich auch schon mit der Ähnlichkeit. Grumpy stand immer noch an der Treppe und musterte mich so säuerlich, als hätte ich Majestätsbeleidigung begangen, was ich mit meinem breitesten Grinsen quittierte. Wahrscheinlich wurde er den Spitznamen für den Rest seines Lebens nicht mehr los. Geschah ihm recht.

Endlich trampelte der Rüpel die schmale Holztreppe nach oben, worauf ich mich zum Tresen begab, um endlich einzuchecken. Ich musste raus aus meinen durchnässten Klamotten, und hoffte aus tiefstem Herzen, ein Badezimmer mit Wanne zu ergattern. Als ich mich selbst im Spiegel entdeckte, der hinter Neil an der Wand hing, erschrak ich mit jeder Faser meines Körpers. Ach du Scheiße. Ich sah aus wie eine halb ertrunkene Ratte, die es im letzten Moment ans Ufer geschafft hatte. Meine Haare klebten mir im Gesicht, das Mascara war verlaufen und zog graue Spuren über meine Wangen bis hinunter zum Kinn. Der klägliche Rest meines Selbstbewusstseins verpuffte im Sekundenbruchteil.

Während Neil an seinem Computer herumtippte, wischte ich mir hektisch mit den Fingern die verschwommene Schminke aus dem Gesicht, um wenigstens noch irgendwas zu retten. Trotzdem sah ich nicht viel besser aus.

»Wo ist dein Partner?« Neil sah von seinem Bildschirm auf. Fing der jetzt auch noch mit diesem Pärchenblödsinn an?

»Ich mache allein Urlaub«, half ich ihm auf die Sprünge.

»Oh«, er stutzte. »Und warum buchst du dann ausgerechnet unser Haus? Oder besser gesagt: Wie hast du das geschafft?«

Wow. Taktgefühl war definitiv keine irische Stärke.

»Um ein bisschen auszuspannen und die Ruhe zu genießen.« Fast hätte ich noch ein: *in dieser trostlosen Einöde* hinterhergeschoben, biss mir jedoch rechtzeitig auf die Zunge. Musste ich mich allen Ernstes vor jedem einzelnen Inselbewohner rechtfertigen, bloß weil ich alleinreisend war?

Der Trubel hinter dieser ominösen Tür wurde lauter, jemand schrie auf, aber auf eine belustigte Weise, als würde man gekitzelt werden. Die Musik vermischte sich mit dem Stimmengewirr, was ganz eindeutig auf eine Party schließen ließ. Jede Wette, die Leute da drin ließen es richtig krachen.

»Viel Ruhe haben wir dir leider nicht zu bieten. In der Buchung steht June Mitchell und Partner. Darum habe ich gefragt.« Neil reichte mir einen Schlüssel, der an einem klobigen Anhänger aus Metall baumelte.

»Das muss ein Missverständnis sein.« Rasch nahm ich den Schlüssel an mich, bevor er es sich noch anders überlegte.

»Es wurde für zwei Gäste bezahlt.« Neil studierte ausgiebig seinen Bildschirm.

»Das kann nicht sein.« Ich schüttelte den Kopf. Wieso sollte Harper mir eine Reise für zwei Personen schenken, und diese auch noch doppelt bezahlen? »In eurem System muss irgendwas schiefgelaufen sein. Wie ihr seht, bin ich ganz allein, und so soll es für den Rest der Woche auch bleiben.« Ich breitete die Arme aus und präsentierte mich Neil in meiner ganzen durchnässten Pracht.

Er legte den Kopf schräg. »Du siehst allerdings aus, als könntest du ein bisschen Gesellschaft gut vertragen.«

Ich grunzte. »Dein Bruder hat mir auf der Fahrt hierher schon erklärt, dass ich nicht tragbar für eure erlauchte Gästeschar bin.«

Neil riss die Augen auf. »Hat er das wirklich so formuliert?«

Ich schüttelte den Kopf. »Er erwähnte etwas in der Art von: Du kannst bei uns nicht bleiben. Du bist Single«, äffte ich Kaydens tiefe Stimme und seinen genervten Tonfall nach und brachte Neil zum Lachen.

»Ich kann mir Grumpy bildlich dabei vorstellen«, adaptierte er meinen erwählten Spitznamen für seinen Bruder, als hätte der nie anders geheißen. »Kayden nimmt unsere Regeln manchmal etwas zu übergenau. Wahrscheinlich hat er während dem Reden sein Lenkrad mit beiden Händen erwürgt.«

Ich kicherte. »Seine Fingerknöchel wurden schon ganz weiß.«

Neils Grinsen wurde breiter. »Ich mag dich, June. Wir sind zwar ein etwas anderes Bed and Breakfast, aber ich finde, du passt gut zu uns und wirst dich bestimmt auch ohne Partner wohlfühlen.«

»Die paar Tage vergehen ja schnell«, erinnerte ich ihn an den Fakt, dass sie mich nicht auf Lebenszeit an der Backe kleben hatten. Endlich mal einer, der mit sich reden ließ.

»Das kriegen wir schon irgendwie geregelt. Dritter Stock, Zimmer drei.« Neil deutete auf die schmale Treppe, die Kayden vorhin hochgetrampelt war. Genauso polternd kam er eben wieder herunter.

»Wie wäre es mit einer Sonderregelung für June?«, fragte Neil seinen Bruder. »Auf einen Gast mehr oder weniger kommt es doch nicht an. Für die paar Tage.«

»June ist Journalistin«, sagte Kayden zu seinem Bruder. »Anstrengender Job, da hätte sie etwas mehr Ruhe verdient, als wir ihr bieten können.« Er warf Neil einen fast schon beschwörenden Blick zu, woraufhin dessen gute Laune schlagartig verschwand. Er räusperte sich.

»Stimmt«, sagte Neil schließlich. »Wir sind nicht die richtige Unterkunft für June. Gleich morgen früh gehe ich der Fehlbuchung auf den Grund und wir regeln das.« Er wandte sich an mich. »So leid es mir tut, June. Aber du wirst uns morgen wieder verlassen müssen.«

Ich schnappte nach Luft, das konnte doch nicht deren Ernst sein. »Und wo soll ich hin?«

»Ich muss nochmal nach Daisy sehen«, ließ Kayden seinen Bruder im Vorbeigehen wissen, mich behandelte er wie Luft.

Wenigstens setzten sie mich nicht sofort auf die Straße. »Ich kann mich auch ohne euer Animationsprogramm beschäftigen. Die meiste Zeit über werde ich sowieso irgendwo draußen in der Natur herumstreifen. Nur keine Sorge. Alles was ich will ist ein Zimmer mit Frühstück. Und das bietet ihr doch an, oder etwa nicht?«

»Soll viel Regen in den nächsten Tagen fallen«, sagte Neil, dessen Charme plötzlich wie weggeblasen war.

»Ich habe ein Buch dabei und bin, wie du siehst, auch nicht wasserscheu.« Meine Klamotten klebten nicht umsonst an mir. Immerhin hatte ich meinen aufgeweichten Zustand seinem Bruder zu verdanken, der sich nicht mal eine Entschuldigung abringen konnte. Da könnten sie sich schon etwas entgegenkommender zeigen. Obwohl ein nettes Spa in der Tat die entspanntere Wahl gewesen wäre, aber nun war ich schon mal da. Im Nirgendwo in Irland. Warum hatte mich meine beste Freundin bloß in dieser merkwürdigen Unterkunft einquartiert? Ausgerechnet Harper, die sonst auf ihren Reisen immer so viel Wert auf Komfort und die Lage des Hotels legte.

»Wieso willst du unbedingt hierbleiben?«, vernahm ich Kaydens ungehaltene Stimme hinter mir. Warum stand der immer noch dumm in der Gegend herum? Wollte der nicht längst bei seiner Kuh sein? Trotz allem eine berechtigte Frage, die ich mir inzwischen selbst stellte. Warum nahm ich nicht einfach meinen Krempel und ließ mich zurück zum Flughafen chauffieren, statt mir diesen Ärger mit einem Haufen sturköpfiger Iren anzutun?

»Ist nicht ein Bed and Breakfast wie das andere?« Ich reckte das Kinn, langsam aber sicher nervte dieser Kerl tierisch, und ich wollte schon aus Prinzip nicht klein beigeben.

Kayden und Neil wechselten einen ausgedehnten Blick.

»Keine Spezialbuchungen, keine persönliche Empfehlung«, murmelte Neil, worauf Kayden schon wieder eine Augenbraue hob, was ihn unglaublich arrogant aussehen ließ.

»Wer, zum Teufel, hat die Buchung denn angenommen?«, hakte er nach.

Neil hackte mit zwei Fingern auf der Tastatur herum. »Es war Mitch.«

Kayden legte den Kopf in den Nacken und stöhnte genervt. »Wir hätten diese Pfeife nie einstellen dürfen. Der Kerl kann nichts richtig machen.«

»Darum haben wir ihn ja auch wieder gefeuert. Aber das nützt uns jetzt nichts. June steckt in unserem System fest.«

»Jetzt macht mal halblang«, beschwichtigend hob ich eine Hand. »Ich stecke überhaupt nirgends fest, außerdem bin ich extrem pflegeleicht, das kann ich euch versprechen. Ihr werdet mich kaum bemerken.«

Ein Schnauben kam von Kayden.

»Wie oft denn noch! Du kannst nicht bleiben.« Er betonte jedes einzelne Wort. »Wir überweisen dir dein Geld zurück. Weil es schon so spät ist, kannst du heute meinetwegen hier übernachten, aber spätestens morgen bist du draußen.«

Ich blinzelte so lange, bis mir Wasser in den Augen stand. Wenn ich eins als Journalistin gelernt hatte, dann, dass gefakte Emotionen bei Männern sehr oft zum gewünschten Ergebnis führten. »Ich habe eine echt harte Trennung hinter mir, sie war bitter und schmerzhaft. Der Mann, von dem ich glaubte, dass er mich liebt, hat mich belogen und mit seiner Assistentin betrogen. Ich möchte doch nur ein paar Tage Urlaub machen, um endlich über den Schmerz hinweg zu kommen. Habt ihr kein Herz?«, drückte ich auf die Tränendrüse und ließ meine Stimme beben.

»Oh, bitte«, stöhnte Kayden genervt. »Man sieht auf den ersten Blick, dass diese Tränen nicht echt sind.«

Scheiße, der Kerl hatte mich durchschaut, dabei hätte ich beinahe schon die erste herausgepresst. Ich blitzte ihn an, so schnell gab ich nicht auf.

»Morgen ist mein Geburtstag.« Was sogar der Wahrheit entsprach. »Ihr werdet doch nicht so grausam sein, und mir auch noch meinen großen Tag ruinieren. ... Nach allem, was ich heute dank dir schon durchgemacht habe.« Anklagend deutete ich auf Kayden.

Wie halbwegs befürchtet, redete ich gegen eine Wand. Dieser Mann war durch und durch aus Stein gemeißelt, seine Miene blieb ausdruckslos, die tiefen Furchen auf seiner Stirn glätteten sich nicht, der Kiefer war ganz verspannt. Schlimmer noch: Kaydens Augen wurden schmäler, je länger ich redete, flehte, flennte, bettelte und wimmerte. Schließlich gab ich auf und rollte mit den Augen. Ich sollte die Diskussion nicht überstrapazieren. Im Geiste sah ich mich schon zu Fuß zurück zum Flughafen laufen.

»Wir sind ausgebucht«, sagte Kayden noch einmal knapp. »Thema erledigt.«

»Vorhin wart ihr das noch nicht«, bäumte ich mich ein letztes Mal auf.

»Ab morgen sind wir das.« Kayden verschränkte die Arme vor der Brust. »Lady, selbst wenn es Ihr letzter Tag auf Erden wäre, würden Sie diesen nicht in unserem Bed and Breakfast verbringen.«

»Uns ist ein Fehler bei der Buchung unterlaufen«, sagte Neil, dessen Tonfall um einiges deeskalierender klang. »Ein EDV-Problem. Tut uns leid für die Umstände, die wir dir bereiten.«

»Na, toll. Eure Entschuldigung hilft mir auch nicht weiter.« Es kotzte mich tierisch an, dass die beiden mich so offensichtlich verarschten, und auch noch damit durchkamen. »Und was soll ich jetzt machen? Mein Rückflug geht erst in einer Woche. Wo soll ich so kurzfristig denn hin?«

»Ich rufe morgen früh mal bei Sullivan an«, sagte Neil zu seinem Bruder. »Vielleicht hat der noch ein freies Zimmer.« Er wandte sich wieder mir zu. »Ich guck mal, was sich machen lässt. Irgendwo kriegen wir dich schon unter.«

»Ich schalte einen Anwalt ein, wenn ihr mich einfach auf die Straße setzt«, drohte ich in einem Akt der Verzweiflung, als ob die zwei sich von irgendeinem Advokaten einschüchtern lassen würden. Ich zog mein Smartphone aus der Jackentasche, öffnete die Buchungsbestätigung und hielt sie ihnen hin. »Ihr habt meinen Aufenthaltstermin bestätigt, somit könnt ihr mich rein rechtlich nicht grundlos vor die Tür setzen. Immerhin habe ich mir nichts zuschulden kommen lassen.« Ich reckte das Kinn. *Ja Jungs, ich kenne meine Rechte.*

»Du hast bei der Buchung getrickst. *Wir* sollten *dich* rechtlich belangen. Als Single hast du bei uns nichts verloren«, warf mir Kayden vor.

Wir duellierten uns mit Blicken.

»Aber ihr seid nicht ausgebucht«, versuchte ich ihnen ein Geständnis zu entlocken und stemmte die Hände in die Hüften. »Das ist ja wohl das sexistischste Argument, das mir jemals untergekommen ist, und hat vor Gericht mit Sicherheit keinen Bestand.« Ich hatte keine Ahnung, ob das zutraf, aber bluffen war meine letzte Option. »Ihr werft mich allen Ernstes aus eurem Hotel, weil ich keine männliche Begleitung dabeihabe? Vielleicht sollte ich einen Artikel im Londoner Daily über diese Zustände schreiben.«

Neil zuckte zusammen. Eine Sehne spannte sich in Kaydens Hals an. Nanu? Plötzlich so schreckhaft?

»Weibliche Begleitung ist genauso okay, auch divers ist kein Problem«, korrigierte mich Neil. Homophob waren sie wohl nicht, aus einem mir unerfindlichen Grund ging es ihnen nur um Alleinreisende. Aber wieso?

»Ich bleibe«, schaltete ich auf Stur, einfach aus Prinzip und nicht etwa, weil es mir in dieser Bude so gut gefallen würde. »Das Zimmer wurde bereits bezahlt, ich gehe nicht.« Jetzt erst recht. Was wollten sie machen, wenn ich mich weigerte? Mich huckepack aus dieser Hütte tragen? Diesem hinterwäldlerischen Haufen würde ich schon klarmachen, wie viel emanzipierter im Rest der Welt die Uhren inzwischen tickten.

»Bei einer Überbuchung müssen wir dir rein rechtlich nur eine gleichwertige Unterkunft in einem anderen Hotel besorgen, das ist alles. Und das tun wir hiermit. Wir beschaffen dir ein Zimmer woanders«, sagte Neil.

»Ich habe aber dieses Haus gebucht«, erwiderte ich trotzig, ich wollte mich nicht in irgendeine Absteige abschieben lassen, ohne sie wenigstens vorher in Augenschein genommen zu haben.

»Wie oft denn noch: Wir bieten keine Zimmer für Singles an«, schnauzte Kayden.

»Dann springst du halt mal über deinen verklemmten irischen Schatten und akzeptierst endlich, dass auch ein Inselvolk wie eures inzwischen im einundzwanzigsten Jahrhundert angekommen ist.« Ich baute mich vor Kayden auf, stellte mich auf die Zehenspitzen, um mit meinen 1,60 nicht ganz so winzig vor ihm zu wirken. »Ja, mein Lieber. Im Rest der Welt ist es nämlich kein Problem, dass Verheiratete und Unverheiratete gemeinsam unter einem Dach schlafen.«

»Du nennst mich allen Ernstes verklemmt?«, japste Kayden, bevor er entrüstet auflachte. »Lady, du hast ja keine Ahnung, wovon du redest.«

So gleichmütig wie möglich zuckte ich die Achseln. »Ich bleibe. Wenn ihr mich loswerden wollt, müsst ihr mich schon raustragen. Oder ihr betrachtet mich einfach als halbes Pärchen. Problem gelöst.« Ich verschränkte die Arme vor der Brust. »Kann ich dann endlich auf mein Zimmer, Grumpy? Dank dir bin ich völlig durchnässt, und will mir zu dem ganzen Ärger nicht auch noch eine Bronchitis einfangen. Auf eine gesalzene Bewertung bei Google könnt ihr euch auch noch freuen, wenn ihr so weitermacht.«

Kayden vergönnte mir den überheblichsten Blick, den ich jemals bei einem Mann gesehen hatte. »Tu dir keinen Zwang an. Unser Bed and Breakfast findet man nicht online. Wir nehmen Gäste nur auf Empfehlung.«

»Ach ja?« Ich konnte mir ein spöttisches Lachen nicht verkneifen. »Sag bloß, ihr seid ein Geheimtipp.«

Ausgerechnet diese alte Bude.

»Wir suchen uns unsere Gäste aus und nicht umgekehrt.« Kayden ließ keinen Zweifel daran, wie unerwünscht ich in seinen Augen war. Dabei hatte ich ihm gar nichts getan.

Ich schluckte. Normalerweise war ich kein Mensch, der sich anderen aufdrängte. Aus mir sprach die pure Verzweiflung, gepaart mit einer gehörigen Portion Erschöpfung. Ich war fix und fertig, wollte endlich meine Ruhe haben und nicht gleich wieder umziehen müssen. Möglicherweise sah morgen die Welt schon wieder anders aus, aber in meiner derzeitigen Verfassung war ich zu keinerlei Kompromissen bereit.

Die hintere Tür schwang auf, Partylärm erfüllte extrem laut das Foyer, sodass ich unwillkürlich den Kopf wandte.

Ein gutaussehender Schwarzer mit kurzgeschorenen krausen Haaren erschien im Türrahmen.

»Neil«, rief er. »Wir brauchen noch mehr Whiskey und mindestens drei Flaschen von dem guten Gin. Beeilung. Und dann hilft mir einer von euch gefälligst an der Bar. Ich kann gar nicht so viele Drinks mixen, wie die Leute bestellen.«

»Ich bring dir gleich Nachschub aus dem Keller«, versprach Neil, während ich neugierig einen Blick an dem Typen vorbei in das Innere des für Menschen wie meinesgleichen strikt verbotenen Raums warf. Ich erstarrte mit jeder Faser meines Körpers. Meine Mimik entglitt mir.

Heilige Scheiße! Hinter diesem Kerl entdeckte ich Sheila Winston, Englands derzeit berühmteste Popsängerin. Oder halluzinierte ich? Was machte ein Promi wie sie in dieser billigen Absteige mitten im Nirgendwo Irlands?

»Das ist doch …« Meine Stimme brach zu einem Krächzen. Ich deutete auf Sheila, die eng mit einem dunkelhaarigen Mann tanzte. Sie verzierte seinen Hals mit kleinen Küssen.

Kayden versperrte mir mit einem großen Schritt die Sicht. »Lass unsere Gäste zufrieden, kapiert? Kümmere dich um deine eigenen Angelegenheiten.«

»Ähm … Ja, klar.« Ich nickte hektisch. Verhielten sich die beiden Brüder deshalb so merkwürdig? Weil sie einen Weltstar beherbergten? Inkognito vielleicht sogar. Ein Puzzleteil nach dem nächsten schob sich zu einem Gesamtbild zusammen, das endlich einigermaßen Sinn ergab.

3

JUNE

ICH SAß in meinem Zimmer auf dem Bett und starrte die geblümte Tapete an, war in einem totalen Schockzustand gefangen und konnte mich nicht bewegen. Hin und wieder schüttelte es mich vor Kälte, denn ich hatte es noch nicht geschafft, mich von meinen nassen Klamotten zu befreien. Statt heiß zu duschen, lauschte ich dem Regen, der gegen das kleine Fenster prasselte. Heute Morgen, in London, hatte ich in meiner Naivität tatsächlich geglaubt, nach allem, was ich in letzter Zeit durchgemacht hatte, könnte es nicht mehr schlimmer kommen. Stunden später wurde ich nun eines Besseren belehrt. Ich logierte mit Sheila Winston im selben Hotel und durfte nicht bleiben. Wieso hatte sie sich ausgerechnet diese schäbige kleine Unterkunft ausgesucht? Ich würde der Sache so gern genauer auf den Grund gehen.

Was für ein Mist!

Besser gesagt: Was für eine Story. Sämtliche Klatschblätter würden sich um Einzelheiten reißen und ich hätte mit Sicherheit in Nullkommanichts wieder einen Job. Mein Exfreund würde sich in den Allerwertesten beißen, sobald er mitbekam, dass keine geringere als ich die Enthüllungsjournalistin war, die nun nicht mehr für sein Käseblatt schrieb. Es musste doch einen Weg geben, diesen Kayden umzustimmen. Ich konnte unmöglich abreisen, nicht mit der beruflichen Chance meines Lebens vor Augen.

Andererseits fühlte ich mich völlig fehl am Platz und für große Enthüllungen war ich viel zu erschöpft. Mein Ex hatte den letzten Tropfen Kraft und Elan aus meinem Körper gesaugt. Dieser Blutegel.

Trotz des grandiosen Zufalls nagte noch eine andere Frage in mir. Was hatte Harper sich bloß dabei gedacht, mich ausgerechnet im *Swing to Heaven* einzuquartieren? Sie musste doch gewusst haben, dass die nur Pärchen beherbergten. Wenn man den Besitzern glauben schenken konnte, gelang es einem Normalsterblichen wahrscheinlich eher Fort Knox zu betreten, als einem Single dieses Bed and Breakfast. Hatte sie echt für zwei Personen bezahlt? Warum?

Ich zerrte mein Smartphone aus der Jackentasche, um der Sache unverzüglich auf den Grund zu gehen. Sollte sich meine beste Freundin einen Scherz mit mir erlaubt haben, war es ein verdammt schlechter.

Es läutete zweimal, bevor Harper mir wie eine Nachtigall ins Ohr zwitscherte: »June. Na, gut angekommen auf der immergrünen Insel? Du warst ja …«

»Warum hast du das gemacht?«, unterbrach ich sie mit vorwurfsvoller Stimme. »Warum, Harper? Warum?« Jedwede Erläuterung erübrigte sich ja wohl.

»Was denn?«, erwiderte sie dennoch ganz perplex. »Auf den Fotos sieht das Bed and Breakfast total romantisch aus.«

»Willst du mich verarschen?«, schnauzte ich sie an und sank mit dem Oberkörper zurück auf die Matratze. Zugegeben, das Haus war von außen auf den ersten Blick ganz nett. Schlicht zwar, und man sah dem Gebäude an, dass es diverse Jahrzehnte auf dem

Buckel hatte, aber es hatte Charme und war für sein fortgeschrittenes Alter noch gut in Schuss. Mein Zimmer war total gemütlich, mit rustikalen braunen Holzmöbeln eingerichtet, das Fenster zierte ein rotkarierter Vorhang. Alles war sauber. Aber … ABER!!!

Harper seufzte so schwer, als würde sie die Last der ganzen Welt auf ihren Schultern tragen. »Du hast dich wochenlang zu Hause eingeigelt, nur noch geheult und diesem Arsch nachgetrauert, der dich überhaupt nicht verdient hat. Noch ein paar Wochen in diesem Zustand und du entwickelst eine ausgewachsene Depression. Du hast dringend Tapetenwechsel gebraucht. … Anscheinend bietet dieses Bed and Breakfast ein tolles Programm …«

»Ja, für Pärchen« grätschte ich dazwischen. »Als Single ist man aufgeschmissen. Ich werde wie eine Aussätzige behandelt. Woher kennst du diesen Schuppen überhaupt? Laut den Besitzern kann man gar nicht über irgendwelche Reiseanbieter buchen.«

»Ach, was.« Harper lachte gekünstelt auf. Ich kannte sie lange genug, um zu wissen, dass sie nur Zeit schinden wollte. »Also das ist eine ganz lustige Geschichte, die erzähle ich dir ausführlich, wenn du wieder zu Hause bist. Dann haben wir alle Zeit der Welt.«

»Ich sitze in dieser Einöde fest, somit habe ich alle Zeit der Welt, also schieß schon los.«

»Na gut«, seufzte sie. »Die Bekannte einer Bekannten hat dort Urlaub gemacht. Sie war total begeistert und hat von ihrem Aufenthalt nur so geschwärmt. Anscheinend kann man tolle Massagen buchen, die sollen sogar einen kleinen Whirlpool haben. Außerdem gibt es ein amüsantes Abendprogramm, und noch einiges mehr an Überraschungen.« Sie machte eine Pause, schien nicht so recht mit der Sprache herausrücken zu wollen. »Ganz ehrlich, mich haben vor allem die Fotos der grandiosen Landschaft überzeugt. Du fotografierst doch total gern.«

»So, so.« Ich glaubte ihr kein Wort. Und ich fotografierte überhaupt nicht total gern, sondern postete ab und zu mal ein Selfie auf Insta, und das war's.

»Ist es nicht ein ganz entzückendes kleines Hotel auf diesem wunderschönen Fleckchen Erde? Ich dachte mir sofort, das ist genau das richtige für die arme, von der Liebe gebeutelte June.«

»Wieso?«

Ich hörte Harper tief durchatmen. »Okay, die Bekannte der Bekannten hat durchsickern lassen, dass die Partys, die dort gefeiert werden, legendär sein sollen. Man kann sich wunderbar amüsieren, und was im *Swing to Heaven* geschieht, bleibt auch dort«, verriet sie mir mit gedämpfter Stimme.

»Ich kann dir kein bisschen folgen. Wieso glaubst du, dass ich in der Stimmung wäre, groß einen draufzumachen? Noch dazu ganz allein?«

»Aber du hast doch morgen Geburtstag. Man wird nur einmal fünfundzwanzig.«

»Den ich sehr gern im Kreis meiner Freunde in London gefeiert hätte.«

»Jetzt sei nicht immer so verklemmt und undankbar.« Harper klang gereizt.

»Ich bin was?«, hakte ich nach. Ich glaubte mich verhört zu haben. Ich und verklemmt? Wer war denn während unserer Collegezeit nachts ins Freibad eingebrochen, um nackt zu baden? Doch wohl ich! Harper war sogar zu feige gewesen, um über den Zaun zu klettern.

»Es macht so viel Spaß dort. Das Ambiente ist herrlich ungezwungen und alle sind immer fröhlich. Außerdem sind die Besitzer supernett.«

»Heilige Scheiße«, unterbrach ich sie und sprang in die Höhe. »Die Bekannte der Bekannten bist du!«

»Wie ... kommst du darauf?« Harper klang ertappt.

»Harper«, sagte ich mit Strenge in der Stimme, bei autoritären Anwandlungen knickte sie immer wahnsinnig schnell ein.

»Erwischt«, gab sie zu. »Na, und? Als ich dir vergangenes Jahr erzählt habe, Steve und ich machen eine Städtereise nach Rom, war das nicht die ganze Wahrheit. Wir haben uns eine kleine Pärchenauszeit im *Swing to Heaven* gegönnt. Dafür muss ich mich vor niemandem rechtfertigen.«

»Du wusstest also, dass dieses Haus ein Pärchenhotel der ganz besonderen Art ist, und hast mich trotzdem einquartiert? Was stimmt nicht mit dir, Harper?«

»Wer hätte denn ahnen können, dass die es mit ihren Regeln so genau nehmen.«

»Swing to Heaven ... Swinger«, grübelte ich laut vor mich hin, und langte mir an den Kopf. Ach, du meine Güte, ich kapierte tatsächlich erst jetzt das Wortspiel. »Sag, dass das nicht wahr ist. Du hast mich nicht absichtlich in einem Swingerhotel einquartiert.«

»Wärst du sehr sauer, wenn ich ja sage?«, fragte sie vorsichtig.

»Was glaubst du denn? Tickst du noch ganz richtig? Überhaupt, seit wann treiben du und Steve ...« Ich brach ab. »Vergiss es, ich will keine Details wissen.«

»Jetzt komm schon. Was ist denn so schlimm daran, wenn man ab und zu sein Liebesleben ein bisschen aufpeppt? Du musst dringend lockerer werden, meine Liebe.«

Unter diesem Gesichtspunkt machte endlich auch Kaydens harsche Reaktion Sinn. Die Jungs betrieben hinter der biederen Fassade dieses alten Hauses einen ganz speziellen Pärchen-Club, in dem sogar Promis abstiegen. Kein Wunder, dass die nicht darauf erpicht waren, nebenher noch irgendwelche stinknormalen Touristen zu beherbergen. Was für eine Story. Aber was sollte ich als Singlefrau inmitten dieses tabulosen Haufens? Ich wäre die ungerade Zahl, die alles durcheinanderbringt. Außerdem war ich nicht der Typ für freizügige Liebe.

»Da du schon mal eingecheckt hast, kannst du auch das Beste aus deinem Aufenthalt machen. Du bist doch sonst auch so eine willensstarke Frau. Integriere dich ein bisschen, dann kannst du eine Menge Spaß haben. Die hören schon auf zu meckern, wenn du ein bisschen guten Willen zeigst, und auf sie zugehst.«

»Mich integrieren? Das ist doch kein Sportverein. Selbst wenn ich wollte, ich habe keinen Partner dabei. Außerdem ist das eine monumentale Schnapsidee. Ich kann es immer noch nicht fassen, dass du bei solchen Dingen mitmachst und mir kein Sterbenswörtchen verraten hast. Immerhin kennen wir uns schon seit der Grundschule.«

»Letztes Jahr warst du noch nicht reif für die Wahrheit«, behauptete sie allen Ernstes, und ohne auch nur den Hauch eines schlechten Gewissens.

»Und jetzt bin ich das?«

»Jetzt brauchst du diese besonderen Ferien ganz dringend«, betonte sie jedes einzelne Wort, als hätte sie irgendeinen Wissensvorsprung.

Ich pustete durch die Lippen. »Egal, morgen ziehe ich sowieso um. Die Besitzer besorgen mir Gott sei Dank ein anderes Bed and Breakfast.«

»Ach, nein.« Harper klang zutiefst enttäuscht. »Warum denn? Dann war ja alles umsonst. Weißt du, wie viel Planung es mich gekostet hat, dich auf die Gästeliste zu schmuggeln?«

»Hast du mir gar nicht zugehört?« Ich fasste es nicht.

»Ich bin mir sicher, die anderen Gäste stört es kein bisschen, wenn ein Single mitmischt. Überhaupt, als wir dort

Urlaub gemacht haben, war auch dieser schnuckelige Italiener ganz ohne Anhang da und keinem hat es etwas ausgemacht. Ganz im Gegenteil.« Sie klang, als würde sie sich die Lippen lecken.

»Erspar mir Details.« Ich schälte mich aus meiner klammen Jeans, jetzt brauchte ich dringend eine heiße Dusche. Wie befürchtet hatte ich kein Bad mit Wanne ergattert.

»Ein Hotel für Swinger, das toppt echt jeden Blödsinn, den du dir in der langen Zeit unserer Freundschaft geleistet hast«, schimpfte ich vor mich hin. Jetzt verstand ich endlich, warum die beiden Brüder ununterbrochen auf diese dämliche Pärchen-Regel beharrt hatten. Nicht aus religiösem Eifer. Nein! Die trieben es allesamt wild durcheinander und meine beste Freundin hatte fleißig mitgemischt.

»Was habe ich dir getan, Harper?«, heulte ich auf. »Sag's mir. Sei ehrlich. Wieso tust du mir das an?«

»Ich habe es echt nur gut gemeint. Du brauchst mal wieder ein bisschen Spaß. Ich halte deine Leidensmiene langsam nicht mehr aus, mit der du deine Mitmenschen tagein, tagaus tyrannisierst.«

»Also, hör mal«, unterbrach ich sie empört. Immerhin hatte ich eine traumatische Trennung hinter mir, da durfte man ja wohl ein Weilchen traurig sein.

»Ja, Brandon hat dir das Herz gebrochen, und ja, du hast jedes Recht wegen deiner verlorenen Liebe zu trauern. Aber erstens ist der Typ nicht eine einzige deiner Tränen wert und zweitens reicht es inzwischen. Schau nach vorn, lern neue Männer kennen. Oder glaubst du, Brandon sitzt zu Hause und bläst Trübsal?«

»Mit Sicherheit nicht.« Von meiner ehemaligen Kollegin wusste ich, dass der Mistkerl inzwischen sogar schon die sechste Praktikantin verschlissen hatte.

»Aber musste es ausgerechnet ein Swinger-Hotel sein?«

Wieso?

»Du sollst dir im *Swing to Heaven* ja keinen Mann fürs Leben angeln, sondern dich einfach ein bisschen amüsieren. Nach dieser Woche kommst du mit Sicherheit gut gelaunt, tiefenentspannt und gestärkt von neuem Selbstvertrauen zurück nach London und wir finden dann schon den Richtigen für dich.«

»So hast du dir das also gedacht.«

»Ich habe sehr viel Geld ausgegeben, um dir diesen wunderschönen Urlaub zu ermöglichen«, machte sie mit tadelnder Stimme weiter. »Alles was ich im Gegenzug von dir erwarte, ist, dass du locker und ohne Vorurteile an die Sache herangehst. Wenn es nichts für dich ist, dann eben nicht.«

Ich nahm es Harper sogar ab, dass sie mir auf ihre schräge Weise nur helfen wollte. Und okay, sie hatte nicht ganz unrecht. So sehr ich mich auch bemühte, ich kam einfach nicht über Brandon hinweg, obwohl mich noch nie ein Mann so mies behandelt hatte wie er. Dass ich einer derart toxischen Beziehung so lange hinterhertrauerte, sagte mehr über mich aus, als mir lieb war. Trotzdem: Eine schnelle Nummer war kein Heilmittel gegen Liebeskummer. Im Gegenteil, solche Dummheiten beschworen am Ende nur noch mehr Probleme herauf, für die ich zurzeit echt keinen Kopf hatte. Andererseits könnte ich mich ein wenig an Sheila Winston heranpirschen, mir ihr Vertrauen erschleichen, sie etwas ausquetschen und im Anschluss einen megamäßigen Enthüllungsartikel schreiben, von dem die ganze Welt sprechen würde. Sämtliche Medien würden sich auf die Story stürzen, da war ich mir sicher. Aber, selbst wenn ich es schaffte, die Jungs zu überreden, dass sie mich bleiben ließen, Kayden würde mich mit Sicherheit nicht in ihre Nähe lassen, völlig ausgeschlossen. Bestimmt bewachte er sie rund um die Uhr wie ein Bluthund. Mit Pech hatte ich mich dann am Ende völlig umsonst nackt gemacht.

»Tut mir leid, Harper. Meine Entscheidung ist gefallen. Ich

ziehe morgen in ein anderes Bed and Breakfast um, es wird schon alles arrangiert.«

Ein lautes Klopfgeräusch schreckte mich auf.

»Jemand steht vor meiner Tür«, ließ ich Harper im Flüsterton wissen, und mein Puls pochte im Hals. Hoffentlich war das kein Swinger-Gast der mich willkommen heißen wollte. Hastig nahm ich den Gästebademantel vom Haken an der Wand und schlüpfte hinein, untenrum trug ich nur meinen Slip. Unter keinen Umständen wollte ich einen falschen Eindruck erwecken. Das würde mir gerade noch fehlen.

»Dann geh öffnen.«

»Ich weiß nicht. ... Ja?«, rief ich, Harper behielt ich vorsichtshalber in der Leitung.

»Ich bin's, Neil. Ich bringe dir etwas Tee zum Aufwärmen«, kam es von draußen.

»Es ist jemand vom Personal mit Tee«, ließ ich Harper erleichtert wissen. »Ich muss auflegen, wir reden morgen.«

Ich ging öffnen.

»Ist gut, bye. Und stress dich nicht zu sehr, Süße«, riet Harper mir noch, bevor wir das Gespräch beendeten. Die hatte leicht reden. Immerhin war sie seit zwei Jahren mit ihrem Traummann verheiratet, der noch dazu dem Frauentausch nicht abgeneigt war, wie ich soeben erfahren durfte. Abgründe taten sich vor meinem inneren Auge auf, und ich wünschte mir fast schon, Harper hätte mich in meiner blauäugigen Unwissenheit gelassen.

Ich öffnete die Tür und fand Neil mit einem Tablett vor, auf dem eine altmodische Porzellankanne mit Blumenmotiv stand, nebst einem Teller mit Scones. Er war in Begleitung des süßen braunen Hundes, den die Katze vorhin misshandelt hatte.

»Ich dachte, ich bringe dir was zum Aufwärmen, um unseren schlechten Start ein wenig gutzumachen. Nicht, dass du dich noch erkältest. Abendessen servieren wir leider keins, aber unten an der Rezeption kannst du Snacks kaufen, falls du hungrig bist.«

»Vielen Dank.« Ich trat beiseite und ließ Neil ins Zimmer, der Hund folgte ihm. Nachdem er das Tablett neben dem Fernseher auf dem Tisch abgestellt hatte, wandte er sich mir zu. »Wir haben mit Sullivan telefoniert. Er betreibt ein kleines Hotel nicht weit von hier und hätte morgen Nachmittag ein Zimmer frei, falls du Interesse hast.« Neil griff sich in den Nacken. »In unserem Haus findet die nächsten Tage ein geschäftliches Seminar statt. Du würdest dich nur unwohl inmitten dieser Gruppe von Versicherungsleuten fühlen.«

Seminar. Sicher. Ich ließ mir mit keiner Miene anmerken, dass ich dank Harper bereits bestens im Bilde war.

»Und am anderen Hotel gibt es keinen Haken?«, fragte ich misstrauisch, während eine feuchte Hundeschnauze meine Hand beschnüffelte.

»Lass die Lady in Ruhe, Buddy.«, sagte Neil zu seinem Hund, dem völlig egal war, was sein Herrchen von ihm wollte. Genüsslich leckte er meinen Handrücken ab.

»Nein, es ist ein ganz normales schlichtes Urlaubshotel. Ich schwöre.« Grinsend spreizte er drei Finger zum Eid.

»Und die Party da unten, das sind diese Geschäftsleute?« Die Journalistin in mir kam durch. Ich fand, meine Frage klang ganz harmlos, während ich Buddy hinter den Ohren kraulte.

»Er mag dich.« Neil lächelte mich so überraschend charmant an, dass es mir bis in den Magen prickelte. Meine Frage ließ er unbeantwortet.

»Er ist so ein hübscher Hund.« Woraus sich wohl das Programm für diese Gäste gestaltete? Was boten die Jungs diesem umtriebigen Haufen an? Besser noch: Was trieben diese Leute hinter verschlossenen Türen? Wieso feierte Sheila Winston ausgerechnet in der Einöde Irlands? Welcher normale Mensch kam schon auf die Idee ein Swinger Hotel zu führen?

Fragen über Fragen, und mich juckte es in den Fingern, in einem Artikel auf jede einzelne eine Antwort zu finden.

»Soll ich Sullivan zusagen? Möchtest du das Zimmer haben? Falls du deinen Urlaub lieber abbrechen willst, kann dich auch jemand zum Flughafen fahren. Ganz wie du möchtest.«

Also große Wahlmöglichkeiten gab es für mich ja nicht. Sullivan oder ab nach Hause. Sollte ich es noch einmal darauf ankommen lassen, und auf meine Reservierung beharren?

»Kann ich das auch morgen noch entscheiden?« Demonstrativ gähnte ich hinter der vorgehaltenen Hand. »Ich bin todmüde und heute zu gar nichts mehr in der Lage.«

»Selbstverständlich«, erwiderte er gepresst. »Hoffentlich steht das Zimmer morgen noch zur Verfügung.«

»Ich lasse es darauf ankommen.« Irgendwas Informatives musste sich diesem Iren doch entlocken lassen. »Das ist ja eine Überraschung, dass ihr Sheila Winston zu Gast habt. So ein berühmter Star in so einer kleinen idyllischen Herberge.«

»Sie ist eine Freundin des Hauses.« Er räusperte sich. »Es wäre wirklich toll von dir, wenn du es für dich behalten könntest, dass Sheila bei uns Urlaub macht.«

»Selbstverständlich.« Ich schenkte ihm mein schönstes Lächeln, das er mit Skepsis im Blick begutachtete.

»Also, gut.« Er seufzte tief. »Außer dem Bed and Breakfast betreiben wir noch einen kleinen Gnadenhof für Tiere, die in Not geraten sind, oder kein Zuhause mehr haben. Arme Wesen, die ausgesetzt oder misshandelt wurden. Manche haben wir auch vor dem Schlachter gerettet. Aber wie du dir vielleicht denken kannst, geht die Versorgung so vieler Tiere auf Dauer ziemlich ins Geld. Ein stinknormales Bed and Breakfast nur für Touristen würde die Kosten nicht mal im Ansatz decken, darum sind wir eben kreativ geworden. Da Diskretion unser oberstes Gebot ist, steigen hin und wieder auch Promis bei uns ab, wenn sie mal ihre Ruhe haben wollen. Selbstverständlich zahlen sie auch angemessen. Wir sind auf das Geld wirklich angewiesen. Im Gegenzug sorgen wir dafür, dass sie in unserem Hotel ein paar ungestörte Tage verbringen können.«

Na ja, Relaxen in angemessener Privatsphäre könnten diese Berühmtheiten mit Sicherheit in jedem anderen Hotel ebenso. Viel eher lockte sie wohl der Spezialservice der Jungs in die Einsamkeit. Aber was Neil mir eben anvertraute, hatte ich ehrlich nicht erwartet. Mein Herz wurde ganz warm bei dem Gedanken an die vielen geretteten Tiere. Wow! Diese Jungs waren wahre Samariter. Was für eine Wendung. Ein Gnadenhof, der mit den Erlösen eines Swingerhotels finanziert wurde. Kreativ waren sie, das musste man ihnen lassen. Plötzlich kam ich mir schäbig vor, weil ich ehrlich daran gedacht hatte, ihr Geheimnis für meine Zwecke auszunutzen, um es als Journalistin in die Welt zu tragen, während Neil und sein Bruder ihr Leben gequälten Tieren widmeten.

»Ist er auch so ein Fall?« Ich streichelte Buddy über den Kopf. Er saß neben mir und blickte zu mir auf.

»Buddy lebte jahrelang als Kettenhund bei einem Farmer hier in der Gegend. Sein Hals war schon ganz aufgescheuert von dem kratzigen Halsband und mit Geschwüren übersät. Kayden hat den Besitzer überredet, ihm Buddy zu überlassen. Seitdem lebt er bei uns und muss nur noch die Katze fürchten. Aber das hat er selbst in der Hand.«

Mein Herz tat richtig weh, als ich mir Buddy irgendwo angebunden vorstellte. Er war so ein freundlicher Hund.

Der Wunsch, diese Enthüllungsstory zu schreiben, verpuffte. Sollte Sheila Winston doch ein paar ungestörte Tage im *Swing to Heaven* verbringen. Ich gönnte ihr den Spaß von ganzem Herzen. Was ging mich ihr Privatleben an? Ich wollte auf keinen Fall diejenige sein, die Neil und seinem Bruder

Ärger machte, um am Ende den Tieren zu schaden. Kein Zeitungsartikel der Welt war das wert.

»Das hätte ich jetzt echt nicht erwartet. Aber ich finde es eine großartige Sache, dass ihr euch so rührend um diese armen Tiere kümmert«, sagte ich und meinte jedes Wort ehrlich. Mein Herz ging richtig auf, als ich mir all die geschundenen Wesen vorstellte, die dank der beiden Brüder nun ein liebevolles Zuhause gefunden hatten. Meine Wut auf die zwei und ihre ungerechte Behandlung mir gegenüber verrauchte. Zurück blieb ehrliche Bewunderung. Ich strahlte Neil an. »Du kannst diesem Sullivan ausrichten, dass ich das Zimmer sehr gern nehme.«

Neil atmete tief durch, es schien, als würde eine gehörige Portion Anspannung von ihm abfallen. Dabei hatte der Ärmste gar keinen blassen Schimmer, wie viel ich in Wahrheit bereits über ihr Etablissement wusste. Dieses Geheimnis würde ich mit zurück nach England nehmen. Es war bei mir sicher.

»Du wirst dich in dem anderen Hotel genauso wohl fühlen, es ist mindestens so hübsch wie unseres. Schlaf gut und morgen Nachmittag chauffiert dich jemand auf Kosten des Hauses zu Sullivan. Dann kannst auch du deinen Urlaub endlich genießen.«

»Gute Nacht.« Buddy machte keinerlei Anstalten, Neil nach draußen zu folgen.

»Los, Buddy. Lass die Lady in Ruhe.« Er stieß einen leisen Pfiff aus. Nichts. Der kleine Kerl blieb neben mir sitzen, was Neil mit einem Augenrollen quittierte. »Wie es aussieht, hat sich Buddy in dich verliebt.«

»Oh, Buddy.« Ich war ganz gerührt, als der Hund sich an mich schmiegte. »Geh mit deinem Herrchen mit.« Erst als ich Buddys Rücken tätschelte, erhob sich der kleine Racker und trottete Neil hinterher.

Ich schloss die Tür und ging zum Tisch, um mir eine Tasse

von dem Schwarztee einzugießen, dessen wundervoller Duft sich im Raum verbreitete. Genau was ich jetzt brauchte. Es war echt nett von Neil, sich die ganze Mühe zu machen. Mir Tee zu bringen und mir eine andere Unterkunft zu besorgen, obwohl sie die vielen Tier zu versorgen hatten. Während ich die dampfende Flüssigkeit in die Tasse rinnen ließ und danach noch einen Schuss Milch dazugab, fand ich es plötzlich nicht mehr halb so schrecklich, im *Swing to Heaven* gestrandet sein. Es war ja nur für eine Nacht. Sollten die Gäste doch ihren Spaß haben. Was ging mich deren Leben an? Sollten sie doch swingern so viel sie wollten. Solange viele arme Tiere mit dem Geld gerettet wurden, fand ich das völlig okay.

4

KAYDEN

Ich stand neben Ian hinter der Bar und half meinem jüngsten Bruder beim Mixen der Drinks. Es war echt heftig, wie viel Alkohol zwanzig Menschen in einer Nacht in sich hineinschütten konnten. Was allerdings ausgesprochen gut für unsere Kasse und die hungrigen Tiere war, die wir versorgen mussten.

Mein Blick schweifte über die Gästeschar, manche tanzten eng miteinander, andere standen einfach nur herum und unterhielten sich, nippten an ihren Getränken. Jeden Samstag feierten wir eine Party, die den Leuten immer einen Haufen Spaß bereitete. Heute mischte Sheila Winston mit, die sich für eine Woche bei uns einquartiert hatte. Ab und zu stieg sie bei uns ab, um sich zwanglos ein wenig zu amüsieren. Da unsere Gäste allesamt sehr um Diskretion bemüht waren, konnte sie sich bei uns ungestört ausleben, und vor neugierigen Blicken sicher fühlen. Sheila knutschte in einer Ecke mit Salvatore herum, einem der wenigen Singles, denen wir den Aufenthalt bei uns gestatteten. Ja, okay, wir hatten June diesbezüglich belogen. Aber unser Haus, unsere Regeln. Wir entschieden, wer bleiben durfte und wer nicht. Und diese June, mit ihrer versnobten Londoner Art, mit Sicherheit nicht. Obendrein war sie auch noch Reporterin, was wir überhaupt nicht gebrauchen konnten. Ich mochte sie vom ersten Augenblick an nicht leiden, diese Frau war mir durch und durch unsympathisch. Hoffentlich schwirrte June morgen ohne großes Theater wieder ab, noch immer hatte ich ihre sture Diskussion im Ohr, und das machte mir schlechte Laune.

»Hey Kayden, zwei Wodka Lemon.« Eugenie tippte mich am Arm an und ich schrak aus meinen Gedanken. Ein paar Mal im Jahr verbrachte sie zusammen mit ihrer Verlobten Amy einige Tage bei uns, die beiden zählten somit zu unseren zahlreichen Stammgästen.

»Wird schon gemixt«, sagte ich und schnappte mir zwei Gläser. »Was bekommst du, Libby Schätzchen?«, rief ich der dunkelhaarigen Frau neben ihr durch den Lärm und die Musik hindurch zu.

»Am liebsten den Wodka Lemon aus Eugenies Bauchnabel.« Libby vergönnte der Angesprochenen einen tiefen Blick. Eugenie biss sich auf die Unterlippe, und senkte gespielt verschämt die Lider. Ich musste zugeben, allein die Vorstellung fand ich ziemlich erregend. Ab und zu vögelte ich gegen Bezahlung auch mal eine Frau. Immerhin kam jeder verdiente Cent unseren Tieren zugute. Meistens jedoch vergnügten sich die Gäste untereinander und das war mir am allerliebsten.

Ich schob die Drinks über den Tresen, während ich beobachtete, wie die beiden Süßen tiefe Blicke tauschten. Amy streichelte am tiefen Ausschnitt von Eugenies schwarzem Minikleid entlang, bevor sie deren linke Brust umschmeichelte. Auf unseren Partys ging es immer recht offenherzig, aber niemals völlig zügellos zu, Berührungsängste gab es jedenfalls keine.

»Na, gefällt dir, was du siehst, mein Süßer?«, fragte mich Eugenie unter halb gesenkten Lidern.

»Ich müsste lügen, wenn ich nein sagen würde.« Verdammt,

das sah sexy aus. Eugenie packte mich am Handgelenk und legte meine Hand auf ihre andere Brust. Ich schluckte.

»Es fühlt sich anders an, von einem Mann berührt zu werden«, ließ sie mich wissen, als ich ihren Busen sanft knetete. Normalerweise vergnügte sich die Lady ausschließlich mit Frauen. »Rauer und fester, aber trotzdem ganz angenehm.«

Ich zwirbelte ihre Brustwarze zwischen Daumen und Zeigefinger. »Auch Männerhände können zärtlich sein«, erwiderte ich mit einem Augenzwinkern und sie lachte. Wir wussten beide, dass sie mich nur ein wenig aus der Reserve locken wollte. Sie testete ein paar Grenzen aus, sammelte neue Erfahrungen, und das konnte sie im geschützten Rahmen unseres Hauses auch problemlos tun.

Plötzlich fühlte ich mich beobachtet und wandte instinktiv den Kopf, während sich Eugenies straffe kleine Brust immer noch in meine Handfläche schmiegte. Was, zum Teufel, wollte die denn hier unten? Waren wir vorhin nicht überdeutlich gewesen? In der halb geöffneten Tür stand June und beobachtete mich, während sie abfällig den Kopf schüttelte.

Hastig ließ ich von Eugenie ab, schob mich an Ian vorbei, und eilte auf den Eindringling zu.

»Was machst du hier?«, schnauzte ich sie an und stellte mich so, dass ich June den Blick auf die Gäste versperrte, als hätte sie nicht längst schon alles gesehen.

Sie reckte kampflustig das Kinn. »Neil meinte, an der Rezeption könnte man Snacks kaufen, aber keiner von euch lässt sich am Empfang blicken.«

Ich schob sie an der Schulter zurück in den Eingangsbereich und schloss die Tür hinter mir.

»Was möchtest du?«, fragte ich an ihr vorbeigehend.

»Habt ihr Chips da?«

Ich öffnete die Schublade unter dem Tresen, in der wir allerhand Süßkram und Knabberzeug aufbewahrten und nahm eine kleine Tüte Paprikachips heraus, die ich ihr hinhielt. »Geht aufs Haus.« Ich wollte sie so schnell wie möglich wieder loswerden.

June nahm die Packung zwar, machte jedoch keinerlei Anstalten zu verschwinden. Was war bloß mit dieser Frau los? Je länger sie vor mir stand, desto weniger mochte ich sie leiden. Von mir aus konnten die Briten allesamt auf ihrer eigenen Insel bleiben, wo sie hingehörten. Junes herablassende Art kotzte mich tierisch an.

»Sonst noch was, Lady?« Ich nickte ihr zu, konnte mir kein Lächeln abringen.

»Da drinnen geht es ja hoch her.« Mit dem Daumen deutete sie auf die geschlossene Tür und schenkte mir ein winziges Lächeln, das an mir abprallte.

»Was geht dich das an?« Am liebsten würde ich sie auf der Stelle mit Sack und Pack rüber zu Sullivan fahren, nur damit wir sie endlich los waren. Geduscht und mit trockenen Haaren sah June allerdings richtig zivilisiert aus. Sie hatte keinerlei Ähnlichkeit mehr mit dem zerrupften Besen, den ich auf der Straße aufgelesen hatte. Dass ich nicht ganz unschuldig an ihrem aufgeweichten Zustand gewesen war, tat ich mit einem Schulterzucken ab. Manchmal kamen eben wichtigere Dinge dazwischen, als eine verwöhnte Städterin. Mit der verlaufenen Wimperntusche hatte June vorhin mehr Ähnlichkeit mit einem ins Wasser getauchten Uhu gehabt. Aber trocken gelegt war sie richtig hübsch, das musste ich zähneknirschend eingestehen. Ihre wilden kastanienbraunen Locken reichten bis zu den Schultern und rahmten ihr schmales Gesicht ein. Aus großen, bernsteinfarbenen Augen sah sie mich an. Sie trug eine legere Jogginghose zu einem rosafarbenen Sweatshirt in Übergröße, das nicht viel von ihrer Figur preisgab.

»Warum bist du immer so unfreundlich, Grumpy?« Sie verkniff ihre geschwungenen Lippen.

Ich prustete. Die Frau war echt unglaublich. »Lady, wenn ich eins nicht leiden kann, dann sind es überhebliche Briten, die auf unsere Insel kommen und sich aufführen, als hätten sie immer noch was zu melden.«

Sie verschränkte die Arme vor der Brust. »Als ob irische Sturköpfe besser wären.«

Mir fiel auf die Schnelle kein Konter ein.

Sie tätschelte meine Schulter. »Ganz ehrlich, Junge. Ich hab überhaupt kein Problem mit euren kleinen Spielchen da drinnen hinter der verschlossenen Tür. Also mach dich mal locker.«

Als ob wir ihre Absolution benötigten.

»Unsere Gäste sind alle erwachsene Menschen, die sich amüsieren dürfen wie sie möchten. Das geht dich einen Scheiß an. Genau aus diesem Grund solltest du gar nicht im *Swing to Heaven* übernachten.«

»Wer hat sich diesen Namen überhaupt ausgedacht?«, fragte sie ungerührt, und da wusste ich, sie war bereits vollkommen im Bilde. Woher nur? Ob Neil gequatscht hatte?

»Hat sich so ergeben. Unsere Gäste fühlen sich bei uns eben wie im siebten Himmel.«

»Daran hege ich keinerlei Zweifel«, spottete sie.

»Es ist nicht das, was du denkst«, versuchte ich irgendwas zu retten. Das Letzte was wir gebrauchen konnten, war eine neugierige Reporterin, die eine Story witterte.

»Nein, mit Sicherheit nicht«, bestätigte sie in übertriebenem Tonfall. »Macht ihr ruhig. Mir ist das egal.« Sie winkte ab.

Ich glaubte ihr kein Wort. »Na, jetzt sind wir aber beruhigt, dass wir deinen Segen kriegen.« Ich schob sie an der Schulter in Richtung Treppe. »Warum gehst du nicht endlich auf dein Zimmer, isst deine Chips und lässt die anderen Gäste in Ruhe?«

Ich hatte keine Ahnung, warum allein Junes Anblick mich dermaßen sauer machte. Im Prinzip könnte sie mir echt egal sein, aber irgendwas an ihr reizte mich bis zur Weißglut.

Statt endlich abzuschirren, blitzte sie mich streitlustig an. »Manieren sind für dich ein Fremdwort, oder? Von mir aus kannst du Frauen die Brüste streicheln, so viel du willst. Es stört mich kein bisschen. Treibt doch miteinander, was ihr wollt.« Sie stieg die erste Stufe nach oben.

»Du bist verklemmt, das ist alles«, rief ich ihr nach, und bereute mein großes Mundwerk augenblicklich. Verdammt! Warum konnte ich nicht ein einziges Mal meine große Klappe halten? Sie war quasi schon weggewesen. Als hätte June nur auf mein Stichwort gewartet, hielt sie inne und drehte sich um.

»Sagt der Kerl, der von allen Leuten auf der Party am meisten anhat.«

»Ich arbeite«, betonte ich jedes einzelne Wort. Unwillkürlich huschte mein Blick über mein weißes T-Shirt, das blauschwarz karierte Flanellhemd, das ich offen darüber trug, und die verwaschene Jeans. Okay, im Vergleich zu den Typen da drinnen hatte ich definitiv zu viel an, aber ich war sowieso nicht scharf darauf, mitzumischen. Am liebsten war ich bei den Tieren und hatte meine Ruhe. Ich machte diesen dämlichen Job für Dana, riss mir für ihren Traum den Arsch auf. Wenn das bedeutete, dass wir eine etwas andere Unterkunft führen mussten, um das nötige Geld dafür zu verdienen, dann war das halt so. Diese Swingerbude war mir im Prinzip scheißegal. Der Gnadenhof war mich wichtig.

»Ach, komm schon.« Sie stemmte eine Hand in die Hüfte. Ich hörte ihr die Provokation schon am Tonfall an. »Du mischst doch eifrig mit, wie ich vorhin sehen durfte.«

Die Britin war im Bilde, zu hundert Prozent. Ich sah es im überheblichen Glanz ihrer Iriden, und an der Art, wie sie das Kinn reckte. Fast schon eine Siegerpose. Scheiße. Bestimmt hatte Neil sich verplappert, und wir standen morgen in allen Zeitungen. Sollten wir auffliegen, würde kein Mensch mehr einen Aufenthalt bei uns buchen. Unsere Gäste verlangten äußerste Diskretion. Was nun? Ich dachte an die Worte, die mein Dad immer zu sagen pflegte. *Wenn du den Feind nicht besiegen kannst, dann mach ihn zu deinem Verbündeten.*

»Weißt du was? Extra für dich machen wir mal eine Ausnahme. Du bist herzlich zur Party eingeladen.« Ich schenkte ihr mein unschuldigstes Lächeln, während ich zur geschlossenen Tür deutete. Wie es aussah, hatte June kein Handy bei sich, würde also keine Beweisfotos knipsen können. Ich hingegen würde dafür sorgen, dass es genügend Schnappschüsse von der hübschen June in Action geben würde, und ihr im Anschluss klarmachen, dass ihre Reporter-Kollegen zu sehen bekamen, auf welche Weise June Mitchell ihren Urlaub verbrachte. Für uns stand zu viel auf dem Spiel, und diese Frau könnte alles zerstören, was wir uns mühsam und unter so vielen Entbehrungen aufgebaut hatten.

Wie in Zeitlupe verschränkte June die Arme, im Sekundenbruchteil wurde sie kleinlaut. »Ich bin nicht in Feierlaune, und woher kommt dieser plötzliche Sinneswandel?«

»Du sollst dich nicht ausgeschlossen fühlen, solange du in unserem Haus logierst. Immerhin ist irische Gastfreundschaft etwas, worauf wir auf dieser Insel besonders stolz sind.« Ich grinste sie breit an.

»Davon habe ich bisher noch nicht viel mitbekommen.« Sie musterte mich mit Argwohn im Blick. »Was soll ich als Single unter diesen ganzen Geschäftsleuten?«

Geschäftsleute? So hatte unsere Gäste noch niemand genannt.

»Genehmige dir einen Drink an der Bar. Ein bisschen Alkohol lockert dich vielleicht auf. Oder hast du Schiss vor uns? Wir sind ganz harmlos, versprochen.« Ich sollte es mir verkneifen, sie zu reizen, aber es machte Spaß.

»Ich?« Sie schlug eine Hand auf ihren Brustkorb. »Angst vor euch? Mit Sicherheit nicht.« Ein spöttisches Lachen sprudelte über ihre Lippen. »Aber trotzdem: Nein, danke.« Fahrig strich sie sich eine lockige Strähne aus dem Gesicht.

»Wir tun dir nichts«, provozierte ich sie weiter.

»Ich will aber nicht.«

»Dann halt nicht.« Ich zuckte die Achseln und war erleichtert. Was ich vorgehabt hatte, war sowieso eine Schnapsidee gewesen, mit der ich mich nicht wohlfühlte.

Ich sah June an, wie es in ihrem Kopf rumorte.

»Oder vielleicht doch?« Sie wiegte den Kopf, als könnte sie sich nicht festlegen.

Verdammt.

»Lady, entscheide dich endlich, ich muss zurück zur Arbeit.«

»Ich kann wohl kaum in meinen Freizeitklamotten auf eine Party gehen.«

»Dann ziehst du die Schlabbersachen halt aus.« Ich wackelte mit den Augenbrauen, gleich war ich sie los. Mit Sicherheit.

Sie lachte amüsiert und glockenhell.

Dann wurde sie ernst. »Nur, wenn du es auch machst.«

»Was?« Ich hatte mich wohl verhört. »Du bluffst doch nur.«

»Nicht vollkommen nackt, du kannst die Schnappatmung einstellen«, sagte sie in einem Tonfall, als wollte sie mich beruhigen. »Nur ein wenig Ballast abwerfen, das ist alles. Ein Höllentag liegt hinter mir, den ich zum großen Teil dir zu verdanken habe. Ich habe einen Schlummertrunk bitter nötig, und ich würde *fast* alles dafür tun.«

»Du verarschst mich doch.« Ihr Blick kam mir hinterlistig vor, nicht, dass ich mich am Ende noch selbst hereinlegte.

»Kriegst du Großmaul etwa Schiss?«, drehte sie den Spieß schamlos um, aber nicht mit mir. Ich streifte mein Hemd ab, bevor ich mir in den Nacken griff und auch noch das T-Shirt über den Kopf zog. Oberkörperfrei stand ich nun vor ihr. Junes Blick schweifte über meine nackten Schultern und meinen Brustkorb, die tägliche körperliche Arbeit hielt mich in Form. Je länger sie mich ansah, desto wärmer wurde mir im Bauch – und tiefer ... Bestimmt haute sie gleich ab, und ich hatte endlich meine Ruhe.

»Es ist unhöflich, fremde Leute anzugaffen«, stellte ich ihre Manieren infrage, worauf sie mir ruckartig ins Gesicht sah.

»Bilde dir bloß nichts ein«, erwiderte sie, bevor sie tatsächlich ihr rosa Sweatshirt auszog und es samt der Tüte Chips zu Boden fallen ließ. Ich schluckte hörbar. Sie trug ein rosafarbenes Unterhemd darunter, das problemlos auch als Sommertop durchgehen könnte. Hatte ich es doch gewusst, dass sie mogeln würde. Trotzdem sah sie unglaublich süß aus.

»Na, wer gafft jetzt?«, höhnte sie.

»Das ist alles?« Was tat ich Vollidiot eigentlich? Ich ließ mich von dieser britischen Tussi aufstacheln.

»Jetzt bist du wieder dran. « Sie verschränkte die Arme. »Ich will endlich meinen Whiskey, wie leger muss es denn noch werden?«

Sollte ich der frechen Britin erzählen, dass wir auch Zimmerservice anboten? Besser nicht. Mal sehen, wie weit dieses hübsche Großmaul tatsächlich bereit war zu gehen. Ich war mit meiner Party-Einladung zu voreilig gewesen, bereute längst, sie ausgesprochen zu haben. Mein Plan war Quatsch, sie zu nahe an unsere Gäste heranzulassen, keine glorreiche Idee. Aber ich wollte auch nicht derjenige sein, der sie wieder auslud. Sie sollte das Spielchen gefälligst als erste beenden.

June strich sich eine wirre Locke aus dem Gesicht, und

diese unschuldige Geste entfaltete eine überraschende Wirkung auf mich. Oh Himmel, bei Junes supersexy Anblick pulsierte mein Blut in einem Tempo durch die Venen, dass mir ganz schwindlig wurde. Ich musste sie schnellstmöglich loswerden.

Lässig zog ich meinen Gürtel aus den Schlaufen und löste ihn von der Schließe, ehe ich Knopf und Reißverschluss öffnete und mir die Jeans bis zu den Knien schob. Mit den Füßen befreite ich mich zuerst von meinen Sneakers und dann von der Hose. Tat, als wäre es mir superernst, während ich in meinen schwarzen Boxershorts bescheuert im Foyer herumstand. Meine Brüder würden sich totlachen, sollten sie uns erwischen.

Leider bekam ich June auch mit dieser Aktion nicht in die Defensive. Im Gegenteil! Sie studierte ausgiebig meinen Körper von oben bis unten. »So schlecht bist du gar nicht gebaut. Warum feierst du nicht im Höschen?« Sie unterdrückte ein leises Kichern.

»Sagte ich doch bereits. Ich feiere nicht, ich arbeite.«

»Ausrede.« Mit beiden Händen fasste sie an den elastischen Bund ihrer Jogginghose und wackelte mit den Hüften, während der weiche Stoff ihre Schenkel entlangstrich. Die Nerven in meinem Unterleib flatterten. Plötzlich verhielt sie sich ganz anders. Nicht mehr zugeknöpft und spröde, sondern lasziv und verführerisch. Ihr gekonnter Augenaufschlag ging mir durch und durch. Alles in mir zog sich zusammen, als sie aus der Hose stieg, und sich mir in einem supersüßen rosa Hipsterslip präsentierte.

»Ich mag dich nicht.« Sie rekelte sich aufreizend vor mir.

»Ich dich noch viel weniger«, erwiderte ich gepresst und spannte unwillkürlich meinen Bizeps an, als ihr Blick erneut über meinen Oberkörper schweifte. Glühendes Verlangen brannte in mir. Dieser sexy rosa Slip machte mich ganz verrückt. Am liebsten würde ich vor June auf die Knie sinken, und ihr den winzigen Fetzen Stoff mit den Zähnen ausziehen.

»Du bist ein unverschämter Griesgram.« Sie hob das Kinn und sah mich hochmütig an.

»Und du eine nervtötende Schnepfe.« Meine Stimme klang belegt.

»Wow«, sie gluckste. »Wenn du immer so charmant bist, würde es mich nicht wundern, wenn diese Kuh da draußen im Stall, das einzige weibliche Wesen in deinem Leben ist.«

Ihre Worte fühlten sich an wie ein eiskalter Guss.

»Gibt es tatsächlich Frauen, die deinem charmanten Wesen widerstehen können, Grumpy?« Der spöttische Klang ihrer Stimme kühlte mich glücklicherweise herunter. »Was ist los? Du Ärmster siehst aus, als würdest du kurz vor einem Herzinfarkt stehen.«

Ich schnappte mein T-Shirt vom Boden und zerrte es mir über den Kopf, danach bückte ich mich nach meiner Jeans und stieg hinein. »Jemand bringt dir deinen Drink aufs Zimmer.«

»Hast du mich nicht eben noch zu einer Party eingeladen?«

»Jetzt lade ich dich wieder aus«, fuhr ich sie lauter an als gewollt und hob mein Hemd auf. Was wir hier taten, fühlte sich wie Verrat an Dana an. Allein der Gedanke an sie riss mich sofort in die Tiefe, in ein bodenloses Loch. Dabei hatte ich mich in den vergangenen Monaten so gut im Griff gehabt.

Bevor *sie* aufgetaucht war.

June.

Diese Frau machte mich wahnsinnig und ich wusste nicht einmal wieso.

Ich zerrte den Gürtel fest, während June sich nun ebenfalls nach ihrem Sweatshirt bückte, es allerdings lediglich vor ihrem Oberkörper drapierte.

»Du bist so ein Rüpel«, warf sie mir an den Kopf, ihre Stimme bebte vor unterdrückter Wut.

»Ich habe keine Zeit für diesen Quatsch. Such dir einen anderen, der dich flachlegt.«

»Du glaubst allen Ernstes, ich will mit dir ins Bett?« Ihre Augen wurden schmal. »Du bist echt der arroganteste Mensch, der mir seit langem über den Weg gelaufen ist.«

Ich musste weg, und zwar schleunigst. »Ich lasse dir einen Whiskey aufs Zimmer bringen. Der geht ebenfalls aufs Haus, damit sollten wir quitt sein.« Hastig marschierte ich davon, ehe sie etwas erwidern konnte.

Erst als die Tür hinter mir zufiel und ich mich unter all den gut gelaunten Leuten wiederfand, fiel ein enormer Teil der Anspannung von mir ab. Was war da eben passiert?

Eine typisches irisches Traditional wurde gespielt, das jeder auf der Insel schon von Kindesbeinen an kannte, und die Gäste grölten mit, während sie sich schunkelnd in den Armen lagen. Sie waren allesamt ästhetische Menschen, keiner älter als vierzig, die meisten sogar um einiges jünger. Die Gäste fühlten sich in einer altershomogenen Gruppe wohler. Aus diesem Grund wählten wir ganz genau aus, wer bei uns logieren durfte. Ich ließ meinen Blick über die Frauen schweifen, die zum Teil wahnsinnig attraktiv waren. Allerdings schaffte es keine einzige, mich auf Touren zu bringen. Nicht so, wie June das eben gelungen war. Hastig verscheuchte ich die Gedanken an diese kleine Bitch. Die ausgelassene Stimmung wirkte wie Balsam auf meine geschundene Seele. Etwas war da draußen zwischen mir und June passiert, aber ich wollte dieser Sache auf keinen Fall näher auf den Grund gehen.

Mein jüngster Bruder Ian warf mir einen fragenden Blick zu, während er sich über sein kurzgeschorenes krauses Haar strich. Wir drei Brüder hatten zwar alle denselben Vater, der uns nach seinem Tod dieses Bed and Breakfast vermacht hatte, aber wir stammten von unterschiedlichen Müttern ab.

»Die Kleine von eben. Ist sie diese June?«, fragte er und ich nickte, während ich spürte, wie sich meine Augenbrauen zusammenschoben.

»Mitch hat uns das eingebrockt.« Wir hätten den Kerl nie einstellen sollen.

Ich nahm ein Glas aus dem Regal und goss es mit dem edelsten irischen Whiskey voll, den wir dahatten. Sollte uns keiner nachsagen, wir würden unseren Gästen nicht das Beste gönnen. »Hoffentlich konnte Neil diese Britin zum Umzug überreden. Wo steckt der Kerl eigentlich?«

»Keine Ahnung.« Ian zuckte mit den Schultern. Er war mit seinen einundzwanzig der Jüngste von uns, Neil war drei Jahre älter und ich mit sechsundzwanzig der Erstgeborene. Inzwischen waren wir ein eingespieltes Team und schlugen uns ganz gut durch. Langsam aber sicher ging mir allerdings dieser dauernde Trubel tierisch auf die Nerven.

Ich hielt Ian das Glas hin. »Kannst du es der Britin nach oben bringen?«

»Warum machst du das nicht?«

»Ich brauche eine Pause von dieser … Frau.«

»Weil sie dich zu sehr an Dana erinnert?« Ian musterte mich durchdringend, während ich fast das Glas fallengelassen hätte.

»Was redest du da für einen Scheiß, Mann?« fuhr ich ihn an. Meine Hand begann zu zittern, ein Schluck des Hochprozentigen schwappte mir über die Finger, und tropfte auf den Boden. »Diese Frau hat absolut nichts mit Dana gemeinsam. Nichts! Die zwei könnten unterschiedlicher nicht sein.« Es war nicht zu fassen, dass Ian es tatsächlich wagte, diese hochnäsige Britin in einem Atemzug mit meiner Dana zu nennen.

»Ich finde, sie sieht ihr ziemlich ähnlich, mit ihren kastanienbraunen Locken und dem schmalen hübschen Gesicht.«

»Blödsinn.« Eine ungeheure Wut schoss in mir hoch, ich

hieb mit der Faust auf den Tresen. Wie konnte Ian nur so einen Schwachsinn behaupten? Wie konnte er nur?

Amy, die auf der anderen Seite der Bar auf ihren Drink wartete, zuckte zusammen.

»Ist alles okay, Kayden?« Erschrocken sah sie mich an.

»Alles bestens«, beschwichtigte ich sie, und atmete tief durch, um meinen rasenden Herzschlag unter Kontrolle zu bringen.

»Mensch Kayden, so geladen kenne ich dich gar nicht«, raunte Ian und nahm mir das Glas aus der Hand. »Ich bringe der Lady den Whiskey aufs Zimmer, und du komm mal wieder runter. Wieso machst du mitten auf der Party so einen Stress?« Er sah mich mahnend an. »Geh mal raus vor die Tür und kühl dich ab«, verwarnte er mich, bevor er den Blick über die Gäste schweifen ließ. Außer Amy schien glücklicherweise keiner etwas von meinem Ausraster mitbekommen zu haben.

»Alles okay«, beschwichtigte ich ihn, worauf er verschwand, und mir die Bar überließ. Während ich Getränke ausschenkte, stieg Dana vor meinem inneren Auge auf. Die schönste Frau der Welt, die große Liebe meines Lebens. Für einen Moment schloss ich die Lider, der Schmerz tobte immer noch genauso stark in meiner Brust wie damals, und zerfetzte mir das Herz. Oh Gott, ich vermisste sie so unglaublich. In den vergangenen Jahren war nichts leichter geworden, war kein Tag vergangen, an dem sie mir nicht gefehlt hatte. Und nein. June hatte nichts mit Dana gemeinsam. Rein gar nichts!

Neil stieß zu mir und goss sich ein Glas Cola ein, das er in einem großen Zug austrank.

»Wo warst du die ganze Zeit? Hier ist die Hölle los«, fuhr ich ihn an, obwohl ich Ian ebenfalls den halben Abend lang allein gelassen hatte.

»Rheena war da«, ließ er mich wissen. Seine On-and-Off Beziehung, mit der er sich inzwischen eher locker traf. Was im

Klartext vor allem gelegentlichen Sex bedeutete. Sie war engagierte Tierschützerin, wir hatten schon einige von ihr gerettete Tiere in Obhut genommen.

»Verstehe.« Rhenna war hübsch und hatte das Herz am rechten Fleck.

»Sie hat von einem Farmer erfahren, der ein Pony verwahrlosen lässt«, erzählte er nebenbei und ich ächzte auf. Mir schwante, worauf er hinauswollte.

»Neil, wir haben echt keinen Platz mehr und sowieso schon alle Hände voll mit unserem Mini-Zoo zu tun.« Ich goss Guinness in zwei Gläser und reichte sie den beiden Männern, die auf ihre Bestellung warteten. »Lasst es euch schmecken.«

Sie prosteten mir zu, bevor sie im Partygetümmel verschwanden. Die Musik schwenkte um, etwas Langsames wurde gespielt. Die Paare hatten sich bereits durchmischt und viele tanzten eng umschlungen mit ihren neuen Eroberungen. Sheila rieb sich aufreizend an Salvatores Schenkel und küsste seine nackte Brust, während er mit beiden Händen ihren Hintern packte und sie an sich presste. Sie war total entspannt, unübersehbar erregt und vertraute auf unsere Verschwiegenheit.

»Rhenna und ich haben uns vorhin in den Stall geschlichen. Der Anblick bricht einem das Herz.« Neil kramte sein Smartphone aus der Hosentasche, tippte darauf herum und zeigte mir das Foto eines abgemagerten braunen Ponys mit verfilzter Mähne, das den Kopf hängen ließ, als hätte es sich längst aufgegeben. Es war in einem jämmerlichen Zustand, stand bis zu den Fesseln im eigenen Mist. Um ein eitriges Geschwür am Hals kreisten Fliegen.

»Scheiße.« Eine unglaubliche Wut schoss in mir hoch. Was ging bloß in Menschen vor, die ein Tier dermaßen verwahrlosen ließen? Am liebsten würde ich solche Leute für ziemlich lange Zeit ins Gefängnis stecken.

»Kann wirklich niemand anderes es nehmen? Wo sollen wir noch ein Pony unterbringen?« Mir war zwar längst klar, worauf die Sache hinauslaufen würde, trotzdem wäre es mir lieber, wir fänden einen anderen guten Platz für das Tier. Langsam aber sicher kamen wir an unsere Grenzen.

»Wir haben den Drecksack zur Rede gestellt, und ihm mit der Polizei gedroht. Das Pony ist achtzehn Jahre alt und er meinte, wir können es geschenkt haben, wenn wir von einer Anzeige absehen. Sonst kommt es in die Wurst. Allerdings müssten wir es morgen abholen, denn der Metzger ist schon bestellt.«

Ich seufzte. Selbstverständlich mussten wir dem kleinen Pferd helfen. Gar keine Frage.

»Die Unterbringung wäre nur übergangsmäßig«, beteuerte Neil, der ebenfalls wusste, dass sich unsere Kapazitäten langsam erschöpften. Von den Kosten wollte ich gar nicht erst anfangen. Aber Dana wäre stolz auf uns. So unglaublich stolz. Das allein zählte für mich.

»Rhenna sucht schon nach einem Gnadenhof. Wir behalten es nur für eine Übergangszeit, versprochen. Was meinst du?« Er sah mich so flehentlich an, dass ich mit den Augen rollte.

»Von mir aus. Holt es halt.« Ich sammelte die schmutzigen Gläser vom Tresen und stellte sie in die Spülmaschine, während ich Neil jauchzen hörte.

Ian kam zurück. »June ist wirklich nett«, sagte er, und rempelte mich mit dem Ellenbogen an. »Was hast du für ein Problem mit ihr?« Er schenkte Amy ein charmantes Lächeln, als er bemerkte, dass sie ihn beobachtete.

»Zwei Gläser Sekt.« Lasziv hob sie das Kinn. Wie es aussah, musste unser kleiner Bruder heute nicht allein in seinem großen Bett schlafen.

»Ian Darling, was machst du nachher noch?« Sie leckte sich sinnlich die Oberlippe.

»Alles, worauf du Lust hast, Schönste.« Er zwinkerte ihr zu.

»Irgendwie ist heute nichts Passendes für mich dabei.« Sie deutete auf die Menge.

»Ich bin gern dein Backup.« Er goss Amy ein Glas Sekt ein und überreichte es ihr mit einer galanten Geste. Die beiden tauschten tiefe Blicke. Wie gesagt, wir taten so gut wie alles, um unsere Gäste glücklich zu machen.

»Dann vielleicht bis später.« Amy winkte im Weggehen.

»Ich mag June auch«, sagte Neil, nachdem Amy abgerauscht war. Seit wann ließen die beiden sich so leicht einlullen? »Schade, dass sie morgen schon wieder abreist. Sie hätte bestimmt viel Spaß bei uns gehabt.«

»Hast du ihr erzählt, um was für ein Hotel es sich bei uns handelt?«, hakte ich nach.

»Nein.« Neil schüttelte den Kopf. »Ich hab ihr gesagt, bei uns findet ein geschäftliches Seminar statt. Alles ganz seriös.« Er grinste breit.

»Sie weiß alles.« Ich sah ihn durchdringend an. »Und das kann gefährlich für uns werden. June muss so schnell wie möglich weg.«

»June ist heiß.« Neils Augen bekamen einen schwärmerischen Glanz. Hörte der mir überhaupt zu?

Okay, sie war ganz sexy und hatte einen tollen Körper, aber das war's auch schon. Ansonsten war sie nichts Besonderes. Glatter Durchschnitt.

»Komm mal runter.« Neil klopfte mir auf den Rücken. »Du mit deiner Verfolgungs-Paranoia. June hat das Zimmer bei Sullivan genommen, morgen ist sie weg. Also beruhig dich.«

»Die erste gute Nachricht heute.« Ich fühlte mich tatsächlich erleichtert.

»Jemand muss sie am Nachmittag nach Cottage Grove fahren.« Neil sah mich abwartend an. Nichts lieber als das. Von mir aus schon im Morgengrauen.

»Geht klar«, sagte ich.

»Ich brauche einen von euch für den Transport des Ponys«, grätschte Neil dazwischen und nahm eine volle Flasche Gin aus dem Regal, um einem Gast den bestellten Cocktail zu mixen.

»Also ist Kayden mit dem Neuzugang einverstanden?« Ians Blick wechselte zwischen mir und Neil.

Aha. Ich war mal wieder der Letzte, der von der tierischen Rettungsaktion erfahren hatte. Selbstverständlich war ich einverstanden. Mehr noch: Ich konnte kein Auge schließen, solange das geschundene Pony diesem Tierquäler ausgeliefert war. Dana hätte ebenfalls keine Sekunde lang gezögert. Im Gegenteil: Wie ich sie kannte, wäre sie wahrscheinlich auf der Stelle losgefahren, um das Pony zu retten. Mein Herz wurde ganz schwer, als Danas wunderhübsches Gesicht vor meinem inneren Auge auftauchte. Verdammt, ich vermisste sie so unglaublich.

5

JUNE

Einen trostloseren Start in meinen Geburtstag hatte ich lange nicht mehr erlebt. Heute wurde ich fünfundzwanzig und es war kein Mensch da, der mit mir feierte. Vorhin hatten meine Eltern angerufen und mir gratuliert. Nächste Woche wollte ich mit der Familie nachfeiern. Ein paar Freunde hatten mir Nachrichten und Glückwünsche via WhatsApp übermittelt. Es freute mich sehr, dass so viele Leute an meinen Geburtstag dachten, auch wenn ich mich heute lieber in einem netten Restaurant mit ihnen getroffen hätte. Andererseits war es mein erster Geburtstag seit drei Jahren ohne Brandon, und ich wäre in London sowieso in einem Tränenmeer versunken. Von heute auf morgen hatte Brandon mich vor ein paar Wochen geghostet. Ohne ein Wort, ohne eine Erklärung, hatte er unsere Beziehung beendet, mich nicht mehr in seinem Büro empfangen, meine Handy Nummer blockiert, mich in sämtlichen sozialen Netzwerken geblockt, und mir über seine Assistentin den Job fristlos kündigen lassen. Mich quasi aus seinem Leben gelöscht. Ich hatte keine Ahnung gehabt, was passiert war, hatte unzählige Male versucht, ihn irgendwie zu erreichen aber erfolglos. Er war nicht mehr für mich zu sprechen gewesen. Bis ich schließlich von einer Kollegin erfahren hatte, dass Brandon schon seit geraumer Zeit hinter meinem Rücken wieder datete.

Mein Blick schweifte hinüber zum Fenster mit den rotkarierten Vorhängen. Wenigstens hatte der Regen aufgehört, die Sonne blitzte hin und wieder durch die Wolkendecke. Draußen blies ein ganz schöner Wind.

Vor einer Stunde hatte Neil mir das Frühstück aufs Zimmer gebracht, obwohl ich kein Problem damit gehabt hätte, es unten im Frühstücksraum einzunehmen. Ich fühlte mich wie ein Sträfling in Einzelhaft. Auch egal. Jetzt musste ich nur noch ein paar Stunden totschlagen, dann konnte ich in das andere Hotel umziehen und mein Urlaub würde endlich so richtig beginnen.

Ich leerte meine Kaffeetasse in einem großen Zug und stellte sie zurück auf den geblümten Unterteller. Dann nahm ich meine dunkelblaue Regenjacke vom Haken, stieg in meine knöchelhohen schwarzen Gummistiefel, die ich in weiser Voraussicht einpackt hatte, und verließ das Zimmer für einen kleinen Spaziergang.

Während ich die knarzende Holztreppe nach unten stiefelte, kam ich mir mutterseelenallein vor. Es war eine Schnapsidee gewesen, meinen Geburtstag in einem anderen Land zu verbringen. Um ehrlich zu sein, hatte ich auf ein paar Urlaubsbekanntschaften gehofft. Vielleicht lernte ich in dem anderen Bed and Breakfast ja ein paar nette Leute kennen.

Unten wurde ich bereits von Neil erwartet, der mir einen Blumenstrauß überreichte.

»Alles Gute zum Geburtstag, June.« Er strahlte mich an, dass mir ganz warm ums Herz wurde.

»Oh, wie lieb.« Ein erfreutes Lächeln hob meine Mundwinkel. Ich nahm die Blumen und schnupperte an den betörend duftenden Blüten. »Vielen Dank.«

»Ich hoffe, du hast trotz des ganzen Stresses von gestern einen wunderschönen Tag.«

»Bestimmt. Ich gehe ein bisschen spazieren und schau mir die atemberaubende Gegend an.« Mit dem Kopf deutete ich auf die rote Haustür.

»Dann wünsche ich dir viel Spaß.« Neil nickte mir zu. »Wenn du magst, stelle ich die Blumen auf dein Zimmer.

»Das wäre nett.« Ich gab ihm den Strauß zurück. »Bis später«, sagte ich und ging nach draußen.

Für Mitte Juni pfiff mir ein ungewöhnlich scharfer Wind um die Nase, weshalb ich den Reißverschluss meiner Jacke höher zog. Ich atmete tief durch. Die frische klare Luft strömte wohltuend durch meine Lunge. Außerdem war die Aussicht in der Tat umwerfend. Ein Stückweit entfernt schlug das Meer in rauen Wellen an den von Felsen durchbrochenen Sandstrand, während sich um mich herum nichts als hügelige grüne Wiesen ausbreiteten. In der Ferne grasten Schafe.

Als ich über die Schulter blickte, entdeckte ich Kayden, der an seinem Pick-up herumschraubte, und bedauerte auf der Stelle, mich umgedreht zu haben. Zum Glück hatte er mich noch nicht bemerkt. Nichts wie weg.

Hastig verschwand ich um die Hausecke, und spazierte den geschotterten Weg entlang. Mal sehen, was sich im hinteren Bereich alles entdecken ließ. Um mich herum erstreckten sich auch hier sattgrüne Wiesen. Irland wie aus dem Bilderbuch lag vor mir. Auf einer eingezäunten Koppel grasten Tiere. Neugierig ging ich näher und blieb am Holzzaun stehen. Gott, die waren ja allesamt so niedlich. Ein Esel hob den Kopf und musterte mich aus der Entfernung, ehe er einen Ruf ausstieß, als wollte er mich begrüßen. Neben ihm standen ein paar Ziegen und Schafe, die in aller Ruhe Grasbüschel abrupften.

Einige Hühner spazierten zwischen ihnen herum und pickten irgendwas vom Boden auf. In einem abgetrennten Maschendrahtgehege hoppelten Kaninchen herum. Ganz hinten auf der Koppel entdeckte ich drei Pferde. In einer Schmutzlache suhlten sich vier Schweine.

Ein rotbraunes Lama kam mit langsamen Schritten auf mich zu. Wow. Das Tier war wirklich hübsch. Die gab es in London nur im Zoo.

»Na, Kleiner?« Ich streckte die Hand aus, um es zu streicheln, sobald es nah genug herangekommen war. Sein dickes Fell hing in filziger Wolle an ihm herunter.

»Du bist ja ein hübscher Kerl.« Es beschnüffelte meine Hand, hob dann den Kopf und legte die Ohren an, ehe es tief Luft holte.

»Verdammte Scheiße«, brüllte jemand dicht neben mir, bevor ich zur Seite gerissen wurde. Etwas Schleimiges flog haarscharf an meinem Gesicht vorbei, während ich ein paar Schritte beiseite stolperte. Kayden hielt mich am Oberarm fest, bis ich mein Gleichgewicht wiedergefunden hatte, und blitzte mich zornig an.

»Wer hat dir erlaubt, allein zur Koppel zu marschieren? Tickst du noch ganz richtig?«, ranzte er mich an. Er langte in seine Hosentasche und förderte ein Stückchen Karotte zutage, das er an das Lama verfütterte.

»Jetzt werd mal nicht gleich so patzig.« Ich riss mich los. »Ich hab mich nur ein bisschen umgeschaut, das ist alles.«

»Mit Charly ist nicht zu spaßen. Wenn man ihm zur Begrüßung kein Leckerchen gibt, spuckt er einen sofort an.« Kayden deutete auf einen grünlichen Batzen Schleim im Gras, der mich dank ihm nicht getroffen hatte.

»Woher sollte ich denn ahnen, dass dieses Lama gleich so fies wird?«, verteidigte ich mich und verschränkte die Arme.

»Guanako.« Kaydens Augen wurden schmal.

»Was?«

»Charly ist ein Guanako, er ist kleiner als ein gewöhnliches Lama, weil er die Wildform davon ist.«

»Danke für die Lehrstunde, Herr Zoodirektor.« Ich schnitt Kayden eine Grimasse. Sein Kiefer war ganz verspannt. Meine Güte, er tat gerade so, als wäre ich seinem Erstgeborenen zu nahegetreten.

»Die Gäste haben bei den Tieren nichts verloren«, regte er sich immer noch auf. Charly stupste Kayden am Arm an, der ihm daraufhin noch ein Stückchen Karotte gab. Genüsslich kauend trollte sich das Guanako endlich.

»Dann solltet ihr ein Schild aufstellen, mit einem deutlichen Hinweis darauf.« Immerhin war ich keine Gedankenleserin, und dieser mürrische Hinterwäldler konnte mich mal.

Mit dem ausgestreckten Arm deutete Kayden auf ein riesengroßes Schild, das neben dem Gatter angebracht war.

Tiere streicheln verboten, stand in roten Buchstaben darauf. Samt überdimensionalem Ausrufezeichen. Oh, das war mir vorhin gar nicht aufgefallen.

»Ich hab's nicht gesehen. Okay«, verteidigte ich mich.

»Die Tiere sind …« Er schloss die Lider und atmete einmal tief durch. »Vergiss es. Verschwinde einfach. Geh an den Strand oder tu irgendwas anderes, bei dem du uns keine Probleme bereiten kannst, bis es hoffentlich bald Zeit fürs Auschecken ist.«

»Alles klar, Grumpy. Viel Spaß noch mit deinem Lama.« Ich setzte mich in Bewegung und stampfte von dannen, in meinem Magen brodelte es. Dieser Kerl war so unverschämt, es war nicht zu fassen.

»Charly ist ein Guanako«, rief er mir nach, aber ich ignorierte ihn und ging in Richtung Meer davon. Um an den Strand zu gelangen, musste ich ein paar niedrige Felsen überwinden und stand schließlich im weißen Sand. Der Wind peitschte das Wasser auf, sodass es in schäumenden Wellen an den Strand schlug. Zwischen den weißen Wolken blitzte hin und wieder die Sonne hervor und ließ die Oberfläche glitzern. Ich atmete tief die salzhaltige Luft ein und genoss den wunderschönen Anblick. Langsam beruhigte sich auch mein rasanter Pulsschlag im Hals und ich verdrängte Kayden und seine unverschämte Art aus meinen Gedanken. Von dem Kerl würde ich mir weder meinen Urlaub noch meinen Geburtstag vermiesen lassen. Ich spazierte los, nahe am Wasser entlang, der Wind war zwar rau, aber immerhin recht warm. Hin und wieder erspähte ich ein paar Muscheln, wagte jedoch nicht sie einzusammeln, um sie als Souvenir mit nach Hause zu nehmen. Bestimmt würde Kayden mir sofort ein weiteres verstecktes Verbotsschild präsentieren, wenn ich auch nur eine berührte.

Seufzend zog ich schließlich mein Handy aus der Jackentasche, um Harper anzurufen, aber der Empfang war im Freien zu schlecht. Verdammt. Nicht mal telefonieren konnte man in dieser Einöde. Dabei hätten mir gerade jetzt ein paar aufmunternde Worte echt gutgetan. Das war der deprimierendste Geburtstag meines Lebens. Vielleicht sollte ich nach Hause fliegen, statt in ein anderes Hotel zu wechseln. In London wäre ich wenigstens nicht allein.

Eine Stunde später kraxelte ich die paar Felsen wieder nach oben und suchte mit dem Handy in der Hand nach Empfang. Aber nichts. Was machte ich eigentlich hier? Warum tat ich mir das an? Als wäre ich mit einer Zeitmaschine in die neunziger Jahre zurückgereist. Ich beschloss aufs Zimmer zu gehen, um meine Koffer für London zu packen. Irgendeinen Last Minute Flug nach England würde ich schon erwischen. Dieser Urlaub machte überhaupt keinen Spaß.

Buddy rannte bellend auf mich zu, seine Schlappohren flatterten auf und ab. Ich ging in die Hocke. Wenigstens einer der sich freute, mich zu sehen. »Buddy, mein Junge. Komm her zu mir.«

Er sprang an mir hoch und stieß mich um. Lachend landete ich mit dem Hinterteil im Gras und wehrte die feuchte Hundeschnauze in meinem Gesicht ab, während das Kerlchen wie verrückt um mich herumflitzte.

»Es reicht, Buddy. Genug jetzt. Aus. Sitz.« Wundersamerweise gehorchte der Hund und ließ sich hechelnd vor mir nieder.

»Du bist ja so ein guter Hund. So ein schöner Hund«, schmeichelte ich ihm und kraulte ihn hinter den Ohren – bis ich im Augenwinkel Sweetheart ausmachte, die sich geduckt an uns heranpirschte, als wären wir zwei Riesenmäuse. Ich ahnte nichts Gutes. Die Katze hatte den armen Buddy direkt im Visier und machte sich zum Sprung bereit. In letzter Sekunde ging ich dazwischen und wehrte den hinterhältigen Angriff ab. Mit dem linken Arm schob ich Buddy an meine eine Seite, mit dem anderen fing ich Sweetheart in der Luft ab und beförderte sie auf meine andere Seite, bevor sie den Hund mit ihren scharfen Krallen bearbeiten konnte. Ich streichelte alle beide, redete ihnen gut zu, bis sich die Tiere neben mich ins Gras legten. Sweetheart begann zu schnurren und schloss die Augen. Ihr Kopf ruhte auf meinem Oberschenkel.

»Na, ist das nicht schöner, als aufeinander loszugehen?«, fragte ich die beiden und kraulte jedem das Fell.

Als ich hochsah, ächzte ich auf. Was wollte der denn schon wieder von mir? Kayden kam auf mich zu. Der Kerl war wie ein Bumerang.

Ich verzog keine Miene, als er mich erreichte. *Nicht provozieren lassen,* wiederholte ich Mantra mäßig in Gedanken. Ich war mir keiner Schuld bewusst. Zu meinem Erstaunen schimmerte diesmal keine Wut in seinen Iriden, aber das konnte täuschen. Gestern Abend war seine Laune auch von einer

Sekunde auf die andere umgeschlagen und er hatte mich wie ein kleines Mädchen auf mein Zimmer geschickt.

»Die beiden sind zu mir gekommen«, ließ ich ihn wissen. Nur für den Fall, dass irgendwo ein weiteres Verbotsschild auf mich wartete, welches einem untersagte, die Fellnasen anzufassen.

»Du hast es tatsächlich geschafft, dass die Streithähne friedlich beisammen liegen?« Ein Anflug von Hochachtung schwang in Kaydens Stimme mit. »Normalerweise hätte Sweetheart den armen Buddy längst zerfleischt.« Er zeigte mir ein schwaches Lächeln und mein Herz pochte los. Im hellen Licht der Sonne leuchteten Kaydens wasserblaue Augen auffällig, fast schon hypnotisierend. Da ich saß, musste ich quasi zu ihm aufblicken. Er stand groß und breitschultrig vor mir, trug auch heute Jeans, dazu ein offenes graues Hemd über einem weißen T-Shirt. Und der Look stand ihm, ließ ihn viel zu cool und lässig wirken. Er sah aus wie ein Countryside Bad Boy, was mich ganz kribbelig machte. Hastig riss ich den Blick von Kayden los und strich Sweetheart mit allen fünf Fingern durchs seidige Fell.

»Vielleicht haben die beiden einfach eine bessere Menschenkenntnis als du.«

»Also schätze ich dich bloß falsch ein?« Sein Tonfall war weich, ich hörte nicht die geringste Spur von Zorn heraus.

Unwillkürlich hob ich den Blick. »Du kennst mich gar nicht«, stellte ich richtig.

»Das stimmt«, gab er zu und rieb sich den Nacken. »Ich hätte dich vorhin nicht gleich anmotzen dürfen. Ich bin nur hergekommen, um dir zu sagen, dass mir mein Verhalten leidtut.«

»Okay.« Immerhin hatte er sich entschuldigt. Ich schätzte Menschen mit der Fähigkeit zur Selbstreflexion.

»Die Tiere kommen alle aus schlechter Haltung«, erklärte

er. Ein wenig war ich Dank Neil ja bereits im Bilde, aber ich stellte mich unwissend.

»Ach, wirklich?«

»Die vorherigen Besitzer haben sie entweder vernachlässigt oder misshandelt. Sie haben alle eine schlimme Zeit hinter sich und dürfen nun bei uns ihren Lebensabend verbringen. Einige sind traumatisiert und jedes Tier hat seine Eigenarten, die man kennen muss, damit nichts außer Kontrolle gerät. Fremden gegenüber sind die meisten misstrauisch, weil sie keine guten Erfahrungen gemacht haben. Es hat lange gedauert, bis sie uns vertraut haben, manche von ihnen tun das bis heute nicht zu hundert Prozent. Aus diesem Grund lassen wir die Gäste nicht zu ihnen. Die Tiere werden ohne ersichtlichen Grund scheu, wollen davonlaufen und könnten sich dabei verletzen. Andere wiederum sind unberechenbar. Charly spuckt zum Beispiel Leute an, die keine Leckerchen dabeihaben. Sein Vorbesitzer ließ ihn hungern. Sweetheart«, er deutete auf die schlafende Katze, »war die Wohnungskatze einer Flugbegleiterin. Wenn die Frau in ihrem Job unterwegs war, kam der Nachbar einmal am Tag vorbei, um sie zu füttern. Ansonsten war Sweetheart fast immer allein. Als sie anfing, Möbel, Tapeten und Türen zu zerkratzen, hat die Besitzerin sie auf die Straße gesetzt. Vor einem Jahr ist sie bei uns gelandet. Eine Frau aus dem demselben Haus hat sie zu uns gebracht, nachdem Sweetheart tagelang verzweifelt vor der Tür miaut hat. Inzwischen hat sie sich gut bei uns eingelebt, und strolcht für ihr Leben gern durch die Gegend. Aber sie ist extrem eifersüchtig auf Buddy und teilt Aufmerksamkeit normalerweise nicht gern. Was du da geschafft hast, ist eine kleine Premiere.«

»Ich mag die beiden. Man muss nur ein bisschen Distanz zwischen sie bringen und jedem gleich viel Aufmerksamkeit schenken, dann klappt es.« Mir brach es fast das Herz, Sweethearts Geschichte zu hören. Warum schafften sich Leute

Tiere an, wenn sie keine Zeit für ihre Vierbeiner hatten? Das war einfach nur egoistisch. Ich musste zugeben, dass Sweetheart es bei den Jungs wirklich großartig getroffen hatte.

»Du hast ein gutes Händchen für Tiere.« Kayden beobachtete mich beim Streicheln.

»Du auch«, gab ich das Kompliment zurück. »Ein besseres als für Menschen«, konnte ich mir nicht verkneifen und entlockte ihm tatsächlich ein Schmunzeln.

»Normalerweise komm ich ganz gut mit Leuten klar«, behauptete er allen Ernstes, worauf ich den Kopf schräg legte, und ihm einen zweifelnden Blick schenkte.

»Und warum vergönnst du dann ausgerechnet mir die Sonderbehandlung?«, hakte ich nach und blinzelte gegen die Sonne, die hinter einer Wolke hervorblitzte.

Er ließ sich vor mir ins Gras fallen und stützte sich mit beiden Händen ab, winkelte die Knie an. »Keine Ahnung. Du hast da sowas an dir, das mich irritiert.« Kayden musterte mich durchdringend, bis ich ganz nervös wurde. Um mich von seinem intensiven Blick abzulenken, spielte ich mit Buddys flauschigem Schlappohr.

»Du siehst ihr tatsächlich ein bisschen ähnlich. Hier draußen im Sonnenlicht bemerke ich es auch«, sagte er leise, mehr zu sich selbst.

»Wem sehe ich ähnlich?« In meinem Magen begann es zu kribbeln.

»Nicht so wichtig«, winkte er ab und unterbrach unseren Augenkontakt. Sein Blick schweifte in die Ferne.

»Also erinnere ich dich an jemanden?« An wen wohl? Eine verflossene Liebe, die Kayden verlassen und ihm das Herz gebrochen hatte? Wenn dem so war, sollte er sich mal die Geschichte meines unrühmlichen Beziehungsendes anhören. Das hatte es erst in sich. Und ich ließ meinen Frust auch nicht an ihm aus.

Er stand auf und versenkte beide Hände in den Hosentaschen. »Eigentlich sind es nur die Haare … und vielleicht ein wenig deine Gesichtsform«, sagte er mich studierend. »Aber deine Lippen sind voller und herzförmig. Und dein Kinn etwas spitzer. Nein so richtig viel Ähnlichkeit erkenne ich dann doch nicht.«

»Wow. Was machst du beruflich? Zeichnest du Phantombilder für die Polizei?«

Kayden lachte ein dunkles sexy Lachen. »Meine Malkünste liegen auf dem Niveau eines Vorschülers. Also, nein. Vergiss es einfach. Nicht so wichtig.« Er zog sein Handy aus der Hosentasche und warf einen Blick darauf. »In zwei Stunden fahre ich dich zu Sullivan. Falls du Hunger hast.« Kayden deutete zum Strand. »Eine Viertelstunde in diese Richtung liegt ein Pub. Man kann es nicht verfehlen. Die servieren dort verdammt gutes Essen. Wenn du bei der Bestellung angibst, dass du im *Swing to Heaven* logierst, geben sie dir zehn Prozent Nachlass.«

»Ich bin noch satt von eurem reichhaltigen Frühstück.« Normalerweise aß ich morgens kein Rührei mit Bacon und dazu gebackene Bohnen, aber ich hatte nichts übriggelassen. Vorsichtig schob ich Sweethearts Kopf von meinem Bein, und stand ebenfalls auf. Buddy rappelte sich hastig hoch, nachdem die schützende menschliche Barriere fehlte, während Sweetheart sich erst mal ausgiebig streckte und die Krallen ausfuhr.

»Dann geh ich mal packen«, sagte ich und klopfte mir Schmutz und Gras von der Jeans. »Könntest du mich statt zu Sullivan auch zum Flughafen bringen?«

Kayden hob eine Augenbraue. »Du reist ab? Hoffentlich nicht, weil wir beide so einen schlechten Start hatten.«

»Nein«, ich schüttelte den Kopf. »Ich habe nur gemerkt, dass allein reisen doch nicht so viel Spaß macht, wie ich mir erhofft hatte. Wenn ich Glück habe und einen Flug nach

London kriege, kann ich heute Abend meinen Geburtstag mit ein paar Freunden feiern, statt allein in meinem Zimmer zu hocken.«

»Ich wusste gar nicht, dass du heute Geburtstag hast, sonst hätte ich dich vorhin nicht so angeschrien«, sagte er, und klang ganz reumütig. Da war sein Bruder heute Morgen aber um einiges mehr auf Zack gewesen. »Happy Birthday und schade, dass du schon wieder abreist …«

»Lügner und Lügner«, spielte ich auf das Anschreien und seinen geheuchelten Abschiedsschmerz an. »Aber danke für die Glückwünsche.«

»Hey«, beschwichtigend hob er beide Hände. »So schlimm bist du echt nicht, wenn man dich erst mal kennengelernt hat. Außerdem wollte ich damit sagen: Bei Sullivan hätte es dir bestimmt gefallen. Lauter normale Gäste«, betonte er spöttisch.

»Ich hätte kein Problem mit euren Gästen gehabt.« Besonders nicht mit Sheila Winston. Um ehrlich zu sein, hätte ich sie echt gern persönlich kennengelernt, ihre Lieder fand ich super. Buddy schmiegte sich an mein Knie. »Aber den kleinen Kerl hier werde ich tatsächlich vermissen.«

»Er ist bei Fremden sonst nicht so zutraulich.« Kayden betrachtete den Hund. »Ich kann dich auch zum Flughafen fahren, wenn du wirklich abreisen möchtest. Das ist kein Problem. Aber vielleicht überlegst du es dir ja doch noch einmal.«

»Ich denke nicht.« Ich schüttelte den Kopf, mein Bedarf an Abenteuern war gedeckt. Jetzt wollte ich nur noch heim.

Lautes Gebrüll schallte vom Stall bis zu uns, und Kayden wandte ruckartig den Kopf.

»Das ist Daisy«, sagte er und klang alarmiert. »Die Geburt geht los. Aber sie sollte nicht so furchtbar brüllen. Irgendwas läuft da schief.« Er setzte sich in Bewegung. »Ausgerechnet jetzt. Ian und Neil sind unterwegs.« Mit großen Schritten durchquerte er die Wiese und ich eilte ihm nach.

»Ist das die Kuh?«, fragte ich und hatte Mühe, mit seinem Tempo mitzuhalten. »Bekommt sie ihr Kälbchen?«

»Ja, aber so wie sie brüllt, bedeutet das nichts Gutes.«

6

JUNE

Wir erreichten den Stall. Kayden stieß die Tür auf und stürmte hinein. Zu beiden Seiten reihten sich mit Stroh ausgestreute Abteile aneinander. Sie waren allesamt leer, da die restlichen Tiere draußen weideten. Nur ganz hinten stand eine schwarz-weiß gefleckte Kuh, die uns mit weit aufgerissenen Augen anstarrte. Immer wieder stampfte sie mit dem Hinterbein auf.

Kayden ging zu ihr und strich dem Rind über den aufgequollenen Leib, während er beruhigend auf das Tier einredete. »Alles wird gut, Daisy. Bald bist du Mutter.«

Er fischte sein Handy aus der Hosentasche, ging in die hintere Ecke und telefonierte. Im Gegensatz zu mir, wusste Kayden wo man auf diesem Grundstück W-Lan Empfang hatte. Dem Gespräch nach zu urteilen, redete er mit einem Tierarzt. Als die Kuh ohrenbetäubend losbrüllte, zuckte ich zusammen. Ich war durch und durch ein Stadtkind, Tiere schaute ich mir höchstens mal im Zoo an, und das Landleben war mir so fremd wie ein ferner Planet. Harper hatte einen

Chihuahua auf den ich manchmal aufpasste, und selbst das bisschen Hundesitting verbuchte ich als Herausforderung.

Kayden steckte das Telefon weg. »Verdammter Mist. Der Tierarzt hat noch woanders zu tun und kommt erst in ein paar Stunden. Wie es aussieht, liegt das Kalb nicht richtig oder es steckt fest.«

»Und jetzt?« Erschrocken legte ich eine Hand auf meinen Brustkorb. Die arme Kuh. Ich sollte schleunigst verschwinden und Kayden seine Arbeit tun lassen. Ich war hier nicht von Nutzen.

Kaydens Kehlkopf bewegte sich beim Schlucken. »Wir müssen das Kalb irgendwie holen und zwar so schnell wie möglich.«

»Wir?« Ich erstickte fast an meinem eigenen Atem. Das konnte doch nicht sein Ernst sein. Kühe begegneten mir sonst nur auf Milchverpackungen, außerdem hatte ich null Ahnung von Geburtshilfe. Ich war Journalistin, verbrachte den Großteil meiner Arbeitszeit am Schreibtisch. Mir wurde sogar vom Anblick meines eigenen Blutes flau im Magen.

»Ich schaff das nicht allein.« Er zog sein Hemd aus und warf es über die Abtrennung, bevor er einen langen Latexhandschuh von einem Haken an der Wand nahm und ihn überstreifte.

»Was hast du vor?« Nur widerwillig gesellte ich mich zu den beiden, als Kayden mich heranwinkte, und streichelte der unruhigen Kuh den Kopf.

»Du arme Maus, du«, redete ich beruhigend auf die werdende Mutter ein, da sie immer wieder mit dem rechten Hinterhuf stampfte und schnaubte.

»Daisy ist ein bisschen zu groß für eine Maus«, hörte ich Kayden sagen und blickte auf.

»Ist jetzt der Zeitpunkt für dumme Sprüche?«, fuhr ich ihn an. »Wir müssen der armen Daisy helfen. Also, was soll ich tun?« Ich zog meine Regenjacke aus, und warf sie neben

Kaydens Hemd über die aus Brettern bestehende Abtrennung, bevor ich mir die Ärmel meines beigen Pullis hochschob und wehmütig darüberstrich. Er war aus Kaschmir. Hochempfindlicher Stoff und sauteuer gewesen. Aber egal. Irgendwer musste der armen Kuh schließlich helfen und außer uns war keiner da.

»Erst mal muss ich nachschauen, in welcher Position das Kalb in der Gebärmutter liegt.« Kayden quetschte aus einer Plastikflasche etwas Gel auf seinen Handschuh.

»Ist das Gleitgel noch von eurer Party übriggeblieben?«, konnte ich mir nicht verkneifen und kicherte.

»Ob du es glaubst oder nicht. Gleitgel ist Gleitgel.«

Das Lachen erstarb mir im Hals.

»Du wirst doch nicht etwa mit deiner Hand … in die Kuh …«, fragte ich entsetzt, als er den Schwanz beiseite zog.

»Willkommen auf dem Bauernhof«, erwiderte Kayden spöttisch. »Halt mal den Schwanz fest.«

»Wie bitte?« Ich hörte auf, die Kuh zu streicheln.

»Ich kann sie sonst nicht untersuchen.«

»Sicher, dass ich das schaffe?« Ich machte ein paar zögerliche Schritte in Richtung Hinterteil. »Sie wird doch nicht ausschlagen oder beißen, wenn ich das tue?«, hakte ich vorsichtshalber nach, als er mir die Schwanzquaste hinhielt. Meine Stimme bebte. Die Kuh schnaubte keuchend, während sie kackte. Mein Magen drehte sich beim Anblick des Fladens und dem Gestank um. Ich war schon immer eine von der empfindlichen Sorte gewesen.

»Das ist kein Pferd«, hörte ich Kayden sagen und packte widerwillig zu. »Sie wird dich nicht treten.«

Kayden verrieb noch etwas von dem Gel an Daisys Hintereingang, bevor er mit dem gesamten Unterarm in ihrem Innenleben verschwand. Hastig wandte ich den Blick, denn ich hatte das Gefühl, Daisy gebührte etwas Privatsphäre.

»Oh, mein Gott. Du solltest kein Gynäkologe werden«, rutschte es mir heraus, immer wieder linste ich hin.

»Ob du es glaubst oder nicht, ich kann mir auch etwas Schöneres vorstellen, als bis zum Ellenbogen in einer trächtigen Kuh zu stecken.« Kayden klang dezent genervt.

Eine Zeitlang tastete er herum, während ich ihn halb abgewandt dabei beobachtete.

»Ich weiß jetzt, warum die Geburt nicht vorangeht. Ein Vorderbein ist angewinkelt. Normalerweise kommt das Kalb mit beiden Beinen voran auf die Welt, aber so geht das nicht.«

Verbissen hielt ich den Schwanz fest, Daisy versuchte dauernd, ihn mir zu entreißen.

»Und jetzt?« Mein Herzschlag beschleunigte, als die arme werdende Mutter aus Leibeskräften muhte, während sich ihr Bauch anspannte.

»Sie hat sehr starke Wehen, aber das Kalb bewegt sich keinen Millimeter. Das muss unglaublich schmerzhaft sein. Ich versuche jetzt das Kleine in die richtige Position zu drehen, und dann sollten wir es so schnell wie möglich auf die Welt holen. Sonst riskieren wir eine Sauerstoffunterversorgung.«

»Schaffst du das denn allein?« Meine Stimme bebte, während sich Kayden im Inneren der Kuh abmühte.

Er hielt inne. »Du stehst mir doch tatkräftig zur Seite.«

»Sehr witzig.« Ich schnitt ihm eine Grimasse. »An deiner Stelle würde ich mich lieber nicht zu sehr auf deine Assistentin verlassen.« Falls ich doch noch kniff, und panisch das Weite suchte, sollte mir am Ende keiner nachsagen, ich hätte ihn nicht gewarnt.

»Wir kriegen das schon hin.« Er lächelte mich aufmunternd an. Wie es aussah, war ihm der panische Klang meiner Stimme völlig entgangen. »Gleich habe ich es, nur noch ein kleines bisschen.« Sein Gesicht war angespannt. »Voila! Jetzt liegt es richtig.« Er zog seinen Arm aus dem Tier und beförderte zwei kleine Hufe nach draußen, die nun aus der Kuh ragten.

»Oh«, sagte ich ganz gerührt. »Da ist ja wirklich ein Kalb drin.« Mein Herz fühlte sich leicht an, und in meinem Magen wuselte das Gefühl von Ameisenarmeen, als mir bewusst wurde, dass ich tatsächlich mithalf, neues Leben auf die Welt zu bringen.

»Was dachtest du denn? Dass sie nur Blähungen hat?«, riss Kayden mich aus meiner Verzückung.

»Ha, ha. An deinen Witzen solltest du noch arbeiten, du Komiker.«

Kayden streifte sich den Handschuh ab und warf ihn auf den Boden. »Hol mir mal das Seil, das da am Haken hängt.« Er deutete zur Stallwand.

»Okay.« Das war machbar, ich fühlte mich wieder nützlich.

»Aber lass nicht einfach den …« Der Schwanz fegte Kayden mit voller Wucht durchs Gesicht. Ächzend duckte er sich vor einem weiteren Hieb beiseite. »Scheiße.« Er spuckte einen Strohhalm aus.

»Ups. Sorry.« Rasch holte ich das Seil, ehe ich mir wieder den Schwanz schnappte, der Kayden pausenlos um die Ohren klatschte.

»Was tust du da?«, fragte ich, als er die kleinen Hufe fesselte.

»Wir müssen das Kalb so schnell wie möglich holen. Daisy macht die Geburt zu schaffen, sie kriegt das allein nicht hin. Und wenn die Nabelschnur reißt, wird das Kalb nicht mehr mit Sauerstoff versorgt. Bei jeder Wehe ziehe ich am Seil, und sobald das Kalb rausrutscht, müssen wir es auffangen, bevor es auf dem Boden aufschlägt.« Er nickte mir zu. »Schaffst du das?«

»Klar«, versicherte ich, klang allerdings kein bisschen zuversichtlich. Kayden hielt inne und sah mir direkt in die Augen.

»Ich schaff das schon«, sagte ich um einiges nachdrücklicher. Immerhin stand das Leben eines Kuhbabys auf dem Spiel.

»Na, gut«, sagte er schließlich. Was blieb ihm auch anderes übrig.

Wir standen nebeneinander. Jedes Mal, wenn die Kuh presste, zog Kayden mit Gefühl am Seil und das Kälbchen glitschte Stück für Stück aus seiner Mutter, während ich dastand und den Schwanz festhielt. Nach ein paar Wehen rutschte das Tier vollständig aus dem aufgequollenen Leib. Hastig griffen wir beide danach und ließen das Kälbchen sachte zu Boden gleiten, bis es sicher im Stroh lag.

»Wow«, entfuhr es mir ganz gerührt. Mein Körper schoss einen gehörigen Schwall Endorphine durch die Venen, und putschte mich auf. Ich war total überwältigt von dem zuckersüßen Anblick des schwarz-weiß gefleckten Winzlings. Kayden befreite das Tierchen von Resten der Fruchtblase, bevor er es mit Stroh trockenrieb.

»Hilfst du mir?«, fragte er und klang so begeistert, dass ich mich neben ihn kniete und ihm half, das feuchte Fell abzurubbeln. Daisy beschnupperte ihren Nachwuchs ausgiebig, der schon neugierig den Kopf hob. Als sie das Kälbchen ableckte, standen wir auf und überließen den Rest der Mutter. Ein Weilchen beobachteten wir die beiden stumm dabei, wie sie sich kennenlernten und eine Bindung zueinander aufbauten. Eine glückselige Stimmung breitete sich aus, eine Art tiefer innerer Frieden erfasste mich, den ich schon ewig nicht mehr verspürt hatte. Alle meine Probleme und Sorgen verschwanden, wurden unwichtig beim Anblick dieses süßen Tierbabys.

Als sich das Kalb auf die Beine rappelte, stolperte und torkelte, klatschten Kayden und ich uns begeistert ab.

»Es ist gesund und putzmunter«, freute er sich.

»Wir haben es geschafft«, sagte ich und strahlte ihn an. »Wir haben tatsächlich ein Kalb auf die Welt geholt.« Okay, das meiste davon hatte er erledigt. Aber ich hatte immerhin assistiert. Fürs erste Mal war ich gar nicht schlecht gewesen. Auf jeden Fall würde ich diese Geburt für den Rest meines Lebens nicht mehr vergessen.

Als Kayden mir freundschaftlich einen Arm um die Schultern legte, kribbelte es mir bis in den Magen. »Wir waren ein verdammt gutes Team«, sagte er.

Wir sahen uns in die Augen, zum ersten Mal intensiv und länger als nur für ein paar kurze Momente. Die Luft um uns herum lud sich elektrostatisch auf, kribbelte auf meinen Armen und verschaffte mir wohlige Gänsehaut am Hals. Der Kerl fühlte sich verboten gut an, irgendwas hatte sich zwischen uns verändert, auf einmal fand ich ihn unglaublich sexy.

»Wer hätte das gedacht.« Scherzhaft stupste ich ihn mit der Hüfte an, um dieses Prickeln abzuschütteln, das sich zwischen meinen Beinen bemerkbar machte. Scheiße, Kayden törnte mich an.

Kayden schien nichts davon zu bemerken. Er ließ mich los, beugte sich zum Kalb und hob ein Hinterbein an. »Es ist ein Mädchen«, verkündete er, als wäre er ein stolzer Vater. »Wir brauchen einen Namen. Hast du irgendwelche Ideen?«

Dieses Gefühl von sachten Flügelschlägen in meinem Inneren ließ einfach nicht nach. War ich verrückt geworden? Mir hatte Kaydens simple Umarmung tatsächlich gefallen. Mehr als nur gefallen, der Kerl hatte einen Hammerbody und war rein optisch genau mein Typ. Vielleicht sollte ich ihn mir zum Geburtstag gönnen?

»Keine Ahnung.« Betont gleichgültig zuckte ich die Achseln. »Wie lauten denn die üblichen Namen für Kühe?«

»Wie wäre es mit June?« Sein Grinsen wurde breit.

»Na, besten Dank auch.« Ich verschränkte die Arme. Während ich von einer heißen Nummer fantasierte, stellte er Vergleiche mit einer Kuh an.

»Komm, schon. So war das doch nicht gemeint. Die Kleine ist wirklich süß.« Als er mir tief in die Augen sah und über meinen Oberarm streichelte, zuckte es wie ein Blitz durch meinen Körper. Moment Mal! Fand er mich süß?

»Eigentlich war mein Vorschlag eher als kleine Hommage an dich gedacht«, machte er weiter. »Immerhin habt ihr beide am selben Tag Geburtstag, und du reist heute ab. Somit hätten wir eine kleine Erinnerung an dich. Und du musst zugeben: Mini-June ist bildhübsch«, nannte er sie ohne meine Zustimmung bereits frech beim Vornamen.

»Sie sieht mindestens so gut aus wie ich«, spielte ich kichernd mit und ging neben dem Kälbchen in die Hocke, um ihm den Kopf zu kraulen. »Möchtest du June heißen?«, fragte ich das kleine Wesen, worauf das Tier mich mit seiner weichen Schnauze anstupste. Das nahm ich als ein *Ja*.

»Dann heißt sie also June«, sagte ich und erhob mich wieder.

»Hat man dich so genannt, weil du in diesem Monat geboren wurdest?«, hakte Kayden nach.

»Ja. Meine Eltern waren sehr kreativ. Ich kann nur ein Wunschkind gewesen sein«, erwiderte ich sarkastisch. Mein Herz pochte einen Schlag zu dumpf, denn Kaydens geschwungene Lippen öffneten sich einen Spalt, als wäre er drauf und dran mich zu küssen. Wir standen so dicht voreinander, dass nicht mal mehr eine Handfläche zwischen uns passte.

»Ich bin mir sicher, deine Eltern fanden dich perfekt.« Als er lächelte, offenbarte er eine Reihe schneeweißer gerader Zähne.

»Tun das nicht alle Eltern?« Meine Stimme bebte kaum merklich.

»Mit Sicherheit. Nur bei dir stimmt es tatsächlich.« Als er nach meiner Hand griff, ließ ich es geschehen. Mit dem

Daumen streichelte er meinen Handrücken, und meine Knie wurden weich.

»Was tust du da?«, hauchte ich in der Hoffnung, er möge nicht aufhören, sondern weitermachen.

»Wir sollten die Geburt deiner Namensvetterin feiern.« Er sagte das so verführerisch, dass mir ganz warm wurde.

»Was schwebt dir vor?«

»Vielleicht das?« Langsam beugte er sich vor, seine Lippen trafen auf meinen Hals, hinterließen eine feuchte Spur auf meiner Haut.

»Das kommt mir angemessen für den Anlass vor«, keuchte ich, als er die empfindliche Stelle unter meinem Ohr mit der Zungenspitze stimulierte. So sanft und zärtlich, wie ich es von Grumpy nicht erwartet hätte. Ich verbiss mir ein wohliges Geräusch. Mit beiden Händen strich ich über seine Oberarme, spürte jeden einzelnen steinharten Muskel. Bei allen Heiligen, hatte der Kerl einen Hammerbody. Langsam kam er mit den Lippen höher, küsste meine Kinnlinie entlang, seine Bartstoppeln kratzten mich, worauf ich alle zehn Finger in seinen wuscheligen Haaren versenkte. Gut, so gut! Ich wandte den Kopf zur Seite, um ihm den nötigen Raum für seine Liebkosungen zu geben. Als sein Mund auf meinen traf, versanken wir in einem wilden Zungenkuss, der meine Lust anfeuerte. Eine kleine Abschiedsnummer hatte ich mir nach dem ganzen Stress mehr als verdient und sobald Kayden den Mund hielt oder andere Sachen damit anstellte, wurde er unwiderstehlich – nahezu göttlich. Meine Zunge umspielte seine, ich konnte mindestens genauso verführerisch sein wie er, wenn ich wollte. Das würde Kayden gleich merken. Meine Hände wanderten unter sein T-Shirt, um seinen Körper zu erkunden. Er zuckte zurück, als meine kühlen Finger auf seine warme Haut trafen, aber dann entwich ihm ein wohliger Laut, während ich mit kreisenden Bewegungen über sein ausgeprägtes Sixpack streichelte. Ohne Übertreibung hatte ich noch nie etwas mit einem Mann gehabt, dessen Körper dermaßen perfekt war. Diese Augenweide war durchtrainiert.

Er umfasste meine Brüste und knetete sie sanft, schickte Blitze der Lust in meine empfindlichste Stelle.

»Ich will dich«, keuchte ich und verglühte fast von innen.

Als Kayden mich hochhob, schlang ich die Beine um seine Hüften und hielt mich an seinen Schultern fest, immer noch versunken in unserem wilden Lippenspiel. Unser Atem vermischte sich, Herzschlag pochte an Herzschlag, sodass ich total unter Strom stand. Mit Leichtigkeit trug er mich aus dem Verschlag in die Box gegenüber, in der sich Strohballen stapelten, während ich sein T-Shirt höher schob. Der Kerl hatte viel zu viel an.

»Das ist ja fast das Setting eines ländlichen Pornofilms«, flüsterte ich nahe an seinem Ohr, knabberte an seinem Ohrläppchen. Kayden setzte mich auf einen Strohballen und kam über mich, worauf ich langsam zurücksank.

»Echte Landliebe ist besser als jeder Fickstreifen«, raunte er, bevor sich unsere Lippen erneut trafen und wir in einer wilden Knutscherei versanken. Dieser Mann küsste wirklich göttlich, ich konnte gar nicht aufhören, wurde süchtig nach seinem magischen Mund. Endlich zeigte er Gnade, und zerrte sich das störende T-Shirt über den Kopf. Einen Moment lang betrachtete ich seinen atemberaubenden Oberkörper, bewunderte jeden einzelnen definierten Rippenmuskel. Dieser Ire war eine wahre Pracht.

Als seine warmen Hände unter mein Oberteil wanderten, zog ich den dünnen Pulli aus. Alles in mir lechzte nach diesem sexy Prachtexemplar von einem Mann.

»Nimm mich endlich«, flüsterte ich ihm ins Ohr, und meine Wangen heizten sich auf. Ich wurde selten einem Kerl gegenüber so deutlich, aber es machte Spaß.

»Du hast es ganz schön eilig.« Er schnaufte.

»Ich lass mich auch gern von dir verwöhnen.« Ich stöhnte auf, als Kayden meinen BH nach unten zog und meine linke Brustwarze zwirbelte.

»Schlaf endlich mit mir«, keuchte ich atemlos und kratzte über seinen Rücken.

»Ich habe kein Kondom dabei«, sagte er, während seine Hand zwischen meine Beine glitt und er mich über der Hose stimulierte. Seine Antwort wirkte wie ein kalter Guss. Ich riss die Augen auf und starrte ihn an. Scheiße, das durfte doch nicht wahr sein. Da war ich einmal zu jeder Schandtat bereit, und der Kerl hatte nichts zum Verhüten dabei?

Warum musste Kayden so hinreißend sexy aussehen, wenn er mich dermaßen auflaufen ließ? Die Welt war einfach nur ungerecht. Wir hatten keine Kondome! Was für ein großer Haufen Mist. Einen Augenblick lang zog ich tatsächlich in Erwägung, es einfach drauf ankommen zu lassen. Aber dann siegte die Vernunft. Wer wusste schon, wen der Ire vor mir in seiner Swingerbude bereits beglückt hatte.

»Dann können wir nicht miteinander schlafen.« Das war vernünftig, auch wenn ich es nicht schaffte, die Enttäuschung in meiner Stimme zu verbergen. Ich tastete nach meinem Pulli.

Statt sich ebenfalls anzuziehen, öffnete Kayden den Knopf meiner Jeans, und zog mir den Reißverschluss herunter, während er mir tief in die Augen sah. Ein feines Grinsen umspielte seine Lippen, als hätte er etwas wirklich Böses mit mir vor. Vielleicht sollte ich doch nicht so überstürzt handeln. Ich stemmte mich mit beiden Händen am Stroh ab und half ihm, mir die hautenge Hose bis zu den Knöcheln zu ziehen. Ein kleiner Trostpreis war besser als nichts. Ich war so erhitzt, es wäre eine Sünde mittendrin abzubrechen.

Statt mir auch noch das Höschen auszuziehen, hakte er einen Finger in den Saum des dünnen Baumwollstoffs, und warf ganz frech einen Blick hinein. Mein Herz trommelte los. Ich trug nicht gerade meine heißeste Unterwäsche, aber immerhin war ich rasiert. Dann streifte er mir auch noch den Slip von den Beinen, seine Hand wanderte zwischen meine bebenden Schenkel, und er stimulierte mich auf die göttlichste Weise.

»Ja, Kayden«, flüsterte ich, meine Lider flatterten.

Ich zog ihn am Bund seiner Jeans näher. Unser langsames Vorspiel stachelte mein Verlangen immer weiter an. »Jetzt will ich sehen, was ich nicht haben darf.«

»Du darfst sogar damit spielen.« Er zwinkerte mir zu. Verdammt, dieser Kerl konnte so unwiderstehlich und sexy sein, wenn er wollte. Ich zog seinen Gürtel aus der Schließe und öffnete Knopf und Reißverschluss, ehe ich ihm die Jeans samt Boxershorts über die Schenkel zerrte. Sein Glied federte heraus, ragte mächtig und kerzengerade zwischen uns auf. Es roch angenehm, sauber und frisch gewaschen. Überhaupt mochte ich seinen Geruch, er duftete unaufdringlich nach Mann, gemischt mit einem sportlichen Duschgel und verströmte eine Menge Testosteron, das ich sogar auf der Zunge schmeckte. Dieser Kerl brauchte kein Parfum, kein besonderes Aftershave, er trug seinen ganz persönlichen Stempel. Sein Eigengeruch war betörend, wirkte wie ein Aphrodisiakum auf mich, und ich würde ihn für sehr lange Zeit nicht mehr vergessen. Dieses aufregende Exemplar von einem Mann würde ich mir von Herzen gönnen. Kayden war mein delikater Snack für den kleinen Sexhunger. Die Kirsche auf meiner Geburtstagstorte.

Wie in Zeitlupe beugte ich mich vor und leckte einen schillernden Lusttropfen von seiner Spitze, der mit einer salzigen Note auf meiner Zunge zerrann.

»Oh, fuck, du machst das gut«, sagte Kayden gepresst, worauf ich seine gesamte Länge in den Mund saugte, bis zu dem Punkt, an dem ich ihn wieder zurückdrängen musste. Sanft streichelte ich seine Hoden, reizte mit den Fingerspitzen seinen Damm.

»Scheiße, ist das geil.« Er verdrehte die Augen und presste eine Faust gegen die Stirn, während ich ihm alles gab. Der Geruch des Strohs stieg mir in die Nase, das ungewöhnliche Ambiente weckte meinen Abenteurergeist. In mir schwirrte jeder Nerv, denn Kayden genoss nicht einfach nur. Nein, er streichelte mit den Fingerspitzen meinen Bauch entlang, und landete zwischen meinen Schenkeln.

»Oh fuck, verdammt«, hörte ich ihn für einen Iren ganz untypisch fluchen. Seine Bauchmuskeln flatterten unter der Haut und die Hoden zogen sich zusammen. Er schrie seinen Orgasmus heraus, bevor er über mir zusammensackte und sich keuchend links und rechts von mir auf dem Strohballen abstützte.

Mit einem triumphierenden Grinsen im Gesicht lehnte ich mich auf den Ellenbogen zurück, reizte ihn, indem ich ganz langsam die Knie auseinandersinken ließ und ihm einen exzellenten Einblick auf meine intimste Stelle gewährte. Normalerweise war ich nicht so frivol. Aber scheiß drauf, ich würde den Kerl sowieso nie wiedersehen. Der Ärmste war noch ganz atemlos, Schweiß glänzte sexy auf seinem Brustkorb. Ein wahrhaft erregender Anblick. Wie ein Krieger. Ein Wikinger. Mein Held.

»Für eine Britin gar nicht mal so übel«, keuchte er und drückte mich an der Schulter zurück aufs Stroh.

»Jetzt zeige ich dir mal den Irish-Style.« Er schob meine Knie weiter auseinander. Die Jeans hatte sich um meine Knöchel gewickelt, und behinderte mich in der Beinfreiheit, aber Kayden fand trotzdem sein Ziel. Er beugte sich zwischen meine Schenkel und verzierte meinen Venushügel mit kleinen

Küssen. Seufzend schloss ich die Augen und genoss die Hitze, die in mir aufstieg.

»Ich will dich«, flüsterte ich, und stöhnte auf, als seine Zungenspitze auf meine Klitoris traf. Unwillkürlich ging ich ins Hohlkreuz und krallte eine Hand ins Stroh. Gut, so gut. Kayden stimulierte mich mit schnellen Zungenschlägen, saugte an meiner empfindlichsten Stelle, bevor er mich einmalig göttlich leckte. In mir summte alles, ich bekam nur noch abgehackt Luft und rutschte hin und her. Strohhalme piksten mich ins Gesäß, aber das war mir egal. Was er da machte, war schon fast zu viel. Er nahm zwei Finger dazu, meine Nässe machte ihm das Eindringen leicht, und nahm mich mit kräftigen schnellen Stößen, kreiste mit der Zunge um meine Perle. Das göttlichste Gefühl, das ich jemals verspürt hatte, baute sich in mir auf. Eine perfekte Symbiose, reine urtümliche Befriedigung. Die ersten kleinen Erschütterungen erfassten mich. Ich krampfte um seine Finger, schiere Lust zog mir den Unterleib zusammen. Um mich drehte sich alles und verschwamm vor meinen Augen. Mein Herzschlag trommelte in der Brust. Der Kerl war ein wahres Naturtalent. Ein erstes leises Stöhnen verließ meine Lippen, während sich dieses abgöttische Gefühl in meinem Inneren zu einem wahren Tsunami zusammenbraute und mich fortriss. Mein Orgasmus erfasste mich mit Wucht, dauerte an und an, wollte gar nicht mehr nachlassen. Ich schrie meine Lust heraus, es gab kein Halten mehr. Bei allen Heiligen war der Typ begnadet. Nur langsam ebbte das Zittern in mir ab, beruhigte sich auch mein Herzschlag. Mein ganzer Körper bebte. Als Kayden die Lippen von mir löste und sich aufrichtete, hob ich schwerfällig die Lider. Wow!

Die Stalltür wurde aufgerissen, Stimmen waren zu vernehmen, die rasch näherkamen. Eine Frau lachte amüsiert. Erschrocken fuhr ich in die Höhe und grapschte nach meinem Oberteil, bevor ich Kayden sein T-Shirt zuwarf. Heilige

Scheiße, da kamen Leute! Während sich Kayden hastig die Hose über die Hüften und das Shirt über den Kopf zerrte, schlüpfte ich in meinen Pulli und zog meine Jeans wieder hoch. Mein Puls pochte zum Zerspringen. Beinahe hätte man uns in flagranti ertappt.

Kayden wich hastig einen Schritt zurück, und ging hinaus in den Gang, während ich mich erhob und hektisch Strohhalme und Staub von meiner Kleidung klopfte. Einen Moment lang überlegte ich, ob ich mich verstecken sollte, aber das erschien mir kindisch und übertrieben. Seine Brüder und eine mir unbekannte Frau kamen bereits in unsere Richtung und hatten mich mit Sicherheit schon gesehen.

»Hey«, sagte Neil zu Kayden. »Alles okay mit Daisy?« Er winkte mir kurz zu, als wäre es das Normalste auf der Welt, dass ich im Stall herumstand.

»Hi«, grüßte ich gedämpft zurück.

Oh, Gott. Wie peinlich. Hoffentlich hatten sie nichts bemerkt.

»Hey«, sagte nun auch Ian. Alle drei grinsten breit.

»Daisy hat ihr Kälbchen bekommen.« Mit dem Daumen deutete Kayden zum Verschlag der frischgebackenen Mutter. »June hat mir geholfen, es auf die Welt zu holen.«

»Das war aber nett von June.« Neil klang viel zu spöttisch für meinen Geschmack. Hektisch strich ich mir die wirren Locken aus der Stirn und ertastete überall abgebrochene Strohhalme, die in meinen Haaren steckten. Scheiße.

»Warum grinst ihr so blöd?«, fuhr Kayden die drei an, woraufhin die Truppe ganz unschuldig tat, und mit den Achseln zuckte.

»Hi, ich bin Rheena.« Die dunkelhaarige Frau streckte mir die Hand hin, und lächelte mich so herzlich an, dass sie mir auf Anhieb sympathisch war. Ein silberner Ring steckte in ihrem linken Nasenflügel.

»June«, stellte ich mich vor, und wäre vor Scham am liebsten im Erdboden versunken. Ein paar Minuten früher und sie hätten uns mit heruntergelassenen Hosen erwischt. »Ähm, ja. Die Kuh hat so schlimm gebrüllt, und niemand sonst war da, also habe ich Kayden bei der Geburt geholfen, das war alles. Danach haben wir uns ein bisschen im Stroh … ähm … ausgeruht.« *Halt deinen Mund, June. Rede dich nicht um Kopf und Kragen,* mahnte ich mich in Gedanken, während ich am Ausschnitt meines Pullis zerrte, der irgendwie viel zu eng am Hals anlag.

Neil und sein Bruder glaubten mir kein Wort, das sah ich ihnen an, aber Rheena warf einen Blick in Daisys Verschlag.

»So ein hübsches Kalb«, sagte sie begeistert und ging näher, um Mutter und Kind besser betrachten zu können. Im Vorbeigehen flüsterte sie mir zu: »Du trägst deinen Pullover mit den Nähten nach außen, und außerdem verkehrt herum.«

Ups. Ich ertastete das Pflegeetikett vorne am Hals. Glücklicherweise hakten Neil und Ian nicht weiter nach, sondern widmeten sich ebenfalls dem tierischen Zuwachs.

Kayden warf mir ein aufmunterndes Lächeln zu, das ich gepresst erwiderte, während die drei sich über das Kälbchen unterhielten. In meinem Magen begann es sachte zu summen, allein bei der Erinnerung an uns beide im Stroh.

Schließlich wandte sich Ian um. »Wir haben Edward mitgebracht, er steht draußen im Anhänger. Wir sollten ihn endlich in seinem Abteil unterstellen, damit er sich in Ruhe an die fremde Umgebung gewöhnen kann.«

»Edward?« fragte ich verwirrt.

»Ein Pony«, klärte Rheena mich auf. »Sein Fell hat vorhin im Sonnenschein geglitzert, als es ein wenig genieselt hat, darum haben wir ihn so getauft. Sein mieser Vorbesitzer hat ihm nicht einmal einen Namen gegeben.« Ihre Augen wurden schmal.

»Bringt ihn rein, ich streue solange das Abteil mit Stroh aus und werfe ihm eine Ladung Heu in den Trog«, sagte Kayden, ehe er sich mit Wehmut im Blick an mich wandte. »Die Arbeit ruft.«

Es war echt schade, dass unser sexy Techtelmechtel so abrupt geendet hatte. Ich hatte mich gerade so schön an Kayden gewöhnt gehabt. Aber die Tiere gingen vor, das verstand ich.

»Dann gehe ich mal packen.« Ich nahm meine Regenjacke von der Trennwand. »In einer Viertelstunde wäre ich abreisebereit.« Fragend sah ich Kayden an. Fast alle meine Sachen befanden sich noch im Koffer, also gab es nicht viel einzuräumen. »Fährst du mich dann gleich zum Flughafen?«

»Wieso zum Flughafen?«, hakte Neil nach. Er hatte Rheena einen Arm um die Schulter gelegt und kraulte ihr den Nacken. Sie wirkten sehr vertraut miteinander. »Ich dachte, du ziehst zu Sullivan.«

»Ich möchte meinen Geburtstag doch lieber in London verbringen.«

»Doch nicht etwa wegen uns«, entgegnete er ganz entgeistert. »War er wieder unverschämt?« Empört deutete er auf Kayden.

Unverschämt ja, aber auf eine gute Weise ...

»Nein, das war er ganz und gar nicht.« Mir wurde warm im Hals, ich hatte unsere schnelle Nummer immer noch nicht ganz verdaut. »Euer Bruder war ein waschechter Gentleman.« Ich zwinkerte Kayden zu, und brachte ihn zum Schmunzeln.

Rhenna warf einen Blick auf ihre Armbanduhr. »Wir haben schon Mittag. Ich fürchte, heute wirst du keinen Flug nach England mehr erwischen. Wir sind nicht Heathrow, bei uns startet einmal am Tag ein Flieger nach London, und den hast du verpasst. Im Hauptstadtflughafen hättest du mehr Glück, aber bis du in Dublin ankommst, ist schon Abend.«

»Mist«, fluchte ich und trat gegen die hölzerne Abtrennung. Genau aus diesem Grund hasste ich Regional-Flughäfen, man wurde total unflexibel. »Und jetzt?«

Die drei Brüder warfen sich Blicke zu, als würden sie stumm miteinander kommunizieren, und ich fragte mich, was das wohl zu bedeuten hatte. Kayden runzelte die Stirn.

»Was?«, hakte ich nach.

Schließlich wandte er sich an mich. »Wenn du möchtest, kannst du bleiben.« Die anderen jubelten los, aber er hob den Zeigefinger. »Freu dich nicht zu früh. Nicht ohne ein paar Regeln.«

»Und welche?«, hakte ich misstrauisch nach. Woher kam Kaydens plötzlicher Sinneswandel? Etwa von unserer kleinen Einlage im Stroh?

»Du machst nicht bei den Veranstaltungen mit, die wir anbieten. Außerdem lässt du die anderen Gäste in Ruhe – vor allem Sheila Winston. Und du erzählst in London keinem von unserem … Spezialservice.« Er räusperte sich. »Nur Übernachtung mit Frühstück, wie du gebucht hast.«

»Du kannst alternativ aber auch bei Sullivan übernachten, wenn dir das lieber ist«, grätschte Ian dazwischen und heimste einen bitterbösen Blick von Kayden ein. Also wollte er tatsächlich, dass ich blieb?

»Bleib im *Swing to Heaven*«, sagte Kayden leise und bittend. Diese ganz besondere Energie baute sich zwischen uns auf, die auf meiner bloßen Haut knisterte und mein Herz höherschlagen ließ. »Bleib. Feiern wir deinen Geburtstag«, legte er nach und allein sein Tonfall machte mich ganz schwach.

»Bist du sicher?« Meine Stimme war belegt.

»Ja.« Kayden nickte. »Wir versorgen noch das Pony, und danach führe ich dich ins Green Shamrock aus. Wie klingt das? Ist zwar kein Großstadt-Gourmettempel, aber die servieren verdammt gutes Essen. Genehmigen wir uns ein paar Guinness, und stoßen auch noch auf das Wohl des anderen Geburtstagskindes an.« Mit dem Kinn deutete er auf die kleine June, die am Euter ihrer Mutter saugte.

Auf einmal hatte ich gar keine Lust mehr abzureisen. Heute kam ich sowieso nicht mehr von der Insel herunter, und Geburtstag feiern hörte sich wirklich gut an. Plötzlich wollte ich Kayden besser kennenlernen, und alles über diesen geheimnisvollen Mann erfahren.

7

KAYDEN

NACHDEM WIR ZWANZIG Minuten am Strand entlangspaziert waren, hielt ich June die Tür zum Green Shamrock auf, das auf einer kleinen Anhöhe am Meer lag. Ein aus grauem Stein gebautes Haus mit roter Tür und farblich passenden Fensterrahmen. Landestypisch und in ähnlichem Stil gehalten wie unser Bed and Breakfast. Über dem Eingang prangte ein Blechschild mit der Abbildung eines vierblättrigen Kleeblattes. Es war das einzige Pub in Laufnähe, weshalb wir es unseren Gästen gern empfahlen. Auch weil wir wussten, dass das Wirtsehepaar in dieser einsamen Gegend auf jeden Gast angewiesen war.

»Sehr hübsch«, sagte June, als wir drinnen standen. Der Innenraum war mit dunklem Holz vertäfelt, wirkte rustikal und bodenständig. Aber so mochten wir Iren es nun mal. Schlicht und gemütlich. Hauptsache das Guinness war nicht abgestanden und floss in Strömen. Die Wände waren mit gerahmten Fotos von bekannten Rugbyspielern und bunten Sportwimpeln zugepflastert. Jeder verewigte Player hatte sich in diesem Pub schon mal ein Guinness genehmigt. Irische

Countrymusik vermischte sich mit dem Stimmengewirr der Gäste. Das Green Shamrock war heute gut besucht, lediglich ein Tisch in der hinteren Ecke war noch frei. Ich legte eine Hand auf Junes unteren Rücken, um sie durch den Raum zu geleiten und stockte, als sie wie in Zeitlupe über die Schulter zu mir hochsah. Dieser Wahnsinnsblick ging mir durch und durch, ließ meinen Puls in die Höhe schnellen. Mit ihren kirschförmigen Lippen warf sie mir ein verdammt süßes Lächeln zu. Unwillkürlich spulten sich Bilder vor meinem inneren Auge ab. Bilder einer erregten June, mit halb geschlossenen Lidern, ihr leises Stöhnen noch im Ohr hatte sie mich jeden guten Vorsatz vergessen lassen. Als sie mich vor ein paar Stunden auf diese Weise angesehen hatte, so unterschwellig erregt und lasziv, hatte sich etwas in meinem Kopf ausgeknipst. Genauso blickte sie mich auch jetzt wieder an. Als wollte sie mich reizen, mich verführerisch sexy provozieren. Mir das letzte Quäntchen Selbstbeherrschung aus dem Leib pressen. Seit Dana nicht mehr bei mir war, spielte Sex keine große Rolle mehr für mich. Eine kleine Triebstaubeseitigung hin und wieder, zu mehr konnte ich mich nicht aufraffen. Und das auch nur, wenn man mich dafür bezahlte. Mit einer Frau zu schlafen bedeutete mir nichts mehr. Aber June. Oh Himmel, June. Sie hatte mir vorhin nicht nur einen geblasen, sie war mit ihrer Seele dabei gewesen. Ungelogen, hatte diese Frau mir den heißesten Oralsex seit einer Ewigkeit beschert. Aber das war längst nicht alles, was mich an ihr faszinierte. June war witzig und schlagfertig. In dieser Frau steckte so viel mehr, und ich wollte jede einzelne Facette von ihr kennenlernen. June war interessant, nicht auf den Kopf gefallen und gewitzt. In der kurzen Zeit, seit wir uns kannten, hatte sie mich schon zigmal in den Wahnsinn getrieben. Ihre Kämpfernatur erfrischte mich, erfüllte mich wie ein sprudelnder Jungbrunnen mit neuem Leben. Zum ersten Mal seit langem fühlte ich mich nicht mehr wie eine leere Hülle. Genauer gesagt, seit Dana mich verlassen hatte. Meine Dana. Die Frau, der ich Treue bis in den Tod geschworen hatte. Und ich war kein Mann, der einen Eid brach.

Trotzdem widerstand ich nur mühsam dem Wunsch, mit einer Hand über Junes wohlgeformten Hintern zu gleiten. Ich konnte meine Finger nicht von ihr lassen. Leider standen wir mitten in einem gut besuchten Pub, und wohlerzogene Iren taten so etwas in der Öffentlichkeit nicht.

Sean, der Wirt, zapfte Guinness hinter dem Tresen. Er war Anfang vierzig, ein Muskelpaket mit kurzgeschorenen dunkelblonden Haaren. Der Umfang seiner tätowierten Arme sprengte fast die Ärmel seines schwarzen Poloshirts.

June und ich standen schon wieder viel zu dicht beisammen, zogen uns gegenseitig an wie Magnete, als wären wir ein Plus- und Minuspol. Unwillkürlich pochte mein Herz einen Schlag zu dumpf, ehe ich sie sanft aber mit Nachdruck zum Tisch führte. Sie fühlte sich unglaublich gut an. Kurvig und sexy, hatte schöne wohlgeformte Brüste, deren Ansätze mir neckisch in ihrem Ausschnitt entgegenblitzten. Ihre Attraktivität löste ein Chaos in mir aus, das ich kaum mehr unterdrücken konnte und ich war mir sicher, sie sah mir an der Nasenspitze an, was in mir vorging.

Wir ließen uns gegenüber am Tisch nieder.

»Dann probiere ich mal euer vielgepriesenes irisches Guinness«, sagte sie gut gelaunt. Als June mich anlächelte, offenbarte sie eine winzige Zahnlücke zwischen ihren Schneidezähnen, die mir bisher noch gar nicht aufgefallen war. Dieser kleine Makel gefiel mir so gut, dass ich mich vom Fleck weg ein bisschen in June verknallte. War ich bescheuert? Unwillkürlich scannte ich sie nach Ähnlichkeiten mit Dana ab. Abgesehen von den Haaren und der Gesichtsform entdeckte ich zum Glück nicht mehr viele Gemeinsamkeiten. Danas Lippen waren anders geformt gewesen, im hellbraun von Junes Iriden tummelten sich grüne Sprenkel. Es tat gut, Unterschiede wahrzunehmen.

Sean stellte ungefragt zwei Gläser Guinness vor uns auf den Tisch. »Wer ist die hübsche Lady, Kayden?« Er schenkte mir ein gut gelauntes Grinsen. »Du hast sie doch hoffentlich nicht entführt, oder sonst irgendwie gefügig gemacht. Normalerweise lässt du dich nie mit einer Frau im Pub blicken. Sind Sie freiwillig mit dem da?« Er deutete mit dem Daumen auf mich, während er June fragend ansah. »Soll ich die Polizei rufen? Falls ja, zwinkern Sie einmal unauffällig mit dem linken Auge.«

»Wie bitte?« June warf zuerst mir einen verwirrten Blick zu, dann Sean.

»Er macht nur Blödsinn«, beruhigte ich sie. Sean war für seinen schrägen Humor berüchtigt.

»Sie ist unser Gast, und wir haben Hunger. Also hör auf zu nerven, und servier uns eine anständige Mahlzeit.«

»Wenn du nichts mit ihr am Laufen hast, darf ich dann mal mein Glück bei der hübschen Lady versuchen?« Er klimperte mit den Wimpern und strich sich über seine kurzgeschorenen dunkelblonden Haare. »Abigail ist für ein paar Tage zu ihrer Mutter nach Dublin gefahren.«

»Abigail wird dir ein Nudelholz über den Kopf ziehen. Wag es lieber nicht, sie wird es erfahren.« Ich deutete auf die vielen Leute aus der Gegend, die verstreut an den Tischen saßen.

Gespielt geknickt ließ Sean den Kopf hängen. »Hast ja recht. Aus dieser Falle kann ich mich nicht mehr befreien.« Er hob die linke Hand und präsentierte uns seinen Ehering.

»Du kannst froh sein, dass Abigail es schon so lange mit dir Suffkopf aushält. Diese Lady hier ist sowieso eine Nummer zu groß für dich.« Mir fiel Junes entgeisterter Blick auf, während wir über sie redeten, als wäre sie nicht anwesend. Sie konnte ja nicht wissen, dass Sean nur Spaß machte. Zwar flirtete er unheimlich gern mit jeder hübschen Frau, in Wahrheit jedoch vergötterte er seine Abigail, die ziemlich resolut sein konnte, wenn ihr Gatte zu sehr über die Stränge schlug.

»Dann wird es wohl doch nichts mit uns beiden«, ließ er June wissen, als hätte sie ihm irgendwelche Avancen gemacht.

»Ähm, okay.« Sie zog jede einzelne Silbe in die Länge, klang total verwirrt.

»Was gibt es heute zu essen?«, fragte ich ihn, um den Kerl endlich loszuwerden.

»Stew, Cottage Pie, Fish and Chips oder den Shamrock Burger mit Fritten«, zählte er an den Fingern einer Hand auf.

»So wenig Auswahl?« Scheiße, ausgerechnet an Junes Geburtstag wurden die richtig leckeren Gerichte gar nicht angeboten.

Sean zuckte die Achseln. »Mehr kriege ich ohne Abigail nicht hin.«

»Ich nehme den Burger«, ließ ich ihn wissen, bevor ich mich an June wandte. »Was möchtest du? Seans Stew ist legendär.«

»Dann probiere ich das mal.« June wischte mit der Handfläche etwas Bier vom Tisch, das aus ihrem randvollen Glas geschwappt war.

»Kommt sofort.« Sean verschwand wieder.

»Nimm den Kerl nicht zu ernst. Er steht darauf, fremde Frauen nervös zu machen. Aber er würde seiner Abigail nie untreu werden. Wahrscheinlich vor allem deshalb, weil er sonst eine Ladung Schrot im Kreuz hätte«, sagte ich zu ihr, nachdem Sean wieder weg war.

»Ihr Iren seid schon ein merkwürdiges Völkchen.« Sie griff nach ihrem Glas und ich tat es ihr nach.

»Cheers«, sagten wir gleichzeitig, bevor jeder von uns einen großen Schluck nahm.

»Gar nicht mal so übel«, sagte sie anerkennend und trank ihr Guinness in einem großen Zug halb leer. Nicht schlecht. Ich hatte Hochachtung vor Frauen, die ordentlich mithalten konnten.

»Das ist das beste Guinness weit und breit. Du scheinst erstaunlich trinkfest zu sein. Als wärst du eine waschechte Irin«, neckte ich sie und sie prustete.

»Wir Briten vertragen auch so einiges.« Sie stellte das Glas zurück und stützte ihren Kopf mit einer Hand ab.

»Und du bist tatsächlich notorischer Dauersingle?«, spielte sie auf Seans blödes Gerede an. »Das hätte ich bei deinem charmanten Wesen gar nicht vermutet, Grumpy.«

Ich hasste diesen Spitznamen. Mit Pech wurde ich ihn für den Rest meines Lebens nicht mehr los. Ian nannte mich schon die ganze Zeit so. »Nein, ich bin kein Dauersingle.« Das Gefühl einer eisigen Klaue packte mich im Nacken. Ich wollte überhaupt kein Single sein, ich war ein absoluter Beziehungsmensch.

»Ich bin Witwer«, gab ich schließlich zu.

Junes Kiefer klappte nach unten, einige Sekunden starrte sie mich mit offenem Mund an. Immerhin begegnete man nicht jeden Tag einem Sechsundzwanzigjährigen, der seine Frau verloren hatte. Ich war solche Reaktionen also gewohnt.

»Bitte entschuldige meine Taktlosigkeit. Ich … ich … ich weiß gar nicht, was ich sagen soll«, stammelte sie und sah mich so betroffen an, dass ich schon richtig Mitleid mit ihr bekam.

»Schon gut.« Ich nahm einen Schluck von meinem Guinness. »Ist ja nicht so, als würde auf meiner Stirn stehen: Kaydens Frau ist vor zwei Jahren gestorben.«

Normalerweise redete ich mit Fremden nicht über Dana. Nie! Aber aus einem unerfindlichen Grund war es mir bei June wichtig, dass sie zumindest im Ansatz nachvollziehen konnte, warum ich mich ihr gegenüber anfangs so grob und irrational benommen hatte. Vielleicht weil die zwei sich doch ähnlicher sahen, als ich zugeben wollte, und mich jetzt tausend Schatten meiner Vergangenheit verfolgten.

»Darf man wissen, was passiert ist?« Es war nur geflüstert, als wollte sie nicht aufdringlich sein. Und es war okay für mich, dass sie fragte.

»Sie hatte einen nicht operablen und schnell wachsenden Gehirntumor«, erläuterte ich kurzangebunden, während es mir die Kehle zuschnürte. Das war nicht die reine Wahrheit, reichte aber fürs Erste an Information. Selbst nach zwei Jahren hatte ich immer noch nicht die Kraft gefunden, zu sehr ins Detail zu gehen. Außerdem hatte es June nicht zu interessieren, dass sich Dana kurz nach ihrer Diagnose im *Swing to Heaven* das Leben genommen hatte. Sie hatte mich einfach verlassen, mich nicht in ihre Suizidpläne eingeweiht. Dafür gesorgt, dass ich mich nicht von ihr verabschieden konnte. Ich war im Selbstmitleid versunken, statt ihr beizustehen, hatte nicht mitbekommen, wie sie langsam der Lebenswille verlassen hatte. Warum hatte sie das getan? Warum hatte sie uns die letzten gemeinsamen Monate geraubt? Wäre ich mehr für Dana dagewesen, hätte ich sie bestimmt von dieser Wahnsinnstat abhalten können. Bis heute fragte ich mich, warum sie so wenig Vertrauen in mich gehabt hatte. Dana war mir so viele Antworten schuldig geblieben. Ich konnte mich nicht damit abfinden, dass sie sich auf diese Weise aus meinem Leben geschlichen hatte. Als hätte ich ihr niemals etwas bedeutet. Bis heute wusste ich nicht, wo der Medikamentencocktail hergekommen war, den sie eingenommen hatte, um zu sterben. Diese Sachen kaufte man nicht einfach im Drogeriemarkt, solche Wirkstoffe waren verschreibungspflichtig. Irgendjemand musste ihr geholfen haben. Und sollte ich jemals herausfinden, wer das gewesen war, würde ich diese Person ohne mit der Wimper zu zucken umbringen.

Eine Hand legte sich auf meine und riss mich aus meinen Gedanken. June schenkte mir ein schwaches Lächeln. Scheiße. Warum hatte ich bloß davon angefangen? Ich sollte ihr mit meiner Leidensgeschichte nicht den Geburtstag vermiesen. Was passiert war, war Jahre her, und ließ sich nicht mehr rückgängig machen.

»Meine große Schwester starb vor zehn Jahren bei einem Autounfall«, sagte sie und ich horchte auf. »Noch heute vermisse ich sie jeden einzelnen Tag.«

»Das tut mir leid, June.« Mein Beileid kam von Herzen.

»Danke. Es ist lange her.« Sie spielte an ihrem Glas, hob nicht ein einziges Mal die Lider während sie redete. »Meine Mutter saß am Steuer. Sie geriet in einer Kurve in den Gegenverkehr und kollidierte mit einem anderen Auto. Liza und der Fahrer des anderen Wagens waren sofort tot und meine Mom sitzt seitdem im Rollstuhl.«

»Das ist hart.« Wir verfielen in genau jenes unangenehme Schweigen, das sonst immer eintrat, wenn jemand von Danas tragischem Ende erfuhr. Junes Schicksalsschlag berührte mich. Was zu dem Ergebnis führte, dass ich mich ihr nun auf eine total verkorkste Weise verbunden fühlte. Mental gesunde Menschen schlugen wahrscheinlich keine gedanklichen Brücken zu anderen Leuten aufgrund deren Leidensgeschichte. Aber ich war ein Wrack, also durfte ich das.

»Es hat Jahre gedauert, bis ich ihren Verlust einigermaßen verarbeitet hatte, wir waren nur zwei Jahre auseinander und standen uns sehr nahe. Auch heute noch fehlt mir Liza immer noch unglaublich. Wäre sie noch am Leben«, June hob wie in Zeitlupe die Lider, ein trauriger Schimmer hatte sich in ihre Iriden gelegt, den ich nur zu gut von meinem eigenen Spiegelbild kannte. »Dann wäre sie gestern die erste gewesen, die ich angerufen hätte, um ihr von dem ungehobelten Rüpel zu erzählen, der mich zuerst am Flughafen versetzt und dann unterwegs im strömenden Regen aufgelesen hat, als wäre ich eine streunende Katze.« Sie schenkte mir das sexyste Zahnlückenlächeln aller Zeiten, und ich konnte mir ein verschämtes Schmunzeln nicht verkneifen. Ich war gestern echt ein grummeliger Blödmann gewesen.

»Ich hätte dich zumindest ein bisschen freundlicher willkommen heißen können, das gebe ich zu«, erwiderte ich und ließ gespielt geknickt den Kopf hängen.

»Du solltest dir ein Beispiel an deinen Brüdern nehmen«, behauptete sie und hatte ehrlicherweise nicht ganz unrecht.

»Die sind gar nicht so anständig, wie du glaubst.« Ich zwinkerte ihr zu.

»Willst du damit sagen, du bist der Brave von euch?« Sie gluckste.

Ich trank den letzten Schluck aus. »Der Wohlerzogenste«, behauptete ich frech, obwohl das glatt gelogen war.

»Schade.« Sie lehnte sich zurück, spielte mit einer Locke ihres Haars. »Ich stehe eher auf Bad Boys.«

»Soll heißen?« *Oh, Baby. Für dich kann ich alles sein, was du willst.*

June seufzte theatralisch. »Das wirst du wohl nicht mehr herausfinden. In der Unterkunft, in der ich logiere, herrschen nämlich strikte Regeln. Ein Feldwebel führt dort ein strenges Regiment. Ich darf in diesem Hotel nur schlafen und frühstücken. Kontakt zu den anderen Gästen wurde mir von oberster Stelle verboten.«

»Siehst du das nicht ein bisschen zu eng?« Ich lehnte mich etwas vor. Vielleicht war ich doch ein wenig zu hart gewesen, also im übertragenen Sinn … »Außerdem bin ich kein Gast, diese Regeln gelten somit nicht für mich.« Ich zwinkerte ihr zu. Ich wollte sie so gern noch einmal unter mir haben, mit June schlafen und verdorbene Dinge mit der Süßen anstellen. Allein der kleine Vorgeschmack vorhin hatte mich hinweggefegt wie ein Orkan.

»Sir.« Sie tat empört. »Ist das etwa ein unmoralisches Angebot? Ich bin ein anständiges Mädchen.«

»Ich möchte dir nur deinen Aufenthalt versüßen, das ist alles«, behauptete ich frech. »Außerdem mag ich böse Mädchen.«

Sie biss sich auf die Unterlippe. »Eigentlich wollte ich mich im Urlaub ja entspannen.«

Ich sah ihr tief in die Augen. »Ich sorge sogar für Tiefenentspannung.«

Ihre Wangen zierte ein Hauch von Röte, was sie unglaublich niedlich aussehen ließ. »Darf ich über das Angebot nachdenken?«

»Selbstverständlich.« Ich nahm ihre Hand, streichelte mit dem Daumen ihren Handrücken. War ich verrückt geworden?

Hatte ich June eben allen Ernstes eine Urlaubs-Affäre vorgeschlagen? »Ich fand es vorhin sehr schön mit dir«, legte ich nach, mein Unterleib hatte überzeugendere Argumente als meine Skrupel.

Für den Bruchteil einer Sekunde senkte sie die Lider, bevor sie sie auf die atemberaubendste Weise wieder hob. Mir blieb die Luft weg.

»Ich fand es auch sehr schön«, gab sie leise, fast schon verschämt zu, und mein Herz pochte einen Schlag zu dumpf für diese Frau.

Ich räusperte mich. »Warum …«

»Einmal das Stew á la Sean und den Burger«, unterbrach der Wirt unser Gespräch. Er stellte die Teller vor uns, und legte Besteck daneben. Servietten gab es keine, das wäre Abigail nie passiert.

»Lass es dir schmecken«, sagte ich und war nun doch ganz

froh über die Unterbrechung, denn der Anflug eines schlechten Gewissens streifte mich. Ich nahm meinen Burger in die Hand und biss hinein.

June ließ einen Moment verstreichen, regte sich nicht, als warte sie darauf, dass ich meinen Satz endlich beendete.

»Danke, du dir auch«, erwiderte sie schließlich, als nichts von mir kam, und griff nach ihrem Besteck.

8

JUNE

Zufrieden legte ich meinen Löffel auf den leeren Teller und lehnte mich zurück. Ich rieb mir den vollen Bauch. Das Stew war phänomenal gewesen, Kayden hatte nicht übertrieben. Er schob sich seine letzte Pommes Frites in den Mund, kaute und spülte mit einem großen Schluck Guinness nach.

»Auch noch eins?«, fragte er das leere Glas in die Höhe haltend, und ich nickte.

»Aber sicher.« Ich lächelte ihn an, suchte Augenkontakt, das helle Blau seiner Iriden war so wunderschön.

»Du gefällst mir immer besser, Brit«, sagte Kayden den geläufigen irischen Spitznamen für uns Briten benutzend, und winkte Sean an unseren Tisch, um Nachschub zu bestellen.

Kayden fuhr sich mit dem Handrücken über sein kratziges Kinn. Er hatte sich heute noch nicht rasiert, ein goldener Bartschatten schimmerte in seinem Gesicht, und sah verdammt sexy aus.

»Sag mal«, fing er an, und klang total entspannt. »Was hältst du davon, wenn ich dir morgen ein bisschen die Gegend zeige?«

»Wow«, erwiderte ich. »Wenn du einen Sinneswandel vollziehst, dann aber zu hundertfünfzig Prozent.«

»Ich bin eben kein Mann für halbe Sachen«, sagte er gespielt bescheiden, und zuckte mit den Achseln.

»Ach, so ist das.« Ich verrieb einen Tropfen Bier, der am Glas entlanglief, ein warmes Gefühl breitete sich in meinem Inneren aus. Kayden konnte so großartig sein, wenn er wollte.

»Ich möchte nur, dass du keinen schlechten Eindruck von Irland und seinen Bewohnern gewinnst.«

»Diesen Eindruck hatte ich bisher nur von dir«, erinnerte ich ihn an den klitzekleinen Fakt, dass er als einziger unhöflich zu mir gewesen war.

Er atmete tief durch. »Lass es mich wieder gutmachen, und ich schwöre, du wirst bei deiner Abreise ein Stück deines Herzens auf dieser Insel zurücklassen.«

»Dann musst du dich aber ziemlich anstrengen«, mimte ich die harte Nuss, obwohl ich zugeben musste, dass sich sein Angebot sehr verlockend anhörte.

»Ich werde alles geben.« Kayden nahm meine Hand und streichelte sie mit dem Daumen. Eine zärtliche Berührung, die mir durch und durch ging. Verdammt, konnte der Kerl charmant sein.

»Okay, dann zeig mir, was deine Insel zu bieten hat.«

»Nichts lieber als das.« Er sah aus, als würde er sich wirklich freuen. »Beginnen wir gleich morgen.«

Eine Weile saßen wir Händchen haltend da. Mit Sicherheit hatte ich ein bescheuertes Dauergrinsen im Gesicht, aber das störte mich kein bisschen.

Als lautes Stimmengewirr erklang, wandte ich den Kopf und entdeckte Kaydens Brüder, die in Begleitung von drei Frauen das Pub betraten. Bei allen Heiligen! Neben Ian stand Sheila Winston höchstpersönlich. Sie war leger gekleidet, trug Jeans und ein weißes Sweatshirt. Von ihren Auftritten im Fernsehen kannte ich sie nur in hautengen sexy Klamotten, die kaum etwas verbargen. Ihr blondes Haar trug sie zu einem hohen Pferdeschwanz zusammengebunden. Ich erkannte sie kaum wieder. Sie sah so … normal aus. Meine Hände begannen zu zittern, als die fünf uns bemerkten und unsere Richtung einschlugen. Gestern hatte ich mir noch vorgestellt, wie ich als abgebrühte Undercover-Reporterin Sheila alle möglichen Geheimnisse entlocken würde, doch jetzt schwoll mein Hals richtig zu.

»Hey, rutscht mal zusammen«, sagte Neil und stieß Kayden an der Schulter an. Inzwischen besorgte Ian von den Nachbartischen noch ein paar Stühle.

»Was treibt euch her?«, fragte Kayden und rückte mit seinem Stuhl beiseite, weshalb wir uns jetzt nicht mehr gegenübersaßen. Hastig machte ich es ihm nach, sodass die anderen sich nun um den doch recht kleinen Tisch scharen konnten. Ein bisschen bedauerte ich, nicht mehr allein mit Kayden zu sein, andererseits war es auch schön inmitten dieser gut gelaunten Truppe zu sitzen.

»Hi, bist du der geheimnisvolle Gast, den die Jungs vor uns verstecken, weil sie Angst haben, wir könnten dich vernaschen? Ich bin Eugenie, und das ist meine Frau Amy«, stellte die Frau mit den rotblonden Locken ihre dunkelhaarige Begleitung vor.

»Ähm«, verwirrt sah ich Kayden an.

»June ist nicht dein Sahnehäubchen, Eugenie«, sagte Kayden und schüttelte den Kopf.

Sie kicherte. »Wie es aussieht, ist sie wohl eher die Kirsche auf deinem Häubchen. Oder liege ich falsch, Kayden?«

»Bist du etwa ins Geschäft eingestiegen, Kayden?«, warf Sheila ein und ich verschluckte mich beim Klang ihrer Stimme fast an meinem eigenen Atem. Oh Gott, sie war tatsächlich real. Ich konnte es immer noch nicht fassen, mit einem Popstar am selben Tisch zu sitzen. Aber was hatte sie da gefragt? Ins Geschäft eingestiegen? In welches Geschäft denn?

»Immer noch nur zu meinem Vergnügen« erwiderte er und zwinkerte ihr zu.

»Du siehst heute ziemlich vergnügt aus«, bemerkte sie spöttisch, was Kayden unbeantwortet ließ.

»In welches Geschäft?«, hakte ich nach. Abwechselnd sah ich Kayden und Sheila an. Die beiden tauschten einen raschen Blick miteinander, bevor sich Sheilas Miene erhellte, als hätte sie eine Erleuchtung.

»Hi, ich bin Sheila«, stellte sie sich statt einer Antwort vor. Als ob das noch nötig wäre.

»Ich weiß«, krächzte ich und räusperte mich. »Mein Name ist June.« Am liebsten würde ich vor ihr auf die Knie sinken, um sie anzubeten. Ich liebte jeden einzelnen ihrer Songs, die Frau hatte eine Wahnsinnsstimme. »Ich bin dein allergrößter Fan. Ich kenne alle deine Lieder auswendig und kann jedes einzelne mitsingen«, sprudelte es aus mir heraus, worauf Kayden mit den Augen rollte. Ja, Sheila war privat unterwegs, und wollte ihre Ruhe haben, aber ich hyperventilierte beinahe. Sie sollte wissen, wie sehr ich sie verehrte. Immerhin traf man nicht alle Tage einen waschechten Star.

»Wenn du magst, können wir nachher im *Swing to Heaven* mal ein Duett zusammen singen«, schlug sie vor. Mein Groupie Getue schien sie kein bisschen zu stören.

Huch!

»Oh, nein«, wiegelte ich hastig ab, obwohl ich mich um ehrlich zu sein, zutiefst geschmeichelt fühlte. »Meine Gesangskünste reichen höchstens für die Dusche.« Fehlte mir gerade noch, dass ich mich vor Sheila Winston in Grund und Boden blamierte.

Sean kam mit einem vollen Tablett an unseren Tisch und servierte jedem ein frisch gezapftes Guinness. »Lasst es euch schmecken.« Dann wandte er sich an Sheila. »Du wolltest mir noch das Foto für meine Wand signieren. Wenn ich schon so berühmten Besuch in meiner bescheidenen Hütte habe, muss das auch verewigt werden.« Mit dem Daumen deutete er auf die andere Seite, die mit Bildern und Sportwimpeln zugepflastert war.

»Mache ich gleich nach dem Essen, aber jetzt bin ich am Verhungern«, sagte sie und orderte ebenfalls das Stew. Wow, wir hatten denselben Geschmack beim Essen. Der Reihe nach gaben auch die anderen ihre Bestellung auf, bevor wir unsere Gläser nahmen, und miteinander anstießen.

»Cheers«, riefen wir gleichzeitig. Ich trank einen großen Schluck, dieses Guinness schmeckte echt genial.

Eine Zeitlang lauschte ich einfach nur, was die anderen so zu berichten hatten, sie waren ein wirklich lustiger Haufen. Zwischendurch servierte Sean das Essen und alle langten mit großem Appetit zu. Während sie aßen, lachten wir viel. Die Brüder rissen Witze oder erzählten schräge Begebenheiten aus ihrem Hotelalltag.

Als alle satt waren, und Sean den Tisch abgeräumt und frisches Guinness gebracht hatte, stand Neil auf und verschwand aus meinem Sichtfeld.

Kayden nickte mir zu. »Alles klar, Brit?«

»Mir geht es super.« Ich strahlte ihn an.

Er schenkte mir ein sexy Lächeln, das mich vom Fleck weg gefangen nahm. Im Sekundenbruchteil blendete ich die Menschen am Tisch und das Stimmengewirr im Pub aus. Es gab nur noch mich und ihn. Wie konnte das passieren, dass mein Herz in seiner Nähe so dermaßen lospochte? Heute Morgen hatte ich ihn noch inbrünstig gehasst und jetzt? Jetzt saß er mir gegenüber und verströmte diesen gewissen Reiz, der mich tierisch anmachte. Oh ja, dieser sexy Kerl würde mir definitiv den Urlaub versüßen.

Etwas zeitverzögert bemerkte ich, dass die Gespräche am Tisch verstummt waren. Ich war so damit beschäftigt gewesen, Kayden anzuschmachten. Als sich alle Augen auf mich richteten, riss ich meinen Blick hastig von ihm los und entdeckte den Grund der plötzlichen Stille. Neil kam mit einer Torte zurück, auf der eine Kerze brannte.

»Happy Birthday to you«, fing Sheila Winston mit ihrer unnachahmlich schönen Stimme an zu singen, und die anderen stimmten ein. Oh. Ich legte eine Hand auf meinen Brustkorb. Was für eine Überraschung. Tränen der Rührung stiegen in meinen Augen hoch.

»Noch einmal alles Gute zum Geburtstag«, sagte Neil feierlich, und stellte die Torte vor mich auf den Tisch. Sie war weiß überzogen und mit kleinen grünen Kleeblättern aus Zuckerguss dekoriert.

»Vielen Dank.« Ich strahlte einen nach dem anderen an.

»Alles Gute«, quietschte Sheila und umarmte mich über den Tisch hinweg. Auch die anderen gratulierten mir.

Sean kam mit einer Runde Whiskey an den Tisch und wir stießen auf meinen Geburtstag an. »Auf das Wohl der hübschen britischen Lady«, sagte er und leerte sein Glas in einem großen Zug.

»Und auf Mini-June«, sagte ich, bevor ich ebenfalls den Whiskey in einem großen Schluck niedermachte, der mir mit einer angenehmen Karamell-Note durch die Kehle floss. Immerhin hatte heute noch jemand aus dem *Swing to Heaven* Geburtstag. Das sollten wir nicht vergessen.

»Auf Mini-June«, wiederholten alle, ihre Gläser in die Höhe haltend. Meins war leider schon leer, da ich so voreilig gewesen war, also stieß ich mit Guinness an.

»Wünsch dir was«, sagte Kayden auf die Torte deutend. Ich zögerte einen Moment, bevor ich die Augen schloss und die Kerze auspustete.

»Mal sehen, ob es in Erfüllung geht.« Ich zuckte mit den Achseln.

»Wenn du dir etwas gewünscht hast, bei dem ich behilflich sein kann, dann mit Sicherheit«, sagte Kayden mit frivolem Unterton in der Stimme.

»Der Wunsch wird nicht verraten, sonst geht er doch nicht in Erfüllung.«

»Sean«, rief Ian. »Noch eine Runde von deinem Whiskey.«

Ich lehnte mich zurück. »Puh, ihr seid echt trinkfest. Wenn das so weitergeht, muss mich jemand zurück zum *Swing to Heaven* tragen.«

»Hast du dir das etwa gewünscht?«, hakte Kayden nach. »Dann nehme ich dich huckepack.«

»Nein. Zufälligerweise hatte mein Wunsch rein gar nichts mit dir zu tun.« Meine Antwort war glatt gelogen. Mir war als erstes in den Sinn gekommen – ich schämte mich, das vor mir selbst zuzugeben –, dass Kayden sich in dieser Woche ein bisschen in mich verknallen sollte. Er war auf einmal so süß und aufmerksam, so charmant und betörend. Kindisch? Definitiv. Verrückt? Aber sicher. Doch Labsal für meine geschundene Seele. Mir stand der Sinn nach Flirten und ein bisschen Romantik mit Herzklopfen und Schmetterlingen im Bauch. Immerhin war ich im Urlaub. Mir fiel auf, dass ich heute noch kein einziges Mal an meinen Exfreund gedacht hatte. Die vergangenen Wochen hatte ich mich bange gefragt, ob mir Brandon wenigstens zum Geburtstag gratulieren würde und heute endlich war es mir schnurzegal, ob der Mistkerl sich meldete oder nicht. Ich hatte eine verdammt gute Zeit – auch ohne ihn. Das Leben ging weiter.

Amy stieß Kayden mit dem Ellenbogen an. »June ist überhaupt keine arrogante Schnepfe, wie du behauptet hast.«

»Habe ich nie behauptet«, stritt er ab, während ein winziges Grinsen seine Lippen umspielte.

»Ach ja?« Sie kicherte. »Gestern meintest du noch, sie soll ihren britischen Hintern gefälligst zurück nach Hause schwingen.«

»Interessant.« Ich lehnte mich zurück und verschränkte die Arme. Wie es aussah, war meine bloße Anwesenheit Kayden noch mehr unter die Haut gegangen, als ich so schon vermutet hatte.

»Hey, nichts gegen Briten«, stand mir Sheila als meine Landsfrau bei. Sie schnappte sich ein Whiskeyglas von Seans Tablett, der auch Teller, Gabeln und ein Messer für den Kuchen mitgebracht hatte. »Oder wir klären das bei einem kleinen Wetttrinken, Mister.«

»Ich fürchte, dann muss am Ende June *mich* nach Hause tragen. Du trinkst uns alle unter den Tisch.« Kayden schmunzelte, ehe er sich an mich wandte. »Manchmal sollte man besser nicht vorschnell urteilen. Du bist gar nicht so übel, ich gebe es zu«, sagte er mit einem Augenzwinkern.

»Du redest dich um Kopf und Kragen, Mister.« Ich reckte das Kinn. »Ich bin nämlich großartig.«

»Ich mache alles wieder gut«, versprach er, und nahm meine Hand.

»Ja, tust du das?« Meine Lider flackerten zur Seite, und mein Herz raste los. Er hatte das verdammt zweideutig gesagt.

»Selbstverständlich, wenn du mich lässt«, erwiderte er gedämpft, sodass nur ich ihn verstehen konnte.

»Mach es dem Kerl bloß nicht so einfach«, spottete Ian lachend, der wohl trotzdem alles mitbekommen hatte.

Zu meinem großen Bedauern ließ Kayden meine Hand los und wandte sich an seinen Bruder. »Ich glaube, du brauchst mal wieder eine kleine Abreibung.« Er nahm Ian in den Schwitzkasten und rieb ihm mit den Fingerknöcheln über den Kopf. »Na, was machst du jetzt?«, fragte er lachend.

»Jetzt mache ich das«, erwiderte Ian und stieß ihm seinen

Ellenbogen in die Rippen, worauf Kayden keuchend von ihm abließ.

»Ich vergesse immer wieder, dass du keine zwei Kopf kleiner mehr bist als ich«, sagte Kayden sich die Seite reibend.

»Und ich, was für ein Frauenmagnet du sein kannst, wenn du willst«, stellte Ian spöttisch fest. Die beiden nahmen ihre Gläser und prosteten sich zu.

Eugenie hatte derweil die Geburtstagstorte aufgeschnitten und schob jedem einen Teller mit einem Kuchenstück darauf hin.

»Hoffentlich magst du Schokotorte«, sagte sie, während sie mir einen Teller reichte, auf dem eine riesige Portion lag.

»Ich liebe Schokolade«, sagte ich und probierte. »Mmh, himmlisch«, lobte ich, die Torte schmeckte einmalig gut.

* * *

EIN PAAR WEITERE Runden Guinness später standen wir schließlich auf und machten uns auf den Heimweg. Sheila signierte noch rasch das Foto auf dem sie zusammen mit dem Wirt abgelichtet war, und kam uns nach. Draußen dämmerte es bereits, der Abendhimmel war in ein atemberaubendes Rot getaucht.

»Puh«, Eugenie hielt sich an der Schulter ihrer Frau fest, sie schwankte leicht. »Die frische Luft hat es heute aber in sich.«

Amy lachte. »Genau. Die hat mehr Promille als der Whiskey, von dem du nicht genug kriegen konntest.«

Mir war ebenfalls schwindelig, aber ich riss mich zusammen, und blieb aufrecht stehen – so gut ich es eben konnte … Im Augenwinkel bekam ich mit, wie Sheila Kayden von hinten umarmte und sich an seinen Rücken schmiegte. Unwillkürlich spitzte ich die Ohren, meine Schultern spannten sich an.

»Kommst du heute Nacht mit auf mein Zimmer?«, fragte

sie leise, dennoch drang jede einzelne Silbe wie durch ein Megaphon gesprochen in meinen Gehörgang. Obwohl ein gehöriger Schwall Eifersucht in mir hochschwappte, blieb ich nach außen gelassen. Ob es mir passte oder nicht, ich hatte keinerlei Besitzansprüche gegenüber Kayden anzumelden. Als sein Blick mich streifte, tat ich hastig, als würde ich das grandiose Abendrot bewundern und studierte eingehend den Himmel, während ich mit angehaltenem Atem auf seine Antwort wartete.

»Tut mir leid, Sheila Baby. Du weißt doch, dass ich den Gästen nicht zur Verfügung stehe. Aber Ian hat bestimmt Zeit für dich.«

»Schade«, sie seufzte. »Einen Versuch war es wert. Du wärst eine nette Abwechslung gewesen.«

Mein Brustkorb vibrierte vor Freude. Er stand den anderen Gästen nicht zur Verfügung, wollte aber morgen den Tag mit mir verbringen.

Die beiden Jungs tauschten einen Blick miteinander, Kayden machte eine Geste mit dem Kopf in Richtung Sheila. Ian nickte ihm zu, ehe er einen Arm um ihre Schultern legte und sie sanft von seinem Bruder löste.

»Süße«, sagte er ihre Schläfe küssend. »Der Kerl ist doch total eingerostet, mit mir hast du viel mehr Spaß.«

»Aber dich hatte ich gestern erst.« Sie schmiegte sich trotzdem an Ian. Obwohl es mir immer noch stank, dass sie Kayden so schamlos vor meinen Augen angebaggert hatte, bewunderte ich Sheila für ihre offenherzige Art, mit der sie ohne Scheu einen Typen für die Nacht klarmachte. Ich würde das niemals fertigbringen. In dieser Hinsicht war ich altmodisch. Ein Mädchen wie ich wollte erobert werden. Zum Glück war Kayden nicht auf ihr Angebot eingegangen, das rechnete ich ihm hoch an. Welcher Mann widerstand schon einer schnellen Nummer, wenn sich die Gelegenheit ergab?

Ian flüsterte Sheila etwas ins Ohr und knabberte an ihrem Ohrläppchen, worauf ein leises Stöhnen ihre Lippen verließ. »Nichts wie nach Hause«, sagte sie kichernd. Arm in Arm setzten sich die beiden in Bewegung. Der Rest von uns folgte ihnen etwas langsamer. Wir stapften durch den feinen Sand zurück zum Bed and Breakfast und sahen zu, wie das Rot langsam vom Himmel verschwand. Eugenie und Amy hielten Händchen, Neil lief neben ihnen.

Kayden gesellte sich zu mir und kniff mich sachte in die Seite. »Einer alten Sage nach steigt in Vollmondnächten der Meereskönig aus dem Wasser an diesen Strand, um nach schönen Jungfrauen Ausschau zu halten, die allein unterwegs sind, um sie dann in sein Reich zu entführen. Keine, die er mitgenommen hat, wurde jemals wiedergesehen.«

»Wenn er nur Jungfrauen holt, habe ich ja nichts zu befürchten.« Ich hob den Kopf, um ihm ins Gesicht sehen zu können. »Obwohl, wenn ich es mir genau überlege.« Ich legte den Zeigefinger ans Kinn, als würde ich ernsthaft nachdenken. »Wie sieht dieser ominöse Meereskönig denn aus? Ich bin einem kleinen Urlaubsflirt nicht abgeneigt.« Ob die doppeldeutige Botschaft bei ihm ankam?

»Der Legende nach ist er weit über tausend Jahre alt, und trägt einen langen weißen Bart.« Kayden schmunzelte. »Also, wenn du auf Sugardaddys stehst, oder auf Santa Clause im Fischoutfit, wäre er vielleicht genau der Richtige für dich.«

»Wie schade.« Ich rümpfte die Nase. »Ich hatte eher einen Kerl wie Aquaman im Sinn.«

»Oder ...« Er machte eine theatralische Pause. »Du begnügst dich mit mir?«

Ich hielt den Atem an. Um ehrlich zu sein, hatte ich riesengroße Lust da weiterzumachen, wo wir vorhin im Stroh aufgehört hatten. Wenn mich nicht alles täuschte, lag irgendwo in den Tiefen meiner Kosmetiktasche noch ein altes Kondom herum, das endlich mal zum Einsatz kommen könnte. Mich würde nicht wundern, wenn es sein Verfallsdatum schon längst erreicht hatte. Somit wurde es höchste Zeit, das Ding endlich mal zu benutzen.

»Soll das heißen, du willst mein Urlaubflirt sein?« Ich stieß ihn mit der Hüfte an, als wäre mein Gerede nur Spaß.

Kayden schob eine Hand in meinen Nacken und blieb stehen, während sich die anderen immer weiter von uns entfernten und wir schließlich allein zurückblieben. Er streichelte meinen Hals mit den Fingerspitzen, ein süßes Kribbeln erwachte in mir, das mir bis in die Brustwarzen floss. Mit angehaltenem Atem wartete ich auf seine Antwort.

Statt etwas zu sagen, beugte er sich vor und küsste mich auf den Mund. Sachte und kurz. Erst einmal, dann noch einmal, bevor er an meiner Unterlippe knabberte, und wir schließlich in einem leidenschaftlichen Zungenkuss versanken. Himmel, der Kerl konnte phänomenal küssen. Meine Knie begannen zu zittern, als seine Zunge wild und stürmisch mit meiner spielte. Ich lehnte mich an ihn, wuschelte ihm durchs Haar, während ich inständig hoffte, dass er niemals wieder damit aufhören möge. Jedes Mal, wenn er sich von mir lösen wollte, zog ich ihn wieder an mich und wir knutschten weiter.

Es dauerte lange, bis ich schließlich von ihm abließ. Meine Lippen fühlten sich schon ganz wund an. Mein Herz spielte verrückt und pochte in einem schnellen Staccato. Inzwischen war mir aus ganz anderen Gründen schwindelig als vom Alkohol.

»Ich deute das mal als ein Ja auf meine Frage«, krächzte ich mehr, als ich sprach.

Kayden schenkte mir sein unwiderstehlich heißes Bad Boy Lächeln, bei dem ich schon wieder auf der Stelle schwach wurde.

»Diese Woche gehöre ich ganz dir.«

9

KAYDEN

SEIT ÜBER EINER Stunde schon mistete ich den Stall aus, heute ging mir die Arbeit nicht gut von der Hand. Die Gäste saßen bereits beim Frühstück und ich wollte gleich danach mit June los, um ihr ein bisschen die Gegend zu zeigen. Aber vorher warteten noch meine täglichen Pflichten auf mich, die Tiere mussten versorgt werden. Ich hielt inne und stützte mich am Stiel der Mistgabel ab, während ich Mini-June beobachtete, die am Euter ihrer Mutter nuckelte. Die zwei sollten sich erst mal in Ruhe kennenlernen, und das Kälbchen etwas kräftiger werden, bevor sie dann in zwei Wochen tagsüber zu den anderen Tieren auf die Weide durften. Keine Ahnung warum ich heute so trödelte, aber jeder Handgriff fiel mir schwer. Ich war mir nicht mal sicher, ob June überhaupt noch gut auf mich zu sprechen war. Gestern hatte ich vor ihrer Zimmertür einen Rückzieher gemacht und tatsächlich Müdigkeit vorgeschoben, als sie mich auf einen Drink hereingebeten hatte. Ich war so ein dämlicher Idiot.

Als ich Schritte hinter mir hörte, drehte ich mich um. Es war Ian, der bei Edwards Box Halt machte. Er hatte Medizin gegen das Geschwür am Hals dabei. Das kleine Pony sollte sich ebenfalls noch ein paar Tage akklimatisieren, und erst gesund werden, bevor wir dann auch ihn auf die Koppel lassen würden.

»Hey«, ich ging zu ihm. Ian sah ziemlich gerädert aus, seine Augen war ganz rot und er gähnte herzhaft.

»Hat Sheila dich die ganze Nacht auf Trab gehalten?« Ich grinste ihn breit an.

»Es macht ja wirklich Spaß mit ihr, aber die Frau ist unersättlich.«

»Du Ärmster«, spottete ich.

»Ich sag ja nicht, dass es mir nicht gefallen hat. Aber irgendwann wurde es anstrengend.« Er unterzog mich einer durchdringenden Musterung. »Du hingegen siehst putzmunter aus. Was war denn bei dir und June los, nachdem ihr euch gestern Abend abgeseilt habt?«

»Nichts.« Ich schüttelte den Kopf. »Ich habe sie wie ein Gentleman bis zu ihrer Zimmertür begleitet, und ihr dann eine gute Nacht gewünscht.«

»Gentleman oder Idiot?« Ian schüttelte den Kopf. »June steht total auf dich. Du kannst mir nicht erzählen, sie hätte dich nicht rangelassen.«

»Ich wollte nur höflich sein.« Ich lud eine Fuhre Mist auf die Gabel und warf sie in die Schubkarre. »Mir war eben nicht danach,« log ich, weil es selbstverständlich nicht meiner Geilheit oder dieser sexy Frau geschuldet gewesen war, dass gestern Nacht nichts mehr lief.

Ian wurde ernst. »Ist es wegen Dana?«

Ich kratzte schmutziges Stroh am Boden zusammen, druckste um eine Antwort herum, bis ich mich schließlich doch zur Ehrlichkeit überwand. »Es ist alles nicht so einfach. Ich mag June echt gern, sie ist witzig und sexy. Aber etwas in mir sträubt sich gegen zu viel Nähe. Ich kann nicht mal so richtig definieren, woran es genau liegt, aber ich habe ein schlechtes Gewissen. Vielleicht spielt Dana eine Rolle.« Ich zuckte mit den Achseln. »Ja, ich weiß. Sie kommt nie mehr zu mir zurück, aber trotzdem steckt in mir immer noch das Gefühl, sie könnte jede Minute durch diese Tür hereinschneien, und mich zusammen mit einer anderen erwischen.« Mir zog es die Kehle zu. Noch nie in meinem Leben war ich fremdgegangen.

»June tut dir gut, lass dich auf sie ein.« Ian legte eine Hand auf meine Schulter. »Du warst gestern so entspannt und gut gelaunt, wie seit einer Ewigkeit nicht mehr. Und mir machst du nichts vor«, sagte er mit kaum unterdrücktem Spott in der Stimme. »Zwischen euch beiden läuft doch längst was.«

»Keine Ahnung wovon du quasselst.« Ich wandte mich ab, damit er mir die Lüge nicht an den Augen ansah.

»Du hast sie also nicht im Stall gevögelt?« Er hob eine Augenbraue, es sah skeptisch aus.

»Nein, alles ganz harmlos. Selbst wenn wir gewollt hätten, wir hatten keinen Gummi dabei«, schwächte ich ab, dass wir trotzdem eine Menge andere unanständige Dinge miteinander angestellt hatten. Ich war schwach geworden. Diese Frau hatte mein gesamtes System gekapert, und richtete es neu aus, obwohl sich ein Teil in mir wie wild dagegen sträubte. Seit dem Aufwachen schwirrte diese Frau unentwegt in meinen Gedanken herum, und sorgte für ein schlechtes Gewissen.

»Es ist nichts Ernstes mit ihr, Kayden. Vergnügt euch miteinander, genieße die paar Tage mit der Süßen«, erinnerte er mich daran, dass June in weniger als einer Woche schon wieder abreiste.

»Ich weiß, aber es fühlt sich trotzdem ungewohnt an. Als … als würde ich Dana betrügen. Völliger Quatsch, ist mir schon klar.«

»Du machst also einen Rückzieher?« Er kraulte Edward die

Wangen, als das Pony neugierig den Kopf zu uns herausstreckte.

Ja, am liebsten würde ich das tun. Mich davonschleichen und eine Woche lang irgendwo verstecken, bis sie abgereist war. Nur weil ich mich bequatschen hatte lassen, logierte June überhaupt noch bei uns. Ich hätte es mir leicht machen können. June wäre problemlos in das andere Bed and Breakfast gewechselt.

»Ich will es nur langsam angehen lassen.« Als Edward wieherte, kramte ich ein Stückchen Karotte aus meiner Hosentasche, und bot es ihm an. Erst schnupperte das Pony vorsichtig daran, bevor es das Gemüse mit den Lippen nahm. Man merkte dem Tier an, dass es noch nie in seinem Leben ein Leckerchen bekommen hatte.

»Sorg einfach dafür, dass sich June amüsiert und eine gute Zeit hat«, hörte ich Ian beschwörend sagen und wandte mich ihm zu. »Mehr musst du nicht tun. Sobald ihr Urlaub vorüber ist, kannst du dich wieder hochoffiziell in deinem Schneckenhaus verkriechen, deine Wunden lecken und dich im Weltschmerz suhlen«, machte er weiter.

»Du kannst manchmal so ein dämliches Arschloch sein.« Als Edward mit den Zähnen meinen Hemdärmel erwischte, gab ich ihm ein zweites Stückchen Karotte.

Ian versetzte mir einen festen Klaps auf den Rücken. »Es wird langsam Zeit, dass du wieder anfängst zu leben, Kayden. Wir alle mochten Dana, sie war eine tolle Frau. Aber glaubst du echt, Dana hätte gewollt, dass du bis in alle Ewigkeit um sie trauerst, und nie wieder glücklich wirst?«

Mein Hals schwoll zu. »Ich kümmere mich um June. Mach dir keine Sorgen.«

»Alles klar.« Er warf einen Blick auf sein Smartphone. »Ich muss Eugenie und Amy rüber zum Blarney Castle fahren. Die beiden warten schon auf mich. Sie wollen den Blarney-Stein küssen, als ob die zwei nicht schon genug reden würden.«

Obwohl wir beide in der Gegend aufgewachsen waren, hatten wir den legendären Stein der Sprachgewandtheit ebenfalls noch nie geküsst, der sich im Turm der Burg befand. Der Sage nach bescherte es einem die Gabe des freien Sprechens, wenn man ihn mit den Lippen berührte.

Ian verließ mit langen Schritten den Stall. Als das schwere Tor polternd hinter ihm zufiel, machte ich mich wieder an die Arbeit. In einer halben Stunde war ich mit June verabredet, und sollte vorher dringend noch unter die Dusche springen. Ich müffelte ganz gewaltig.

Nachdem ich die Schubkarre voll Mist nach draußen auf den Haufen gebracht hatte, schneite June in den Stall und ich hielt unwillkürlich inne. Wow, sie sah echt sexy aus in ihrer knallengen Jeans und dem roten T-Shirt über dem sie eine leichte schwarze Strickjacke trug. Buddy tapste ihr hinterher, und ließ sie nicht aus den Augen.

»Guten Morgen.« Mit schwingenden Hüften kam sie auf mich zu, und ich sog ihren Anblick in mich auf, obwohl es erneut in meinem Magen rumorte. Ich fühlte mich hin- und hergerissen. Vielleicht interpretierte ich tatsächlich zu viel in dieses Techtelmechtel mit June hinein. Sie war ein Urlaubsflirt, eine nette Abwechslung.

»Morgen.« Mein Blick wanderte zu dem Hund, der sich dicht neben June niederließ, als gehörten die zwei schon immer zusammen. »Wie ich sehe, hast du jetzt einen Bodyguard.«

Ihre Lippen hoben sich zu einem zuckersüßen Lächeln, das ihre Augen erstrahlen ließ. »Ich glaube eher andersherum. Sweetheart hatte sich schon wieder an den Ärmsten herangepirscht, um ihn zu misshandeln. Da hat er sich schnell hinter mir versteckt«, erzählte sie, während sie Buddy den Kopf streichelte. »Ich fürchte, die beiden werden in diesem Leben keine Freunde mehr.« Sie seufzte theatralisch.

»Mit Sicherheit nicht. Der Kerl ist einfach zu gutmütig. Darum wollte ihn der Farmer auch nicht mehr haben. Statt Fremde anzubellen, hat er alle schwanzwedelnd begrüßt.«

»Er ist so ein lieber Kerl. Und bei euch hat er es sowieso tausendmal besser.« June wirkte total entspannt. Wie es aussah, nahm sie mir nicht übel, dass ich gestern ihre Einladung aufs Zimmer ausgeschlagen hatte. Vielleicht stellte ich mich auch nur dämlich an, und verkomplizierte die Situation unnötig. Immerhin kannte June nicht einmal die ganze Wahrheit.

Sie ging zu Daisys Verschlag und betrachtete Kuh und Kalb. Ich stellte mich neben sie und als ich ihr den Arm um die Schultern legte, schmiegte sie sich an mich.

»Mini-June ist bildhübsch«, sagte sie. »Ich werde sie vermissen, wenn ich wieder zu Hause bin.«

»Nur sie?«, hakte ich nach, worauf June mit einem atemberaubenden Augenaufschlag zu mir aufsah und mir ein verschmitztes Lächeln schenkte. Ihre Nase kräuselte sich ein wenig. »Andere Rindviecher müssen sich einen bleibenden Eindruck bei mir erst noch verdienen.«

»Du bist ganz schön frech, Brit«, nannte ich sie bei dem Spitznamen, den ich ihr im Gegenzug verpasst hatte. Ich kitzelte sie in der Seite bis sie kicherte. Insgeheim war ich erleichtert, dass sich nicht viel zwischen uns verändert hatte. Ich war in der Tat ein Hornochse.

Bevor sie noch etwas Freches von sich geben konnte, drückte ich ihr die Mistgabel in die Hand. »Wenn du mir ein bisschen hilfst, sind wir schneller fertig und können gleich los.«

Sie hielt das Ding in die Höhe wie ein Wikinger, der sich zum Angriff bereitmachte. »Was soll ich damit anstellen? Dich ein bisschen antreiben?« Rotzfrech tat June so, als würde sie mir die Zinken in den Arsch piksen und ich sprang reflexartig einen Schritt beiseite. Ein schadenfrohes Lachen sprudelte über ihre Lippen.

»Vorsicht, Lady. Das ist kein Kinderspielzeug. Verteil eine Ladung Heu in jedem Futtertrog für heute Abend. … Du weißt noch, wo wir unser Stroh und Heu lagern?« Ich registrierte amüsiert den Hauch von Röte, der ihre Wangen zierte.

»Ich werde es finden«, sagte sie das Kinn reckend und ging an mir vorbei … nicht, ohne ihren sexy Hüftschwung zu vergessen. Ich betrachtete genüsslich ihre hübsche Kehrseite, während es mir die Hoden vor unterdrückter Lust zusammenzog. Unerwartet drehte sie sich um, und erwischte mich prompt beim Spannen.

»Hey, Grumpy«, rief sie spöttisch. »Du sollst mir nicht auf den Arsch glotzen, sondern mit anpacken, damit wir endlich loskönnen.«

»Wollte nur sichergehen, dass du den Weg findest«, konterte ich und brachte sie zum Lachen.

10

JUNE

NACHDEM WIR DIE einzelnen Abteile frisch eingestreut und alle Tröge gefüllt hatten, machten wir uns für eine kleine Sightseeing-Tour auf den Weg nach Cork, welche die Einheimischen auch die rebellische Stadt nannten, wie Kayden mir erzählt hatte. Er war noch kurz unter die Dusche gesprungen und hatte sich umgezogen, trug nun eine gutsitzende Jeans und ein anthrazitfarbenes Polohemd. Der Duft seines herben Duschgels stieg mir in die Nase, während wir die schmale Küstenstraße entlangfuhren. Die Sonne schien, und der Morgennebel hatte sich bereits verflüchtigt, weshalb ich die grandiose Aussicht auf die wunderschöne Natur genoss.

Da Kayden total entspannt und gut gelaunt wirkte, überlegte ich, ob ich ihn auf gestern Abend ansprechen sollte. Einerseits wollte ich wirklich gern wissen, warum er die Nacht nicht mit mir verbracht hatte, obwohl ich ihm eindeutige Signale gesendet hatte. Andererseits wollte ich auch nicht wie ein sexhungriger Vamp wirken.

»Du siehst sehr ausgeruht aus«, konnte ich es dann doch

nicht lassen, während ich die raue Küstenlandschaft durch das Seitenfenster betrachtete. »Hast du gut geschlafen?«

Die Wellen schlugen schäumend an den weißen Sandstrand.

Ich drehte den Kopf, um seine Reaktion auszuloten. Seine Schultern verspannten sich kaum merklich.

»Ich musste um fünf Uhr schon wieder aufstehen«, erzählte er und wandte sich mir kurz zu. »Zu früh, um im Urlaub geweckt zu werden.«

Ich glaubte ihm kein Wort. »Du bist ein sehr rücksichtsvoller Mensch«, sagte ich überzogen, worauf er den Blick wieder nach vorn wandte.

»So werden wir Iren erzogen, Ma'am«, sagte er übertrieben förmlich. »Da, sieh mal.« Er deutete zu meinem Seitenfenster hinaus und ich traute meinen Augen kaum.

»Wow«, entfuhr es mir. Am Strand lag eine Robbenkolonie und chillte in der Sonne. »Ich wusste gar nicht, dass es hier auch Seehunde gibt.«

»Oh, doch. Und nicht gerade wenige, wie du siehst. Von einer Fähre aus kannst du sie noch viel besser beobachten.«

»Irland hat echt mehr zu bieten, als ich gedacht habe.«

»Auch abseits der Landschaft?« Er hob eine Augenbraue.

»Abseits davon bekam ich bisher nur eine kleine Kostprobe geboten. Ich glaube, die Iren sind ein sehr scheues Völkchen«, spielte ich auf unser Tête-à-Tête im Stroh an, und hoffte, er kapierte die Andeutung. Ich konnte nicht anders, es nagte an meinem Stolz, dass er mich nach dem schönen Tag, den wir miteinander verbracht hatten, so einfach abserviert hatte.

»Ich glaube, die Briten neigen zur Ungeduld«, konterte er ohne eine Miene zu verziehen. Wie durfte ich das denn verstehen?

Kayden bremste an einer schmalen Stelle sachte ab und fuhr langsam um die Kurve, ehe er wieder Gas gab. Heute war sein

Fahrstil nicht mehr halb so aggressiv, wie an dem Tag, an dem er mich am Straßenrand aufgegabelt hatte. Wir fuhren an einem riesigen umzäunten Anwesen vorbei. Ganz hinten entdeckte ich ein mondänes Herrenhaus aus grauem Sandstein, das inmitten einer gepflegten Rasenfläche stand. Ein Springbrunnen vor dem Eingang sprudelte Wasserfontänen in die Höhe.

»Wow, was für ein schönes Haus.«

»Das Anwesen der O'Shea's«, erzählte Kayden ohne einen Blick aus dem Fenster zu werfen. »Die reichste Familie von Cork County.«

»Ziemlich dekadent für die Gegend.« Bislang hatten wir nur schlichte Gebäude passiert.

»Die O'Shea's zeigen gern was sie haben. Alter irischer Adel«, redete er weiter. »Der Stammbaum der Familie geht bis ins zwölfte Jahrhundert zurück.«

»Bist du eigentlich nie aus dieser Gegend herausgekommen? Hast du immer nur hier gewohnt?« Ich deutete auf die hügelige Graslandschaft, auf der eine Schafherde graste.

Kayden schmunzelte. »So, wie du das sagst, klingt es fast wie eine Beleidung.«

»Oh, nein. Das war nicht meine Absicht.« Ich winkte mit beiden Händen ab. »Ich meine, es ist nur sehr einsam hier.«

Kayden tätschelte mir das Knie. »Schon gut. Um deine Frage zu beantworten: Ich habe in Dublin Architektur studiert, aber nie in meinem Job gearbeitet.«

»Wieso nicht? Ich hätte nicht gedacht, dass so eine kreative Ader in dir schlummert. Warum hast du nichts daraus gemacht?«

»Du redest dich schon wieder um Kopf und Kragen, Brit.«

Ich rempelte ihn an. »Du weißt, wie das gemeint ist.«

»Nein.« Er schüttelte den Kopf. »Ich schließe daraus, dass du einem Hinterwäldler wie mir nicht zutraust, irgendetwas anderes zu schwingen als die Mistgabel.«

»Ich bin nur überrascht, das ist alles.«

Kayden zuckte die Achseln. »Ich bin kein Großstadtmensch. Der viele Verkehr, der Lärm und Dreck in den Straßen, das war auf Dauer nichts für mich. Dana wollte ein bisschen Großstadtluft schnuppern, etwas erleben, die große Freiheit auskosten, darum sind wir hingezogen. Und es war auch echt in Ordnung dort. Aber nach vier Jahren hatten wir beide genug von Dublin. Als mein Dad dann starb, verschlug es uns wieder zurück in die alte Heimat. Ich wollte meine Brüder nicht mit der ganzen Arbeit alleinlassen. Außerdem war der Gnadenhof Danas Idee, wir wollten das Projekt ganz groß aufziehen, einen richtigen Zoo daraus machen. Aber ihre Krankheit kam dazwischen.«

»Sie war deine große Liebe.« Mein Herz schmerzte für ihn.

Er nickte. »Wir waren schon in der Schule ein Paar, und hatten nie andere Partner. Dana ist meine einzige Liebe, und wird es wohl auch für immer bleiben.«

»Ich finde es bewundernswert, wenn man schon so jung den Partner fürs Leben trifft, und auch wirklich zusammenbleibt. Ich musste einige Frösche in meinem Leben küssen, und habe immer noch nicht den Richtigen gefunden.«

Seine Mundwinkel hoben sich. »Wie viele Frösche waren es denn?«

»Ich schweige wie ein Grab.« Ich verschränkte die Arme vor der Brust. Die genaue Zahl hatte ich verdrängt, aber sie war zweistellig gewesen. Eine nicht unbeträchtliche Zahl meiner *Frösche* war mir im beschwipsten Zustand über den Weg gehüpft, und meistens hielten sie am nächsten Morgen dem Realitätscheck nicht mehr stand. Ich war nicht stolz auf meine Vergangenheit, aber als Großstadtmädchen hatte man es bei der Partnersuche auch echt schwer.

»So viele waren es also«, schlussfolgerte er.

»Nein, es waren nicht *so viele*«, äffte ich ihn nach. Meine Wangen wurden heiß.

»Das muss dir nicht peinlich sein. Ich betreibe ein Swinger Hotel. Wenn dich einer versteht, dann ich.«

»Du bist zu gütig.« Ich schnitt ihm eine Grimasse.

»Sieh mich als den Swinger Doktor. Alles, was ich erfahre, behalte ich für mich. Ich habe meine ganz persönliche Schweigepflicht, und immer ein offenes Ohr für meine Gäste.«

»Gestern hattest du auch eine offene Hose«, erinnerte ich ihn daran, dass er seine eigenen Regeln wohl nicht immer so genau nahm.

»Ich bin auch nur ein Mensch«, seufzte er. »Außerdem ist es echt schwer, dir zu widerstehen.«

Ich schluckte, ein Schwall Freude sprudelte durch mich hindurch.

»Sonst machst du nie mit?« Gespannt wartete ich auf seine Antwort.

Kayden umkrallte das Lenkrad mit beiden Händen. »Wir schaffen nur die Rahmenbedingungen, damit unsere Gäste sich ungestört ausleben können. Jeder wie er möchte, leben und leben lassen, war schon immer mein Motto.«

»Du bist ein sehr toleranter Mensch«, konnte ich mir nicht verkneifen, was ihn zu einem ungläubigen Kopfschütteln bewog.

»Ja, da hast du wohl recht. Selbst du hast eine zweite Chance bei mir bekommen.«

»Hey«, quietschte ich und schwang im Spaß eine Faust vor seinem Gesicht. »Du verdrehst ohne rot zu werden die Fakten.«

»Okay«, gab er schließlich zu und wiegte den Kopf. »Sagen wir, es war beiderseitig.«

Ich lehnte mich zurück. »Damit kann ich leben.«

Vor uns tat sich bereits die Stadt auf und Kayden steuerte seinen Pick-up in diese Richtung. »Gleich sind wir in Cork.«

»Ich bin schon sehr gespannt, was die Stadt alles zu bieten hat.«

»Cork ist nicht London«, warnte er mich vor und kramte aus dem Seitenfach eine Tüte mit Süßigkeiten, die er mir hinhielt. »Aber wir haben echt tollen Süßkram.«

Ich nahm mir ein rotes Bonbon und steckte es in den Mund. »Sehr lecker«, gab ich ihm recht.

»In *Linehans Sweet Factory* kriegst du die echt günstig, falls du dich mit Bonbons eindecken willst. Das sind Reste und Bruch, alles was bei der Herstellung übriggeblieben ist.«

»Ich sehe, es hat seine Vorteile mit einem Insider unterwegs zu sein.« Ich ließ mir das fruchtig-süße Kirscharoma auf der Zunge zergehen.

»Auf jeden Fall. Heute kriegst du noch mehr zu sehen.« Kayden lenkte sein Auto in eine freie Parkbucht und stellte den Motor ab. »Bereit, die Stadt unsicher zu machen, Brit?«, fragte er lächelnd.

»Aber sowas von«, sagte ich voller Tatendrang und stieg aus.

* * *

Ich hatte echt Glück, Kayden an meiner Seite zu haben. Allein hätte ich mich hoffnungslos in der Altstadt von Cork verlaufen. Das ganze Gebiet war flach, es gab kaum Erhebungen, was mir die Orientierung ziemlich erschwerte. Egal, in welche Richtung wir auch liefen, immer landeten wir irgendwo am Wasser. Cork war durchzogen von Kanälen, auch der Fluss Lee floss hindurch. Die vielen Brücken, die wir bei unserem Rundgang überquerten, gaben der Stadt ein wenig den Charme von Amsterdam.

Wir schlenderten die breit ausgebaute Saint Patrick Street entlang, die Flaniermeile mit Boutiquen, Restaurants und Pubs. An jedem Schaufenster blieb ich stehen, und bewunderte die tollen Klamotten. Diese Läden mussten sich hinter denen von London garantiert nicht verstecken. Die Sonne schien strahlend vom Himmel, es wurde so warm, dass ich meine Strickjacke auszog und sie mir um die Hüften band.

»Du kannst ruhig reingehen und dich umschauen, wenn du möchtest.« Kayden deutete auf die verglaste Tür eines hübschen kleinen Klamottenladens. Als ich die Preisschilder bei den Auslagen las, blieb mir kurz die Luft weg. Da standen definitiv zu viele Nullen für meinen Geldbeutel.

»Leider bin ich zu pleite für eine ausgedehnte Shopping Tour. In London muss ich mir erst mal einen neuen Job suchen, bevor ich einkaufen gehen kann«, gab ich wehmütig zu, während ich ein geblümtes Sommerkleid bewunderte, das mir mit Sicherheit wahnsinnig gut stehen würde.

»Du gefällst mir sowieso in Gummistiefeln am besten«, sagte Kayden, und klang so ehrlich, dass mir ganz warm ums Herz wurde. Wie selbstverständlich nahm er meine Hand und verwob die Finger mit meinen. Kurz stutzte ich, das Gefühl einer Ameisenarmee, die meinen Arm hinaufwuselte, überkam mich. Aber schon zwei Sekunden später fühlte es sich verdammt gut an, Händchen haltend mit diesem attraktiven Kerl die Straße entlang zu flanieren, als wären wir ein Pärchen. Unwillkürlich schmiegte ich mich dichter an ihn und er belohnte mich mit einem sexy Lächeln.

»Hast du Hunger? Wir können in eins der Restaurants gehen, wenn du magst«, schlug Kayden vor.

Ich wollte viel lieber Hand in Hand mit ihm spaziergehen, aber das sagte ich nicht laut. »Nicht so wirklich. Ihr serviert ein echt üppiges Frühstück. Mir liegen die gebackenen Bohnen immer noch schwer im Magen.«

Kayden lachte. »Wir sorgen nur dafür, dass keiner bei uns verhungert.«

Wir bogen in die Grand Parade Street ab, und mir fiel sofort der wunderschöne Brunnen ins Auge.

»Wow, ich mag das Flair dieser Stadt wirklich gern.«

»Hinter jeder Ecke lauert eine architektonische Überraschung auf einen«, sagte Kayden.

»Definitiv«, gab ich ihm recht.

Er deutete auf ein schlichtes Schnellrestaurant. »Im Hillbilly's Fried Chicken gibt es die besten Chickenburger der Stadt. Warum holen wir uns nicht zwei und setzen uns an den Brunnen?«

Wahrscheinlich hatte Kayden mehr Kohldampf als ich, also stimmte ich zu und wir schlenderten hinüber. Eigentlich wollte ich ihn einladen, aber Kayden war schneller. Meinen vehementen Einspruch ignorierend, bestellte er unser Essen und noch zwei kleine Flaschen Tanora. Er drückte mir die beiden Fläschchen in die Hand, in denen Strohhalme steckten.

»Was ist das?« Ich hob den Blick vom Etikett.

»Eine Limonade mit Tangerinengeschmack. Das muss man probiert haben, wenn man Cork besucht. Dieses Getränk gibt es nur in dieser Stadt zu kaufen.«

Ich saugte vorsichtig am Strohhalm und war angenehm überrascht. »Schmeckt sehr lecker, fruchtig und nicht zu süß.«

Kayden bezahlte und nahm die beiden Pappschachteln entgegen, in denen sich unsere Burger befanden. Dann steuerten wir den hübschen Brunnen an.

»Das nächste Mal bezahle aber ich«, ließ ich Kayden wissen.

»Nicht, wenn ich schneller bin«, erwiderte er grinsend.

Wir ließen uns im Sonnenschein am Brunnenrand nieder und schlemmten unsere Burger. Die waren wirklich klasse. Knusprig und mit einer tollen Soße.

»Du kennst also jeden Geheimtipp hier in der Stadt?«, fragte ich kauend.

»Ich bin in Cork zur Schule gegangen, und kann dir zumindest sagen, wie du günstig durchkommst.«

Ich beobachtete die Leute um mich herum, die gemütlich vor sich hinschlenderten oder miteinander ein Schwätzchen hielten. Hier ging es nicht halb so hektisch zu, wie in London um diese Zeit. Mir fiel auf, dass ein großer Teil meiner eigenen Anspannung von mir abgefallen war, seit ich Irland betreten hatte – von dem verkorksten ersten Abend mal abgesehen. Langsam aber sicher ließ ich tatsächlich einen Teil meines Herzens auf dieser Insel.

»Inzwischen kann ich gut nachvollziehen, warum du wieder in deinen Heimatort zurückgegangen bist. Die Leute sind alle so relaxed.«

»Ja«, er nickte und schob sich den Rest seines Brötchens in den Mund. »Als ich jünger war, hat mich diese Idylle manchmal fast verrückt gemacht. Aber jetzt habe ich das Gefühl, ich habe schon alles gesehen und bin zufrieden mit meinem Leben.« Ein Schleier legte sich über seine Augen, den er hastig wegblinzelte.

»Zufrieden ist aber nicht glücklich.« Ich trank einen Schluck von meiner Tangerinenlimo, die Kohlensäurebläschen kitzelten mich auf der Zunge.

»Um glücklich zu sein, fehlt mir zu viel im Leben.« Er stand auf. »Lass uns weitergehen, es gibt noch einiges zu sehen. Im Brackens Café gibt es den besten Kaffee. Warum holen wir uns nicht nachher einen?«

Etwas zögerlich erhob ich mich ebenfalls.

»Den zahle dann aber ich.« Warnend deutete ich mit dem Zeigefinger auf ihn. »Immerhin hast du dir extra für mich freigenommen und zeigst mir die Stadt, da ist es ja wohl das Mindeste, dass ich mich ein wenig revanchiere.«

Er strich sich das wuschelige Haar aus der Stirn. »Mach dir nicht immer so viele Gedanken.«

»Also gut.« In einer ergebenen Geste hob er beide Arme. »Du bezahlst den Kaffee.«

Dieses Mal nahm ich seine Hand, als wir nebeneinander die Straße entlangliefen und erneut verwob er wie selbstverständlich seine Finger mit meinen. Als ich den Kopf hob, lächelte er mich an. Bestimmt täuschte ich mich kolossal, aber für mich sah Kayden glücklich aus.

Nachdem wir den wunderschönen English Market besucht hatten, führte mich Kayden zur St. Finbarr's Kathedrale. Wir blieben davor stehen, und Kayden zeigte mir viele Kleinigkeiten an dem atemberaubend schönen Gebäude im viktorianischen Stil, die mir selbst gar nicht aufgefallen wären. Er hatte ein wirklich gutes Auge fürs Detail, das musste ich ihm lassen – und ein großes Fachwissen noch dazu.

»Du kennst dich echt gut mit Architektur aus, das muss man dir lassen.«

Kaydens Blick war auf das beeindruckende Bauwerk gerichtet. »Ich liebe diese Kirche, sie hat mein Faible für die Architektur geweckt. Als Teenager bin ich ewig davor gestanden, um sie ganz genau unter die Lupe zu nehmen. Jedes Mal habe ich irgendwas Neues entdeckt, und bekam oft Ärger in der Schule, weil ich vor lauter Gucken total die Zeit vergessen hatte.«

»Ich würde gern mal in der Zeit zurückreisen, um mir den jungen Kayden anzuschauen.«

Er lachte. »Ich hatte damals lange schwarz gefärbte Haare und spielte Schlagzeug in einer Band mit dem Namen *Green Bananas*.«

»In dir schlummern so viele ungeahnte Talente. Und ihr habt es mit diesem Bandnamen nie in die Charts geschafft?«, gluckste ich.

»Wir hatten nicht mal einen eigenen Song, sondern nur gecovert. Und auch das ziemlich schräg. Der einzige Auftritt, den wir jemals hatten, war bei der Geburtstagsfeier eines Kumpels. Wir wurden ausgebuht und die Band war danach Geschichte. Die Leute wussten unsere Interpretationen einfach nicht zu würdigen.«

»Du Ärmster.«

Gespielt geknickt ließ er den Kopf hängen. »Es hätte ein großer Musiker aus mir werden können.«

»Dann wärst du heute kein Betreiber eines Swinger-Hotels«, tröstete ich ihn kichernd.

»Du glaubst also, in diesem Bereich liegen meine Stärken?« Er nickte mir provokant zu.

»Deine Gäste sehen zumindest ziemlich zufriedengestellt aus.«

»Bist du es denn auch?« Kayden nahm auch noch meine andere Hand und zog mich dicht vor sich. Plötzlich wurde er ernst, sah mir tief in die Augen. »Bist du auch zufriedengestellt, June?«, wiederholte er leise und mit kratziger Stimme.

Ich schluckte hörbar, meine Finger begannen zu zittern und ich war mir sicher, dass er es bemerkte.

»Eine abschließende Beurteilung kann ich dir erst bei meiner Abreise geben«, wisperte ich.

»Dann werde ich mich sehr bemühen, damit sie gut ausfällt.« Er nahm mein Gesicht in beide Hände, sein Blick wanderte von meinen Augen zu meinem Mund und verharrte dort, ehe er sich bedächtig vorbeugte.

Mein Herz raste los, schlug bis hoch in den Hals, als seine Lippen die meinen berührten. »Du bist auf dem besten Weg zu einer fünf Sterne Bewertung«, keuchte ich, bevor wir in einem leidenschaftlichen Zungenkuss versanken. Ich schlang die Arme um seinen Nacken, spürte seine warmen Hände auf meinen Hüften, während miteinander knutschten.

»Kayden?«, riss uns eine männliche Stimme aus unserem Kuss und wir lösten uns hastig voneinander. Ein attraktiver Mann mit markanten Gesichtszügen war stehengeblieben. Ich schätzte ihn auf Ende zwanzig. Kayden ließ sofort von mir ab. Als wäre das nicht genug, trat er auch noch einen Schritt zurück, und wischte sich mit dem Handrücken den Mund ab, als fühlte er sich ertappt. Oder schlimmer noch: Wäre ich ihm peinlich. Seine Reaktion verletzte mich zwar, dennoch ließ ich mir nichts anmerken. Die Iren waren nun mal ein Völkchen für sich, die ich immer noch nicht durchschaut hatte. Vielleicht war Knutschen in der Öffentlichkeit verpönt. Keine Ahnung.

»Ashton.« Kayden verzog keine Miene, nickte dem Fremden nur kurz zu. Dieser Ashton war so groß wie Kayden, aber schlanker und trug einen anthrazitfarbenen Anzug. In seiner Business-Aufmachung passte er so überhaupt nicht an diesen Ort. In London hingegen wäre er nicht aufgefallen. Sein dunkelblondes Haar trug er in einem modischen Kurzhaarschnitt. Er sah aus wie der typische Banker.

»Was machst du in Cork?«, hakte Kayden nach.

»Ich bin auf Besuch da. Aber mit Sicherheit habe ich nicht halb so viel Spaß wie du.« Ashtons Blick wechselte zwischen mir und Kayden, als warte er darauf, vorgestellt zu werden. Doch mein Begleiter machte keinerlei Anstalten.

»Ashton O'Shea«, stellte er sich schließlich selbst vor und hielt mir die Hand hin.

»June Mitchell, freut mich sehr«, sagte ich und schüttelte sie.

»Kann es sein, dass Sie Britin sind? Ich höre da einen leichten Akzent heraus.« Er lächelte mich freundlich an.

»Ganz genau.« Ich nickte. »Ich komme aus London.«

»Ich wohne auch in London, in Chelsea. Mich hat es beruflich nach England verschlagen. Ich arbeite dort seit drei Jahren als Rechtsanwalt.«

»Dann sind Sie ja inzwischen schon ein halber Brite.«

Ashton legte den Zeigefinger vor die Lippen, und warf einen Blick über die Schulter. »Sagen Sie so etwas niemals laut über einen Iren. Für diesen Frevel wird man bei uns noch geteert und gefedert.«

»Hat man das nicht im Wilden Westen mit den Leuten gemacht?«, hakte ich nach und brachte ihn zum Lachen.

»Erwischt.« Er hob die Hände, als würde er sich ergeben. »Aber einmal Ire, immer Ire.«

Ich kicherte. »Ich sehe schon …«

»Wir sollten weitergehen, zu Hause wartet noch eine Menge Arbeit auf mich«, unterbrach Kayden unsere Unterhaltung, und klang ungehalten.

»Ja, klar«, sagte ich verdattert. Hatte er mir vorhin nicht noch erzählt, ich könnte mir mit meinem Spaziergang durch die Stadt so viel Zeit lassen, wie ich wollte? Und jetzt drängte er plötzlich zum Aufbruch?

»Ashton hat sicher auch noch einiges zu erledigen. Wir sollten ihn nicht länger aufhalten«, legte er nach.

»Hat mich gefreut, Sie kennenzulernen«, ging Ashton gar nicht auf Kaydens Andeutung ein.

»Mich ebenfalls.« Ich lächelte ihn an. Warum war Kayden plötzlich so pampig? Ich wurde aus diesem Mann einfach nicht schlau.

»Treffen wir uns in den nächsten Tagen auf ein Guinness?«, fragte Ashton meinen Begleiter.

»Ich kann nichts versprechen«, erwiderte Kayden ohne eine Miene zu verziehen. »Grüß deinen Dad von mir. Man sieht sich.«

Bevor ich Goodbye sagen konnte, schob Kayden mich schon am Schulterblatt voran.

»Alles klar bei dir? Du bist ganz schön unhöflich.« Ich

drehte mich zu Ashton um, wollte ihm zum Abschied wenigstens winken, aber er war schon weitergegangen.

»Alles bestens.« Kayden sah starr an mir vorbei.

»Wer war dieser Ashton? Ein alter Freund von dir?«

»Nein. Kein Freund.«

»Er war doch sehr nett«, ließ ich nicht locker und schüttelte seine Hand ab, denn Kayden schob mich immer noch die Straße entlang.

»Ich will mit Ashton nichts zu tun haben, das ist alles. Lange Geschichte.«

Ich öffnete den Mund, aber Kayden kam mir zuvor.

»Viel zu lange, um sie dir jetzt zu erzählen.« Er versenkte beide Hände in den Hosentaschen. »Warum gehen wir nicht zum English Market? Der gefällt dir bestimmt.«

»Da waren wir vorhin schon«, erinnerte ich ihn an unseren Bummel durch die überdachte Markthalle aus dem neunzehnten Jahrhundert.

»Stimmt.« Er kratzte sich am Hinterkopf. »Warum fahren wir dann nicht nach Hause?«

»Wenn du meinst.« Ich zuckte die Achseln, obwohl ich mich gern noch ein wenig umgeschaut hätte. Immerhin war es erst drei Uhr. Aber Kayden sah aus, als hätte es ihm die Laune auf Sightseeing verhagelt. Ich wiederum hatte keine Lust, mit der Grumpy-Version von ihm durch die Stadt zu laufen. Also begaben wir uns zurück zum Wagen.

11

JUNE

Ich saß in meinem Zimmer und vertilgte eine Tüte Chips zum Abendessen. Als ich mir vorhin unten in der Lobby den Snack besorgt hatte, hatte Neil mich eingeladen, sie auf einen Happen ins Green Shamrock zu begleiten, aber mir taten die Füße weh. Jetzt saß ich im Schneidersitz auf meinem Bett, fegte Krümel vom schneeweißen Leintuch und grübelte über Kaydens merkwürdiges Verhalten in Cork nach. Wahrscheinlich konnte er Ashton tatsächlich einfach nicht leiden und wollte ihn deshalb so schnell wie möglich abwimmeln. Mir ging es bei manchen Leuten in London auch nicht anders.

Moment. Lautete Ashtons Nachname nicht O'Shea? Am Ende war er einer dieser reichen Schnösel, denen das riesige Anwesen gehörte, an dem wir vorbeigefahren waren. Kayden hatte nicht den Eindruck vermittelt, als hätte er viel für die O' Sheas übrig. Egal. Was ging mich das an.

Ich stöpselte mein Smartphone vom Ladekabel und rief Harper an, um ihr von meinem Tag zu erzählen. Leider ging nur ihre Mailbox ran, also hinterließ ich ihr eine kurze Nachricht, dass bei mir alles soweit okay war. Als ich das Handy wieder weglegen wollte, vibrierte es. Von einer mir unbekannten Nummer kam eine Nachricht.

Lust auf eine Überraschung?
Dann sehe ich dich gleich in der Lobby.
Kayden.

In meinem Magen begann es zu kribbeln. Woher hatte er meine Nummer? Bestimmt aus den Hotelunterlagen.

Was hast du denn vor?

Wenn ich dir das verrate,
ist es doch keine Überraschung mehr.

So geheimnisvoll? Bin gleich unten.

Auf keinen Fall wollte ich mir entgehen lassen, was Kayden für mich geplant hatte. Um ehrlich zu sein, war ich vorhin schon etwas enttäuscht gewesen, als er sich draußen vor der Eingangstür mit einem gemurmelten: *»Muss noch kurz nach den Tieren sehen«*, von mir verabschiedet hatte.

Mein Handy brummte erneut.

Ach ja, zieh einen Bikini an.

Bikini??? Draußen hatte es um diese Uhrzeit vielleicht noch fünfzehn Grad. Wollte der Kerl mich verarschen? Obwohl ich mir veräppelt vorkam, schlüpfte ich in meinen knappen schwarzen Zweiteiler, der mehr offenbarte als er verbarg, ehe ich Jeans und ein graues Sweatshirt darüber zog. Nur für alle Fälle. Dann machte ich mich auf den Weg nach unten. Meine

Neugierde siegte definitiv. Als ich die letzte Stufe genommen hatte, entdeckte ich Kayden bei der Sitzgruppe vor dem Kamin. Er hatte sich umgezogen und sah unglaublich heiß aus. Das schwarze T-Shirt lag eng an und definierte jeden ausgeprägten Rippenmuskel. Dazu trug er eine legere Jeansshorts, die unterhalb der Knie endete. Ob sich dieser Mann bewusst war, wie viel Sex-Appeal er ausstrahlte? Verführerische Sünde pur. Kayden hatte mich noch nicht bemerkt, denn er unterhielt sich mit einer hübschen schwarzhaarigen Frau, die neben ihm saß. Er sagte etwas zu ihr, und brachte sie zum Lachen, worauf sie ihm eine Hand aufs Knie legte. Die beiden wirkten so vertraut miteinander, dass es mir einen kurzen Stich versetzte. Einen Wimpernschlag lang geriet ich ins Stocken, bevor ich mich wieder in Bewegung setzte, und auf die beiden zuging. Es störte mich, dass diese Frau ihn immer noch berührte, mit ihrer Hand über sein Knie streichelte, und es ihm nichts ausmachte. Verdammt, ich war eifersüchtig. Aber wieso? Wann war das denn passiert? Kayden war ein Urlaubsflirt, nichts weiter.

Er hob den Blick und entdeckte mich, wechselte rasch noch ein paar Worte mit seiner Begleitung, ehe er aufstand und mir entgegenkam.

»June.«

»Ich wollte euch nicht stören.« Ich spielte an meinen Haaren.

»Tust du nicht.« Kayden warf einen Blick über die Schulter. »Soraya wartet auf ihr Date, ich habe ihr nur ein wenig Gesellschaft geleistet.«

Die Frau kramte in ihrer Handtasche, beachtete uns überhaupt nicht, und ich kam mir dumm vor.

»Oh, ihr habt nur so … so vertraut gewirkt«, stotterte ich herum.

»Sie ist ein Gast. Ich habe auf dich gewartet.«

»Okay.« Ich räusperte mich. »Und was hast du vor? Wozu brauche ich bei diesen Außentemperaturen denn einen Bikini?« Buddy stand von seinem Schlafplatz auf und sprang auf mich zu. Ich kraulte ihn hinter den Ohren.

»Was glaubst du denn, wozu du ihn brauchen wirst?« Kayden nahm meine kalte Hand, umschmeichelte sie mit seinen warmen Fingern.

»Ich würde ja sagen zum Schwimmen. Aber dafür ist es mir definitiv zu kühl draußen.«

»Lass dich überraschen.« Er führte mich zur Tür hinaus, und scheuchte Buddy zurück ins Haus. Es dauerte etwas, bis es Kayden gelang, die Haustür zu schließen, denn der kleine Wusler witschte immer wieder hindurch.

»Puh. Dieser Hund war in seinem früheren Leben bestimmt ein Stalker.« Er pustete durch die Lippen.

»Oder Bodyguard.«

»Oder das. Zumindest hat er dich immer sofort im Blick.«

»Ich finde ihn toll.« Am liebsten würde ich den kleinen Racker mit nach London nehmen, aber Buddy würde sich in der Großstadt garantiert nicht wohlfühlen.

»Er dich auch.« Kayden nahm schon wieder meine Hand und sah mir tief in die Augen. »Ich dich übrigens auch.«

Ich schluckte, brachte kein Wort heraus, aber Kayden sah sowieso nicht aus, als würde er eine Antwort von mir erwarten. Wir schlenderten den geschotterten Weg entlang, der uns hinters Haus führte. Aber dieses Mal weg von der Koppel, auf die andere Seite.

»Jetzt bin ich echt gespannt. Oder brauchst du nur wieder Hilfe beim Ausmisten?« Ich stieß ihn mit der Hüfte an.

»Geduld, Brit.« Seine Lippen streiften meine Schläfe. »Obwohl die Vorstellung von dir im Bikini bei der Stallarbeit äußerst reizvoll ist.«

»Träum weiter.«

Er seufzte. »Schade.«

Als wir um die Ecke bogen, blieb ich überrascht stehen.

»Wow«, entfuhr es mir, bevor ich vor Freude losquietschte. Mitten im Gras stand ein Whirlpool, von dessen blubbernder Oberfläche Dampf in die kühle Abendluft aufstieg.

»Gefällt dir meine Überraschung?« Kayden beobachtete mich.

»Ich bin total geflasht«, gab ich zu. Am Beckenrand standen eine Flasche Sekt und zwei langstielige Gläser.

Wir gingen hin.

»Es ist total romantisch, und erst die Aussicht. Einfach umwerfend.« Vom Whirlpool aus blickte man direkt aufs Meer, die untergehende Sonne tauchte alles in ein fantastisches Rot. Ich hob den Blick. »Bin ich tot und im Himmel gelandet?«

»Im Himmel könnten wir aber nicht sündigen«, raunte er mir ins Ohr, und zeigte mir wieder dieses sexy Bad Boy Grinsen, auf das ich so stand.

Ich biss mir auf die Lippe. »Du wirst doch nicht irgendwelche Hintergedanken hegen, Mister Graham?«

»Keine, die du nicht auch hast, Miss Mitchell.« In seinen Iriden funkelte Erregung, die sofort auf mich übersprang.

»Bedeutet das, du willst mich verführen?«, fragte ich gespielt entrüstet.

»Genau das, und jetzt zieh die Klamotten aus, du hast viel zu viel an.«

»Ich muss doch sehr bitten«, schalt ich ihn im Spaß.

»*Bitte* zieh deine Klamotten aus.« Er zwinkerte mir zu.

»Wenn du mich so schön bittest.« Ich fasste an den Saum meines Sweatshirts und spielte daran herum, ließ Kayden einen kurzen Blick auf mein Bikinioberteil werfen, bevor ich den Stoff wieder nach unten zog.

Kayden entfuhr ein frustriertes Stöhnen. »Du machst mich fertig, Brit. Das ist pure Folter.«

»Wer ist jetzt ungeduldig?« Ich grinste ihn an. »Warum machst du nicht den Anfang? Strippe ein bisschen für mich, Kayden.«

»Oh, du bist böse. Aber das gefällt mir.«

Zwischen meinen Beinen begann es zu kribbeln, als Kayden lässig und selbstsicher sein T-Shirt auszog, Stück für Stück seinen definierten Oberkörper offenbarte, und mich fast zum Sabbern brachte. Er öffnete Knopf und Reißverschluss seiner Jeans und stieg aus der Hose. Darunter trug er eine etwas kürzere dunkelblaue Badeshorts, die er anbehielt. Fast schon war ich ein wenig enttäuscht, dass er sich nicht komplett nackt machte. Aber hey, der Mann konnte sich sehenlassen, sein Anblick war unglaublich erotisch. Unwillkürlich streckte ich die Hand aus und strich über seine muskulöse Schulter. Seinen linken Oberarm zierte ein Stacheldraht-Tattoo das sich einmal rundum rankte. Das mir das jetzt erst auffiel? Wo hatte ich gestern im Heu bloß meine Augen gehabt? *Wohl die meiste Zeit über geschlossen …* Es sah heiß an ihm aus – und höllisch sexy. Gab ihm etwas Wildes, Verwegenes. Und erst sein definiertes Sixpack, ich zerfloss fast vor Bewunderung. Jeder einzelne Rippenmuskel lud zum Darüberstreicheln ein. Ein schmaler Streifen dunkler Härchen verlief vom Bauchnabel nach unten und verschwand im Bund seiner Shorts. Vor ihm stehend konnte ich den Kerl in seiner ganzen Pracht erst so richtig bewundern, statt unter ihm liegend, nur winzige Ausschnitte zu Gesicht zu bekommen.

Bei allen Heiligen!

In meinem ganzen Leben hatte ich es noch nie mit einem Mann zu tun gehabt, dessen Körper so perfekt war. Ich dachte an die leichte Zellulite an meinen Oberschenkeln, die ich meiner mangelnden sportlichen Betätigung zu verdanken hatte. Aber daran ließ sich jetzt leider nichts ändern. Ich würde einfach darauf achten, mich immer strategisch günstig zu platzieren. Kayden hingegen war von oben bis unten durchtrainiert, sein Körper schrie mir Sex förmlich entgegen, und ich wollte nicht die Spielverderberin sein. Definitiv nicht ... Am liebsten würde ich auf der Stelle über ihn herfallen, und den Kerl genießen wie teuren Whiskey.

»Du siehst aus, als würden eine ganze Menge schmutziger Gedanken in deinem Kopf herumschwirren.« Er klang amüsiert, seine wasserblauen Augen glitzerten.

»Ich ...« Ich schluckte hörbar, »habe lediglich zur Kenntnis genommen, dass tägliche Stallarbeit gut für die Figur ist. Enorm gut sogar«, blubberte es aus mir heraus, ich konnte mich an diesem Mann nicht sattsehen. »Vielleicht sollte ich öfter die Mistgabel ...«

»Du hast das nicht nötig«, raunte er und kam näher. »Brauchst du Hilfe beim Entkleiden?« Seine heißen Lippen legten sich auf meinen Hals und ich verglühte beinahe. Dieser Kerl wusste definitiv, wie man eine Frau verführte. Ich schloss die Augen, legte den Kopf in den Nacken. Gut. So gut. Kayden rückte etwas ab, und zog mir das Sweatshirt aus. Mich fröstelte an der frischen Abendluft, worauf er mich an sich zog und seine Arme um meine Taille legte. Er wärmte mich.

»Du bist so bildschön«, sagte er kratzig, während wir Haut an Haut dastanden. Ich spürte sein Herz kräftig und schnell in seiner Brust schlagen. Seine Hände wanderten zu meiner Hose. Er öffnete sie und schob mir den knallengen Stoff über die Hüften. Schweren Herzens löste ich mich von ihm und schälte mich mit wackelnden Hüften aus der Jeans. Kayden beobachtete mich mit einem feinen Grinsen auf den Lippen. Was er zu Gesicht bekam, schien ihm definitiv zu gefallen. Mein Puls raste, als sein Blick quälend langsam an mir entlangglitt. Er betrachtete meine Kurven, meine Brüste, die sich ihm neckisch entgegenwölbten, sog jede Stelle meines Körpers in sich auf.

»Der Bikini steht dir wirklich ausgezeichnet.« Seine Blicke

umschmeichelten mich wie eine Berührung, mir wurde unglaublich heiß. In mir prickelte und kribbelte alles, diese Versuchung in Männergestalt war definitiv fällig.

Ich rieb mir die Arme. »Wir sollten uns aufwärmen, sonst erkälten wir uns am Ende noch.«

»Du machst mich jetzt schon so heiß, June.« Sein Lächeln war verführerisch – und verdammt gefährlich. Dieser Mann hatte das Potenzial mir mein Herz zu stehlen. Egal was auch passierte, ich durfte mich auf keinen Fall in Kayden Graham verlieben.

12

KAYDEN

June sah so atemberaubend in ihrem Bikini aus. Ihre Augen strahlten mich an, dass ich gar nicht anders konnte und ihr Gesicht in beide Hände nahm. Auf der Stelle versanken wir in einem gierigen Zungenkuss, der sie erschauern ließ, was meinen Hunger auf die Süße ins Unermessliche schürte. Ich wollte diese Frau unbedingt. Schritt für Schritt taumelten wir zum Whirlpool. Ich fasste June unter den Kniekehlen und hob sie sachte ins warme, blubbernde Wasser, ehe ich mich mit einer Hand abgestützt über den Beckenrand schwang, und neben sie setzte. Die aufsteigenden Blasen strichen über meine nackte Haut und machten mich zusätzlich zu dieser Wahnsinnsfrau hypersensibel. Es wäre wahrscheinlich nur fair, June zu beichten, warum wir so viel Zeit miteinander verbrachten. Aber sie saß zu allem bereit neben mir, weshalb ich den Mund hielt und lieber den Augenblick genoss. Sie begehrte mich und ich begehrte sie. Inzwischen zählte nichts anderes mehr für mich. So ein Mist! Und wie ich das tat. In mir zog sich alles vor Verlangen zusammen, als sie mit beiden Händen unter Wasser beschäftigt war und schließlich ihr Bikinihöschen wie eine

Trophäe in die Höhe hielt. Sie warf es über den Beckenrand und grinste mich neckisch an.

»Du willst, dass ich das nachmache, nicht wahr?« Ich streichelte ihre Schulter, Wassertropfen glitzerten auf ihrer Haut.

»Sag bloß, du traust dich nicht.«

Das ließ ich mir nicht zweimal sagen. Hastig entledigte ich mich meiner Badeshorts, die ihrem Höschen folgte. Sie belohnte mich mit dem süßesten Lächeln aller Zeiten, sodass ich zu jeder Schandtat bereit war.

»Zufrieden?« Ich zog sie rittlings auf meinen Schoß. June legte mir die Arme um den Nacken, und sah mir tief in die Augen.

»Mehr als das.« Zärtlich küsste sie meinen Hals, zog mit der Zungenspitze eine feuchte Spur. Verdammt, sie machte das exzellent.

Das warme Wasser umschmeichelte uns, die blubbernden Blasen kitzelten auf der Haut.

Erneut versanken wir in einem leidenschaftlichen Zungenkuss. Ich nutzte die Gelegenheit, um das Band in ihrem Nacken zu lösen, welches ihr Oberteil in Position hielt. Während wir knutschten, öffnete ich auch den Verschluss im Rücken und das winzige Stück Stoff trieb auf der Wasseroberfläche davon.

Ich wich mit dem Kopf zurück. Es ging nicht anders, ich musste sie betrachten. Mein Blick wanderte nach unten zu ihren festen Brüsten, die sich mir entgegenwölbten. Ihre Nippel waren hart und dunkelrot. Genüsslich strich ich über ihre beiden Hügel.

»Gott, du bist so wunderschön.« Ich packte sie bei der Hüfte und zog sie noch dichter an mich heran.

Mit beiden Händen streichelte June meine Schultern und Arme entlang, und über meinen Brustkorb wieder nach oben.

»Und du bist so perfekt«, flüsterte sie. »Ich will dich.« Sie blies ihren warmen Atem in mein Ohr. Blitze der Lust schossen durch mich hindurch, und stachelten mich immer weiter an. Ich nahm ihren Mund mit meinem wieder in Besitz, begierig und hungrig. Zum Glück hatte ich dieses Mal vorgesorgt und ein Kondom am Beckenrand abgelegt. Heute würde ich mir die süße June nicht entgehen lassen.

»Ich will dich so sehr«, sagte ich heiser und kratzig an ihren Lippen. »Du machst mich noch wahnsinnig, wenn ich nicht bald in dir bin.«

Mit der anderen Hand glitt ich von ihrer Hüfte über den Bauch zwischen ihre Beine, streichelte und reizte Junes empfindlichste Stelle. Sie bog den Rücken durch, legte den Kopf in den Nacken. Genießerische Laute entschlüpften ihren geschwungenen Lippen, die mich unglaublich antörnten.

»Nimm mich, sonst zerfließe ich noch«, keuchte sie, worauf ich nach dem Kondom tastete, ohne mich von Junes Mund zu lösen. Ich erwischte es, und riss die Verpackung auf, ehe ich mich etwas aufrichtete, um es mir überzustreifen. June rutschte von mir herunter und sah mir zu.

»Ich hätte dich umgebracht, wenn du heute nicht vorgesorgt hättest.«

»Solange du bei uns Ferien machst, werde ich nie wieder ohne Kondom in der Hosentasche das Haus verlassen«, versprach ich und glitt zurück auf die Sitzbank. Sofort kletterte June wieder auf meinen Schoß, kniete sich über mich und verharrte. Statt auf mich zu sinken, vergönnte sie mir ein hinterlistiges Grinsen, während ich vor unerfülltem Verlangen kaum noch Luft bekam.

»Wie kann man nur so hinterlistig sein, Miss Mitchell«, keuchte ich, ein wohliger Schauer rann mir über den Rücken.

»Du bist äußerst ungeduldig.« Ihre Stimme vibrierte.

»Und wie ich das bin.« Ich schloss halb die Augen, konnte es kaum noch erwarten, endlich in ihr zu sein und wollte ihr von unten entgegenkommen.

»Ich übernehme«, ließ sie mich wissen.

»Tu dir keinen Zwang an, Brit«, sagte ich. »Alles hört auf dein Kommando.«

Das Wasser blubberte um uns herum, vereinzelte Spritzer landeten in unseren Gesichtern. Als sie endlich langsam auf mich sank, mich mit ihrer Enge umfing, presste ich meine Lippen auf ihre Kehle, leckte und knabberte an ihrer Haut. Es war fast schon zu viel. Ich schmeckte pure Erregung gepaart mit Junes einzigartigem Aroma auf der Zunge, während sie genüsslich meinen Schaft in ganzer Länge in sich aufnahm. Sie erhob sich ein bisschen und ich folgte ihr mit einem kräftigen Stoß, der sie zum Stöhnen brachte. Wir ergaben uns dem Taumel unserer Lust.

* * *

Ich schob June eine feuchte Locke aus dem Gesicht. Sie saß noch immer kurzatmig und erhitzt auf mir, und hatte eine Wange an meinen Brustkorb gelegt. Wir brauchten beide einen Moment um wieder zu Atem zu kommen, um zu verdauen, was sich eben zwischen uns abgespielt hatte. Wir hatten unglaublichen Sex miteinander gehabt, die Nachwehen vibrierten immer noch in meinem Unterleib, jeder Atemzug war schwer und tief, während sich mein tobender Herzschlag nur langsam beruhigte. June war ohne Übertreibung das schönste Wesen, das meine Wege in den vergangenen zwei Jahren gekreuzt hatte. So pur und rein, so perfekt und verlockend. Ich drückte ihr einen Kuss aufs Haar. Die Süße kam nur langsam wieder runter, und sie so fix und fertig zu erleben, erfüllte mich mit Stolz. Der Sex mit dieser Frau war einzigartig gewesen. Ich hatte nicht damit gerechnet, dass es so genial sein würde. Ein unvergesslicher Höhenflug und June nun in meinen Armen zu halten, schmerzte bittersüß in meiner Brust. Ich schluckte. Lange Zeit hatte ich geglaubt, niemals wieder vertraut mit einer Frau dasitzen zu können, aber mit June gefiel es mir. Um ehrlich zu sein, konnte ich gar nicht genug von ihr kriegen. Von ihrem Körper, ihrem Duft. Einfach alles faszinierte mich an ihr, sie zog mich mehr und mehr in ihren Bann und ich kämpfte nicht mehr dagegen an, sondern genoss. Um ehrlich zu sein, könnte ich ewig mit June im Whirlpool sitzen bleiben, nur um sie in meinen Armen zu halten, ihren Körper mit beiden Händen zu erforschen.

Ein paar Minuten später hob June den Kopf. Sie sah mir in die Augen, vereinzelte Wassertropfen hingen in ihren langen Wimpern und lenkten mich kurz ab.

»Du warst unglaublich.« Ihr Lob ging mir runter wie guter Whiskey. Sie küsste meine Kinnlinie entlang, schmiegte sich an meine nackte Haut.

»Ich habe jede Sekunde mit dir genossen, du warst der Hammer«, sagte ich dicht an ihrem Ohr, ich mochte unsere Vertrautheit immer mehr.

»Hast du etwa daran gezweifelt?«, gluckste sie.

»Nicht eine Sekunde lang. Nach dem kleinen Vorspiel im Heu konnte ich mir schon halbwegs ausmalen, wie es mit dir sein würde, wenn wir aufs Ganze gehen. Aber du hast alle meine Vorstellungen in den Schatten gestellt.« Mir wurde klar, warum es mir so gut mit June gefallen hatte. Zum ersten Mal seit einer halben Ewigkeit war ich mit der Seele dabei gewesen. Wir hatten nicht einfach nur eine schnelle Nummer geschoben, sondern Liebe gemacht. Zärtlich und leidenschaftlich, wild und schonungslos. Nichts hatten wir ausgelassen und uns gegenseitig immer weiter bis über die Klippe getrieben. Diesen genialen Fick würde ich für den Rest meines Lebens nicht mehr vergessen.

»Als wäre Magie im Spiel gewesen«, wisperte sie zuckrig und mädchenhaft an meiner Halsbeuge, als würde sie Glitzer über uns streuen. Normalerweise nicht mein Ding, doch ihrem Charme konnte ich nicht widerstehen.

»Es war unvergesslich mit dir«, sprach ich die reine Wahrheit aus und entlockte ihr ein zauberhaftes Lächeln.

June setzte sich auf, legte beide Arme um meinen Nacken. »Der Sekt wird langsam warm.« Sie nickte zu der vollen Flasche, die immer noch am Beckenrand darauf wartete, endlich geöffnet zu werden.

»Das sollten wir auf jeden Fall verhindern.« Ich griff nach der Flasche, befreite den Verschluss vom Stanniolpapier, machte das Drahtgeflecht ab und drehte am Korken, bis er mit einem Plopp in die Höhe schoss. Etwas von dem Sekt sprudelte heraus und traf Junes nackte Brüste. Nur zu gern beugte ich mich vor und leckte um ihre linke Brustwarze, die sich sofort zusammenzog und hart wurde. June seufzte glückselig.

Ich hob den Kopf. »Ein verdammt guter Tropfen«, sagte ich und brachte sie zum Kichern.

»Dafür gibt es eigentlich Gläser.«

»Von dir schmeckt es aber tausendmal besser.« Ich nahm einen Sektkelch und goss ihn voll, reichte June das Glas, und füllte auch noch das andere. Wir sahen uns tief in die Augen, als die Gläser leise aneinander klirrten. Verdammt, ich könnte ohne Scheiß für den Rest meines Lebens mit dieser Frau im warmen Wasser sitzen bleiben. Als June an ihrem Getränk nippte, nahm ich ebenfalls einen großen Schluck, die Kohlensäure prickelte mir in der Kehle. Normalerweise war ich kein großer Fan von Perlwein, aber zusammen mit June war es das wohl romantischste, das ich in sehr langer Zeit getan hatte. Ihre Augen strahlten, das zuckersüße Lächeln auf ihren Lippen berührte mich im Herzen. June sah glücklich aus. Es war lange her, dass mich eine Frau auf diese Weise angesehen hatte, und ich mochte das. Mehr noch: Es hatte mir gefehlt.

»Hast du Spaß, June?« Ich wollte unbedingt ein Kompliment von ihr hören, keine Ahnung warum, aber es war mir wichtig, dieser Frau jeden Wunsch von den Augen abzulesen. Ich wollte sie rundum glücklich machen – glücklich und erregt …

»Es ist wunderschön mit dir.« Ihre Stimme bebte kaum merklich. Unwillkürlich durchzuckte es mich, als ich das bezaubernde Funkeln in ihren Iriden einordnete, dieses Glühen realisierte, das ihr Gesicht umrahmte und auf eines hindeutete. June war dabei sich zu verlieben. Vielleicht täuschte ich mich auch, aber ich hatte genau diesen Blick tausendmal und öfter bei Dana bemerkt, wenn sie mich angesehen hatte. Dieser weiche Ausdruck, diese Wärme. Und ich hatte es geliebt – zwei Jahre lang vermisst, auf diese Weise angeschaut zu werden.

Ein leichter Anflug von Panik stieg in mir auf, den ich sofort niederkämpfte, genauso wie das schlechte Gewissen, das in meinem Magen rumorte. Es gab keinen Grund für Selbstkasteiung, ich tat nichts Falsches, und dennoch verurteilte ich mich ein klein wenig für das kurze Glück, das ich empfand.

June nahm mich genauer unter die Lupe, höchstwahrscheinlich machte ich kein Pokerface. »Alles okay?«, fragte sie.

»Ja, alles in Ordnung.« Ich zwang mich zu einem Lächeln, das mir mit jeder Sekunde besser gelang. June war eine tolle Frau und ich wollte diesen schönen Abend nicht ruinieren. In einem großen Schluck leerte ich mein Glas und goss mir nach. Als June mir ihres hinhielt, füllte ich es ebenfalls bis zum Rand, Schaum sprudelte hoch und lief ihr über die Finger.

»Du wirkst nervös«, ließ sie nicht locker und ich verfluchte Junes Hang zum endlosen Nachbohren.

»Ich habe mich nur einen Moment lang an Dana erinnert.« Ich verzog die Lippen, es war wohl das dämlichste, das ein Mann tun konnte, auf dessen Schoß eine nackte Frau saß. Zugeben, dass er währenddessen an eine andere dachte. »Tut mir leid. Es war bescheuert, davon anzufangen.«

»Nein, schon in Ordnung.« Sie nahm einen Schluck aus ihrem Glas. »Ich habe ja gefragt und bin froh, dass du mich nicht anlügst. Be… bereust du, was eben zwischen uns passiert ist?«, fragte sie gepresst, ihr Körper spannte sich an.

Ich schüttelte den Kopf. »Nicht eine Sekunde davon. Es ist eher so, dass ich festgestellt habe, wie wunderschön es mit dir war, obwohl ich das niemals für möglich gehalten hätte. Du berührst etwas in mir und ich mag das. Es ist einfach ungewohnt für mich, das ist alles.«

»Wie kann Sex für dich an einem Ort wie dem *Swing to Heaven* ungewohnt sein?« Sie lehnte ihre Stirn gegen meine.

Ich seufzte. »Ja, ich gebe es zu. Ich habe nach Danas Tod mit Frauen geschlafen. Einige Male sogar hier bei uns im Haus. Eine schnelle Nummer mit ein paar Gästen war okay. Aber es war nie so wie mit dir.« Ich war kein Asket, hatte mir kein aufopferndes Zölibat auferlegt, ganz einfach aus dem Grund, weil ich hin und wieder eine kleine Triebstaubeseitigung brauchte. Doch kein einziges Mal war ich mit dem Herzen dabei gewesen, sondern immer nur mit dem Schwanz, und so hätte es auch bleiben sollen. Bis diese Britin aufgetaucht war. Mit June war plötzlich alles anders. June genoss ich mit allen Sinnen, June erfüllte mich mit frischem Leben. Normalerweise war ich kein Mann, der gern über sich selbst redete, ich machte meinen Scheiß üblicherweise mit mir allein aus. Vertraute die meisten Dinge, die mich beschäftigten, nicht einmal meinen Brüdern an. Außerdem war mir schon immer egal gewesen, was andere Leute über mich dachten. Aber diese Frau, June, krempelte mich um. Ich wollte, dass sie wenigstens im Ansatz verstand wie ich tickte, und warum ich mich in manchen Situationen komplett irrational verhielt.

»Und was bin ich dann für dich?«, stellte sie die einzige Frage, die ich ihr nicht beantworten konnte. Nicht ehrlich beantworten wollte.

»Du bist unwiderstehlich.« Ich gab ihr einen Kuss auf die Lippen, fuhr mit der Hand den Schwung ihrer Brüste entlang. »Und wunderschön, und supersexy.«

»Obwohl ich das mit Sicherheit alles bin«, sie kicherte, »weichst du meiner Frage aus.« June erschauerte, als ich mit der Daumenkuppe ihre Brustwarze reizte.

»Was willst du denn sein?«

»Man beantwortet keine Frage mit einer Gegenfrage«, spielte sie den Ball zurück.

»Um ehrlich zu sein, ich weiß es nicht. Nach Danas Tod hätte ich mir nicht mal vorstellen können, jemals wieder mit einer anderen Frau in einem Whirlpool zu sitzen. Aber ich genieße jede Sekunde mit dir.«

»Dann sollten wir viel Zeit miteinander verbringen, solange ich da bin.« Dieses verschmitzte Lächeln war verteufelt niedlich.

»Oh, das werden wir, June. Das werden wir.« Diese Frau wurde mir langsam gefährlich, sie besaß eine unglaubliche Wirkung auf mich, und schaffte es mit einem Augenaufschlag, mich umzuhauen. Es sprach nicht nur Geilheit aus mir, mit dieser splitternackten hübschen Frau vor Augen konnte ich sowieso nicht mehr klar denken. June passte einfach so gut zu mir. Der kühle Windhauch malte Gänsehaut auf ihre Schultern und Brüste, was sie unglaublich erregt aussehen ließ. Und ich stellte mir vor, es würde ganz allein an mir liegen.

»Ich habe schon Pläne für die nächsten Tage gemacht, du kannst dich auf ein tolles Programm freu…« Ihre Hand auf meinem Mund stoppte mein Gequassel. Wie recht sie hatte, es gab besseres zu tun. Die feuchten Haare lockten sich verführerisch um ihr Gesicht. Ein Blick auf ihre hinreißenden Rundungen genügte, um den dringenden Wunsch in mir zu wecken, sie flachzulegen. Erneut. Ich war am Arsch. Jeder

Gedanke lenkte sich in meinem Kopf sofort in eine verdorbene Richtung.

»Genug geredet.« Als könnte June mich lesen, tauchte sie mit einer Hand unter Wasser, umfasste mein Glied und rieb gefühlvoll daran auf und ab. Oh, böse unersättliche June.

»Du machst mich fertig, Brit«, stöhnte ich und schloss die Augen. Scheiße, fühlte sich das göttlich an, diese Frau war ein Naturtalent. Ich könnte stundenlang mit June vögeln, die ganze Nacht lang. Und genau das würden wir auch tun.

13

JUNE

DAS KLINGELN meines Smartphones riss mich aus dem Tiefschlaf. Mit geschlossenen Augen tastete ich den Nachttisch ab, bis ich den Störenfried zu fassen bekam.

»Hallo«, krächzte ich immer noch im Halbschlaf, der Morgen hatte bereits gegraut, als Kayden und ich endlich voneinander abgelassen hatten.

»Hey, Süße«, zwitscherte mir Harper unerträglich gut gelaunt ins Ohr. »Ich wollte nur mal hören, wie es dir im *Swing to Heaven* inzwischen gefällt. Kayden scheint ja wohl doch ein ganz netter Typ zu sein.«

Kayden. Ich hob die Lider und wandte den Kopf. Er war nicht mehr da, hatte sich irgendwann rausgeschlichen, mir allerdings einen Zettel auf dem Kopfkissen hinterlassen. Wie schade. Ich wäre gern an seiner Seite aufgewacht, um mich an ihn zu kuscheln.

»Wie spät ist es?« Ich kam nur langsam zu mir und schnappte das Blatt Papier.

»Fast elf Uhr«, teilte mir Harper mit. »Sag bloß, du liegst noch im Bett.«

»Es ist gestern spät geworden.« Ich las die Nachricht.

Guten Morgen, Schönste. Musste früh raus, die Tiere füttern und wollte dich nicht wecken. Lust auf einen Strandspaziergang?

»Was, oder besser gesagt, wer hat dich denn so lange wachgehalten?« Sie kicherte. »Lass mich raten: Es war Kayden.«

Ich stützte mich auf den Ellenbogen ab, mein Kopf fühlte sich ganz matschig an. Nach dem Bad hatten Kayden und ich auf meinem Zimmer noch eine zweite Flasche Sekt geleert, bevor wir es wieder und wieder miteinander getan hatten. Gefühlte achtundneunzigmal.

»Du bist unmöglich«, schalt ich sie.

»Du bist also nicht flachgelegt worden? Und das im *Swing to Heaven*«, betonte sie übertrieben den Namen des Hauses. »Falls du nicht mit jemandem geschlafen hast, ist dieser Urlaub die größte Zeitverschwendung deines Lebens.«

»Hey, ich dachte, ich soll mich erholen. War das nicht dein genauer Wortlaut, als du mir die Reise geschenkt hast?«

»Erholen von Brandon, und zwar in dem du dich mit sexy Kerlen vergnügst. Ich hoffe, du warst nicht untätig.«

»Vielleicht«, ließ ich zweideutig anklingen. Langsam kam ich zu mir, die Sonne schien vom strahlendblauen Himmel. Ich hatte echt Glück mit dem Wetter.

Harper quietschte mir so laut ins Ohr, dass ich das Handy weghalten musste. Ein leiser Piepston hallte in meinem Gehörgang nach. »Bist du verrückt? Du hast mich halb taub gemacht.«

»Und, wie war's? Erzähl mir alles. Ich will jedes schmutzige kleine Detail wissen.«

Erst einmal gähnte ich herzhaft. »Du weißt doch selbst, was in diesem Etablissement los ist. Immerhin hast du mich einquartiert. Aber ja, es ging heiß her gestern Nacht, so viel kann ich dir verraten. Kayden ist ein richtiger Ladykiller.« Ich fühlte mich ein wenig wund zwischen den Beinen, aber auf eine gute Weise.

»Ich hätte nicht gedacht, dass Kayden dermaßen loslegen kann. Vergangenes Jahr war er so zurückhaltend, ich habe keine fünf Sätze mit ihm gewechselt.«

»Reden ist auch nicht seine Stärke«, gluckste ich. »Aber was er sonst so mit seinen Lippen anstellen kann, ist grandios, Harper. Die pure Sünde. Ich glaube, in London muss ich als erstes die Beichte ablegen.« Ich kicherte. »Er ist gleichzeitig aber auch so charmant und zärtlich. Selbst wenn ich Selbstdisziplin hätte, könnte ich Kaydens Verführungskünsten nicht widerstehen. Harper, der Kerl ist ein Traummann. Worauf lasse ich mich da nur ein?«

»June, ist das dein Ernst?«, fragte sie ganz entgeistert. »Hol den Typen sofort wieder von diesem Podest herunter, auf den du ihn gehoben hast. Musst du immer sofort Gefühle entwickeln, sobald ein Kerl zutraulich wird? Unglaublich. Du sollst nicht gleich von einem Extrem ins andere springen. Kayden hat bestimmt ein paar unerträgliche Macken, ruf sie dir ins Gedächtnis. War da nicht was ganz am Anfang mit diesem Kerl und dir?« Ich hörte den Spott in Harpers Stimme. »Wir reden von Grumpy, oder? Dem hinterwäldlerischen Fiesling. Schnarcht er? Puhlt er Essenreste mit dem Fingernagel aus den Zähnen? Oder lässt er beim Sex die Socken an?«

»Nichts von allem«, erwiderte ich gespielt zerknirscht, und ignorierte den Einwand, ich würde mich viel zu schnell verlieben. »Rein gar nichts. Ich kann nichts Abstoßendes mehr an ihm finden. Er ist nicht mehr der Griesgram vom ersten Tag, sondern richtig nett. Harper, ich glaube, ich verknalle mich tatsächlich in den Kerl.« Ich dämpfte mein frustriertes Stöhnen mit dem Kissen, das ich mir aufs Gesicht drückte. Scheiße. Meine beste Freundin hatte recht. Ich investierte schon wieder viel zu viele Gefühle.

»June, ist das dein Ernst? Warum kannst du nicht ein einziges Mal einfach nur ein bisschen unverbindlichen Spaß mit einem Typen haben, ohne gleich Zukunftspläne zu schmieden? Es ist echt nicht zu fassen. Hätte ich das gewusst, hätte ich dir einen Aufenthalt in einem Kloster spendiert. Genau aus diesem Grund habe ich das *Swing to Heaven* doch für dich ausgesucht. Weil es dort nahezu unmöglich ist, sich in irgendeinen von diesen oberflächlichen Bekanntschaften zu vergucken. Du befindest dich in einem Hotel, in dem die Gäste ihre Partner öfter tauschen, als die Bettwäsche gewechselt wird. Herrgott, komm mir bloß nicht mit noch mehr Liebeskummer nach Hause. Eine heulende June hoch zwei ertrage ich nicht. Sonst stürze ich mich aus dem Fenster, ich schwöre.«

Ich nahm das Kissen weg und atmete frischen Sauerstoff ein. »Du wohnst im Erdgeschoss«, erinnerte ich sie.

»Dieser Urlaub sollte eine kleine, unverbindliche Sextherapie werden. Welcher normale Mensch verknallt sich denn in seinen Therapeuten?«

»Du hast gut reden. Was kann ich denn dafür, dass ausgerechnet mein *Therapeut* so heiß ist? Kayden ist kein Mistkerl, sondern toll. Er ist aufmerksam, witzig und …« mir entschlüpfte ein sehnsüchtiger Seufzer, »unglaublich sexy.« Ich betrachtete die weiße Zimmerdecke. In meinem Herz begann es zu wummern, ich konnte es kaum noch erwarten, Kayden endlich wiederzusehen. »Zu allem Übel verstehen wir uns auch noch so gut, wir können stundenlang miteinander über alles Mögliche quatschen.« Ich dachte an unser Gespräch im Green Shamrock zurück. Als er mir von seiner Frau erzählte und ich ihm von meiner Schwester. Daran, wie einfühlsam er sein konnte, und was für ein großes Herz er für geschundene Tiere hatte.

»Du hast in ein paar Tagen ein Riesenproblem, wenn du deine Gefühle für diesen Kerl nicht in den Griff kriegst«, prophezeite Harper mir. »Er wird dir sonst das Herz brechen.«

»Ja, ich weiß. Aber ich habe wirklich keine Erwartungen, sondern einfach nur Spaß. Okay, ein paar Gefühle sind im Spiel, aber es ist nicht dramatisch.« Der Abschied von Kayden würde mir zwar schwerfallen, aber ich wusste ja, dass wir ein Verfallsdatum hatten. Heute jedoch wollte ich nicht an Abschied denken, Kayden erwartete mich zu einem Spaziergang, auf den ich mich sehr freute.

»Dann ist ja gut.« Harper klang skeptisch, und als bereute sie tatsächlich, mich hierher verfrachtet zu haben.

»Dieser Urlaub ist das tollste Geschenk, das mir jemals gemacht wurde, Süße.« Ich gab meiner Harper ein Küsschen durchs Telefon. Ich wusste ja, dass sie nur mein Bestes wollte, und dafür liebte ich sie.

»Immerhin etwas.«

»Mit Kayden Zeit zu verbringen, tut mir gut.« Ich wickelte eine Locke um den Finger, inzwischen war ich hellwach und fühlte mich zu sämtlichen Schandtaten bereit. Ich grinste in mich hinein.

»Okay, dann betrachte Kayden als deine von Doktor Harper verschriebene Medizin. Wenn du dich an die von mir empfohlene Dosis hältst, tut dir die Behandlung ausgesprochen gut. Nimmst du jedoch zu viel davon, wirst du süchtig werden. Also pass auf.«

Ich seufzte schwer. »Du hast gut reden.« Es war ein Wahnsinnsgefühl gewesen, Kaydens Hände auf mir zu spüren. Nach denen war ich auf jeden Fall schon süchtig. Als er mich gestreichelt hatte, war mir ein wohliger Schauer nach dem anderen über den Rücken gerieselt. Die Art, wie er mich angesehen hatte, ging mir selbst jetzt noch unter die Haut. Noch niemals zuvor hatte ich mich so begehrt, so sexy gefühlt. Aber vielleicht hatte Harper recht. Am Ende war sein Flirten nur Teil des Spiels, von dem ich die Regeln nicht kapierte.

»Genieße die Zeit mit ihm, June. Nimm dir, was er zu bieten hat, lass dir Körper und Seele von ihm streicheln, und dich von ihm verwöhnen. Aber sobald du zurück in London bist, schlägst du dir den Kerl gefälligst wieder aus dem Kopf. Verstanden?«

Ich sagte nichts, sondern atmete nur tief durch. Jedes einzelne Wort traf mich wie Dartpfeile im Brustkorb. Unvoreingenommen betrachtet hatte sie absolut recht, aber das war ich leider nicht mehr.

»Der Kerl führt ein Swingerhotel, Süße. Vergiss das nicht«, redete Harper weiter, als ich nicht antwortete. »Die Brüder gaukeln allen ihren Gästen vor, wie begehrenswert sie wären. Keiner nimmt sie wirklich ernst. Das ist Teil des Spiels. Dieses Flirten und Umgarnen ist pure Illusion, mach einfach mit, aber erwarte nicht zu viel.«

Ich wollte nicht, dass Harper solche Dinge zu mir sagte, mich aus meinem romantischen Kokon schälte, in den ich mich und Kayden in Windeseile eingesponnen hatte. Harpers mahnende Worte entfalteten ihre Wirkung. Trotzdem wünschte ich mir insgeheim, es könnte auch nach dieser Woche irgendwie zwischen uns weitergehen. Kayden verkörperte alles, was ich mir bei einem Mann wünschte. Ich fand ihn so perfekt. Perfekt für mich. Aber das sagte ich nicht laut, um Harper mit meiner Unzurechnungsfähigkeit nicht noch mehr auf die Palme zu bringen. Am Ende würde ich abreisen und Kayden abhaken. Was anderes blieb mir sowieso nicht übrig.

»Was hast du jetzt vor?«, wollte Harper auch prompt wissen.

Da weitermachen, wo Kayden und ich gestern Nacht aufgehört haben. »Keine Ahnung, ich bin seit fünf Minuten wach und hatte noch nicht mal eine Tasse Kaffee. Frühstück habe ich auch verpasst. Du weißt, wie unausstehlich ich sein kann, wenn ich Hunger habe.«

»Ich kriege langsam echt ein schlechtes Gewissen, weil ich dir diesen Urlaub mit allem Drum und Dran eingebrockt habe.« Harper klang ganz zerknirscht.

»Musst du nicht, ich genieße meinen Aufenthalt in Irland ganz außerordentlich.«

»Das hoffe ich.« Sie atmete tief durch. »Okay, vernasch Kayden, hab Spaß mit ihm und lass dich von dem Sexgott verwöhnen, wenn nicht sogar auf Händen tragen. Der Kerl soll sich bei einer Traumfrau wie dir gefälligst anstrengen. Und am Ende kommst du entspannt und gut gelaunt nach Hause und wir suchen dir einen Mann, mit dem du auch eine Zukunft hast.«

Wie oft wollte sie das noch wiederholen? Es war wie ein Mantra.

»Okay, so machen wir es.« Alles in mir sträubte sich.

Ich schwang mich aus dem Bett. »Dann mache ich mich mal auf die Suche nach etwas Essbarem. Wir reden die Tage wieder, Süße.«

»Alles klar, bis später.« Harper gab mir ein Küsschen durchs Telefon, bevor sie auflegte.

* * *

Nachdem ich mich geduscht und angezogen hatte, ging ich die Treppe zur Lobby nach unten. Mein Magen knurrte inzwischen ganz gehörig.

Neil und Sheila Winston standen vor dem Tresen beisammen und hielten ein Schwätzchen. Meine Knie wurden bei ihrem Anblick auf der Stelle weich. Sie trug einen Minirock aus Jeansstoff, dazu ein mohnrotes T-Shirt, und hatte ihre Haare im Nacken zusammengebunden.

»Hi«, grüßte ich, worauf die beiden sich zu mir umdrehten.

»Hey.« Sheila lächelte mich an. »Wow, tolles Kleid.«

Mein Blick huschte an meinem türkisfarbenen Kleid entlang, das sehr figurbetont geschnitten war und ein Stückweit über meinen Knien endete. Ob ich es mit meiner Klamottenwahl ein wenig übertrieben hatte, wenn ich den Leuten sofort ins Auge stach? Aber ich wollte Kayden so gern gefallen – und ihn bezirzen.

»Du siehst hammermäßig aus«, sagte Neil mit Wohlgefallen in der Stimme. Ein rötlicher Dreitagebart schimmerte in seinem Gesicht, der ihm richtig gut stand. Ihn draufgängerisch und älter wirken ließ.

»Danke« erwiderte ich geschmeichelt. »Heute ist so tolles Wetter, vielleicht kriege ich sogar eine leichte Bräune ab.« Bei meiner empfindlichen Haut wohl eher eine Röte, aber die Hoffnung starb immerhin zum Schluss. Vorsichtshalber hatte ich mich im Zimmer mit Sunblocker eingecremt, um nicht am Ende den Rest meines Aufenthalts wie ein gekochter Hummer durch die Gegend laufen zu müssen.

»Bist du eben erst aufgestanden? Ich hab dich beim Frühstück gar nicht gesehen.« Sheila zog ihr vibrierendes Smartphone aus der Handtasche und las die Nachricht. »Kein Business im Urlaub«, ließ sie mich wissen und steckte es wieder ein.

»Geht mir genauso. Obwohl. Ich habe kürzlich erst meinen Job verloren, also will sowieso keiner was von mir. Man sollte eben niemals mit dem Boss schlafen, wenn man bei einer Trennung nicht nur den Kerl, sondern die Arbeitsstelle gleich mit dazu verlieren will«, quasselte ich vor lauter Nervosität drauflos. Was für einen Blödsinn erzählte ich Sheila Winston denn da?

»Das tut mir leid für dich.« Sie sah mich mitleidig an. »Was für ein Arsch.«

»Sei froh, dass du den los bist«, kam es von Neil. »Du hast es nicht nötig, dich von einem Mann mies behandeln zu lassen.«

Wie oft ich diese Aussage im Zusammenhang mit Brandon schon gehört hatte, konnte ich gar nicht mehr zählen.

»Solche Idioten muss man einfach abhaken. Aber manchmal läuft es auch andersherum«, erzählte Sheila. »Ich hatte mal was mit meinem Manager, und wir schafften es tatsächlich, unsere Beziehung geheim zu halten. Ganze drei Jahre lang. Als ich dann Schluss machte, weil der Kerl ein absolutes Desaster war, hat er mich so lange gestalkt und bedroht, bis ich mich auch beruflich von ihm getrennt habe. Er ist dann vor Gericht gezogen und ich musste ihm auch noch eine fette Abfindung zahlen, um ihn endgültig loszuwerden. Seitdem bleibe ich lieber Single, und vergnüge mich bei den Jungs hier, wenn mir der Sinn nach ein wenig Zerstreuung steht.« Sie zwinkerte mir zu, während sie mit dem Daumen auf Neil zeigte.

»Wir sollten dein Privatleben nicht so vertiefen. Sheila, Baby.« Neils Miene wurde ernst. »Wartet Ian nicht draußen beim Wagen auf dich?«

»Er verspätet sich«, ließ sie ihn wissen. »Der Schmied ist da, um dem Pony Hufeisen anzupassen. Er und Kayden helfen ihm. Die drei sind wohl noch ein Weilchen beschäftigt.«

Neil tippte mit den Fingerspitzen auf dem Tresen herum. »Vielleicht kann ich dir solange Gesellschaft leisten, Sheila. Was möchtest du machen?«

Sheila schmiegte sich an ihn. »Wir könnten ein wenig nach unten ins Spielzimmer gehen«, schnurrte sie wie eine Katze, und strich ihm über den Hals.

»Was wollt ihr denn spielen? Vielleicht mache ich eine Runde mit.« Wenn Kayden sowieso noch beschäftigt war, könnte ich solange auch ein bisschen Karten oder Monopoly mit den beiden spielen. Besser, als mir allein die Zeit vertreiben zu müssen.

Neils Augen wurden groß, er schnappte nach Luft. »Nein … nein«, stotterte er herum.

Was war denn mit dem los?

Sheila hingegen blieb vollkommen locker. »Nettes Angebot, June.« Sie klopfte mir auf die Schulter. »Aber ich stehe leider überhaupt nicht auf Frauen.«

»Okay. Ich auch nicht. Und was hat das jetzt mit dem Spielzimmer zu tun?« Im selben Moment, überkam mich eine Erleuchtung. Wo war das berühmte Loch im Boden, wenn man es dringend brauchte?

»Hat dir Kayden das Spielzimmer noch nie gezeigt? Dann hast du aber was verpasst. Dort unten findest du alles, was dein verdorbenes Frauenherz höherschlagen lässt. Wenn du Fesselspielchen magst, oder Toys, dann bist in diesem Zimmer genau richtig.« Sie legte Neil einen Arm um die Schultern. »So harmlos und freundlich unser Neil auch aussehen mag, er ist ein Meister des Bondage, und trifft mit dem Paddle so präzise …«

»Ich glaube, June hat jetzt verstanden, was es mit dem Spielzimmer auf sich hat«, ging Neil hektisch dazwischen und verpasste Sheila einen scharfen Blick, der sie sofort zum Schweigen brachte.

Und wie ich das verstanden hatte. Sheila stand also auf versaute Fesselspielchen und bestimmt mochte sie noch ganz andere Dinge, die nicht unbedingt an die Öffentlichkeit gelangen sollten. Schade, dass Neil ihren Redefluss unterbrochen hatte. Die Story mit ihrem Manager war schon sehr aufschlussreich gewesen. Monatelang hatte die Presse Vermutungen über eine etwaige Beziehung der beiden angestellt, aber niemals Näheres herausgefunden, und jetzt hatte Sheila Winston höchstpersönlich alles ausgeplaudert.

Mein Magen knurrte vernehmlich in die plötzlich eingetretene unangenehme Stille.

»Huch«, ich legte eine Hand auf meinen rumorenden Bauch.

»Du hattest ja noch kein Frühstück, June«, sagte Neil. »Wenn du magst, kann ich dir ein Sandwich machen.«

»Das wäre super. Vielen Dank.« Ich war in der Tat am Verhungern, und es sah nicht so aus, als wäre Sheila immer noch in Gesprächslaune. Sie hielt die Lippen fest zusammengepresst.

»Ich bin gleich wieder da.« Er gab Sheila einen Kuss auf die Wange. »Warum gehst du nicht schon nach unten, Baby, und machst es dir gemütlich. Ich komme gleich nach.«

»Okay, aber lass mich nicht zu lange warten. Ich will heute noch einen Ausflug nach Youghal machen.«

»Ich beeile mich«, versprach er, bevor er sich an mich wandte. »Wenn du dein Sandwich hast, kannst du ruhig schon zu Kayden in den Stall gehen. Die sind bestimmt bald fertig mit den Hufeisen. Kayden hat mir erzählt, dass ihr verabredet seid.«

»Okay, da ihr mich bei euren Spielchen nicht dabeihaben wollt«, konnte ich mir nicht verkneifen und grinste Neil frech an.

»Kayden spielt bestimmt gern mit dir«, antwortete Sheila an seiner Stelle, während sich Neil ziemlich schnell in Richtung Küche davonmachte.

»Das mit deinem Job tut mir echt leid«, fuhr sie fort und wurde wieder ernst. »Ich kann so gut nachvollziehen, wie du dich gefühlt haben musst. Manche Männer können einfach nicht zwischen Arbeit und Privatleben unterscheiden.«

»Da hast du sowas von recht«, stimmte ich ihr aus vollem

Herzen zu. »Obwohl mir die Trennung wahnsinnig nahe gegangen ist, hätte ich kein Problem damit gehabt, weiterhin in meinem Job zu arbeiten. Brandons Büro war sowieso in einem anderen Stockwerk, zusammen mit seinen ganzen Redakteuren, während ich beim Fußvolk in meinem Großraumbüro gesessen bin. Wir wären uns kaum über den Weg gelaufen.«

»Redakteure«, wiederholte sie nachdenklich, und mir schwante, dass ich mich wohl verplappert hatte.

»Bist du Journalistin?«

Ich verschränkte die Arme, scharrte mit dem Fuß. Eigentlich hatte ich ihr das gar nicht erzählen wollen. »Könnte man so sagen,« druckste ich herum.

Sheila wich einen Schritt zurück. »Ich hasse Presseleute.« Ihre Augen wurden schmal. »Wer sagt mir, dass du mich nicht anlügst, und uns allen eine Show vorspielst, weil du auf eine Riesenstory hoffst.«

Wow, die Gute war ganz schön misstrauisch.

»Ich wusste doch nicht einmal, dass du in diesem Hotel abgestiegen bist. Mal ehrlich, wer vermutet schon einen Superstar in einem schlichten Bed and Breakfast.« Jedes Wort war die Wahrheit, die reine Wahrheit und ich hoffte, Sheila glaubte mir. Zwischen ihren Augenbrauen entstand eine tiefe Falte, ein harter Zug legte sich um ihre geschwungenen Lippen. »Ich hasse es, verarscht und ausgenutzt zu werden.«

»Das habe ich nicht vor. Garantiert nicht. Ich schwöre.« Wie zum Beweis spreizte ich drei Finger zum Eid. »Ich habe ja nicht mal einen Arbeitgeber, für den ich schreiben könnte.«

»Als ob dir nicht jede Zeitung eine Enthüllungsstory über mich abkaufen würde.«

»Ich verspreche dir, dass so etwas nicht passieren wird. Vertrau mir. Ich habe nichts dergleichen vor.« Mist. Wie konnte ich Sheila davon überzeugen, dass ich tatsächlich nur

Urlaub machen wollte, und nicht vorhatte, sie in die Pfanne zu hauen.

Neil kam zurück. In der Hand hielt er einen Teller, auf dem ein diagonal durchgeschnittenes Schinken-Käse-Sandwich lag. Er stockte, als er Sheila noch immer im Foyer erblickte. »Alles okay bei euch?«

»Wusstest du, dass June Reporterin ist?« Wie in Zeitlupe wandte Sheila den Kopf. »Ich dachte, ich könnte euch vertrauen.«

»Nun, ja.« Er reichte mir den Teller. »Ja, wir wissen es. Aber sie ist bei unseren Veranstaltungen oder ähnlichen Angeboten überhaupt nicht dabei. June hat nur Übernachtung und Frühstück gebucht. Was sonst in diesem Haus abläuft, ist tabu für sie.«

»Ich werde keinen Artikel über dich schreiben, Sheila«, versprach ich hoch und heilig, und meinte jedes Wort ernst. »Außerdem hätte ich sowieso keine Beweise oder Fotos. Keine Zeitung würde eine Geschichte drucken, die nur auf Hörensagen basiert. Die könnten sich sonst gleich auf Post von deinem Anwalt gefasst machen. Ich bin still, versprochen.«

»Siehst du? Alles okay.« Neil nahm Sheila in den Arm, und ich fühlte mich schlecht, weil meine bloße Anwesenheit ausreichte, um die Ärmste in Panik zu versetzen. Kein Wunder. Mit Sicherheit hatte sie im Laufe ihrer Karriere genügend Papparazzi-Erfahrungen sammeln müssen. Aber ich war eine Journalistin mit Anstand.

»Gehen wir nach unten?« Neil nickte in Richtung Kellertür.

»Nein, danke. Mir ist die Lust auf Spielen vergangen.« Sie drängte sich an mir vorbei und stob zur Haustür hinaus, die krachend hinter ihr ins Schloss fiel.

»Es tut mir so leid, Neil«, wandte ich mich mit klopfendem Herzen an ihn. »Ich wollte euch keinen Ärger machen und ich habe auch nicht vor, einen Artikel zu schreiben. Hoffentlich reist Sheila jetzt nicht ab.«

»Mach dir keine Sorgen.« Er tätschelte mir den Rücken, schenkte mir ein aufmunterndes Lächeln. »Sheila ist impulsiv, aber sie beruhigt sich auch rasch wieder. Ich werde nachher mit ihr reden. … Und du geh Kayden suchen. Mach dir einen schönen Tag, und vergiss Sheila. Ich regle das schon.«

Ich nahm das Sandwich und stellte den leeren Teller auf dem Empfangstresen ab.

»Ich danke dir«, sagte ich und erwiderte sein Lächeln gepresst. »Ganz ehrlich, ich könnte mir nicht verzeihen, wenn ich Sheila den Urlaub verdorben habe. Eher packe ich meine Koffer, bitte sag ihr das.«

»Das wird nicht nötig sein. Und mach dir keinen Kopf, niemand reist vorzeitig ab. Du bist genauso zahlender Gast wie sie«, redete er mir gut zu, und ich hoffte, dass er Sheila ein wenig ihre Ängste nehmen konnte. Vor mir hatte sie garantiert nichts zu befürchten.

14

JUNE

Ich war so eine Idiotin. Noch immer rumorte das Gespräch mit Sheila in mir und auch ihre Enttäuschung, die ich in ihren Augen ausgemacht hatte. Das war so typisch für mich. Mit einem fünfminütigen Gespräch verscherzte ich es mir mit einem Weltstar. Ich biss von meinem Sandwich ab, die erste Hälfte hatte ich mit drei großen Bissen bereits vertilgt, ohne viel geschmeckt zu haben.

Draußen vor dem Haus sah ich mich nach allen Seiten um, konnte Sheila jedoch leider nirgendwo entdecken. Ich hätte ihr gern noch einmal versichert, dass von mir absolut keine Gefahr drohte. Aber sie war weg. Frustriert schlug ich den Weg in Richtung Stall ein, um Kayden zu suchen und Mini-June guten Morgen zu sagen. Ein bisschen Ablenkung tat mir bestimmt gut. Die Kleine wurde immer lebhafter, hüpfte bereits ausgelassen in ihrem Verschlag herum, und ich fand es schade, dass ich nicht mehr da sein würde, wenn die Jungs Kuh und Kalb das erste Mal auf die Weide ließen.

Ich spazierte den geschotterten Weg entlang, die Sonne wärmte mich angenehm. Als ich um die Hausecke bog, blieb ich abrupt stehen, denn Charly spazierte allein vor dem Stall herum. Er blieb stehen, als er mich bemerkte, und musterte mich mit einem Blick, den ich als absoluten Tötungswillen interpretierte. Mein Puls pochte im Hals los. Ich hatte die fiese Spuckattacke des Guanakos nicht vergessen, und leider auch kein Leckerchen dabei, um den Kerl zu besänftigen – außer dem Rest meines Sandwiches, auf das es Charly wohl abgesehen hatte, denn er stolzierte in meine Richtung.

Scheiße. Und jetzt? Ich war noch nie einem Lama in freier Wildbahn begegnet. Bestimmt konnte Charly einem gefährlich werden, mit diesem furchterregenden Unterkiefer, von dem lange gelbe Zähne abstanden, und seinen scharfen Hufen. Ein Stückweit entfernt lag Sweetheart auf einem Stein in der Sonne. Sie hob den Kopf und beobachtete uns total gechillt. Von der Katze war mit Sicherheit keine Hilfe zu erwarten.

»Ganz ruhig, Charly«, sagte ich und ging einen Schritt zurück, worauf der Kerl schneller wurde, und auf mich zuspurtete. Aus einer Wildnisdoku im Fernsehen wusste ich, dass man beispielsweise vor Bären nicht davonrennen sollte, um ihren Jagdtrieb nicht zu schüren. Galt das auch für Guanakos? Leichter gesagt, als getan. Meine Nerven lagen blank, während ich Schritt für Schritt zurückging, aber dieses Biest kam immer näher. In einem Akt der Verzweiflung schleuderte ich Charly den Rest meines Sandwiches vor die Füße, und rannte schreiend davon. Charly ignorierte das Brot und nahm die Verfolgung auf, wie ich mit einem Blick über die Schulter entsetzt feststellte. Oh, scheiße. Er hatte es auf *mich* abgesehen und nicht auf das Sandwich. Kreischend lief ich im Kreis, schlug einen Haken nach dem anderen, um ihn abzuschütteln, und floh schließlich quer über die Wiese. Doch Charly gab nicht auf.

Hundegebell mischte sich in mein Gebrüll, Buddy kam

angewetzt und umrundete das Guanako, das stehenblieb und mit den Hinterbeinen nach ihm ausschlug.

»Hilfe«, rief ich um mein Leben rennend. »Hilfe!«

»Buddy, aus«, hörte ich Kayden rufen und drehte mich in sicherer Entfernung um. Ich schnappte wie verrückt nach Luft, hielt mir die stechende Seite. Der Hund bellte immer noch und umrundete Charly, der nun ruhig dastand und einen Grasbüschel abrupfte. Mein Herz raste, ich presste eine Hand auf den Brustkorb um mich wieder zu beruhigen, aber ich fühlte mich, als würde ich auf Pudding stehen. Oh, Gott. Buddy hatte mir das Leben gerettet.

»Was machst du hier draußen, du Ausbrecher?«, hörte ich Kayden sagen, seine Stimme klang ruhig, während er Charly an seinem schmalen Lederzaumzeug festhielt.

»Er wollte mich umbringen«, rief ich von weitem, und deutete anklagend auf das Lama. Kayden sollte wissen, was für gefährliche Tiere er beherbergte.

Kayden winkte mir, er sah kein bisschen alarmiert aus – dafür, dass ich eben fast mein Leben ausgehaucht hätte.

»Ausgeschlafen?«, wollte er stattdessen wissen.

»Jetzt bin ich definitiv hellwach«, rief ich zurück, das Adrenalin schoss nur so durch meine Venen, ich zitterte am ganzen Körper.

»Hast du ihm das Sandwich gegeben?« Kayden deutete auf das Stück Brot, das in der Wiese lag. »Brot ist nicht gut für ihn.«

»Für ihn?«, wiederholte ich empört. »Ich musste es ihm überlassen, ansonsten hätte er mich gefressen.«

»Komm her, June.« Kayden winkte mich zu sich.

»Nicht, solange der Teufel in Lamagestalt neben dir steht.«

»Charly wollte dir nichts tun. Er ist ein reiner Pflanzenfresser. Der Racker hat doch nur Spaß gemacht.«

Ich blieb trotzdem stehen, denn ich traute diesem hinterhältigen Guanako kein bisschen, das mich wie Beute durch die Gegend gehetzt hatte. »Dann hat er aber einen sehr schrägen Humor. Ich hatte Todesangst.«

Kayden gab Charly ein Stückchen Karotte. Unfassbar. Dieses fiese Lama wurde auch noch belohnt.

»Jetzt schwing endlich deinen süßen Hintern rüber, Brit. Charly tut dir nichts. Und Buddy ist ja auch noch da.« Er streichelte dem Hund über den Kopf, der sich zwischenzeitlich beruhigt hatte und neben ihm saß.

Mein Lebensretter!

»Sperr Charly erst weg.« Sicher war sicher.

Kayden seufzte, und brachte meinen Verfolger zurück auf die Koppel. Er schloss das Gatter, rüttelte daran, um mir zu zeigen, dass ich nun nichts mehr zu befürchten hatte. Erst dann traute ich mich näher. Meine Knie wackelten bei jedem Schritt. Jetzt war ich in der Tat hellwach, ich brauchte keinen Kaffee mehr. Inzwischen fraß Buddy den Rest meines Sandwiches.

Kayden kam zu mir zurück und verkniff sich ein Grinsen. »Jemand hat das Gatter nicht richtig geschlossen, und Charly hat das gleich ausgenutzt und ist ausgebüxt«, teilte er mir mit.

»Er ist ein böses und gemeines Lama«, schimpfte ich. Zum Glück ließ das Zittern in mir langsam nach.

»Ein Guanako«, verbesserte mich Kayden mit weicher Stimme und nahm mich in die Arme. »Er wollte dir nichts tun. Wahrscheinlich wollte er nur spielen.«

»Dann soll er zu Neil ins Spielzimmer gehen.« Ich schmiegte mich an seinen durchtrainierten Brustkorb.

»Was?«, hakte Kayden nach.

»Ach, nichts weiter«, schnurrte ich die Wärme genießend, die von ihm auf mich überging. Kayden strahlte etwas Beschützendes aus, das sich großartig anfühlte. Beinahe verzieh ich Charly seine Attacke, der Lohn am Ende war die Angst definitiv wert gewesen. Ich schlang die Arme um Kaydens Taille und schob die Finger unter sein T-Shirt. Ertastete weiche Haut über kräftigen Muskeln. Ein leises Keuchen kam ihm über die Lippen.

»Was machst du da, Brit?«

»Ich beruhige mich nur von dem Schreck«, behauptete ich, und schmiegte mich so fest an ihn, dass er bestimmt meine Brüste spüren konnte. Kayden streichelte mir über den Rücken.

»Du bist genauso hinterhältig wie das Lama.« Er holte tief Luft.

»Guanako«, verbesserte nun ich ihn grinsend.

Zärtlich küsste er mich aufs Haar. »Wie wäre es mit einem kleinen Spaziergang am Strand, um nach dieser Attacke etwas runterzukommen?«

»Wenn noch ein Guinness im Green Shamrock herausspringt, bin ich dabei.«

»Das kriegst du«, sagte er und nahm meine Hand.

15

KAYDEN

Wir schlenderten nebeneinander den Strand entlang. Meine Hand lag auf Junes verlängertem Rücken und ich spürte bei jedem Schritt die wiegenden Bewegungen ihrer Hüften. Dieses Kleid verbarg keine ihrer Rundungen, betonte ihre zarten Kurven und die langen schlanken Beine. Sie sah heute verdammt hinreißend aus. Buddy lief neben uns, und plantschte durchs seichte Wasser.

Ein paar Möwen flogen kreischend über unsere Köpfe hinweg, und erhaschten Junes Aufmerksamkeit. Mit einer Hand schirmte sie ihre Augen ab, beobachtete die aufgeregten Vögel.

»Warum machen die so einen Krach?«, wollte sie wissen.

»Sie hoffen auf Futter. Die hätten dein Sandwich mit Sicherheit gern genommen.«

June schnitt mir eine Grimasse. »Ha, ha. Ich war ganz allein und in Panik, als dieses wildgewordene Guanako auf mich zugaloppiert ist.« Sie schmiegte sich an mich.

»Charly kann furchteinflößend sein, wenn man ihn nicht kennt. Er lebte viele Jahre in einem kleinen Wanderzirkus und wurde mit Schlägen und Essensentzug zu Kunststücken gezwungen. Bis heute vertraut er Menschen nicht. Es hat ewig gedauert, bis ich mich ihm soweit nähern konnte, dass er nicht sofort ausgeflippt ist.«

Sie hob den Kopf. »Der arme Kerl. Wie können Menschen nur so grausam sein? Ich werde das nie verstehen. Aber du hast ein gutes Händchen für Tiere, Kayden.«

Ich strich ihr mit den Fingerknöcheln über die Wange. »Du bist süß.«

Sie schlug die Lider nieder, auf diese verdammt sexy und gleichzeitig schüchterne Art, die manchmal bei ihr durchkam, und die mein Herz höherschlagen ließ.

»Warum setzen wir uns nicht ein bisschen hin?« Ich ließ mich in den Sand fallen und zog June an der Hand zu mir herunter. Buddy buddelte nach irgendwas, Sand spritzte nach allen Seiten. Ein Weilchen saßen wir einfach nur da und beobachteten die Wellen, die sachte an den Strand schwappten. Ich legte einen Arm um Junes Taille, und sie lehnte ihren Kopf an meine Schulter. Es fühlte sich verdammt vertraut an. Ich streichelte ihren Rippenbogen entlang, konnte meine Finger nicht von ihr lassen. June fühlte sich so unglaublich gut an. Ihr blumiger Duft stieg mir in die Nase. Unverkennbar und einzigartig. Ich begehrte sie so sehr, dass es fast körperlich schmerzte, und ich musste höllisch aufpassen, dass es bei einem Ferienflirt blieb. Scheiße, June war mir längst nicht mehr gleichgültig. Nicht gut – überhaupt nicht gut. Diese Frau war die Verführung in Person, pure Sünde und gleichzeitig so unschuldig und rein. Mein Blick wanderte zu ihrem tiefen Ausschnitt, dem neckischen Ansatz ihrer perfekten Brüste. Ob sie mich absichtlich in den Wahnsinn trieb?

June schenkte mir ein wahnsinnig hübsches Lächeln, ihre weißen Zähne blitzten auf. »Es ist so wunderschön hier. Ich werde Irland vermissen, wenn ich wieder in London bin.«

Fast hätte ich geantwortet: ‚Dann geh nicht zurück. Bleib! Bleib bei mir, June.' Aber ich sollte besser keinen Narren aus mir machen.

June legte eine Hand auf mein Knie, streichelte mich so zärtlich, dass es mir bis in den Unterleib prickelte. Am liebsten würde ich sie auf der Stelle im warmen Sand vernaschen, aber es spazierten leider immer wieder Touristen vorbei.

»Ich liebe dieses Fleckchen Erde auch«, stimmte ich zu, und genoss den grandiosen Ausblick, den ich seit meiner Kindheit kannte. »Ians Mom ist früher oft mit uns an dieser Stelle schwimmen gegangen, weil es hier nicht so tief war, und sie uns Jungs am leichtesten wieder aus dem Wasser fischen konnte.«

»Was ist mit deiner Mom?«, hörte ich sie fragen. June ließ eine Handvoll Sand durch die Finger rieseln.

»Meine Mutter ist zurück nach Frankreich gegangen, als ich zwei Monate alt war«, erzählte ich nach einem Moment des Schweigens. Ich redete sonst nicht gern über sie, aber mit June war es irgendwie kein Problem. »Mein Dad hatte ein Faible für Touristinnen. Wahrscheinlich ist es tatsächlich dieser Ort«, ich machte eine ausschweifende Armbewegung, »der Frauen schwach werden lässt. Sie kam als Rucksacktouristin, und nahm sich für ein paar Tage ein Zimmer im *Swing to Heaven*, das damals noch *Irische Verführung* hieß. Damit meinte mein Dad übrigens sich selbst und nicht die Insel.« Ich lachte auf. Während ich das sagte, wurde mir erst bewusst, wie lächerlich dieser Name, und auch mein Dad gewesen war. »Um es kurz zu machen: Meine Mom verliebte sich, blieb mehr als nur ein paar Tage, und wurde schließlich mit mir schwanger. Das war so nicht geplant gewesen und mein Vater war wohl auch nicht besonders happy über diese Situation. Immerhin wollte er kein Arsch sein und hat sie sogar geheiratet, als sie im neunten Monat war. Meine Mutter war damals neunzehn Jahre alt und er schon vierunddreißig. Ihre Eltern sind ausgeflippt und wollten nichts mehr mit ihr zu tun haben. Mit ihrem unerwünschten Enkel übrigens auch nicht. Tja.« Ich zuckte die Achseln. »Da mein Vater jedoch keiner von der treuen Sorte war, hat er sich nebenher auch noch mit anderen Frauen vergnügt. Schon kurz nach meiner Geburt hat sie ihn in flagranti erwischt, ihre Koffer gepackt und ist zurück nach Frankreich gereist. Sie wollte studieren und hat mich deswegen bei meinem Vater zurückgelassen. Angeblich wollte sie mich zu sich holen, sobald sie ihren Abschluss in der Tasche hatte, aber mehr als eine Karte zum Geburtstag und zu Weihnachten kam nicht von ihr.«

»Ihr habt euch nie besucht?«, fragte June und schlang eine Hand um meinen Arm.

»Doch.« Ich betrachtete das Meer, das im Sonnenschein glitzerte. Mein Magen zog sich zusammen. »Als ich zehn Jahre alt war, kam sie mal im Sommer vorbei. Wir hatten schlechtes Wetter. Sie saß den ganzen Tag im Haus herum und hat mich lauter langweilige Sachen gefragt. Spielen wollte sie mit mir nichts. Ich fand diese Frau total doof, konnte nichts mit ihr anfangen, und habe mich kaum bei ihr blicken lassen. Kurz darauf ist sie wieder abgereist, hat ein paar Jahre später in Frankreich geheiratet und zwei Töchter bekommen. Wir haben noch ein paar Mal telefoniert, aber ich habe nie eine richtige Beziehung zu ihr aufgebaut. Für mich ist sie eine Fremde.«

»Das muss hart sein.« June streichelte meinen Arm.

War es gar nicht, ich vermisste die Frau die mich geboren hatte überhaupt nicht. »Mit Neils Mutter war es fast dasselbe. Sie kam aus Schweden und wollte nur ein paar Wochen Urlaub in Irland machen. Dann verknallte sie sich in meinen Dad. Zu ihrem Pech wusste sie nicht, dass er in der ganzen Gegend als Aufreißer bekannt war. Anscheinend hielt mein Vater auch nicht sonderlich viel von Verhütung, denn auch sie wurde ziemlich schnell schwanger. Sie heirateten. Er betrog die Ärmste mit jeder Frau, die die Beine für ihn breitmachte, bis es der Guten schließlich zu dumm wurde und sie ihm den Laufpass gab. Mein Vater war so beschäftigt mit seinen vielen Affären gewesen, dass er gar nicht mitbekam, von wem sich Neils Mom trösten ließ. Nämlich von seinem eigenen Bruder. Die beiden wohnen heute in Corph, und sind sehr glücklich miteinander.«

»Klingt nach einem Happy End«, sagte June schmunzelnd.

Ich wiegte den Kopf. »Nicht ganz. Neil kam mit unserem Onkel nicht klar, die beiden hatten immer Streit. Als er fünfzehn war, hat er es nicht mehr ausgehalten, und zog zu unserem Dad.«

»Lass mich raten: Ian hat auch eine andere Mutter.«

»Sehr gut geschlussfolgert, Sherlock«, lobte ich sie und stupste ihre Nase. Immerhin war der optische Unterschied unübersehbar. »Ians Mom kommt aus dem Senegal. Ihre Familie immigrierte in den achtziger Jahren nach Irland und sie war die einzige Frau, die mein Dad jemals wirklich geliebt hat. Er hat sie niemals betrogen, bis zum Schluss nicht. Sie hätte ihm sonst bestimmt den Arsch aufgerissen, das hätte er nicht überlebt.« Ich lachte mit etwas Druck in der Brust, bei der Erinnerung an Ians resolute aber herzensgute Ma. »Und ich kann auch verstehen, was ihn so an dieser Frau fasziniert hat.« Ich lehnte mich auf den Ellenbogen zurück, hatte Lailanis Bild vor Augen. »Sie war feurig und lebenslustig gewesen, voller Güte und Herzenswärme. Wenn sie lachte war es in alle Richtungen zu hören gewesen, und verdammt ansteckend. Manchmal hielten wir Jungs uns die Bäuche vor Lachen, und wussten gar nicht warum. Sie tanzte ohne Musik, wenn ihr danach zumute war und fiel in der Menge sofort auf. Die Männer verschlangen sie mit Blicken und mein Vater wusste, dass er sich besser anstrengte, wenn er sie nicht an einen anderen verlieren wollte. Und er hat es auch nie riskiert, sie zu betrügen. Die beiden passten echt gut zusammen.«

»Das klingt nach einer tollen Beziehung«, sagte June. »Also gab es am Ende doch so etwas wie ein Happy End für deinen Dad.«

»Du kleine Romantikerin.« Ich warf ihr einen Seitenblick zu. »Bestimmt siehst du dir Liebesfilme nur deshalb an, um sicherzugehen, dass die beiden sich am Ende auch ja kriegen.« Ich wuschelte ihr durchs Haar.

»Weshalb sonst?«, fragte sie ehrlich erstaunt. »Ich habe in meinem Leben schon einige schlechte Erfahrungen mit Männern gemacht. Mit Typen, die es nicht ehrlich mit mir meinten, und ich freue mich total, wenn es bei einem Pärchen tatsächlich klappt und sie am Ende zusammen glücklich werden.« Sie zog mit dem Fuß eine Spur durch den Sand. »So etwas gibt mir das Vertrauen, dass es tatsächlich klappen kann. Irgendwo da draußen gibt es für jeden den einen Menschen, mit dem man glücklich werden kann. Selbst dein umtriebiger Dad hat die Frau fürs Leben gefunden. Die Eine«, fügte sie noch mit sehnsüchtiger Stimme hinzu.

»Du glaubst also, da draußen wartet auf jeden Menschen ein Seelenverwandter?« Ich hob eine Augenbraue. Ich hoffte nicht. Immerhin hatte ich meine Seelenverwandte schon sehr früh gefunden, und sie hatte mich bereits wieder verlassen. Komisch. Noch vor ein paar Tagen wäre diese Art zu denken völlig ausgeschlossen für mich gewesen. Noch vor ein paar Tagen hatte ich ausschließlich in der Vergangenheit gelebt und heute wagte ich einen ersten scheuen Blick in die Zukunft. Ich wusste nicht, ob mir das behagte.

»Keine Ahnung.« Sie zuckte die Achseln. »Wenn ich das wüsste, wäre ich nicht alle paar Monate wieder Single. Selbst wenn es so funktioniert, muss man diesen Menschen erst mal finden, und ich will nicht mehr suchen müssen.« Sie senkte die

Lider, ihre langen Wimpern malten Schattenbögen unter ihre Augen. »Von jetzt an lasse ich es langsamer angehen. Ich will mich nicht wieder Hals über Kopf in die nächste Beziehung stürzen, sondern lieber auf den Richtigen warten.« Für den Bruchteil einer Sekunde schweifte ihr Blick zu mir, bevor sie das Meer beobachtete. Die Sehnen in ihren Armen spannten sich an.

»Das ist vernünftig«, gab ich ihr recht, obwohl mir nicht klar war, wie man auf den Richtigen warten wollte. Entweder es passierte, oder eben nicht. »Was wäre bis dahin besser geeignet als ein kleiner Ferienflirt?« Keine Ahnung warum ich das sagte, vielleicht weil mir unser Gespräch doch ein wenig zu intim wurde. Immerhin kannte ich June erst seit ein paar Tagen, aber es fühlte sich an, als wäre sie schon ewig in meinem Leben.

Wir schwiegen, eine unsichtbare Distanz baute sich zwischen uns auf, zu der ich beigetragen hatte. Es war nicht schwer zu erraten, wie June meine Worte interpretierte.

»Erzähl mir von Lailani«, sagte June nach Minuten der Stille. »Immerhin hat sie es geschafft, dass dein Vater sesshaft geworden ist. Vielleicht hat sie einen Tipp für mich.« Ihr Kichern lockerte die Stimmung ein wenig auf.

»Lailani war immer sie selbst, und stolz darauf. Diese Frau hat sich nie verstellt, und es war ihr egal, was andere über sie dachten. Sie hat mich wie ihr eigenes Kind aufgezogen«, erzählte ich ihr und jedes Wort kam mir leicht über die Lippen. »Lailani war eine bildschöne und lustige Frau, die immer voller Ideen steckte und sich viel Zeit für uns Jungs genommen hat. Sie hatte diese faszinierende Aura, wahrscheinlich weil sie mit sich selbst im Reinen war. In der Schule habe ich den anderen Kindern mal erzählt, dass sie meine Mutter ist, weil sie das für mich auch war. Aber alle haben mich ausgelacht, und gesagt, dass ich niemals von einer schwarzen Frau abstammen könnte.

Kurz darauf ist Lailani in der Klasse aufgekreuzt und hat den Kindern erklärt hat, dass eine Mutter nicht unbedingt die Frau sein muss, die einen auf die Welt bringt, sondern die Frau ist, die ein Kind mit Liebe großzieht. So habe ich das auch immer gesehen. Lailani war eine Löwenmutter, die ihre Familie mit dem Leben verteidigt hätte. Sie war ein faszinierender Mensch.«

»Was macht sie heute?«, fragte June. »Ich würde sie gern kennenlernen. Deiner Beschreibung nach ist sie eine echt tolle Frau.«

»Sie starb an einem geplatzten Aneurysma, als ich einundzwanzig war.« Über Schicksalsschläge mussten wir uns in unserer Familie nicht beklagen.

»Das tut mir leid, Kayden.« Die Wärme in ihrem Blick vermittelte aufrichtige Anteilnahme.

»Mein Dad hat ihren Tod nie verkraftet. Er hat sich total aufgegeben, und begann zu trinken. Ein Jahr später ist er ihr dann gefolgt. Ich habe von Dads Zustand gar nicht so viel mitbekommen, denn ich habe ja nicht mehr zu Hause gewohnt. Aber für meine Brüder muss es die Hölle gewesen sein. Neil war damals neunzehn und Ian ging noch zur Schule. Die beiden waren der Hauptgrund, warum Dana und ich wieder in diese Gegend gezogen sind. Die Jungs brauchten mich, ohne meine Unterstützung hätten wir das Bed and Breakfast und somit auch unser Zuhause aufgeben müssen. Dad hatte uns einen Haufen Schulden hinterlassen, bei einem Verkauf wären wir ohne einen Penny dagestanden. Es blieb uns also gar nichts anderes übrig, als es weiterzuführen. Doch ich war echt sauer auf meinen Vater. Okay, er hat getrauert und das verstehe ich wirklich gut. Wahrscheinlich tut das keiner so gut wie ich. Anders als ich hatte er aber auch noch zwei Söhne, die bei ihm lebten, und ihn brauchten.« Dieses Gespräch wühlte mich mehr auf, als es sollte. Warum hatte ich Trottel mit diesem

Thema angefangen, statt mit June den schönen Tag zu genießen?

»Ich habe mir eine Zeitlang gewünscht, dass meine Mom nicht meine leibliche Mutter ist«, sagte June leise und ich nahm ihre Hand. »Ich habe sie gehasst, weil sie damals zu schnell gefahren ist, und unsere Familie zerstört hat. Wir vier waren vorher so glücklich gewesen, und von einem Tag auf den anderen war meine Schwester plötzlich nicht mehr da, und meine Mutter saß im Rollstuhl. Ich weiß, wie schwer sie es nach dem Unfall hatte, sie lag monatelang im Krankenhaus und war danach ewig in der Reha. Früher war meine Mutter sehr sportlich gewesen, und von einem Tag auf den anderen war sie behindert. Aber ich konnte kein Mitleid für sie empfinden, sondern nur Hass und Verachtung.« June schluckte hörbar. »Ich dachte sogar, die Querschnittslähmung wäre ihre gerechte Strafe.« Sie senkte die Lider und mir wurde bewusst, dass auch die so stark wirkende June mit Dämonen aus ihrer Vergangenheit zu kämpfen hatte.

»Du warst ein Kind«, sagte ich leise. »Kinder brauchen ihre Eltern. Katastrophen in der Familie können auf einen Schlag alles verändern, jeder Mensch verarbeitet so etwas auf seine Weise.«

»Das stimmt«, sie nickte. »Ich habe meiner Mutter diesen Unfall jahrelang nicht verziehen, ihre Ausflüchte und Entschuldigungen trieben mich zur Weißglut. Bei jeder Gelegenheit hat sie immer wieder beteuert, sie hätte doch nur einen winzigen Moment lang nicht aufgepasst, außerdem hätte es so stark geregnet, dass sie kaum etwas gesehen hat. Tja, ein winziger Moment reicht eben manchmal aus, um alles zu zerstören. Ich vermisste meine Schwester so unglaublich und keiner konnte sie uns zurückbringen, da halfen keine Entschuldigungen und auch keine Reue. Selbst als ich erwachsen war, konnte ich ihr nicht vergeben, hatte kaum noch Kontakt zu Mom, meldete mich höchstens mal bei meinem Dad, der die Situation irgendwie besser verkraftete als der Rest unserer Familie. Er stürzte sich wie verrückt in die Arbeit. Bis ich eines Tages als Journalistin für eine Story nach Sheffield beordert wurde, und der Verlag mir einen Dienstwagen zur Verfügung stellte. Ich war so nervös, weil die Sache wirklich wichtig war und mein Chef viel von mir erwartete. Während der Fahrt ging ich hundertmal im Kopf durch, was ich die Leute alles fragen wollte, um nur ja nichts zu vergessen, und habe das rote Warnlicht eines unbeschrankten Bahnübergangs übersehen. Beinahe hätte der Zug mich gerammt, es hat echt nicht viel gefehlt, und es wäre aus mit mir gewesen. Da habe ich zum ersten Mal begriffen, dass es für eine Tragödie tatsächlich oft nur einen Moment der Unachtsamkeit bedarf, und konnte meiner Mutter verzeihen. Wir haben danach viel miteinander geredet, auch über meine Schwester und wie sehr wir sie immer lieben werden.«

»Du hast Verlustängste«, sagte ich, und zog sie enger an mich, sie zitterte ein wenig. »Das ist auch kein Wunder, nach allem was du erlebt hast.«

»Wie meinst du das?«, fragte sie leise.

»Vielleicht klappt es deshalb in deinen Beziehungen nicht so richtig, weil du deine Partner gar nicht so nahe an dich heranlässt«, schwadronierte ich, als hätte ich irgendeine Ahnung. Redete ich über June oder mich selbst? Unser Gespräch hatte den Effekt eines Augenöffners. Ließ ich mich deshalb auf keine Frau mehr ein, damit ich nicht mehr verlassen werden konnte?

»Du hättest Psychologe werden sollen und nicht Architekt«, sagte sie statt einer Antwort.

»Inzwischen bin ich Stallausmister«, scherzte ich, als ich Junes innere Anspannung spürte. Ich war einen Schritt zu weit gegangen, indem ich sie analysierte. So gut kannten wir uns nicht, um sie beurteilen zu können.

Sie stand auf und hielt mir die Hand hin. »Auf jeden Fall bin ich jetzt durstig und könnte ein Guinness gut vertragen.« Ich nahm ihre Hand, und ließ mich von ihr auf die Beine ziehen.

»Diesmal bezahle ich.« Kampflustig reckte June das Kinn und ich konnte mir ein Schmunzeln nicht verkneifen, weil sie so niedlich aussah.

»Wenn das so ist, nehme ich noch eine Portion Fish and Chips dazu.« Ich nahm ihre Hände und zog sie dicht an mich heran.

»Die kriegst du.« Sie schmiegte sich an mich, die drückende Schwere unseres Gesprächs wehte davon, wie feiner Sand im Wind.

»Habe ich dir heute schon gesagt, wie unverschämt sexy du in diesem Kleid aussiehst?«

»Du hast dieses Kleid bisher noch mit keiner einzigen Silbe erwähnt.« Ihre Augen glitzerten.

»Du siehst unglaublich heiß aus, Brit.« Bedächtig beugte ich mich vor und küsste sie auf die Lippen, eroberte stürmisch ihren Mund, wurde aber gleich darauf von Buddys Gebell unterbrochen. Der Kerl rannte so lange kläffend um uns herum, bis ich wieder von ihr abließ.

»Wie es aussieht, haben wir einen Anstandswauwau«, gluckste June, und ich seufzte.

16

JUNE

Es war schon später Nachmittag als Kayden und ich das Green Shamrock mit ein paar Pints Guinness sowie einem leckeren Essen im Bauch wieder verließen, und uns auf den Rückweg machten. Zugegeben, das Gespräch am Strand hatte mich ziemlich aufgewühlt, aber sowohl Kayden als auch ich hatten dieses Thema im Pub weiträumig umschifft, sodass es sich zwischen uns wieder wie vorher anfühlte. Er hatte ja recht. Ob es mir passte oder nicht: Kayden war ein Urlaubsflirt. Eine Affäre. Ein kleines Sahnehäppchen für zwischendurch. Nichts, was man jeden Tag genießen sollte.

Andererseits.

Wer wusste schon, was wir am Ende meines Urlaubs füreinander empfanden? Ich mochte mir kaum vorstellen, wie es wohl sein würde, ihn nicht mehr jeden Tag sehen zu können, seine Lippen nicht mehr auf meinen zu spüren. Keine Gespräche mehr mit ihm zu führen, ihm bei seinen dämlichen Scherzen kein Kontra mehr bieten zu können. Ich würde ihn schon sehr vermissen. Aber Irland war jetzt auch keine Weltreise von London entfernt und mit Glück ergatterte man sogar einen billigen Flug. Zwischenzeitlich könnten wir uns zum Zoom Call verabreden oder auch ganz klassisch telefonieren. Es gab Möglichkeiten in Kontakt zu bleiben. Sofern Kayden das auch wollte. Seine Andeutung vorhin am Strand hatte allerdings nicht so geklungen.

Mein Herz summte, als Kayden wie selbstverständlich einen Arm um mich legte und wir nebeneinander durch den Sand schlenderten. Ich wischte die Gedanken an Abschied weit von mir, wir hatten noch ein paar gemeinsame Tage vor uns und die wollte ich mir nicht mit meinen tausend Zweifeln vermiesen.

»Hey, was ist da vorne los?« Ich deutete auf die Menschenansammlung ein Stückweit entfernt von uns. Ein Lagerfeuer brannte am Strand, um das ein paar Leute saßen. Andere standen herum, tranken irgendwas aus Pappbechern und unterhielten sich. Musik und Stimmengewirr wehte herüber.

»Ach, das habe ich ja ganz vergessen.« Kayden küsste mich auf die Schläfe. »Wir feiern heute eine Strandparty im *Swing to Heaven*.«

»Oje«, ich saugte meine Unterlippe in den Mund. »An euren Veranstaltungen darf ich ja gar nicht teilnehmen. Laut Statut 201, der Kayden-ich-hasse-Singles-in-meinem-Hotel-Vereinbarung. Ich habe sie in doppelter Ausführung in meinem Zimmer liegen.« Ich zwinkerte ihm zu.

»Mach dich nur lustig.« Er zwickte mich in die Seite. »Unsere Regeln haben alle ihren Sinn. Aber du hast Glück, Brit. In meiner Gesellschaft giltst du hochoffiziell nicht als Single. Statut 202, falls du noch nicht so weit geblättert hast.«

Ich schmiegte mich an ihn. »Ist das so? Also lädst du mich zu eurer Strandparty ein?«

»Hiermit bist du eingeladen«, sagte er feierlich.

Ich hob einen Finger in die Höhe. »Unter einer Bedingung.«

Er ächzte. »Du stellst auch noch Bedingungen? Wir machen eine Ausnahme für dich.«

»Nur, wenn ich bei euren Swingerspielchen nicht mitmachen muss.«

Kayden lachte. »Ich würde dich garantiert niemals tauschen. Solltest du also diesbezüglich keine Ambitionen haben, gehöre ich für den Rest des Abends allein dir.«

»Und was ist mit der Nacht?«, konnte ich mir nicht verkneifen.

»Da gehörst du mir«, knurrte er so sexy, dass ein Schwall Vorfreude durch mich hindurchströmte.

»Hoffentlich wird es bald dunkel«, wisperte ich und küsste ihn auf die Lippen.

»Du bist unersättlich, Brit.« Er streichelte über meinen Hintern und entlockte mir ein Keuchen. »Aber ich kann es auch kaum noch erwarten. Vergnügen wir uns ein bisschen auf der Party und dann hauen wir zu noch vergnüglicheren Dingen ab.«

»Überredet.«

»Überzeugt«, verbesserte er mich heiser.

Als wir uns dem Feuer näherten, entdeckte ich Sheila zwischen den anderen sitzen, und mein Magen verklumpte zu einem schweren Stein. Bestimmt war sie immer noch sauer auf mich. Sie saß auf dem Schoß eines attraktiven schwarzhaarigen Typen, mit dem sie wild herumknutschte. Mit etwas Glück war sie zu beschäftigt, um mich zu bemerken. Mit jedem Schritt wurde ich langsamer, weshalb Kayden mich am Schluss fast schon zum Lagerfeuer schieben musste.

»Alles klar?«, fragte er leise.

»Ja, alles bestens«, beteuerte ich rasch. »Ich bin nur ein bisschen nervös, das ist alles.«

»Musst du nicht sein, die Leute sind wirklich nett, und keine Horde Perverser, falls du davor Sorge hast.«

»Hey«, sagte Neil, der auch am Lagerfeuer saß, und zu uns hochgrinste. »Setzt euch her, hier ist noch Platz.« Er rutschte an Rheena heran, die ich noch in guter Erinnerung hatte. Immerhin war sie dabei gewesen, als die Brüder mich und Kayden fast in *Action* im Stall erwischt hätten.

Wir ließen uns in den warmen Sand fallen. Wegen meines Kleides setzte ich mich seitlich auf die Waden. Ian drückte mir und Kayden je einen Pappbecher mit Bier in die Hand. Auf einem Tisch ganz in der Nähe stand ein Fass, aus dem er zapfte. Ich nahm einen Schluck, erwischte aber fast nur Schaum. Überall standen gut gelaunte Leute herum, die miteinander redeten, lachten und flirteten. Als wäre ich auf einer stinknormalen Party, und nicht mitten im Swingerparadies gelandet. Aber ich fühlte mich wohl. Die Stimmung war gut, das Lagerfeuer wärmte mich angenehm, sodass ich bei den langsam abkühlenden Temperaturen keine Jacke brauchte.

Rheena beugte sich vor, um an Neil vorbeischauen zu können. »Also bist du doch nicht abgereist.«

»Nein, jemand hatte gute Gründe, mich zum Bleiben zu überzeugen.« Ich warf Kayden einen kurzen Blick zu und sah, dass er nickte.

»Es ist eben nicht leicht, meinem Charme zu widerstehen«, behauptete er allen Ernstes, und Rheena lachte laut auf, während sie sich mit einer Hand auf den Schenkel klatschte.

»Hast du nicht June den Spitznamen Grumpy zu verdanken?«, hakte sie nach. »Und den bekamst du zurecht.«

»Manchmal ist mein Charme eben etwas spröder.« Kayden verkniff sich nur mit Mühe ein Grinsen.

»Du kannst ja so ein Goldstück sein«, sagte ich übertrieben und tätschelte ihm die Wange.

»Aber inzwischen scheint er sich ja richtig anzustrengen«, sagte Rheena. »Ich habe Kayden schon lange nicht mehr so gut gelaunt erlebt. Du hast ihn im Griff, June. Mein Respekt.«

»Hey«, er deutete mit dem Zeigerfinger auf sie. »Manchmal brauche ich eben meine Zeit, um mit jemandem warm zu werden.«

Ich streichelte Kayden über den Brustkorb. »Kayden ist ein verdammt toller Kerl, wenn er erst mal zutraulich geworden ist«, ließ ich Rheena wissen und wir kicherten los.

»Tja, Bruder«, meldete sich Neil zu Wort. »Du sagst doch immer, du stehst auf Frauen, die dir auch mal so richtig Kontra bieten.«

»In dieser Hinsicht muss ich mir bei June keine Sorgen machen.« Ergeben hob Kayden beide Hände. »Und gegen diese geballte Frauenpower bin ich sowieso machtlos.« Er deutete auf mich und Rheena, worauf wir Mädels uns zuprosteten.

Rheena wurde ernst. »June tut dir gut«, sagte sie zu Kayden. »Es ist das erste Mal, dass du dich auf einer eurer Partys blicken lässt, bei der du nicht arbeiten musst.«

Kaydens Blick schweifte zur Seite, sein Körper versteifte sich kaum merklich. »June ist auch eine tolle Frau«, sagte er schließlich und es wärmte mein Herz, dass er so offen vor anderen über mich redete. Ich schmiegte mich an ihn, und seine Muskeln entspannten sich wieder.

»Ich genieße jede Minute meines Urlaubs«, wisperte ich und bekam von Kayden einen Kuss auf die Wange zur Belohnung.

»Lass uns tanzen«, sagte Neil zu Rheena, worauf die beiden aufstanden und sich zu den anderen Gästen gesellten, die sich bereits im Takt der Musik wiegten.

»Und die haben alle schon ihre Partner getauscht?«, fragte ich Kayden neugierig nachdem die beiden weg waren, und entlockte ihm ein Schmunzeln.

»Nicht alle, aber einige. Partnertausch ist kein Muss.« Er deutete auf zwei Frauen, die ein Stück entfernt von uns standen. Erst auf den zweiten Blick erkannte ich Eugenie an ihren rotblonden Locken. Bei ihr befand sich jedoch nicht Amy, sondern eine andere Frau. Amy saß mir gegenüber am Feuer. Sie war in einen wilden Zungenkuss mit einem attraktiven Mann verstrickt, den ich auf Mitte dreißig schätzte.

»Oh«, entwich es mir.

»Amy ist bi«, ließ Kayden mich leise wissen. »Ihr gefällt es, hin und wieder Sex mit einem Mann zu haben. Und Eugenie vergnügt sich dann sehr gern mit dessen Partnerin, sollte diese Gefallen an einer gleichgeschlechtlichen Erfahrung finden. Eine Win-Win Situation sozusagen. Manche Paare steigen auch nur bei uns ab, weil sie die unterschiedlichsten Erfahrungen miteinander sammeln oder ein bisschen Pepp in die eingestaubte Beziehung bringen wollen. Zum Beispiel im Playroom. Oder sie erfüllen sich mit dem Segen des Partners ein paar Fantasien mit anderen. Alles ist möglich, solange es in beiderseitigem Einverständnis geschieht.«

»Sie sehen zumindest alle aus, als hätten sie ziemlich viel Spaß.« In mir regte sich nicht das leiseste Gefühl von Unbehagen. Im Gegenteil. Um mich herum wurde immer lauter gelacht und geredet, Neil und Rheena tanzten eng und sexy miteinander.

Ich nippte an meinem Becher, der herbe Geschmack des billigen Biers machte sich auf meiner Zunge breit.

»Und worauf stehst du?«, hakte ich nach, als interessierten mich generell seine Neigungen, während mein Puls im Hals fast bis zum Zerspringen pochte. »Partnertausch, oder irgendwelche speziellen Vorlieben?«

Zu meiner Freude schüttelte er den Kopf. »Ich habe meine Frau am liebsten ganz für mich allein und meine spezielle Vorliebe bist zur Zeit du.« Die Geräusche um mich herum ebbten ab, als wir uns tief in die Augen sahen. Ich konnte ein strahlendes Lächeln nicht verbergen, das er allerdings nur ansatzweise erwiderte.

»Aber Leute haben nun mal unterschiedliche Faibles«, fuhr er fort. »Und das ist auch okay so. Hauptsache, sie amüsieren sich.« Kayden küsste mich auf den Mundwinkel. »Du hast doch auch Spaß, oder nicht?«

Ich nickte. »Sehr viel Spaß sogar, Kayden. Ich wünschte, dieser Urlaub würde nie zu Ende gehen«, plapperte ich.

»Ich finde es auch sehr schön mit dir, June.«

Wir versanken in einem leidenschaftlichen Kuss, ich streichelte Kaydens weiche Haut am Hals. Warum küsste ich ausgerechnet diesen Mann so gern?

»Na, wenn das nicht June ist«, hörte ich eine weibliche Stimme sagen und löste mich von Kaydens Lippen.

Oh, nein! Sheila hatte mich entdeckt. Ausgerechnet jetzt.

»Hey, Sheila«, grüßte ich schüchtern und inständig hoffend, sie möge mir nicht mitten auf der Party eine Szene machen, sodass ich mich wieder wichtigeren Dingen widmen konnte. Nämlich der Knutscherei mit dem heißen Kerl neben mir.

»Ich dachte, du bist nicht bei den Hotelaktivitäten dabei«, hakte Sheila nach, während dieser unglaublich attraktive Mann ihren Hals mit kleinen Küssen übersäte. Was sie ganz offensichtlich kalt ließ. Denn sie fokussierte sich auf mich.

»Wir kamen auf unserem Spaziergang zufällig vorbei«, erklärte ich hastig, und zwang mich zu einem freundlichen Lächeln. Meine Handflächen wurden ganz feucht.

»Schön, dass du hergefunden hast.« Ihre Mundwinkel hoben sich. »Ich habe heute Morgen vielleicht etwas überreagiert und das tut mir leid«, entschuldigte sich Sheila Winston zu meinem Erstaunen bei MIR!

»Das ist kein Problem«, beeilte ich mich zu versichern. »Ich kann deine Sorge nachvollziehen, aber ich mache wirklich nur Urlaub im *Swing to Heaven*.«

»Ich weiß.« Sie nickte. »Neil und ich hatten vorhin ein

Gespräch, bei dem er alle meine Zweifel ausräumen konnte. Also, alles ist gut.«

Wow. Wie hatte Neil das denn so schnell geschafft? So aufgebracht wie Sheila heute Morgen gewesen war, wähnte ich sie schon auf dem Rückflug nach London. Aber sollte mir recht sein, wenn nichts mehr zwischen mir und Sheila stand.

Ian setzte sich neben Kayden, er hatte eine Gitarre dabei. »Wer jetzt noch Bier will, muss es sich selbst zapfen. Ich habe keine Lust mehr«, ließ er alle wissen und strich über die Saiten.

»Faulpelz«, sagte Kayden. »Dann spiel wenigstens was für uns.«

Ein atemberaubender Sonnenuntergang verabschiedete den Tag, der den Himmel in ein Flammenmeer aus Rottönen tauchte. Es war so romantisch und gemütlich am Lagerfeuer zu sitzen, billiges Bier zu trinken und von dem tollsten Mann der Welt im Arm gehalten zu werden. Das Leben konnte nicht mehr besser werden.

Als Neil den Song *Wonderwall* von Oasis anstimmte, sang Sheila mit. Ihre Stimme war so klar und wohlklingend, dass wir alle ganz gebannt lauschten. Wow, jetzt wusste ich wieder, warum ich ihr allergrößter Fan war. Beim Refrain bedeutete uns Sheila mit einer Handbewegung mitzumachen und wir stimmten mit ein. Der Text drückte genau aus, was ich fühlte. Sehnsucht. Liebe. Herzklopfen. Unsicherheit. Ich lehnte den Kopf an Kaydens Schulter, und er streichelte meine Seite entlang, während wir das Lied mitsangen. Ein bisschen falsch zwar, mit ein paar schrägen Tönen, aber mit Inbrunst. Ich beobachtete das knisternde Feuer, ab und zu löste sich ein Funke, der hoch in die Luft stob und verglühte. Käme jetzt eine gute Fee vorbei und ich hätte einen Wunsch frei, dann würde er lauten, dieser Abend möge niemals zu Ende gehen. Er war einfach perfekt.

Nachdem der Refrain ein letztes Mal verklungen war, saßen

wir noch ein Weilchen im Kreis beisammen. Ich lauschte der Unterhaltung der anderen, lachte über die Witze, die sie rissen und bedauerte Ian, dem beim Aufstehen das Smartphone aus der Hosentasche rutschte, und ins Feuer fiel. Hastig stocherte er es mit einem Stock wieder heraus, aber die Flammen hatten es schon ziemlich lädiert. Fluchend machte er sich davon, um zu retten, was noch zu retten war.

Sheilas Begleiter warf ein paar Holzscheite ins Feuer, und die Flammen stoben nach allen Seiten in die Höhe. Dichter Rauch hüllte uns ein.

»Scheiße, Salvatore. Was machst du da?«, fluchte Kayden, während wir hastig auf die Beine sprangen und ein paar Schritte auf Distanz gingen. Ich hustete, der Rauch brannte mir in den Augen. Außerdem war mein Fuß eingeschlafen, der nun mit einem unangenehmen Kribbeln zum Leben erwachte.

»Ihr seid Weicheier«, behauptete Salvatore, während er mit beiden Händen die grauen Schwaden beiseite wedelte. Was nicht viel half. »Das Holz ist zu feucht«, sagte er schließlich.

»Jetzt stinke ich wie ein Brikett.« Sheila schnüffelte an einer Haarsträhne.

»Was treibt ihr denn da?« Neil und Rheena kamen Arm in Arm zu uns zurück.

»Wir dachten, der Nebel bringt ein bisschen romantische Stimmung«, sagte die dunkelhaarige Frau kichernd, die neben Salvatore stand.

»Seit wann magst du es romantisch, Suri?«, sagte der dunkelblonde Mann neben ihr, er war zwei Köpfe größer als seine Begleitung.

»Nicht bei dir. Dich will ich nur vernaschen.« Sie schnitt ihm eine Grimasse, bevor sie eine Hand auf seinen Brustkorb legte und ihn von sich wegschob. »Himmel, du stinkst wie ein angebranntes Steak, Jeff.«

»Na, wenn das so ist. Dann sollten wir beide dringend ein

Bad nehmen.« Er schnappte Suri und warf sie über die Schulter. Sie wehrte sich kreischend und lachend, hatte aber keine Chance. Mit großen Schritten machte sich Jeff in Richtung Meer davon.

»Warum gehen wir nicht alle baden?«, rief Sheila und eilte den beiden hinterher. Im Gehen zog sie ihr Sweatshirt aus, und warf es in den Sand. BH und die ultrakurzen Shorts folgten. Kurz vor dem Wasser schälte sie sich noch aus ihrem Slip, bevor sie splitternackt und grazil wie eine Göttin in die seichten Wellen stieg. Ihre hellen Umrisse zeichneten sich deutlich ab, sie hatte eine beneidenswerte Figur.

Unter großem Jubel und viel Geschrei folgten ihr die anderen. Kayden umarmte mich von hinten und küsste meinen Hals. »Lust auf ein kleines Bad?«, raunte er mir ins Ohr.

»Die baden nackt«, erinnerte ich ihn.

»Du kannst deine Unterwäsche auch anlassen.«

Ich roch den Rauch in seinen Haaren, und bekam Lust auf eine verrückte Spontanaktion. Im nächsten Moment riss ich mich von Kayden los, und rannte davon. »Wer zuletzt im Wasser ist, ist ein Loser«, rief ich über die Schulter, während ich mich schwungvoll meiner Sandaletten entledigte und barfuß durch den weichen Sand eilte.

Zum Glück trug ich ein elastisches Kleid, das sich problemlos ausziehen ließ. Ich zerrte es über den Kopf und schleuderte es von mir. Jetzt trug ich nur noch meinen weißen BH und den ultrawinzigen String. Scheiß drauf! Immerhin war es dunkel.

Ich löste die Häkchen im Rücken und streifte mir die Träger von den Armen. Während ich die Zehen ins Wasser tauchte, warf ich den BH im hohen Bogen in die Luft. Kayden fing ihn auf.

»Darf ich den als Souvenir behalten?«, fragte er dicht hinter mir.

Holla. Der Kerl war schnell, er hatte meinen Vorsprung mühelos aufgeholt.

»Wenn du was zum Schnüffeln brauchst, dann nimm ihn.«

»Ich könnte jetzt erwidern, dass mir in dem Fall dein Slip lieber wäre, aber dann wirst du bestimmt feuerrot im Gesicht«, erwiderte Kayden, der sich ebenfalls seiner Klamotten entledigt hatte.

Ich stoppte im seichten Wasser, um mir den String über die Hüften zu ziehen, und schnappte nach Luft. Verdammt, war das Meer kalt.

»Du bist ein kleiner Perverser«, schalt ich Kayden, und brachte ihn zum Lachen.

Er schnappte mich um die Taille und drückte mich an sich. Haut an Haut, sinnlich und erotisch.

»Es wird höchste Zeit für eine Abkühlung, Mister«, legte ich nach.

»Viel lieber lasse ich mich von dir heiß machen.« Sein warmer Atem wehte über meine Haut und ich schloss die Augen. Als seine Hand über meinen Bauch nach unten wanderte, hielt ich sie fest. Wir standen knietief im Wasser, quasi auf dem Präsentierteller. Auch wenn es bereits dunkel war, spendete der Mond genug Licht, um die Umrisse der einzelnen Personen gut zu erkennen – und auch was sie miteinander trieben …

Kayden setzte sich in Bewegung, Schritt für Schritt gingen wir tiefer ins Meer hinein. Gänsehaut überzog mich von oben bis unten.

»Konntet ihr euer Hotel nicht in Spanien eröffnen?«, fragte ich fröstelnd. »Dort wäre das Wasser jetzt warm.«

»Ich sorge gleich für Wohlfühltemperatur, Baby«, raunte mir Kayden ins Ohr.

Als wir bis zum Bauchnabel im Wasser standen, ließ ich

seine Hand los und lehnte mich an ihn. Langsam gewöhnte sich mein Körper an das kühle Nass.

»Kayden«, hauchte ich, als seine Finger meinen Venushügel erreichten. Mit der anderen Hand umfasste er meine linke Brust, knetete sie und zwirbelte meinen Nippel zwischen Daumen und Zeigefinger, bis er wundervoll prickelte. Ich wusste jetzt schon, dass ich in London diese magischen Hände auf meinem Körper vermissen würde.

17

JUNE

KAYDEN DRÜCKTE mir ein Stückchen Karotte in die Hand. »Los trau dich, June.«

Widerwillig ging ich einen Schritt näher ans Gatter, wo das Grauen stand und mich bereits erwartete. Ich drehte mich um. »Ich glaube, er hasst mich.«

»Er hasst dich nicht«, beteuerte Kayden. »Höchstwahrscheinlich weiß er nicht mal mehr, wer du bist.«

Mutig stakste ich weiter. Ich hatte Kayden vorhin gebeten, zu vermitteln. »So sieht er aber nicht aus.«

»Du machst das toll«, sagte Kayden beruhigend. »Lass dir einfach keine Angst anmerken und bleib ganz ruhig.«

Das sagte der so einfach, aber ich wollte Kayden morgens bei der Stallarbeit helfen, damit er schneller fertig wurde, und dann mehr Zeit für mich hatte. Außerdem war ich inzwischen total vernarrt in die Vierbeiner – bis auf einen Burschen, und der stand vor mir.

Charly. Das Guanako.

Obwohl es lächerlich war, hatte ich wahnsinnigen Schiss vor dem Tier.

»Ist er gewachsen?« Plötzlich kam mir Charly viel größer vor.

»Nein«, beruhigte mich Kayden. »Er ist außerdem ganz gechillt. Brenzlig wird es erst, wenn er die Ohren anlegt. Solange er das nicht tut, ist alles gut.«

Ich beobachtete den wuscheligen Kopf des Wildlamas, er wirkte in der Tat gelassen.

»Zu deinem Glück ist Charly auch noch bestechlich. Gib ihm das Stückchen Karotte und du bist sein Freund.«

»Okay«, sagte ich nicht gerade überzeugend. Charly und mich trennten höchstens noch drei Meter, wenigstens war er hinter Gittern, besser gesagt eingezäunt auf der Koppel. Allerdings streckte er mir schon neugierig seinen langen Hals entgegen und meine Knie begannen zu zittern. Wenigstens war mit seinen Ohren noch alles okay.

»Hi, Charly«, sagte ich mit so sanfter Stimme, wie es mir eben möglich war und hielt ihm das Karottenstück auf der flachen Hand hin. »Können wir Freunde sein, ja? Geht das? Ich bin June«, stellte ich mich vor, obwohl sich das Guanako kein bisschen für meine Wenigkeit interessierte. Es hatte mein Friedensangebot im Visier, konzentrierte sich darauf und öffnete schon die Lippen, um das Gemüsehäppchen zu nehmen. Eigentlich hatte Kayden recht, Charly war ganz friedlich. Manchmal war ich echt eine Dramaqueen.

»June, pass auf!«, hörte ich Kayden hinter mir rufen, und zuckte zusammen.

Wie aus dem Nichts fauchte es, dann verspürte ich einen Schmerz am Handgelenk und das Karottenstück flog in hohem Bogen durch die Luft. Scheiße! Das war ein Angriff gewesen! Charly wich hektisch zurück und sprang einen Schritt beiseite. Schreiend drehte ich mich um, spurtete zu Kayden, und versteckte mich hinter ihm. Mein Herz klopfte zum Zerspringen.

»Charly …« ich bekam kaum noch Luft, zeigte Kayden den tiefen Kratzer, der über mein zitterndes Handgelenk verlief. »Er hat mich angegriffen.«

»Das war nicht Charly.« Kayden legte einen Arm um mich. »Ich wollte dich noch warnen, aber das kleine Biest war schneller«, sagte er zur Koppel deutend, wo Sweetheart das im Gras liegende Karottenstück beschnüffelte, ehe sie mit hoch erhobenem Kopf von dannen stolzierte.

»Sie hat mich angegriffen?« Unfassbar. Ich war vor einer Katze geflohen? Zu meiner Verteidigung musste ich anführen, dass die Attacke so rasant vonstattengegangen war, dass ich gar nichts richtig realisiert hatte.

»Sweetheart wird schnell eifersüchtig. Sie haben eben alle ihre Macken.« Kayden strich mit dem Daumen über meinen Kratzer. »Tut es sehr weh?«

»Nein, geht schon.« Es brannte ganz schön, aber ich wollte nicht auch noch wie eine Memme dastehen. »Ich bin so ein Angsthase.«

»Quatsch. Du bist den Umgang mit Tieren eben nicht gewohnt, das ist alles«, tröstete er mich und streichelte mir über den Kopf. »Für ein Stadtmädchen schlägst du dich sehr gut.«

Ich hob den Kopf, das Adrenalin in meinem Körper gab mir das Gefühl unter Strom zu stehen. »Immerhin wird einem bei euch nicht langweilig.«

»Wie sieht es aus?« Mit dem Kinn deutete er zur Koppel. »Willst du einen zweiten Versuch wagen, oder sollen wir irgendwas Schönes unternehmen?« Kayden versenkte sein Gesicht in meinen Haaren. »Wir könnten uns auch zurück ins Bett legen.«

Ich schmiegte mich an ihn, und gab einen wohligen Laut von mir. »Das klingt sehr verlockend«, wisperte ich, obwohl wir es erst vor zwei Stunden aus dem Bett geschafft hatten. Die ganze Nacht hatten wir uns in den Kissen getummelt und kaum geschlafen. Ich wollte die paar Tage Urlaub, die mir noch blieben, in vollen Zügen auskosten.

»Ich kann es kaum noch erwarten, dich nackt unter mir zu haben«, sagte Kayden.

Himmel, ich hielt es keine zwei Sekunden neben diesem Mann aus, ohne mir zu wünschen, über ihn herzufallen. Bevor ich clever Kontra geben konnte, brachte er mich auf heißeste Art zum Schweigen, indem er seine Lippen sachte über meinen Mundwinkel gleiten ließ, mich lockte und neckte. Oh, dieser Mann war so betörend, so berauschend. Ich war ihm hilflos verfallen. Er nahm mein Gesicht in beide Hände, bevor er seinen Mund auf meinen presste, und mich sofort in einen leidenschaftlichen Zungenkuss verwickelte. Ganze Schmetterlingsschwärme flatterten in meinem Magen umher, während ich jede Sekunde unseres aufregenden Kusses genoss. Seine Hände glitten über meinen Hals, meine Schultern, meine Brüste.

»Kayden, nicht«, japste ich mit einem letzten Rest von Selbstbeherrschung. Immerhin konnte uns Charly und auch jeder Mensch, der vorbeikam, beobachten.

»Du machst mich fertig. Du bist so verführerisch.«

»Nicht hier«, stöhnte ich, als er mit beiden Händen meinen Körper erforschte.

Er löste sich von meinen Lippen, obwohl es ihm sichtlich alles abverlangte. Ich folgte seiner Bewegung und stahl mir einen letzten kleinen Kuss, ehe ich tief durchatmete.

»Gehen wir auf mein Zimmer, und zwar schnell«, sagte ich gedämpft, ich musste mich erst wieder daran erinnern, wie man normal atmete. In mir summte und surrte alles vor Verlangen.

»Nichts wie los.« Inzwischen war es selbstverständlich, und auch so normal, dass wir Händchenhaltend durch die Gegend spazierten. Ich liebte es, ihm so nahe zu sein. Mir gefiel es, wie er auf meinen Körper reagierte. Ich genoss das lodernde Verlangen in seinen Augen, und schmolz dahin, wenn er zärtlich zu mir war. Ich mochte es, dass er mich regelmäßig aus dem Gleichgewicht brachte, und ich mich so lebendig fühlte wie noch nie. Mir gefiel so einiges an Kayden. Um die Wahrheit zu sagen: Alles. Oh, Mist. Ich verknallte mich ganz schlimm in ihn. Verstrickte mich in einer Art und Weise in diesen Mann, die weit über einen Urlaubsflirt hinausging.

Während wir den geschotterten Weg am Haus entlanggingen, erfasste ein Zittern meinen ganzen Körper. Sollte ich Kayden meine Gefühle gestehen? Ihm beichten, dass ich viel mehr für ihn empfand, als ich sollte?

Ich fühlte mich hin- und hergerissen. Er wollte mich doch auch, dieses Verlangen bildete ich mir nicht ein, es spiegelte mein eigenes wider. Ich war so scharf auf Kayden Graham, alles an diesem Mann entzückte mich.

Seine hellblauen Augen strahlten im Sonnenschein, mir rieselte ein wohliger Schauer über den Rücken.

Er ließ eine Hand über meinen Po gleiten. »Ich mag deinen Hintern, er ist so sexy. Ich muss gestehen, deine Rückansicht hat mich von Anfang an fasziniert. Ich kenne keine andere Frau mit so einem süßen Knackarsch.«

»Du solltest dir den Dirty Talk fürs Bett aufsparen.« Wo wir hoffentlich in den nächsten zwei Minuten landen würden.

Kayden blieb stehen und drückte mich sanft gegen die Hauswand. Sein Atem ging schwer. »Ich fürchte, so weit schaffen wir es nicht mehr.«

»Kayden, du bist unersättlich.« Ich sog scharf die Luft ein und rieb mein Becken an ihm.

Er keuchte. »Du bringst mich absichtlich um den Verstand, gib es zu.« Seine Zungenspitze traf auf mein Ohr und kitzelte mich wohlig, während seine Hände unter mein T-Shirt wanderten.

»Kann schon sein.« Ich lehnte den Kopf zur Seite, um ihm den nötigen Raum für seine Liebkosungen zu geben.

»Kleines Biest.« Er zog eine feuchte Spur über meinen Hals.

»Kayden«, japste ich.

»Kayden«, rief jemand und holte mich mit einem Schlag aus meinem wunderschönen Taumel. »Da bist du ja … oh.«

Kayden löste sich von mir und wich zurück. Neben uns stand Neil, der uns abwechselnd musterte.

Kayden machte einen frustrierten Laut, während ich hastig mein T-Shirt glattzog. So ein Mist. Musste Neil ausgerechnet jetzt auftauchen? Ich fühlte mich, als wäre mir der Bus vor der Nase weggefahren.

Seufz.

»Sorry, Leute«, sagte Neil, sah allerdings gar nicht *sorry* aus. »Ich wollte euch nicht bei euren kleinen Spielchen stören.« Er verkniff sich nur halbherzig ein Grinsen.

»Was willst du ausgerechnet jetzt von mir, Alter?« Kayden klang genervt.

»Rheena hat eben angerufen. Sie hat einen endgültigen Platz für Edward auf einem Pferdehof gefunden. Die haben schon ein paar Ponys, Edward hätte dort Gesellschaft. Wir sollen ihn so schnell es geht zu seinen neuen Besitzern bringen. Aber Ian ist unterwegs und ich brauche deine Hilfe.« Er wandte sich an mich. »Tut mir leid für die Unterbrechung, June. Ich bin mir sicher, Kayden knüpft in ein paar Stunden nahtlos da an, wo er eben aufgehört hat«, sagte er augenzwinkernd.

»Halt die Klappe«, fuhr Kayden ihn an, und wandte sich an mich. »Kannst du ein paar Stunden auf mich verzichten?«

»Ja, klar.« Mit beiden Händen glättete ich mein wirres Haar.

»Das Pony geht vor, kein Problem. Ich freue mich sehr, dass Edward ein gutes Zuhause gefunden hat.«

»Wir beeilen uns«, versprach Neil.

»Du kommst allein zurecht?«, hakte Kayden noch einmal nach.

»Selbstverständlich.« Ich scheuchte sie mit beiden Händen davon. »Geht schon. Ich mache einen kleinen Strandspaziergang, mir fällt schon was ein, wie ich mir die Zeit vertreiben kann.« Mein Körper stand noch unter wohliger Spannung, die nur Kaydens Hände auf meinem Körper lösen könnten, aber aufgeschoben war ja nicht aufgehoben.

Kayden gab mir einen Kuss auf die Wange. »Als Entschädigung wartet heute Abend eine kleine Überraschung auf dich«, versprach er leise, und mein Herz hüpfte vor Vorfreude.

»Was ist es denn?«

»Sei nicht immer so neugierig, Brit. Das wirst du dann schon sehen.«

»Es ist echt gemein, wie du mich immer auf die Folter spannst«, beschwerte ich mich halb scherzend.

Er lachte. »Ich bin bald zurück.«

Wir versanken in einem erneuten leidenschaftlichen Zungenkuss. Hach, Abschied konnte so schön sein.

»Ich kann es kaum noch erwarten«, sagte ich auf eine frivole Weise, nachdem wir es endlich geschafft hatten, die Finger voneinander zu lassen. Ja okay, ich wollte ihm den Abschied so schwer wie möglich machen.

»Himmel, der Kerl geht nicht auf Weltreise«, hörte ich Neil sagen. »Ihr Turteltauben haltet euch in ein paar Stunden schon wieder in den Armen.« Er tat so, als würde er uns unter größtem Kraftaufwand voneinander lösen, und packte seinen Bruder am Arm. »Du bist ja wie ein Krake, Dude. Komm endlich mit, ich habe heute auch noch ein paar andere Dinge zu erledigen.«

»Bis später«, sagte Kayden, der bereits von Neil mitgeschleift wurde.

»Bis dann.« Mit ein wenig Wehmut im Bauch sah ich ihm nach. »Sexy Arsch«, rief ich.

»Kayden kommt trotzdem erst in ein paar Stunden zu dir zurück, June«, rief Neil über die Schulter und grapschte erneut nach dem Arm seines Bruders, um ihn davon abzuhalten, sich zu mir umzudrehen.

»Du bist strenger als eine Gouvernante«, beschwerte sich Kayden, und gab sich selbst einen Klaps auf den Allerwertesten. »Meinst du den hier, Süße?«

»Genau den, Baby.« Ich kicherte.

»Ich weiß eben wie das endet, sobald ihr beide euch wieder in die Finger kriegt«, sagte Neil, woraufhin sich Kayden noch einmal lasziv und gespielt provokant mit der flachen Hand spankte.

»Woohoo«, stieß ich aus, und die beiden verschwanden lachend um die Hausecke. Oh, Gott. Ich vermisste Kayden jetzt schon.

18

JUNE

Ich schlenderte am Strand entlang und ließ die salzige, reine Seeluft durch meine Lungen strömen. Buddy begleitete mich und schnüffelte im Sand herum. Unfassbar. Aber ich fühlte mich einsam. Ohne Kayden an meiner Seite war die Landschaft nur noch halb so bezaubernd wie sonst. Ein kleiner Vorgeschmack darauf, was mich zurück in London erwarten würde.

Ich schüttelte die trüben Gedanken ab, und rätselte stattdessen, was Kayden wohl heute Abend für mich geplant haben könnte. Er war so süß, ließ sich dauernd irgendwas Tolles für mich einfallen. Es war lange her, dass mich ein Mann so verwöhnt hatte.

Zeitgleich mit meinem vernehmlichen Magenknurren erspähte ich das Green Shamrock auf seiner Anhöhe, und beschloss für einen Snack und ein Getränk einzukehren. Ich stieg die in den Felsen gehauenen unebenen Stufen nach oben und öffnete die Tür. Ein paar Gesprächsfetzen wehten mir von irgendwoher entgegen, im Pub war noch reichlich Platz, wie ich nach einem prüfenden Blick feststellte.

Mit einer Hand hielt ich Buddy davon ab, an mir vorbei

durch den Türspalt ins Innere zu entwischen. »Du darfst leider nicht rein, mein Süßer.«

Inzwischen wusste ich, dass Sean keine Hunde in seinem Lokal haben wollte. Buddy ließ den Kopf hängen, drehte sich aber brav um, und machte sich allein auf den Rückweg, während ich das Pub betrat und mir einen Platz am Fenster suchte. Von hier aus hatte man einen grandiosen Ausblick aufs Meer.

Sean kam zu mir an den Tisch. »Hi, June. Heute ganz allein unterwegs? Wo ist denn dein treuer Begleiter?«

»Hi«, grüßte ich. »Meinst du Kayden oder den Hund?«

Er lachte. »Du gefällst mir, June. Warte mal.« Mit Blicken scannte er den Raum. »Abigail«, rief er und winkte einer rothaarigen Frau, die auf der anderen Seite Guinness servierte und sich zu uns umdrehte. »Komm mal kurz her, Darling.«

Abigail stellte ihr Tablett auf dem Tresen ab und kam zu uns. Ihre kurvige Figur wurde durch das grüne Kleid, das sie trug, wirklich schön betont.

Sie lächelte mich an, ein paar Fältchen schmiegten sich um ihre Augen. »Hi.«

Sean legte ihr einen Arm um die Taille. »Das ist meine Schönste. Meine Abigail«, stellte er seine Frau mit Stolz in der Stimme vor. »Ab heute gibt es auch wieder leckeres Essen bei uns, und vor allem mehr Auswahl.« Er wandte den Kopf. „Das ist June, von der ich dir erzählt habe."

»Mir hat es bisher immer geschmeckt«, beteuerte ich und zauberte Sean ein geschmeicheltes Lächeln ins Gesicht.

Abigail stieß ihn mit dem Ellenbogen an. »Wenn das so ist, kann ich ja öfter mal allein verreisen.«

»Bitte tu mir das nicht an«, ächzte Sean und rang die Hände.

Ich konnte mir ein Schmunzeln nicht verkneifen. Die beiden waren so ein bezauberndes Paar.

Abigail nickte zur Seite. »Jetzt weiß er mich wenigstens wieder zu schätzen, nachdem er ein paar Tage allein den Laden schmeißen musste.«

»Verlass mich nie wieder«, bettelte Sean zwischen zusammengebissenen Zähnen.

Währenddessen unterzog Abigail mich einer prüfenden Musterung. »Du bist also die Frau, die Kaydens harte Schale geknackt hat.«

»Wie ich sehe, funktioniert die Tratschpost in dieser Gegend außerordentlich gut. Aber ich habe Kayden nicht geknackt, wir verstehen uns einfach super, das ist alles.«

»Soll ich dir schon mal ein Guinness zapfen?«, fragte Sean und ich nickte.

»Wir sind das einzige Pub im Umkreis von fünf Kilometern. Hier bleibt nichts lange geheim, auch nicht die kleinen Spielchen der Jungs vom *Swing to Heaven*«, weihte Abigail mich augenzwinkernd ein.

»Spielchen?«, stellte ich mich dumm.

Abigail strich ihr Haar zurück, es leuchtete tizianrot im Sonnenschein, der durchs Fenster fiel. »Ich weiß ja nicht so genau, was bei euch läuft. Aber, dass die Gäste durchweg freizügig unterwegs sind, erkenne ich schon an den unterschiedlichen Konstellationen, wenn sie bei uns auftauchen. Es sind oft nicht dieselben Pärchen, die zum Mittagessen und wenig später zum Abendessen hereinschneien. Sagen wir mal so: Ihr seid ein lustiger Haufen, der es mit der Treue nicht so genau nimmt, hab ich recht?«

»Ich bin Single und nur in Irland, um Urlaub zu machen und mich zu erholen«, ratterte ich wie einstudiert herunter.

Abigail hob die Hände. »Mich geht das nichts an, was in diesem Hotel vor sich geht. Es gibt einige Gerüchte, aber man weiß ja, wie das so läuft. Einer erzählt was, der nächste dichtet noch etwas hinzu, und immer so weiter, bis keiner mehr weiß, was wahr ist und was nicht. Ich halte mich sowieso grundsätzlich aus dem Leben meiner Gäste heraus.«

»Es ist alles ganz harmlos«, beteuerte ich.

Sean kam mit einem vollen Glas zurück und stellte es vor mich. »Cheers, June. In England servieren sie dir so ein erstklassiges Guinness garantiert nicht.«

Ich nahm einen großen Schluck, es schmeckte in der Tat vorzüglich. »Ahh«, machte ich, nachdem ich das Glas abgesetzt hatte. »Es ist genial. Ich werde es vermissen, wenn ich zurück in London bin.«

»Du kommst uns doch wieder einmal besuchen, oder?« Sean legte den Kopf schräg. »Allein schon wegen Kayden«, schob er hinterher, und sah mich abwartend an.

»Mal schauen.« Ich zuckte die Achseln, tat gleichgültig. Immerhin hatte ich keine Ahnung, wie es zwischen mir und Kayden weitergehen würde. Und wenn die Tratschpost tatsächlich so gut funktionierte, sollte ich lieber nicht herausposaunen, was in mir vorging.

»Wir könnten ein paar zusätzliche Gäste gut gebrauchen«, seufzte Abigail. »Unser Pub liegt so abgelegen, es finden fast nur Einheimische und die paar Touristen aus dem *Swing to Heaven* den Weg zu uns. Wäre schön, dich mal wieder bei uns begrüßen zu dürfen.«

»Erst einmal muss ich mir zu Hause einen neuen Job suchen und Geld verdienen, bevor ich wieder verreisen kann.« Ich seufzte ebenfalls. Dieses leidige Thema stand mir bei meiner Rückkehr auch noch bevor.

»Was arbeitest du denn?«, wollte Sean wissen.

»Ich bin Journalistin, und orientiere mich gerade um«, fügte ich rasch hinzu, um nicht ganz so jämmerlich zu wirken und außerdem einer Unterhaltung über mein letztes unrühmliches Beziehungsende aus dem Weg zu gehen.

»Oh, das ist ja toll«, sagte Abigail und klang ganz begeistert.

»Schreib doch mal einen Artikel über unser Pub und die Gegend. Vielleicht lockt das noch ein paar zusätzliche Urlauber her. Wir könnten etwas mehr Umsatz gut gebrauchen.«

»Leider schreibe ich keine Reiseberichte.« Die beiden taten mir wirklich leid, ich hatte ja keine Ahnung gehabt, dass die Leute hier so zu kämpfen hatten. »Aber ich kenne eine Reisebloggerin mit hoher Reichweite. Die werde ich mal fragen, ob sie nicht einen Artikel schreiben möchte. Mir gefällt es bei euch nämlich wirklich gut, und ich kann es nur empfehlen.«

»Das wäre toll.« Abigail strahlte. »Aber jetzt wollen wir dich nicht länger stören. Was möchtest du essen?«

Nachdem ich eine Fischsuppe bestellt hatte, kramte ich mein Smartphone aus der Tasche und tippte eine Nachricht an Harper. Glücklicherweise war das *Green Shamrock* eines der wenigen Orte in der Gegend mit W-Lan.

Ein Weilchen texteten wir hin und her, denn Harper war bei der Arbeit und konnte im Büro nur heimlich unter dem Schreibtisch ein bisschen schreiben.

»June?«, hörte ich eine männliche Stimme fragen und blickte auf. Vor mir stand ein dunkelblonder Mann, der mich freundlich anlächelte. Es dauerte eine Sekunde, bis ich einsortierte, woher ich ihn kannte. Es war dieser Ashton, der uns beim Bummeln durch Cork über den Weg gelaufen, und über dessen Erscheinen Kayden nicht sonderlich happy gewesen war.

Trotzdem lächelte ich ihn an. Immerhin war er zu mir sehr nett gewesen und die Querelen, die die beiden miteinander austrugen, gingen mich nichts an.

»Hi.« Ich zeigte auf ihn. »Ashton richtig?«

»Genau der bin ich.« Er deutete auf den Stuhl. »Darf ich mich zu dir setzen? Es sieht so aus, als wärst du allein hier.«

Ich zögerte eine Sekunde, ehe ich es ihm schließlich gestattete. »Selbstverständlich. Ich will nur eine Kleinigkeit essen.«

Er nahm Platz. »Die Fischsuppe kann ich wärmstens empfehlen, eine so köstliche habe ich noch nirgends auf der Welt gegessen.« Sein Lächeln war angenehm und charmant.

»Die habe ich eben bestellt. Jetzt bin ich gespannt.« Ich erwiderte sein Lächeln.

»Dann gratuliere ich zu deinem guten Geschmack.« Heute trug Ashton keinen Anzug, sondern schwarze Stoffhose und ein weißes Polohemd, auf dem ein teures Markenemblem prangte. Trotzdem wirkte er nicht protzig. Ashton hatte etwas Aristokratisches an sich, mit seinen feinen Gesichtszügen und den perfekt gestylten Haaren. Er sah auffallend gut aus, das konnte man nicht abstreiten. Nichtsdestotrotz gefiel mir der raue Naturbursche Kayden um Welten besser.

Abigail kam zu uns an den Tisch, und er bestellte ein Guinness und die vielgepriesene Fischsuppe.

»Jedes Mal, wenn ich zu Hause bin, lasse ich es mir nicht nehmen, einen Teller von dieser genialen Suppe zu essen«, ließ er mich wissen.

Ich trank einen Schluck. »Soweit ich mich erinnere, wohnst du ebenfalls in London.«

»Richtig.« Er nickte. »Schon seit ein paar Jahren und ich liebe diese Stadt. Das Laute und Hektische, aber auch die britische Mentalität und den schwarzen Humor. Die Kunst und das Theater, in London gibt es so viele Möglichkeiten, für Unterhaltung zu sorgen. In Chelsea habe ich quasi alles direkt vor der Haustür und das ist wirklich toll.«

»Als waschechte Londonerin kenne ich es gar nicht anders.«

Er beugte sich über den Tisch. »Dann ist Irland also komplettes Neuland für dich? Hast du keinen Kulturschock erlitten? Immerhin hast du dir die einsamste Gegend der ganzen Insel für deinen Urlaub ausgesucht. Hoffentlich ist dir nicht langweilig.«

»Überhaupt nicht.« Ich schüttelte den Kopf. »Ich fühle mich in meiner Unterkunft total wohl, dort wohnen so viele nette Leute und ich mache schöne Ausflüge. Also, nein. Im Gegenteil: Ich genieße jeden Tag in vollen Zügen.«

Abigail stellte lächelnd ein Guinness vor Ashton auf den Tisch. »Lass es dir schmecken, Fremder.«

»So selten bin auch wieder nicht zu Hause«, verteidigte er sich. »Aber du wirst immer hübscher, Aby, das muss ich schon sagen. Jedes Mal, wenn ich dich treffe, siehst du jünger aus.«

Abigail lachte. »Du alter Charmeur. Genau aus diesem Grund vermisse ich dich.« Sie streichelte ihm die Schulter.

»Flirtet der Kerl etwa schon wieder mit dir?«, rief Sean vom Tresen. »Wenn ja, muss ich wohl mal meine Boxhandschuhe aus dem Keller kramen.«

»Die machen auch keinen Boxer aus dir, alter Mann«, konterte Ashton und die beiden lachten. »Selbst schuld, wenn du das hübscheste Mädchen der Gegend geheiratet hast«, fügte Ashton noch hinzu und zwinkerte Abigail zu.

Die winkte ab. »Oweh. Das ist schon so lange her, da lagst du ja fast noch in den Windeln.«

»Bevor sie mir ein anderer weggeschnappt hätte.« Sean warf seiner Frau einen Luftkuss zu. »Am Ende noch der alte Weiberheld aus dem Bed and Breakfast, der jedem jungen Mädchenrock nachgestiegen ist. Versucht hat er es ja.«

Ob er von Kaydens Vater redete?

»Aber landen konnte er nicht bei mir, denn ich hatte ja dich, mein Herz«, erwiderte Abigail.

»Mit Sean hast du alles richtig gemacht«, sagte Ashton. »Hast dir den Besten geangelt.«

»Er ist die Liebe meines Lebens, wenn ich wegen der Arbeit nur nicht solche Spülhände hätte.« Sie streckte den Arm aus und deutete auf die trockenen Stellen. »Das hat man jetzt davon, wenn man einen Wirt heiratet und keinen Großgrundbesitzer«, sagte sie mit einem Augenzwinkern.

»Meine Wohnung in London ist hundert Quadratmeter groß. Ich selbst habe keine Ländereien, und spülen muss ich auch«, verteidigte sich Ashton.

Sie lachte. »Dann kann ich auch hierbleiben, also wird's wohl nichts mit uns.« Mit einem Kichern auf den Lippen machte sie sich davon, und ich fragte mich allen Ernstes, was Kayden bloß für ein Problem mit diesem Mann haben mochte. Er war angenehm, freundlich und sympathisch. Überhaupt nicht arrogant, wie man es bei jemandem aus gehobenen Kreisen wohl erwartete. Stattdessen saß er in einem schlichten Pub auf einem Holzstuhl und bestellte Fischsuppe.

»War da eben die Rede von Kaydens Dad?«, konnte ich mir dann doch nicht verkneifen und Ashton hob eine Augenbraue.

»Genau. Du hast von ihm gehört? Er ist ja schon ein paar Jahre tot.«

Ich winkte ab. »Jemand hat ihn mal kurz erwähnt, das ist alles.« Was Kayden mir über seinen Vater erzählt hatte, war bei mir sicher, ich würde unter Garantie nicht für weiteren Klatsch sorgen. Was mich allerdings nicht davon abhalten würde, ein wenig über Kayden aus Ashton heraus zu kitzeln. Wenn die Gelegenheit schon mal günstig war.

»Woher kennst du Kayden?« Ich nippte an meinem Bier. »Wart ihr mal Freunde?«

Ashton hielt inne. »Kayden hat dir nichts über mich erzählt?«

»Nein«, ich schüttelte den Kopf.

»Nun, es gibt auch nicht viel zu berichten«, sagte Ashton und klang gleichgültig. Er lehnte sich zurück. »Unsere Freundschaft ist lange her. Kayden ist … sagen wir mal … nicht gerade ein extrovertierter Typ. Er ist kein Mensch, der großen Wert auf Bekanntschaften legt. Mit Frauen verhält es sich wohl anders, aber das weißt du ja sicher. Immerhin logierst du wahrscheinlich nicht ohne Grund im *Swing to Heaven*.«

Unwillkürlich senkte ich den Blick. »Ich bin nur in Irland um Urlaub zu machen und ein bisschen vom Alltag abzuschalten«, ratterte ich herunter, klang allerdings kein bisschen glaubwürdig.

Ashton hob die Hände. »Deine Privatangelegenheiten gehen mich nichts an, June. Es ist allerdings kein Geheimnis, dass die Gäste sich dieses Bed and Breakfast nicht aussuchen, weil sie Erholung bitter nötig haben. Oder wenn doch, dann auf eine andere Weise.« Er musterte mich durchdringend.

Sean brachte zwei Teller mit Fischsuppe, und verschaffte mir glücklicherweise eine Pause. Er legte noch Löffel und Serviette dazu, bevor er sich mit einem ‚Lasst es euch schmecken' wieder davonmachte.

Die Suppe sah köstlich aus, in der Brühe schwammen gekochtes Fischfilet und Gemüsestückchen. Ich tauchte den Löffel hinein und probierte, die leichte Schärfe harmonierte perfekt mit der Würze und dem dezenten Fischaroma.

»Wow, die schmeckt echt hervorragend«, lobte ich.

»Du wirst nirgends eine bessere finden. Nicht einmal in Frankreich.« Er aß einen großen Löffel.

»Ich glaube, das ist mein neues Lieblingsgericht, solange ich hier bin.«

»Wann reist du ab?« Ashton schubste ein Stückchen Fisch auf seinen Löffel.

»Leider schon in drei Tagen.«

»Was hast du noch vor? Irgendwelche Trips geplant?« Er schob sich den Löffel in den Mund.

»Kayden will noch ein paar Ausflüge mit mir machen, mir wird sicherlich nicht langweilig werden. Hoffentlich spielt das Wetter mit, bisher hatte ich ja riesiges Glück.«

»Es gibt doch auch ein Programm für Regentage im Hotel.«

Ich prustete. »Du meinst die Pärchen-Animation? Leider bin ich Single.«

»Du hast doch Kayden.«

»Das stimmt.« Ich wiegte den Kopf von einer Seite auf die andere. »Aber ich möchte ihn dann doch lieber für mich allein haben, und nicht teilen müssen.«

»Du magst keine Abwechslung?« Ashton nahm einen Schluck Guinness.

»Nicht auf diese Weise. Ich bin eher monogam veranlagt, anscheinend sogar als Single.«

Er lachte. »Kann ich verstehen. Für mich wäre das auch nichts. Ich möchte die Frau meines Herzens ganz für mich allein haben.«

»So geht es mir auch«, gab ich ihm recht und aß ein wenig von dem zarten Fischfilet. »Andererseits ist es für mich auch völlig okay, wenn erwachsene Menschen freizügiger mit ihrer Sexualität umgehen.« Wie es sich anhörte, wusste er sowieso schon über alles Bescheid. »Für Swinger sind die Leute, die dort absteigen, ein echt zivilisierter Haufen.«

»Swinger«, wiederholte er leise.

»Hast du ein Problem damit?« Ich hielt mit dem Essen inne. »Immerhin ist das ja keine Straftat.«

»Nein, du hast völlig recht.« Er wehrte mit einer Hand ab. »Vielleicht bin ich in manchen Dingen einfach etwas voreingenommen, weil ich selbst es mir niemals vorstellen könnte, bei solchen Spielchen mitzumachen. Aber im Prinzip ist Partnertausch die Privatsache eines jeden einzelnen und geht niemanden etwas an. Mir wäre es auch nicht recht, wenn jemand in meinen Angelegenheiten herumschnüffelt, und mich für meine Vorlieben verurteilt.«

»Genau so sehe ich es auch.« Die Unterhaltung mit Ashton war angenehm, und ich konnte total nachvollziehen, was er meinte. Zuerst hatte ich auch meine Bedenken gehabt, die jedoch verschwanden, sobald ich meine Vorurteile abgebaut hatte.

Ashton hob sein Glas, um mit mir anzustoßen.

»Cheers«, sagten wir gleichzeitig und ließen unsere Gläser aneinander klirren. Als ich einen großen Schluck nahm, ging die Tür auf und Sheila betrat zusammen mit Salvatore das *Green Shamrock*.

Die Gäste am Nebentisch begannen zu tuscheln und deuteten nicht gerade unauffällig auf die Berühmtheit, die soeben das Pub betreten hatte. Selbst Abigail zupfte ihren Gatten hinter dem Tresen am Poloshirt und sagte irgendwas, das ich nicht verstand.

Sheila schien von dem Aufruhr um sie herum nichts mitzubekommen, oder sie war den Trubel um ihre Person bereits gewohnt. Die beiden schlenderten durch den Raum, auf der Suche der nach einem freien Tisch. Dann entdeckte sie mich und die zwei kamen zu uns rüber.

»Hey, June«, sagte Sheila, als sie uns erreicht hatten.

»Hi«, grüßte ich zurück, worauf Ashton den Kopf wandte und erstarrte.

»Wo ist Kayden?«, fragte sie und unterzog meine Begleitung einer kurzen Musterung. »Verbringt ihr sonst nicht jede freie Minute miteinander?«

»Er hilft Neil bei einer Sache«, erklärte ich. »Das ist Ashton, ein Bekannter von Kayden.« Ich deutete auf mein Gegenüber. »Wir sind uns zufällig über den Weg gelaufen.« Irgendwie hatte ich das Gefühl, den beiden erklären zu müssen, warum ich mit einem fremden Mann im Green Shamrock saß, und nicht mit meinem Lover. Obwohl ich ihnen weder Rechenschaft schuldig war, noch es irgendjemanden etwas anging. Aber ich wollte nicht, dass Kayden Gerüchte zu Ohren kamen, ich würde mich hinter seinem Rücken mit anderen Männern treffen.

Ashton erhob sich wie ein waschechter Gentleman und

hielt Sheila die Hand hin. »Guten Tag, und entschuldigen Sie die Frage: Aber sind Sie nicht Sheila Winston?«

»Die bin ich.« Sie berührte seine Hand nur kurz, bevor sie sie ihm wieder entzog.

»Wir wollen euch nicht weiter stören«, sagte sie zu mir.

»Oh, das tut ihr überhaupt nicht«, beteuerte ich und deutete auf die beiden leeren Stühle an unserem Tisch. »Setzt euch doch.«

»Ein anderes Mal«, lehnte Sheila ab, ohne eine Miene zu verziehen, und in mir stieg das mulmige Gefühl hoch, sie könnte mir unser Gespräch noch immer übelnehmen. »Wir haben etwas Privates miteinander zu bereden.« Sie deutete auf Salvatore, der zustimmend nickte.

»Ja, klar. Das verstehe ich.« Immerhin konnte ich sie nicht zwingen.

»Darf ich ein Selfie mit Ihnen machen?« Ashton zog sein Smartphone aus der Hosentasche, seine Stimme vibrierte leicht. Doch Sheila schüttelte den Kopf.

»Tut mir leid, aber ich bin im Urlaub und hätte gern ein wenig Privatsphäre«, sagte sie schnippisch.

»Selbstverständlich.« Ashton sank zurück auf seinen Stuhl. »Ich wollte nicht aufdringlich sein, bitte entschuldigen Sie. Ich bin nur ein sehr großer Bewunderer Ihrer Kunst.«

Sheila schenkte ihm nun doch ein Lächeln. »Das sind Sie nicht. Es ist nur so, dass ich in meiner Freizeit generell keine Selfies mit meinen Fans mache.«

»Ja, klar«, beteuerte Ashton. Der Ärmste tat mir fast schon leid, obwohl ich auch Sheila verstehen konnte.

»Komm, Baby«, sagte Salvatore und nahm ihre Hand. Er führte sie zu einem freien Tisch auf der gegenüberliegenden Seite. So weit weg von uns wie nur möglich.

Ashton sah mich fragend an. »Wow, ein so großer Star macht bei den Graham Brüdern Urlaub? Sheila Winston eine

Swingerin, wer hätte das gedacht. Die drei müssen ihren Gästen ja einiges zu bieten haben.«

»Es ist eher der geschützte Rahmen, und das gefällt mir ebenfalls«, sagte ich und trank mein Glas aus. Sheilas abweisende Reaktion, die mit Sicherheit mir gegolten hatte, und nicht Ashton, verletzte mich. Aus diesem Grund wollte ich so schnell wie möglich abhauen, um den beiden nicht noch mehr auf die Nerven zu fallen. »Man ist unter sich, und kann sich nach Herzenslust ausleben«, fügte ich noch hinzu. Inzwischen kam mir die Devise dieses Hotels schon vollkommen normal vor.

Ashton lehnte sich zurück. »Vielleicht sollte ich auch mal für ein paar Tage im *Swing to Heaven* absteigen«, sagte er grinsend.

»Wenn du keine Scherereien kriegen willst, empfehle ich dir mit Partnerin anzureisen.«

Er schüttelte den Kopf. »Ich könnte meine Freundin niemals mit einem anderen Mann teilen.«

Sean kam an unseren Tisch. »Ihr Lieben, darf es noch etwas sein?«

»Ich möchte bezahlen«, sagte ich, als ich Sheilas Blick auffing und rasch wieder wegsah.

»Ich übernehme das«, kam Ashton mir zuvor und zückte seine Geldbörse.

»Nein, das kann ich nicht annehmen«, wehrte ich mit beiden Händen ab, aber er hatte bereits mit einem großen Geldschein bezahlt. Ashton gab mehr Trinkgeld als meine Rechnung ausmachte.

»Schon okay. Ich möchte mich nur für das nette Gespräch erkenntlich zeigen.«

Wir standen auf.

»Also gut, vielen Dank.« Ich nickte ihm zu.

»Sehr gern.« Mit einer galanten Handbewegung bedeutete er mir voranzugehen.

Als wir an Sheilas Tisch vorbeikamen, machte sie gerade Selfies mit Abigail. Die beiden lachten und quatschten. Sie waren so ins Fotografieren vertieft, dass sie uns gar nicht registrierten, weshalb ich wortlos an ihnen vorüberging. Auch Ashton kommentierte die Situation nicht.

Draußen verabschiedeten wir uns mit Handschlag und ein paar freundlich ausgetauschten Worten. Danach ging Ashton zu seinem anthrazitfarbenen Mercedes, der vor dem Pub parkte und ich eilte die Stufen zum Strand hinab. Jetzt wollte ich nichts wie zurück ins Hotel, um mich für mein Date mit Kayden frischzumachen.

19

JUNE

Ein lauter Donnerschlag ließ mich zusammenfahren, Blitze zuckten über den Himmel und erhellten mein Zimmer. Schwere Regentropfen prasselten gegen mein Fenster, vor einer halben Stunde war wie aus dem Nichts ein Gewitter aufgezogen. Ausgerechnet jetzt. Soviel zum schönen Urlaubswetter. Hoffentlich hatte Kayden keine Überraschung im Freien geplant. Ansonsten mussten wir wohl oder übel den Abend im Bett verbringen … Ich grinste in mich hinein, während ich meine störrischen Locken mit einem grobzinkigen Kamm bändigte. Danach legte ich noch etwas Make-Up und einen Hauch Lipgloss auf, bevor ich mit Mascara meine hellen Wimpern nachdunkelte, was mir ausdrucksstarke Augen verlieh.

Prüfend betrachtete ich mich im Spiegel. Wegen des Wetters hatte ich mich gegen mein schwarzes sexy Cocktailkleid entschieden und trug nun hautenge Jeans und ein langärmeliges schwarzes Wickel-Top mit tiefem Ausschnitt.

Wollte ich Kayden verführen?

Definitiv!

Als es an der Tür klopfte, legte ich hastig meine Schminkutensilien beiseite. Ein letzter prüfender Blick im Spiegel und ich ging öffnen.

Kayden stand draußen, er trug eine dunkle Jeans und ein schwarzes langärmeliges Hemd, das ihm großartig stand. Als wäre es ihm auf den Leib geschneidert worden, betonte es seinen muskulösen Brustkorb und die durchtrainierten Bizepse. Seine Haare waren nicht mehr so wild wie heute Morgen, er hatte sie ein wenig mit Gel gestylt, und das gefiel mir richtig gut. Kayden sah heißer aus als jemals zuvor. Der Kerl bescherte mir weiche Knie. Er musste gar nichts dafür tun, sondern einfach nur dastehen und mich mit seinem verführerischen Blick reizen. Schon schmolz ich dahin. Ich war mir sicher, der Mann tat nur so harmlos, er kannte jeden Trick und jeden Kniff, um einer Frau das Herz höherschlagen zu lassen.

»Hi.« Lasziv lehnte ich mich an den Türrahmen. »Du hast dich ja ganz schön in Schale geworfen.«

Sein Blick huschte an ihm selbst entlang, ehe er mich genauer in Augenschein nahm.

»Ich hab mich bemüht. Aber du …« Er machte eine Pause, atmete tief durch. »Du siehst atemberaubend aus.«

Unwillkürlich senkte ich die Lider. Ich konnte noch nie sonderlich gut mit Komplimenten umgehen, frivoles Flirten war keine meiner Stärken. Aber ich wollte so gern mit ihm flirten, ihn reizen und necken, sichergehen, dass er mich niemals vergessen würde. Denn er ließ mein Herz höherschlagen.

»Freut mich, dass ich dir gefalle«, hauchte ich, meine Nervenenden vibrierten vor Verlangen.

Er schnappte mich an der Taille und zog mich dicht an sich heran. »Oh, und wie du das tust. Du bist so umwerfend und verteufelt sexy, dass ich drauf und dran bin, dich auf der Stelle auf dein Bett zu werfen.« Er versenkte sein Gesicht in meiner Halsbeuge, küsste mich zärtlich.

»Ich hatte solche Sehnsucht nach dir«, wisperte ich, seine Lippen auf meiner empfindlichen Haut genießend.

»Jetzt bin ich da und mache den verpassten Nachmittag wieder gut, versprochen.«

Wir versanken in einem leidenschaftlichen Zungenkuss, als wären wir monatelang voneinander getrennt gewesen. Genussvoll zerzauste ich ihm das gestylte Haar. Ich tat das so gern, keine Ahnung, warum.

»Was machen wir jetzt?«, fragte ich an seinen Lippen und tastete nach seiner Hand, um ihn ins Zimmer zu ziehen. Ich wollte ihm die Entscheidung leicht machen, denn meine war längst gefällt. »Draußen regnet es. Was nun?«

Er übersäte meinen Mund, und auch mein Kinn mit winzigen Küssen, die wie Brausepulverperlen auf meiner Haut kitzelten – und blieb draußen vor der Tür stehen.

»Für meine Überraschung spielt das Wetter keine Rolle«, sagte er meine Zimmertür zuziehend, sodass wir beide nun draußen im Gang standen.

Obwohl ich mich riesig darauf freute, trauerte ich wehmütig unserer verpassten Kissenschlacht hinterher. Aber noch ehe ich etwas sagen konnte, dirigierte er mich schon vor sich her durch den Flur und die Treppe hinunter. Beide Hände lagen auf meiner Taille.

»Ich hoffe, du hast keinen Ausflug in euren Folterkeller geplant.« Ich hatte noch die Unterhaltung mit Sheila und Neil im Hinterkopf.

»Für wen hältst du mich?«, fragte er gespielt empört, während wir die letzte Stufe nahmen.

»Für einen Verführer«, sagte ich heiser und schloss die Augen, als er an meinem Ohrläppchen knabberte.

»Ihr zwei, nehmt euch ein Zimmer«, hörte ich eine Frau sagen und entdeckte Amy zusammen mit Eugenie bei der Sitzgruppe. Die beiden grinsten uns breit an.

Kayden ließ von mir ab. Ausgerechnet jetzt, ich war an dieser Stelle noch nicht wunschlos zufriedengestellt gewesen.

»Wir sind schon weg«, sagte er, schnappte sich zwei gelbe Regenmäntel vom Tresen, und hielt mir einen hin.

Skeptisch betrachtete ich die Schutzkleidung. »Du willst bei dem Wetter echt nach draußen?«

»Für uns Iren gibt es kein schlechtes Wetter, nur schlechte Kleidung«, erwiderte er ohne eine Miene zu verziehen. Ein dröhnender Donnerschlag unterbrach unsere Unterhaltung, der das ganze Haus zum Beben brachte. Von einem Schrei begleitet, warf ich mich in seine Arme. Nur da fühlte ich mich sicher.

»Ist das tatsächlich dein Ernst?«, fragte ich kaum hörbar. »Die Blitze werden uns grillen.«

Wie zum Beweis zuckte es hell vor den Fenstern, gleich darauf folgte ein weiterer Donnerschlag.

»Wir gehen nur ums Haus, das ist alles«, beruhigte er mich, und streichelte meinen Rücken.

»Okay«, stimmte ich schließlich zu, ich wollte keine Spaßbremse sein. Obwohl ich Kayden vertraute, war ich nervös aber gleichzeitig auch neugierig. Jetzt wollte ich unbedingt wissen, wohin er mich entführen würde, an welchen besonderen Ort, und was mich dort erwartete.

Kayden warf sich den ersten Regenschutz über, und half mir dann in den anderen gelben Plastikmantel. Sorgfältig zog er den Reißverschluss ganz nach oben, ehe er mir die Kapuze überstülpte.

»Bereit?«, fragte er und fasste mich bei den Oberarmen.

»Bereit, Sir«, erwiderte ich im Militärtonfall und salutierte zum Spaß.

* * *

Nach einem kurzen Spurt durch den peitschenden Regen erreichten wir die Scheune, die neben dem Stall stand, bevor der nächste Blitz über den Himmel zuckte. Kayden stieß die schwere verzogene Holztüre auf, und ließ mich als erste hinein. Wasser tropfte von meiner Plastikkapuze auf meine Nase.

Ich ging ein paar Schritte ins Innere und *Wow!* Um ehrlich zu sein, hatte ich mir ja schon ein paar Dinge ausgemalt, die Kayden heute vorhaben könnte, aber das übertraf meine Vorstellung bei weitem. Mitten im Heu hatte Kayden eine karierte Decke für ein Picknick ausgebreitet, auf der allerhand Leckereien standen. Zusammen mit einer Flasche Sekt und hohen Gläsern. Aber das Faszinierendste war das Lichtermeer. Kayden hatte überall LED-Teelichter und elektrische Kerzen aufgestellt, die wie echte Flammen flackerten, was der rustikalen Scheune ein romantisches Ambiente verlieh. Rund um die Decke hatte dieser Mann sogar pinkfarbene Rosenblätter verstreut.

Der aromatische Duft des getrockneten Grases stieg mir in die Nase und ich inhalierte tief.

»Gefällt es dir?«, hörte ich Kayden hinter mir fragen. Er langte um mich herum und zog den Reißverschluss meiner Jacke nach unten.

»Es ist wunderschön.« Ich hielt inne, sah mich noch einmal um, konnte gar nicht fassen, dass Kayden so etwas Süßes für mich getan hatte. »Ich bin geplättet.«

»Freut mich, dass es dir gefällt.« Er half mir aus dem Plastikmantel und warf ihn über einen Strohballen, sein eigener flog hinterher.

Ich drehte mich zu ihm um, in meinem Herzen summte und surrte es, als würden kleine Insektenschwärme darin Sturm fliegen. Kayden schenkte mir ein absolut umwerfendes Lächeln. Dunkle, verführerische Sünde spiegelte sich in seinen Augen, und in diesem Moment wusste ich definitiv, dass ich mich heillos und Hals über Kopf in diesen Mann verliebt hatte. Ich wollte ihn so sehr, nicht nur für ein paar Tage, sondern für länger – vielleicht sogar für immer. Aber das laut auszusprechen, traute ich mich nicht, denn um ehrlich zu sein, hatte ich immer noch keinen blassen Schimmer, wie Kayden zu mir stand. War ich immer noch der Urlaubsflirt oder sah auch er inzwischen mehr in mir? Unwillkürlich dachte ich an die vergangenen Tage zurück, daran wie viel sie mir bedeuteten, weil jeder einzelne so besonders gewesen war, und die Zeit, die ich mit ihm verbrachte, etwas mit mir anstellte.

»Bist du hungrig?« Er deutete mit dem Kinn zur Decke, aber ich nahm sein Gesicht in beide Hände. Unsere Blicke verhakten.

»Du siehst mich an, als wäre *ich* das Picknick für dich«, sagte er leise. Zu meiner Freude klang er begeistert.

»Ich bin auch hungrig nach dir, Mister Graham. Ich kann mich bloß noch nicht entscheiden, ob du meine Vorspeise, mein Hauptgericht oder mein Nachtisch sein wirst.«

»Am besten genau in dieser Reihenfolge«, raunte er mit einem halben Grinsen auf den Lippen. Er stand groß und breitschultrig vor mir, war umwerfend erotisch, und ich dankte dem Himmel samt Kaydens Ahnen für die Existenz dieses Traummanns. Mal ganz ehrlich: Welche Frau würde an meiner Stelle anders reagieren? Bei seinem Anblick lief mir sprichwörtlich das Wasser im Mund zusammen. Er war ein Sahneschnittchen, ein Appetithäppchen, die Kirsche auf meiner Torte, die fleischgewordene Sünde an der ich solange naschen würde, bis man mich aus dem Paradies verbannte.

Kayden lotste mich an der Hand zum Picknick und wir ließen uns ins weiche Heu fallen. Ich legte mich auf die Seite und stützte den Kopf ab, in dieser Position formte sich mein Körper zu ein paar sexy Kurven. Währenddessen nahm Kayden die Sektflasche und ließ den Korken knallen, etwas Flüssigkeit sprudelte heraus, ehe er hastig die Gläser füllte, und mir eins reichte.

Wir ließen sie aneinander klirren, sahen uns tief in die Augen, und ich versank im himmelblau seiner Iriden.

Ich nahm einen Schluck, die Kohlesäurebläschen stiegen mir die Nase hoch, sodass ich kurz vor einem Niesanfall stand.

»Habt ihr Edward gut in seinem neuen Zuhause abgeliefert?«, fing ich ein Gespräch an.

Kayden nippte an seinem Sekt. »Ja, er hat es dort wirklich gut. In der Herde gibt es auch ein paar ältere Ponys und das erste Beschnuppern verlief schon mal positiv. Demnächst wird er dann zum ersten Mal in seinem Leben zusammen mit den anderen Pferden über die Koppel galoppieren.«

Mein Herz füllte sich mit Wärme. »Das hat er allein euch zu verdanken.«

»Nicht nur uns«, wehrte er kopfschüttelnd ab, und ich liebte ihn für seine Bescheidenheit gleich noch mehr. »Den größten Anteil daran hatte Rheena, und auch Edwards neue Besitzer sollten wir nicht vergessen. Bei uns hat er ja nur einen kleinen Zwischenstopp eingelegt. Trotzdem sind wir alle froh und sehr erleichtert, dass er auf seine alten Tage nun ein so schönes Zuhause gefunden hat.«

»Bedien dich.« Kayden reichte mir einen leeren Teller und deutete auf die Käseplatte, die mit Weintrauben und Walnüssen dekoriert war. Daneben stand ein Teller mit belegten Sandwiches, sowie ein Schälchen mit Oliven und kleine Pizzamuffins, bei denen mir allein vom Anblick das Wasser im Mund zusammenlief. Dazu noch gegrillte Riesengarnelen und eine Schüssel mit Hummus, um die Fladenbrotdreiecke und Babykarotten zum Dippen drapiert waren. Als Nachtisch lockte ein leckerer Cheesecake sowie eine Schüssel gefüllt mit in Schokolade getauchte Erdbeeren.

»Wer soll das alles essen?«, fragte ich, während ich mir

reichlich von den ganzen Köstlichkeiten auflud. »Bis wir das alles verputzt haben, ist mein Urlaub wahrscheinlich zu Ende«, spielte ich völlig harmlos, wie ich fand, auf meine baldige Abreise an. In der stillen Hoffnung, Kayden möge die Gelegenheit nutzen, und das Thema aufgreifen. Oder mich wenigstens bitten, meinen Aufenthalt noch ein wenig zu verlängern. Irgendwas, an das ich mich klammern konnte. Das mir Hoffnung gab, wir würden am Ende nicht für immer auseinandergehen. Ich erträumte mir eine Geste, die mir zeigte, dass auch er mich vermissen würde. Ich wünschte es mir sogar so sehr, dass mein Herz schmerzte.

Er nahm ein Käseröllchen von der Platte und biss die Hälfte ab, schob sich noch eine Traube in den Mund. »Keine Sorge, das verputzen wir schon. Ich hab seit dem Frühstück nichts mehr gegessen und bin am Verhungern.«

Ich setzte mich in den Schneidersitz und nahm meinen Teller auf den Schoß, biss von dem leckeren Thunfischsandwich ab. »Hmm, das schmeckt so genial. Hast du das alles vorhin noch rasch gezaubert?«

»Ian hat mir ein bisschen geholfen, die Pizzamuffins hat er gebacken«, gab er zu. »Aber die Sandwiches und die Käseplatte hab ich gemacht.« Er klopfte sich auf den Brustkorb.

»In dir stecken ungeahnte Qualitäten. Eigentlich sollte ich dich behalten.« Mein Puls pochte im Hals, während ich mir äußerlich nicht anmerken ließ, welch heller Aufruhr in meinem Inneren herrschte.

»Als dein Koch oder dein Lover?«

Obwohl ich ihm schon am Tonfall anhörte, dass er scherzte, wurde ich ernst. Ich biss mir auf die Unterlippe, um mich selbst vor einer riesengroßen Dummheit zu bewahren, aber es nutzte alles nichts. Mein Mund war mal wieder schneller als mein Gehirn.

»Ich liebe dich …«

Kayden zuckte zusammen, und ich bekam einen Heidenschiss.

»Für deine Qualitäten in der Küche, also stell mich besser nicht vor die Wahl«, fügte ich hastig hinzu, als wollte ich nie etwas anderes sagen, und überspielte meine unüberlegte Dummheit mit einem dämlichen Kichern. Unwillkürlich senkte ich die Lider, konnte seinem intensiven Blick nicht standhalten. Ich biss ein Eckchen von meinem Sandwich ab, um mich irgendwie zu beschäftigten. Kaute und kaute, es ließ sich nicht schlucken, meine Speiseröhre blockierte. Binnen Sekunden kühlte sich die Atmosphäre zwischen uns um mehrere Grade herunter.

Idiotin, schimpfte ich mich in Gedanken. *Machst einem Kerl, den du seit ein paar Tagen kennst, eine Liebeserklärung. Wie bescheuert bist du eigentlich? Wenn du ihn vergraulen willst, mach nur weiter so, June.*

Kayden setzte sich aufrecht hin, räusperte sich. »Du hast mein Hummus noch gar nicht probiert. Wenn du davon gekostet hast, willst du mich wahrscheinlich sogar auf der Stelle heiraten.« Er lachte, aber es klang gezwungen und ich lachte genauso unecht mit.

Ich nahm eine Babykarotte, tunkte sie in das Kichererbsenmus, und biss ab.

»Mmm, fantastisch. Du kannst das Aufgebot bestellen«, spielte ich mit.

Kaydens angespannte Haltung lockerte sich ein wenig, er betrachtete mich. Seine Miene verriet nicht, was in ihm vorging.

»Ich glaube, du wirst mir fehlen, Brit«, sagte er mit Wehmut im Unterton und seine Worte ließen mein Herz vibrieren.

Ich würde ihm fehlen. Also stellte er sich auf Abschied ein – höchstwahrscheinlich sogar auf endgültigen Abschied. Ihm kam nicht mal ein: *Lass uns in Kontakt bleiben* über die Lippen. Autsch!

»Nun, ja«, fing ich an, und holte tief Luft. Meine Finger zitterten verräterisch. Ich wollte nicht schon wieder von einem Mann geghostet werden, aber Kayden bedeutete mir inzwischen so viel. Mir wurde klar, dass sich die Gefühle, die ich für ihn entwickelt hatte, nach meiner Abreise nicht einfach in Luft auflösen würden. »London ist keine Weltreise entfernt.«

Jetzt war es raus. Meine eigenen Worte hallten wie Kanonenschläge in mir wider. Dumm. Dümmer. June Mitchell. Andererseits mussten wir doch irgendwann mal wie zwei Erwachsene über unser Verbindung reden. Wir verbrachten so viel Zeit zusammen, verstanden uns so gut. Ich könnte mir niemals verzeihen, es nicht wenigstens versucht zu haben. Mehr als nein sagen, konnte er nicht, aber genau davor hatte ich tierischen Schiss.

Sein Blick schweifte zur Seite, er zupfte eine Weintraube ab und warf sie sich in den Mund, ließ sich Zeit mit einer Antwort, während ich dasaß und fast starb. Inzwischen rechnete ich mit dem Schlimmsten. Einer eiskalten Abfuhr.

20

KAYDEN

»Wir werden sehen.« Hatte ich das tatsächlich laut gesagt? Warum? Ganz ehrlich, dass June so deutlich werden würde, hatte ich nicht erwartet. Selbstverständlich war mir klar, was sie von mir hören wollte. Immerhin war ich kein Vollidiot. Außerdem hatte ich diese Frau mit einer romantischen Geste nach der nächsten überrascht, und auf ihr Herz abgezielt. Was hatte ich mir nur dabei gedacht? Und jetzt? Ich war total im Arsch.

Was sollte ich bloß tun? June legte ihr Sandwich zurück auf den Teller, als wäre ihr der Appetit vergangen. Selbst traurig und enttäuscht, sah sie unfassbar süß aus, so umwerfend sexy, und ein Teil von mir wollte tatsächlich nicht, dass sie wieder aus meinem Leben verschwand.

Diese Frau war nicht nur der fleischgewordene Traum meiner schlaflosen Nächte, sie war auch ein Mensch, der mir mit ihrer klugen und witzigen Art jeden Tag aufs Neue den Tag versüßte.

Ihre bernsteinfarbenen Augen schienen mich zu durchleuchten. Sämtliche meiner dunklen Geheimnisse zu entschlüsseln, die tief in meiner Seele schlummerten, und normalerweise keinem zugänglich waren. Dennoch konnte ich ihr nicht sagen, was sie hören wollte. Verdammt noch mal! Meine Gefühle veränderten sich mit so rasender Geschwindigkeit, dass mir fast schwindelig wurde. Dabei wollte ich sie anfangs doch nur flachlegen.

»Wir werden sehen«, wiederholte sie meine Worte, ein harter Zug legte sich um ihren Mund. Ich kam mir wie ein Arschloch vor.

»Hey, halb so wild. So läuft das mit Urlaubsflirts nun mal, nicht wahr? Man genießt die Ferien miteinander, bevor jeder in seinen Alltag zurückkehrt.« Sie wurde ganz quirlig, fuchtelte mit beiden Händen herum, bis ihr Glas kippte. Der Inhalt ergoss sich ins Heu.

»June …«, fing ich von meinem schlechten Gewissen zerfressen an, aber sie hob abwehrend eine Hand.

»Nein, alles gut.« Sie nahm den Sektkelch und hielt ihn mir hin. Also griff ich nach der Flasche und goss so schwungvoll nach, dass die Flüssigkeit bis hoch zum Rand schäumte.

»June …« setzte ich erneut an, weil ich die Sache irgendwie klären wollte. Schon wieder unterbrach sie mich mit einer energischen Geste.

»Mach kein Drama draus, Kayden, bitte.« Sie flehte fast, trank ihr Glas in einem Zug leer.

»Okay.« Ich nippte an meinem Sekt, das Zeug schmeckte schal. So schal wie meine Ausreden. Verdammter Mist, ich war mit meiner Mission echt erfolgreich gewesen. Womit ich allerdings nicht gerechnet hatte, war, dass ich mich tatsächlich in diese freche Britin verlieben könnte. Ich Vollidiot. Fuck! June war auf der Suche nach etwas, das ich ihr nicht geben konnte. June suchte Liebe. Ich hätte von Anfang an ehrlich zu ihr sein müssen, ihr klarmachen sollen, dass unsere gemeinsame Zeit definitiv ein Verfallsdatum hatte. Aber so simpel war die Sachlage nicht mehr. Allein der Gedanke an Abschied zog mir die Kehle zu. Trotzdem! *Kayden, sei jetzt vernünftig.* Unsere Verbindung war von Anfang an nicht auf Dauerhaftigkeit ausgelegt gewesen, schlicht und ergreifend, weil sie es nicht sein durfte. Seit Danas Tod hatte ich keine Gefühle mehr in eine Frau investiert, und das aus einem simplen Grund: Eine neue Liebe zu finden, erschien mir vollkommen absurd.

Mehr als eine Affäre war bei mir nicht drin – dachte ich zumindest mal. Dem Sex mit June maß ich viel zu viel Bedeutung bei, denn er beschwor die ganz großen, wichtigen Gefühle herauf. Gefühle, vor denen ich mich seit zwei Jahren erfolgreich abschottete. Andererseits wollte ich die mit June verbleibende Zeit nicht ruinieren. Ich wollte nicht reden, sondern diese hübsche Frau in meinen Armen halten, sie verwöhnen und jeden Zentimeter ihres Körpers genießen. Statt zu reden, wollte ich sie lecken, sie streicheln, June mit meiner Zunge in den Wahnsinn treiben und mit ihr schlafen. Wieder und wieder. Bis wir uns erschöpft aneinanderklammerten und sie in meinen Armen einschlief. Scheiße, ich konnte Sex und meine Gefühle für diese Frau nicht mehr voneinander trennen. Es funktionierte nur noch im Doppelpack. Immer wieder erwischte ich mich bei dem Gedanken, sie könnte tatsächlich noch etwas länger bei mir bleiben, und allein die Vorstellung verursachte wahnsinniges Herzklopfen. Warum ließ ich es nicht wenigstens auf einen Versuch ankommen? Was konnte schon groß passieren? Wir könnten es langsam angehen lassen, mussten nichts überstürzen. *Junge, hast du keine Augen im Kopf? Vergiss mal deine tausend Ausreden.* June saß vor mir und sah hinreißend aus, hocherotisch und gleichzeitig voll enervierender Schüchternheit, die mich zermürbte, mich in meine Schranken wies und mir die Grenzen meiner Belastbarkeit aufzeigte. Ich wollte sie so sehr.

»June.« Ich stellte mein Glas beiseite und rutschte näher.

Wie, zum Teufel, sollte ich jemals aufhören, an diese Frau zu denken? Sollte sie mich verlassen, war es dieses Mal allein meine Schuld.

»Okay, lass uns in Kontakt bleiben. Ich habe zwar ehrlich gesagt keine Ahnung, wohin diese Sache mit uns beiden führen wird, aber ich steh auf Überraschungen – und du offensichtlich auch.« Ich küsste sie auf die geschwungenen Lippen, zärtlich und schmeichelnd, stahl mir einen Kuss nach dem nächsten, fühlte, wie sie in meinen Armen weich wurde. Sie schmeckte fantastisch, nach Erdbeeren und Schokolade, verführerisch und zartschmelzend. Die süßeste Versuchung, die mir seit langem über den Weg gelaufen war, und ich konnte ihr nicht mehr länger widerstehen.

»Bist du sicher?«, fragte sie an meinem Mund und zwischen meinen unersättlichen Küssen. Ihre Arme lagen längst um meinen Nacken, ihr Brüste strichen längst über meinen Oberkörper. Verführerisches kleines Biest. Ich liebte es.

»Wenn du so weitermachst, wirst du mich garantiert nicht mehr los«, raunte ich ihre Lippen liebkosend. »Selbst schuld, du hast es nicht anders gewollt.« So funktionierte das Gesetz der Anziehung eben, wir hatten sowieso keine Chance. Es gab nur den Weg in dieselbe Richtung, und wir beide wussten das.

Es gefiel mir, am Ende die hübsche June überrumpelt zu haben, sie aus dem Gleichgewicht gebracht zu haben. Und es gefiel mir, wie ihre Halsschlagader unter meinen Fingerspitzen heftig pulsierte. Es gefiel mir sogar noch viel mehr, dass ich sie gleich auf die schonungsloseste Weise vernaschen würde.

Ihr Kichern rieselte mir wie Hagelzuckerkörnchen die Wirbelsäule entlang.

»Du willst mir bloß an die Wäsche, das ist alles«, durschaute sie mich halbwegs. In diesem Moment mit Sicherheit, ansonsten war ich scharf auf das Gesamtpaket.

»Du denkst viel zu schlecht von mir.« Meine Hand versank

im tiefen Ausschnitt ihres Tops, ich schob mich unter den störenden BH und zwirbelte genüsslich ihre steinharte Brustwarze, entlockte ihr ein wohliges Stöhnen. Himmel, ihre Haut war seidenweich und sie duftete nach Vanillelotion.

»Du Aufreißer.« Sie krabbelte auf meinen Schoß, rutschte ganz nah an mich heran, legte den Kopf in den Nacken und verdrehte genüsslich die Augen.

»Nur bei dir. Ich bin *dein* Aufreißer«, stellte ich klar. Es gab kein Zurück mehr.

Wir versanken in einem spielerischen Zungenkuss, der eine gewisse Leichtigkeit in sich trug. Ich küsste diese Frau einfach wahnsinnig gern, viel zu gerne um in Zukunft darauf verzichten zu können. Jeder kleine Seufzer, den sie von sich gab, heizte mich weiter auf, spornte mich an. Unser Kuss gewann an Tiefe und Bedeutung, je länger er andauerte, je mehr June das Ruder übernahm und mein System kaperte.

»Was machst du nur mit mir?«, japste ich.

»Ich sorge nur dafür, dass du mich auf jeden Fall vermissen wirst.« Ihre Hand strich über meinen Bauch nach unten.

»Baby«, japste ich. »Wir sehen uns garantiert schon sehr bald wieder.«

Das Strahlen ihrer Augen war atemberaubend. Ein durchschnittlicher Kerl wie ich hatte tatsächlich das Herz dieser außergewöhnlichen Frau gewonnen? June begehrte mich. Sie wollte mich, und ich strengte mich besser an, um mich ihrer würdig zu erweisen.

21

JUNE

Ich spießte eine große Ladung Heu auf die Mistgabel, warf es mit Schwung in die Luft, und ließ alles auf Kayden regnen. Der war damit beschäftigt, den Eingangsbereich der Scheune mit einem groben Straßenbesen von den Spuren unseres gestrigen Picknicks sauber zu fegen.

»Hey. So werden wir nie fertig.« Mit einer Hand wischte er getrocknete Grashalme aus den Haaren und von seinem schwarzen Hemd, während ich ihn auslachte.

»Du sollst das Heu in die Schubkarre laden und nicht wieder in der ganzen Scheune verteilen.«

Ich gab ihm einen Kuss auf die Lippen. »Tut mir leid, aber du siehst so sexy aus, mein kleiner Waldschrat«, sagte ich kichernd und zupfte ihm ein paar Halme aus den Haaren. Unsere geniale Liebesnacht vibrierte immer noch in meinem ganzen Körper und Kaydens heißer Anblick stachelte meine Lust immer wieder aufs Neue an. Ich konnte einfach nicht genug von ihm bekommen. Obwohl wir uns gestern Nacht stundenlang wie verrückt geliebt und kaum Schlaf abbekommen hatten, fühlte ich mich hellwach, frisch und munter und zu jeder Schandtat bereit. Besonders zu einer …

Er schnappte mich um die Taille und zog mich dicht an sich heran. Ein leises Knurren verließ seine Kehle. »Du bist so atemberaubend, ich könnte dich schon wieder vernaschen. Aber die Tiere warten auf ihr Futter, Miss Mitchell. Ein bisschen mehr Selbstkontrolle, wenn ich bitten darf.«

Gespielt beschämt senkte ich die Lider. »Es tut mir leid. Ich bin ein böses Mädchen … Ein böses Mädchen, das du bestrafen solltest.« Ich biss mir auf die Unterlippe, unterdrückte ein Grinsen, um in meiner Rolle zu bleiben.

Er hob eine Augenbraue. »Echt jetzt?«

Mit dem Zeigefinger zeichnete ich die feinen Linien an seinem Hals nach, leckte über seinen Kehlkopf. »Oh, ja. Ich bin sogar sehr böse.«

»Du willst also, dass ich dich bestrafe?«, sagte er dunkel und heiser.

»Ja«, hauchte ich und schloss genüsslich die Augen, als er meinen Hals mit seinen göttlichen Lippen berührte, mir wohlige Gänsehaut verschaffte. »Weil du eben so ein böses Mädchen warst?«, hakte er noch einmal nach.

»Du kannst mit mir machen was du willst«, sagte ich, in der Hoffnung, seinem Einfallsreichtum ein wenig Schwung verliehen zu haben. Immerhin war er der Betreiber eines Swingerclubs und laut Harper konnte man sich von den Jungs jede Fantasie erfüllen lassen.

»Wenn das so ist …«, raunte er und streichelte die Rundung meines Hinterns entlang, dass mir die Knie weich wurden und Hitzeschübe meinen Rücken malträtierten. »Dann darfst du heute zur Bestrafung Charly füttern.«

Empört stieß ich ihn an der Schulter von mir, und erntete ein amüsiertes Lachen. »Du Mistkerl.«

Ich hab nichts gegen Rollenspielchen, ganz ehrlich nicht.« Er zog mich am Saum meines Shirts wieder näher an sich heran. »In Wahrheit steh ich total drauf, wenn du mein böses Mädchen bist.« Zärtlich knabberte Kayden an meinem Ohrläppchen.

Ein wohliger Seufzer schlüpfte mir über die Lippen.

Jemand räusperte sich hinter uns, und eine Männerstimme sagte: »Entschuldigung.«

Ich zuckte zusammen und wandte hastig den Blick zum Scheunentor. Welcher der vermaledeiten Graham Brüder wagte es diesmal, uns ausgerechnet im himmlischsten Moment zu stören?

Kayden ließ mich los, während ich überrascht Ashton ausmachte, neben dem ein vornehm gekleideter älterer Herr mit grauem Haar stand. Was wollte Ashton denn frühmorgens hier? Oh, nein. Hoffentlich kam er mich nicht besuchen. Ich hatte noch gar keine Zeit gehabt, Kayden zu erzählen, dass ich ihn im Green Shamrock getroffen hatte. Ehrlich gesagt, hatte ich gestern Nacht besseres zu tun gehabt.

»Kayden.« Der ältere Mann stützte sich auf einem schwarzen Gehstock mit silbernem Griff am. »Wie ich sehe, bist du beschäftigt.« Er musterte mich wie einen überfahrenen Kadaver am Straßenrand.

»Carl.« Kayden nickte ihm zu, würdigte Ashton keines Blickes. »Was verschafft mir die Ehre deines Besuches?«

»Eine Angelegenheit, die wir besser unter uns dreien besprechen«, erwiderte Carl.

»Guten Morgen, June«, grüßte Ashton mich mit einem freundlichen Lächeln.

»Guten Morgen.« Mein Blick wechselte zwischen den beiden Männern. Ich machte eine gewisse Ähnlichkeit aus. Sie hatten dieselbe Nasenform und auch die auffälligen aristokratischen Gesichtszüge mit der schmalen Kinnpartie.

»Darf ich dir meinen Vater vorstellen?« Er deutete auf den Herrn neben ihm. »Carl O'Shea.«

»Sehr erfreut, June Mitchell«, stellte ich mich vor, und legte gleich noch ein überflüssiges: »Ich komme aus London«, nach.

»Miss«, sagte Carl statt einer Begrüßung. »Wenn es Ihnen nichts ausmacht, würde ich gern allein mit meinem Schwiegersohn sprechen.«

Oh. Fragend sah ich Kayden an. Warum hatte er bisher mit keinem Wort erwähnt, dass Ashton sein Schwager war? Auch Ashton hatte gestern nichts gesagt, als ich ihn gefragt hatte, woher die zwei sich kannten. Warum machten beide so ein Geheimnis um ihr Verwandtschaftsverhältnis?

»Ich habe nicht viel Zeit. Die Tiere wurden noch nicht gefüttert«, sagte Kayden, dessen Sehnen sich im Hals anspannten und sichtbar hervortraten. »June hilft mir bei der Arbeit.«

»Es dauert nicht lang«, beschwichtigte Ashton ihn. »Aber diese Unterredung ist unaufschiebbar.«

Kayden ballte die Hände neben den Oberschenkeln zu Fäusten. »Ich wüsste nicht, was wir drei noch zu besprechen hätten. Außerdem habe ich keine Geheimnisse vor June.«

»So sieht also ein trauernder Witwer aus?« Carl klopfte mit seinem Stock auf den Boden. »Schon wieder die Nächste im Arm.«

»Pass auf, was du sagst, alter Mann«, verwarnte Kayden ihn und knirschte mit den Zähnen.

Ashton stellte sich zwischen die beiden und breitete die Arme aus. »Wir sind nur hier, um über eine geschäftliche Angelegenheit mit dir zu reden. Dein Privatleben geht uns nichts an, Kayden.«

»Sehr richtig. Es geht euch sogar einen Scheißdreck an.« Kaydens Stimme war durchtränkt von Wut. »Warum schert ihr euch nicht zurück auf euren Landsitz, verprasst eure Millionen und lasst mich und meine Brüder in Ruhe?«

»So läuft das nicht, Kayden, und das weißt du.« Ashton schüttelte den Kopf.

»Du ziehst das Andenken meiner Tochter nicht in den Schmutz«, rief Carl, woraufhin Kayden eine derbe Beleidigung ausstieß.

»Ich gehe nach draußen«, sagte ich und beschwichtigte Kayden mit einem mahnenden Blick, als er nach meiner Hand fassen wollte. Es war mehr als offensichtlich, dass ich störte. Was immer die drei miteinander zu klären hatten, ging mich sowieso nichts an. »Wenn du mich suchst, ich bin bei Mini-June.«

»Okay«, stimmte Kayden nach kurzem Zögern zu. »Es tut mir leid. Ich bin in zehn Minuten bei dir«, fügte er hinzu, und gab mir einen raschen Kuss auf die Lippen. Carls Stirn legte sich in tiefe Falten.

Hastig machte ich mich auf den Weg nach draußen und zog das schwere Scheunentor hinter mir zu.

22

KAYDEN

WAS WOLLTEN die beiden ausgerechnet jetzt von mir? Wir hatten uns schon seit Jahren nichts mehr zu sagen. Es musste etwas Schwerwiegenderes vorgefallen sein, wenn mir der Patriarch der Familie höchstpersönlich einen Besuch abstattete. Normalerweise schickte er seinen Laufburschen. Ashton. Bestimmt hatte der Drecksack ihn aufgestachelt, nachdem er mich zusammen mit June in Cork getroffen hatte.

»Was willst du, Carl?« Ich verzog keine Miene. »Mach es kurz.«

»Du bist noch genauso unverschämt und respektlos wie damals.« Carls Gesicht lief rot an. »Dana hätte dich nie heiraten dürfen. Ich hätte das verhindern sollen.«

»Dana und ich haben uns geliebt«, brüllte ich ihn an, eine dunkle Woge von Wut und Hass schlug in mir hoch, bebte und pulsierte in jeder Faser meines Körpers. Dieser Scheißkerl hatte null Ahnung wie besonders unsere Liebe gewesen war.

»Hätte sie nicht mit dir in dieser Bruchbude gehaust, sondern wäre bei ihrer Familie, in unseren Kreisen geblieben, hätten wir ihre Krankheit bestimmt viel früher erkannt und sie retten können. Du hast sie auf dem Gewissen, Kayden.« Carl deutete mit dem ausgestreckten Arm auf mich, seine Unterlippe bebte. »Du allein, und kein anderer.«

»Dad«, sagte Ashton mit beruhigender Stimme. »Dana war erwachsen, sie hat ihre eigenen Entscheidungen getroffen. Aber deswegen sind wir doch auch gar nicht hier. Lass uns zum Wesentlichen kommen.« Er wandte sich mir zu. »Kayden, vorab ist es mir wichtig, dass du weißt: Wir hegen keinen Groll gegen dich.«

Carl grunzte abfällig.

Nach einem Seitenblick redete Ashton weiter. »Mein Vater ist ein wenig aufgebracht, uns alle hat Danas Tod sehr mitgenommen. Dich genauso wie ihre Familie. Trotz aller Meinungsverschiedenheiten, die wir hatten, haben wir dich damals bei dem Projekt unterstützt. Auf irgendeine Weise sollte ein Teil von meiner Schwester weiterleben. Wir wollten dafür sorgen, dass sich Danas größter Traum doch noch erfüllt. Dieser Gnadenhof für Tiere.«

»Für den ich und meine Brüder Tag und Nacht schuften, und uns den Arsch aufreißen.« Allein wir drei hielten Danas Traum am Leben, ihre Familie hatte lediglich das nötige Startkapital beigesteuert. Ich hätte die Kohle niemals annehmen dürfen.

»Wir durften eben mitansehen, wie hart du *schuftest.*« Abfällig betonte Carl das letzte Wort, seine Lippen verzogen sich zu einer Fratze. »Meine Tochter ist kaum unter der Erde und du holst dir ein Flittchen nach dem nächsten ins Bett.«

»Rede nicht in dieser Weise über June, verstanden?«, brüllte ich schon wieder. In Lichtgeschwindigkeit hatte ich jegliche Selbstkontrolle verloren. Dieser arrogante Sack schürte reinen Hass in mir.

»Und was ist mit meiner Tochter?«, wurde Carl ebenfalls laut. »Bedeutet sie dir gar nichts mehr?«

»Ich habe zwei Jahre um Dana getrauert. Tag und Nacht, in jeder Sekunde, die seit ihrem Tod vergangen ist.« Ich holte tief Luft, um mich so weit herunter zu kühlen, damit ich in normalem Tonfall weiterreden konnte. Wir machten sonst alles nur noch schlimmer. »Deine Tochter war die Liebe meines Lebens, und das weißt du ganz genau. Immerhin hast du sie aus deinem Haus geekelt, weil ich nicht gut genug für deine versnobte Familie war. Du hast ihr das Leben schwergemacht, Dana beschissene Ultimaten gestellt, aber es hat alles nichts genutzt.« Ich grinste Carl an, ein Gefühl von Genugtuung mischte sich unter meinen Zorn. »Trotzdem hat sie sich für mich entschieden, und nicht für dein Geld. Diese Niederlage kannst du einfach nicht verwinden, Carl. Nicht wahr?« Ich nickte ihm zu, der Kerl war in meinen Augen nichts anderes als ein mitleidserregender Wicht. »Du konntest sie mit deinen Schecks nicht unter Kontrolle halten, wie dir das bei deinem dressierten Sohn gelungen ist.«

Ashton rollte mit den Augen, aber ich machte weiter.

»Du hast Dana mit deinen Regeln und deinem Sturkopf eingeengt. Hast ihr die Luft zum Atmen abgeschnürt. Aber bei mir konnte sie frei sein. Ich habe Dana glücklich gemacht, sie geliebt, ihr jeden Wunsch von den Augen abgelesen, auch wenn wir jeden Penny umdrehen mussten. Sie hat mich sogar so sehr geliebt, dass sie mich geheiratet hat. Und diesen Schritt konntest du deiner Tochter nicht verzeihen. Nicht einmal zu unserer Hochzeit bist zu gekommen, und das hat Dana sehr traurig gemacht. Ihr eigener Vater wollte sie nicht zum Altar geleiten, sie nicht an mich übergeben. Du hast ihr deinen Segen verweigert. Das war deine verkorkste Rache, weil sie sich deinen Befehlen nicht unterworfen hat. Obwohl du so ein mieser Sack bist, hat sich Dana nichts sehnlicher gewünscht, als dich an ihrem Hochzeitstag an ihrer Seite zu haben. Bis zum Schluss hat sie gehofft, du würdest deine Meinung noch ändern. Aber du Sturkopf konntest nicht über deinen Schatten springen. Du hast Dana verstoßen und ignoriert, sie bestraft, weil sie nicht nach deiner Pfeife tanzen wollte. Kannst du dir das jemals verzeihen, Carl? Kannst du?«

»Halt den Mund, Kayden.« Carl umfasste den Griff seines Gehstocks so fest, dass seine Fingerknöchel hervortraten. »Wir beide sind fertig miteinander, Kayden. Ein für alle Mal. Dana hatte einen Besseren verdient als dich.«

Sein letzter Satz ruckte wie ein Dolchstoß durch mich hindurch. Denn es stimmte. Dana hatte einen Besseren verdient gehabt als mich. Einen Mann der sie beschützte, und dem sie vertrauen konnte, der in Krankheit und Gesundheit zu ihr stand. Einen Partner, bei dem sie sich nicht hinter dessen Rücken das Leben nehmen musste, weil er keinen blassen Schimmer gehabt hatte, wie es in der Frau, der er ewige Treue geschworen hatte, tatsächlich aussah.

»Dana hatte nur das Allerbeste verdient.« Ich ließ den Kopf hängen, fühlte mich ausgelaugt und schwach. Als Dana mich verlassen hatte, war auch ein Stück von mir gestorben. Alles kam wieder hoch, alte Narben brachen auf und mir wurde bewusst, dass sie nie vollständig verheilen würden, ganz egal, wie viel Zeit auch vergehen mochte. Konnte ich es June überhaupt zumuten, einen derart abgefuckten Partner wie mich an ihrer Seite zu haben? Ich war ein Wrack, total kaputt, irreparabel geschädigt.

»Ich weiß, wie viel Dana dir bedeutet hat«, sagte Ashton, sein Tonfall war gemäßigt, fast schon friedensstiftend. »Sie hat mir auch erzählt, wie sehr sie dich geliebt hat, Kayden. Du warst für sie da. Auch in Zeiten, in denen wir als Familie schlechte Entscheidungen getroffen haben.«

»Ash…«, fing Carl erbost an, aber sein Sohn legte ihm eine Hand auf die Schulter. »Es reicht Vater.« Er sah ihn durchdringend an. »Lassen wir die Vergangenheit ruhen. Nichts davon lässt sich rückgängig machen.«

Eine steile Falte bildete sich zwischen Carls Augenbrauen, aber er blieb still.

»Kayden«, machte Ashton weiter. »Wir sind aus einem anderen Grund hergekommen, als Schmutzwäsche zu waschen. Und der Grund ist leider nicht sehr erfreulich, für unsere Familie geradezu untragbar.«

»Und der wäre?«, Meine Halsschlagader pochte in einem Staccato, als stünde sie kurz vor dem Bersten.

Ashton atmete tief durch. »Ich will ehrlich sein. Du und deine Brüder, ihr wisst selbst, dass sich um euer Bed and Breakfast schon seit geraumer Zeit diverse Gerüchte ranken.«

»Nein, mir ist nichts bekannt.« Ich schüttelte den Kopf. Selbstverständlich war mir schon genügend Blödsinn zu Ohren gekommen, manches war haarsträubend, anderes Gerede kam allerdings bedenklich nahe an die Wahrheit heran. Solange wir jedoch nichts zugaben, handelte es sich lediglich um Tratsch. Ashton war allerdings eine völlig andere Hausnummer, der Kerl ließ sich nicht so schnell verscheißern. *Cool bleiben*, mahnte ich mich in Gedanken. *Bewahr einen kühlen Kopf, und lass dich nicht von diesem Winkeladvokaten in eine Falle locken.*

»Dann helfe ich dir gern auf die Sprünge, sollte dir das Gerede der Leute über eure Unterkunft tatsächlich entgangen sein«, machte Ashton weiter.

»Lass sie tratschen.« Ich zuckte die Achseln. »Wenn die Leute nicht über uns reden, tun sie es halt über jemanden anderen. Das nächste Mal vielleicht über dich.«

Ashton verzog keine Miene. In seiner grauen Anzughose und dem weißen Hemd, über dem er lediglich die passende Weste ohne Jackett trug, wirkte er semi-professionell. Halb Anwalt, halb guter Freund, dem man sich anvertrauen konnte.

Genau aus diesem Grund ließ ich mich von seinem Äußeren nicht blenden, blieb auf der Hut.

»Worauf willst du hinaus, Ashton?«

Er seufzte schwer, als würde ihm schwerfallen, was er mir mitzuteilen hatte. »Man erzählt sich, ihr führt einen Puff. Besser gesagt, ein Swingerhotel, wenn ich es mal salopp ausdrücken darf. Mit Partnertausch und erotischen Spielchen. Anscheinend treiben deine Gäste es kreuz und quer unter eurem Dach.«

»Keine Ahnung wovon du redest.« Ich schluckte, mein Mund wurde trocken.

»Tatsächlich?« Carl lachte auf. »Du bist ein verdammt mieser Schauspieler, Kayden.«

»Bisher hielt ich das Ganze auch für Gerüchte«, machte Ashton weiter. »Dummes Zeugs, das sich die Einwohner gegenseitig andichten, weil ihnen langweilig ist. Jeder fügt noch ein Schauermärchen hinzu, und bauscht alles ein wenig mit erfundenen Details auf. Aber gestern hatte ich eine Unterhaltung mit June.«

»Mit June?« Wollte der Kerl mich verarschen?

Ashton rieb sich mit dem Handrücken über das Kinn. »Sie hat dir nicht erzählt, dass wir uns gestern im Green Shamrock getroffen und einen Happen miteinander gegessen haben?«

»Du bist so unscheinbar und nichtssagend, Ashton. Mit Sicherheit hatte sie dich Minuten später schon wieder vergessen.«

»Lass diese Spielchen, Kayden«, fuhr Ashton mich an. »Die Sache ist ernst.«

Verdammt, was hatte June ausgerechnet bei diesem Typen verloren? Warum aß sie mit ihm, redete mit dem Wicht? Andererseits ging es mich auch nichts an, mit wem sich June unterhielt. Aber ausgerechnet mit ihm? Ich hielt nur mit Mühe die aufsteigende Wut unter Kontrolle. Obwohl es in meinem Bauch brodelte, ließ ich mir rein äußerlich nichts anmerken.

»Wir führen ein stinknormales Bed and Breakfast«, behauptete ich stur.

»Ihr führt ein Hotel für Swinger!« Ashtons Stimme schwoll an. »Du kannst mir eins glauben, Kayden: Unter normalen Umständen wäre es mir und meiner Familie herzlich egal, was die Graham Brüder treiben. Aber ihr werdet mit euren perversen Eskapaden nicht das Andenken meiner Schwester in den Schmutz ziehen. Einer geborenen O'Shea. June hat mir gestern einiges Interessantes erzählt. Zum Beispiel, dass deine Gäste extra für Sexabenteuer einchecken, ihr es kreuz und quer miteinander treibt und die Graham Brüder kräftig mitmischen mit ihrem *Unterhaltungsprogramm.*« Er malte Anführungszeichen in die Luft. »Du spielst uns den trauernden Witwer vor, während du dich im Stillen prächtig mit deinen Gästen amüsierst. Für diesen Sündentempel haben wir euch kein Geld gegeben.«

Mein Herz sank in den Magen und verklumpte zu einem schweren Stein, denn ich ahnte bereits, worauf dieses Gespräch hinauslaufen würde.

Ashton verschränkte die Arme vor der Brust, während sich sein Dad an diesen verfluchten Stock klammerte, mit dem ich die beiden am liebsten vom Grundstück jagen würde.

»Nach dem Tod meiner Schwester haben wir dir und deinen Brüdern mit fünfzigtausend Euro unter die Arme gegriffen. Geld, mit dem ihr Danas Traum verwirklichen solltet. Sie wollte diesen Gnadenhof so sehr, Dana hatte ein großes Herz für Tiere. Und was ist von ihren Plänen übriggeblieben? Ein Puff. Wir finanzieren dieses zwielichtige Swingerhotel nicht mit unserem Geld, das kannst du vergessen, Kayden.«

»Jeder einzelne Cent, den wir von euch bekommen haben, floss in die Tiere. Nichts davon haben wir für uns behalten.«

Das war die reine Wahrheit. Außerdem war die Kohle der O'Sheas sowieso schon längst verbraten. Wir hatten den Stall umgebaut, das Scheunendach abgedichtet. Allein das Material für die Renovierung hatte Unsummen verschlungen, obwohl wir die Arbeiten selbst erledigt hatten. Obendrein benötigten wir permanent Stroh, Heu und spezielles Futter für die unterschiedlichen Tierarten, die wir beherbergten. Das kostete richtig viel Geld. Auch der Tierarzt war regelmäßig da, um die Senioren unter ihnen zu behandeln, manche hatten alte Verletzungen, die medizinisch versorgt werden mussten, andere nahmen regelmäßig Medikamente ein. All das verschlang Unsummen. Die Fixkosten des Hotels waren in dieser Rechnung noch nicht mal inbegriffen. Wir lebten von der Hand in den Mund, jede zusätzliche Ausgabe konnte uns das Genick brechen. Zurzeit hielt uns das Geld, das wir mit den Swinger-Gästen verdienten, geradeso über Wasser. Und das auch nur, weil die Leute eben den dreifachen Preis für Ambiente, Diskretion und Dienstleistung bezahlten. Wir brauchten die Buchungen, waren auf unsere Klientel angewiesen. Sollte Ashton mir das Messer an die Brust setzen, war es mit dem *Swing to Heaven* samt Gnadenhof endgültig aus.

Verdammt, wieso hatte June bloß gequatscht? Welcher Teufel hatte sie geritten, ausgerechnet Ashton brühwarm alles über unser Geschäftsmodell zu verraten? Wir hätten ihr nicht vertrauen dürfen. Ich hätte auf mein anfängliches Bauchgefühl hören sollen. Warum hatte sie das gemacht? Dennoch traute ich June in den Tiefen meines Herzens nicht zu, dass sie uns absichtlich schaden wollte. Vielleicht bluffte Ashton auch nur? Immerhin war er ein ausgebuffter Anwalt, der dafür berüchtigt war, im Gerichtssaal Angeklagte und Zeugen auseinanderzunehmen.

»Ich will mein Geld zurück«, riss Carl mich mit eiskalter

Stimme aus meinen Gedanken. »Jeden einzelnen Cent und zwar auf der Stelle!«

»Unmöglich.« Ich schüttelte den Kopf, bleierne Angst erfasste meinen ganzen Körper. Wo sollten wir auf die Schnelle mit den vielen Tieren hin? »Wir haben das Geld nicht mehr, es wurde längst ausgegeben.«

»Dann wirst du es dir halt besorgen.« Carl fuchtelte in der Luft herum. »Von mir aus verkauft diese Bruchbude eben. Oder denkt euch irgendwas aus. Aber eins kann ich dir mit Sicherheit versprechen: Ich finanziere garantiert kein Swingerhotel, in dem sich irgendwelche Lustmolche amüsieren, und mache mich damit zum Gespött der Leute. Das kannst du vergessen!«

»Das kannst du uns nicht antun.« Ich räusperte mich, um meiner Stimme Kraft zu verleihen. »Wenn du das tust, ist der Gnadenhof Geschichte. Was passiert dann mit den Tieren? Mit Danas Traum?«

»Das ist mir gleichgültig.« Carls Augen wurden schmal. »Die Viecher sind sowieso nur Tarnung für eure perversen Spielchen, weiter nichts.«

»Kayden«, mischte sich Ashton ein. »Du weißt so gut wie ich, dass die Summe, die wir euch damals zur Verfügung gestellt haben, lediglich als Kredit gedacht war, den wir jederzeit zurückfordern können.«

»Damals meintet ihr noch, der Kredit wäre auf unbestimmte Zeit geliehen, und wir sollen uns keinen Kopf um die Rückzahlung machen.« Scheiße, ich hätte mich niemals auf dieses Geschäft mit den O'Sheas einlassen dürfen. Aber nach Danas Tod war ich völlig am Ende gewesen und wollte unseren Gnadenhof unbedingt am Laufen halten. Für Dana. Das Geld ihrer Familie war meine einzige Chance gewesen. Immerhin war Blut dicker als Wasser. Dachte ich jedenfalls. Selbstverständlich hatte der gewiefte Anwalt Ashton einen Vertrag aufgesetzt, der es ihnen ermöglichte, wieder an das Geld zu gelangen, wann immer es ihnen beliebte. Oder besser gesagt: Wann immer ich nicht spurte. Was mir zum damaligen Zeitpunkt egal gewesen war. Ich hatte eh keine andere Wahl gehabt. Tja, und jetzt standen wir da.

»Ihr habt vier Wochen Zeit, bis dahin ist das Geld auf meinem Konto, oder eure Bude wird euch unter dem Arsch weggepfändet.« Carl mahlte mit dem Kiefer, beim Reden versprühte er feine Spucketröpfchen.

»Ist das dann alles?« Ich straffte den Rücken, ließ mir meine Verzweiflung nicht anmerken.

»Ja.« Ashton nickte. »Glaub mir, Kayden. Es tut mir leid, dass es so weit gekommen ist. Ich wünschte, wir hätten dieses Gespräch nicht führen müssen.«

Meine hob das Kinn an. »Verpisst euch von meinem Grundstück – und zwar auf der Stelle!«

23

JUNE

Wow. Was für Neuigkeiten. Diese steinreichen O'Sheas waren die Familie von Kaydens verstorbener Frau. Wahrscheinlich waren sie deshalb nicht besonders begeistert gewesen, als sie Kayden und mich küssend und in inniger Umarmung vorgefunden hatten. Andererseits: Sein tragischer Verlust war Jahre her, Kayden war Mitte zwanzig und irgendwann musste ein Mensch auch mal wieder nach vorn schauen.

Worüber die drei wohl redeten?

Ich betrat den Stall und ging nach hinten zu dem Verschlag, in dem Daisy und ihre Tochter untergebracht waren, und öffnete die hölzerne Tür.

»Mini-June«, lockte ich das Kälbchen mit sanfter Stimme und ging in die Hocke. Sofort stakste das Kleine zu mir und ließ sich die Wangen kraulen. Wir wurden von der Mama misstrauisch beäugt.

»Ich tue deinem Baby nichts«, beruhigte ich die Kuh, als sie mit dem Vorderfuß stampfte. »Du bist ja so zuckersüß«, wandte ich mich wieder dem Kälbchen zu, mein Herz ging richtig auf. Muttergefühle stiegen in mir hoch und zum ersten Mal in meinem Leben wünschte ich mir ein Baby.

»Willst du mit mir nach London kommen? Ja, willst du?« Als ich das weiche Fell am Hals streichelte, lehnte sich das Kalb an mich, worauf ich fast das Gleichgewicht verlor und mich mit einer Hand am Boden abstützen musste. »Nicht so stürmisch, junge Dame«, sagte ich lachend, und umarmte das Tierchen. »Ich werde dich vermissen«, flüsterte ich Mini-June ins Ohr. »Leider kann ich dich nicht mitnehmen. Aber wenn ich dich das nächste Mal besuchen komme, springst du bestimmt schon draußen mit den anderen Tieren über die Weide. Nimm dich bloß in Acht vor Charly, hörst du, meine Süße. Das ist ein ganz übler Bursche, kein guter Umgang für eine junge Lady.«

Als Mini-June versuchte an meiner Schulter zu nuckeln, rappelte ich mich wieder auf die Beine. »Ich bin die falsche Tankstelle, meine Hübsche.«

Daisys lautes Muhen erschreckte mich, sie reckte den Hals, was ich als Zeichen deutete, wohl nicht mehr länger willkommen zu sein.

»Ich lass euch ja schon in Ruhe«, sagte ich zur Kuh, die immer unruhiger wurde und huschte aus dem Verschlag, verschloss die Tür sorgfältig, und ging wieder aus dem Stall.

Draußen war weit und breit nichts von Kayden zu sehen. Wahrscheinlich unterhielt er sich noch mit den Männern, und ich wollte nicht stören.

Ein kühler Wind pfiff von der See her, und ließ mich in meinem dünnen schwarzen Shirt frösteln, weshalb ich beschloss, mir rasch meine Strickjacke aus dem Zimmer zu holen. Ich eilte ums Haus, betrat das Gebäude und stiefelte die Treppe zu meinem Stockwerk hoch. Oben schloss ich die Tür auf und ging ins Zimmer. Mein Blick fiel auf das adrett gemachte Bett, in dem ich nicht geschlafen hatte. Kayden und ich hatten die Nacht zusammen im Heu verbracht, und es war traumhaft gewesen.

Als ich meine leichte Strickjacke aus dem Schrank zupfte, klingelte mein Handy und ich nahm es vom Nachttisch. Es war Harper, ich ging sofort ran.

»Hey du«, sagte ich gut gelaunt, während ich in das Jäckchen schlüpfte.

»Na, du klingst ja jeden Tag besser gelaunt. Wer hätte gedacht, was für eine Wirkung dieser Urlaub auf dich entfaltet.« Sie kicherte.

»Ich bin auch total tiefenentspannt«, sagte ich und setzte mich aufs Bett. Ein wohliger Seufzer verließ meine Lippen. »Harper, es ist so wunderschön in Irland. Noch einmal vielen Dank, dass du genau dieses Bed and Breakfast für mich ausgesucht hast.«

»Nichts zu danken«, gluckste sie. »Ich kenne dich eben besser, als du dich selbst. Aber mir machst du nichts vor. Du klingst äußerst … sagen wir mal: Zufriedengestellt?«

»Das kannst du laut sagen.« Ich ließ mich zurück ins gemachte Bett sinken und starrte an die weiße Decke mit der altmodischen Lampe. »Kayden und ich haben die Nacht gemeinsam im Heu verbracht. Er hatte ein Picknick in der Scheune vorbereitet, mit verstreuten Rosenblättern und elektrischen Kerzen. Es war unglaublich romantisch.«

»Wow!«, kam es von Harper. »Das klingt ja toll. Hoffentlich ist der ganze Aufwand auch im Preis inbegriffen«, murmelte sie.

Ich setzte mich auf. »Keine Sorge, sämtliche Zusatzkosten gehen selbstverständlich auf mich. Aber ich glaube nicht, dass Kayden mir das Picknick in Rechnung stellen wird. Er wollte mir eine Freude bereiten, das ist alles. Harper«, meine Stimme versagte. Ich wusste, dass meine beste Freundin meine gleich folgende Beichte nicht gut aufnehmen würde, aber ich konnte mein Glück nicht länger für mich behalten. Ich musste es mit jemandem teilen, sonst würde ich demnächst wohl platzen.

»Was?« Das Wörtchen kam unheilschwer aus ihrem Mund.

»Ich habe mich wahnsinnig in Kayden verliebt.« Mein Herz sprudelte über, als ich endlich laut aussprach, was ich schon die ganze Zeit über fühlte. Ich hatte selbst keine Ahnung mehr, wann genau das passiert war, aber Kayden berührte etwas in mir. Nicht nur meinen Körper, sondern auch meine Seele. Mit jeder Faser meines Seins war ich verliebt. Ich war der glücklichste Mensch der Welt.

»Dein Ernst?« Harper klang so entsetzt, dass ich zusammenzuckte.

»Jetzt komm schon.« Ich setzte mich wieder auf. »Kannst du dich nicht wenigstens ein kleines bisschen für mich freuen? Mir geht es seit Monaten zum ersten Mal wieder richtig gut. Außerdem bin ich keine Idiotin. Ich will es langsam angehen lassen, und werde nichts überstürzen. Versprochen. Kayden und ich bleiben weiter in Kontakt und sehen einfach, wohin uns diese Sache führt. Also, entspann dich, Harper.«

»June …«

»Es ist alles okay. Mach dir keine Sorgen. Bitte freu dich für mich, wenigstens ein kleines bisschen«, bettelte ich.

»June«, heulte Harper auf und ich fragte mich, wieso die Gute dermaßen dramatisierte. Ich war doch einfach nur frisch verliebt, das war alles.

»Nein, nein, nein«, jammerte sie ins Telefon. »Das wollte ich nicht. So sollte die Geschichte nicht ablaufen. Wieso verknallst du dich Hals über Kopf in diesen Typen, ohne das vorher mit mir zu besprechen?«

»Aber, wir haben doch vor ein paar Tagen darüber geredet.« Ich kapierte überhaupt nichts mehr.

»Da meintest du aber noch, du siehst die Sache mit Kayden locker und er wäre einfach nur dein Toy Boy.«

»Inzwischen ist Kayden aber mehr als das«, sagte ich mit Nachdruck. »Viel, viel mehr sogar.« Mein Herz wummerte wie verrückt in meiner Brust, Sehnsucht nach diesem göttlichen Mann stieg in mir auf. Ich wollte endlich wieder in seinen Armen liegen, wir waren schon viel zu lange voneinander getrennt. Ganze dreißig Minuten!

»Kayden ist dein Toy Boy«, schrie sie mir ins Ohr, und klang stinksauer. So aufgebracht kannte ich meine sonst dauergutgelaunte Freundin gar nicht.

»Wie bitte?«

Ich hörte sie tief durchatmen. »Sei mir nicht böse, Süße. Aber ich muss dir etwas beichten.«

»Okay«, sagte ich zögerlich, mir schwante nichts Gutes. »Und das wäre?«

Sie pustete in den Telefonhörer.

»Kannst du vielleicht aufhören, dauernd diese Geräusche zu machen, und einfach mal zum Punkt kommen?«, fuhr ich sie an.

»Okay, okay.« Ich könnte schwören, sie fuchtelte mit den Händen in der Luft herum. »Ich habe Kayden an deinem ersten Urlaubstag für dich dazugebucht. Bitte sei nicht böse.«

»Du hast was getan?« Ich glaubte mich verhört zu haben, und sprang vom Bett.

»Es tut mir leid. Du warst so deprimiert und traurig und ich wollte doch so gern, dass du einen unvergesslichen Urlaub verbringst. Also habe ich dir für diese Woche einen Callboy gebucht.«

»Willst du mich verarschen? Welcher normale Mensch kommt denn auf so eine bescheuerte Idee?«

»Ich habe es echt nur gut gemeint, das kannst du mir glauben.« Harper klang total geknickt, aber das war mir egal. Das süße Herzklopfen in meiner Brust verlangsamte, quälte sich nun schwer von Schlag zu Schlag, als wäre mein Herz versteinert. Tränen stiegen in meinen Augen hoch. Tränen der Enttäuschung, und Tränen der Wut. Mit diesem Wissen hatte Kayden mich die vergangenen Tage also einfach nur verarscht. Ich war ein lukrativer Auftrag, weiter nichts, spülte zusätzliches Geld in die Kasse. Er verbrachte nur Zeit mit mir, hatte nur Sex mit mir, weil Harper ihn für seine Dienste entlohnte. Sein Liebesgeständnis von vorhin, alles nur Show. Eine Illusion, um den zahlenden Gast zufriedenzustellen.

»Ich kann nicht glauben, dass du mir so etwas antust, Harper.« Die erste Träne quoll über mein Unterlid, weitere folgten. »Wieso hast du mich nicht wenigstens vorher gefragt?«

»Keine Ahnung. Du warst so deprimiert und hattest doch Geburtstag. Ich wollte einen Weg finden, wie du im *Swing to Heaven* bleiben kannst. Wer konnte denn ahnen, dass du dich sofort unsterblich in Grumpy verliebst. Ich dachte, du hast ein paar Tage lang deinen Spaß mit den Jungs, und kommst anschließend gut gelaunt und entspannt zurück nach London. Hast dir Brandon aus dem Kopf vögeln lassen, und bist wieder ganz die Alte. … So war zumindest der Plan.«

»Dein Plan«, fuhr ich sie an. »Von dem ich nichts wusste.«

»Ich sagte doch schon, es tut mir leid.«

Ich griff mir an den Hals, mit dem Gefühl, meine Kehle schnüre sich ab. Was war ich bloß für eine riesengroße Idiotin gewesen? Ich hatte mich wie eine Wahnsinnige in diesen Sommerflirt hineingesteigert und mir allen Ernstes eine Zukunft mit Kayden ausgemalt, während der Kerl lediglich seinen Job erledigt hatte. Ich fühlte mich zutiefst gedemütigt und verarscht. Von beiden. Von Harper und Kayden. Eigentlich von der ganzen Bande in diesem Haus, mit Sicherheit hatten alle Bescheid gewusst.

Als meine Knie anfingen zu zittern, setzte ich mich zurück aufs Bett und vergrub meine Stirn in der Handfläche. Der

Schmerz in meiner Brust wurde so schlimm, dass ich kaum noch atmen konnte.

»June?«, hörte ich Harper vorsichtig fragen. »Bitte sag etwas. Ich mache mir langsam Sorgen.«

»Ich muss auflegen.« Meine Stimme verließ die Kraft. Ich beendete das Gespräch mit einem Knopfdruck, warf das Handy aufs Kopfkissen und weinte. Aber je länger ich wie erstarrt dasaß, desto mehr nahm die Wut auf Kayden in mir überhand. Sie brodelte in meinem Magen hoch und vergiftete mein System. Ruckartig blickte ich auf und fasste einen Entschluss. Ich würde auf der Stelle abreisen und mir weitere Demütigungen von diesem Lügner ersparen. Vorher jedoch wollte ich Kayden noch zur Rede stellen. Und zwar auf der Stelle. So einfach kam mir dieser beschissene Callboy nicht davon.

24

JUNE

Ich entdeckte Kayden vor der Scheune. Er stand gegen die Wand gelehnt, starrte den Boden an, und sah aus, als würde er auf jemanden warten. Wahrscheinlich auf mich. Um noch ein Weilchen sein mieses Spielchen mit mir treiben zu können. Immerhin hatte Harper ihn ja für die gesamte Woche bezahlt. Während ich Idiotin geglaubt hatte, Kayden wäre ein unglaublich romantischer und aufmerksamer Typ, hatte der Fiesling nur seinen Job erledigt, und wahrscheinlich das Callboy-Standardprozedere des Hauses abgearbeitet. Schon wieder schmerzte mein Herz bis hoch in den Hals, allein beim Gedanken an Kaydens Lippen auf meiner Haut, seine zärtlichen Berührungen, den atemberaubenden Sex, den wir miteinander gehabt hatten. Tja, in Wahrheit hatte er für Geld mit mir geschlafen. Ich fühlte mich wie eine Vollidiotin. In meinem Inneren wütete ein dunkler Sturm, den ich mir rein äußerlich hoffentlich nicht anmerken ließ. Unter größtmöglicher Körperbeherrschung gelang mir ein unverbindliches Lächeln. Ich wollte unverwundbar wirken, wenn ich ihm sagte, dass er genau das Arschloch war, für das ich ihn am Anfang gehalten hatte.

Kayden hatte mich immer noch nicht bemerkt, obwohl der Kies unter meinen Schuhen mindestens so laut knirschte, wie ich mit den Zähnen. Trotz aller Enttäuschung flatterten immer wieder einzelne Schmetterlinge in meinem Magen hoch, und ich verfluchte meinen verräterischen Körper. Warum musste Kayden auch dann noch so gut aussehen, wenn ich stocksauer auf ihn war? Wieso musste ausgerechnet er diesen umwerfend definierten Körper haben, um den ich herumschwirren wollte wie eine verirrte Motte. Der Kerl hatte mich eiskalt verarscht! Ich stieß eine stumme Verwünschung aus, die ich als Lady sonst niemals in den Mund nehmen würde, und biss mir auf die Lippe, um sie ihm nicht ins Gesicht zu brüllen. Hastig blinzelte ich aufsteigende Tränen nieder. Warum tat es nur so verdammt weh? Wir kannten uns erst seit ein paar Tagen, und doch kam es mir vor, als wäre er schon viel länger in meinem Leben. Im Prinzip war ich selbst schuld. Warum war ich nicht wie geplant am ersten Tag wieder abgereist? Stattdessen hatte ich es zugelassen, dass Kayden mich verführte, mir süßen Blödsinn ins Ohr säuselte und seine Hände auf meinen Körper legte. Ich hatte mich von ihm abschleppen und flachlegen lassen, da gab es nichts zu beschönigen. Aber ich hatte den Sex mit ihm so genossen, mein Körper wollte ihn, brauchte ihn. Ihm widerstehen zu wollen, war aussichtslos gewesen. Warum nur hatte ich von allen Männern auf der Welt ausgerechnet ihm begegnen müssen? Schon wieder hatte ein Mann mich mit einem Handstreich ins Chaos gestürzt. Dieses Mal fühlte es sich noch tausendmal schlimmer an als bei Brandon. Weil Kayden alles verkörperte, was ich mir bei einem Mann wünschte und er doch nur ein grandioser Schauspieler war. Verdammt, ich fühlte mich so gedemütigt.

Erst als ich vor ihm stand, hob er den Kopf.

»Hi«, fing ich an, weil ich das Gefühl hatte, irgendwas sagen zu müssen. Ich war immer noch ganz benebelt, mein Gehirn verarbeitete die eben erhaltenen Informationen nur bruchstückhaft. Sträubte sich.

Kaydens Blick war ausdruckslos, das Glitzern in seinen strahlendblauen Augen erloschen. Ob er etwas ahnte? Tat ihm sein Verhalten leid? Ein Schwall Hoffnung durchflutete mich, den ich sofort niederkämpfte, bevor er dann doch wieder hochstieg. Vielleicht bereute Kayden den Deal inzwischen. Etwas wie Hoffnung regte sich erneut in mir. *Himmel June,* schimpfte ich mich selbst. *Ist das jetzt dein Ernst? Du warst eine nette unbedeutende Affäre für ihn, für die er sich fürstlich hat entlohnen lassen, und du hoffst allen Ernstes immer noch auf ein Happy End? Dir ist echt nicht mehr zu helfen.* Ja, das tat ich. Zumindest der dumme, irrationale Part in mir hoffte zutiefst auf eine gute Wende. Ich konnte mir einfach nicht vorstellen, nie wieder Sex mit diesem großartigen Mann zu haben, seine Arme nicht mehr um meinen Körper zu spüren, die mich heute Morgen gehalten und so wundervoll gewärmt hatten. Trotz allem würden mir seine Lippen, seine unvergleichlichen Küsse fehlen. Ich konnte mir nicht vorstellen, keine Gespräche mehr mit ihm zu führen, nie wieder mit ihm zu lachen. Mich nicht mehr auf ihn zu freuen. Es war komplett irrational, dass binnen einer Stunde alles aus und vorbei sein sollte, was so wundervoll begonnen hatte. Scheiße, ich liebte diesen Mann noch immer und zeigte ihm deshalb den Hauch eines Lächelns. Ich wollte ihn so gern berühren, aber Kayden verschränkte die Arme vor der Brust.

Dann registrierte ich den harten, verbitterten Zug um seinen Mund. Die Anspannung in seinen Schultern, und etwas in mir zersprang in tausend Stücke. Irgendwas hatte sich in der kurzen Zeit verändert. Wusste er inzwischen, dass ich die Wahrheit kannte und fand, dass es jetzt an der Zeit war mit dieser Scharade aufzuhören? Konnte er mich tatsächlich so eiskalt abschreiben? War es ihm immer nur ums Geld gegangen?

Ich räusperte mich. »Hast du mir etwas zu sagen?«

In seinem Kinn zuckte ein verräterischer Muskel. Als er den Mund öffnete, um etwas zu sagen, hielt ich die Luft an. Aber dann schloss er ihn wieder und schüttelte den Kopf. »Vergiss es, June. Nicht so wichtig.« Er klang hart, so eiskalt, dass ich unwillkürlich einen Schritt näher ging. »Wovon redest du?« Es musste doch möglich sein, die Sache wie zwei Erwachsene zu klären, immerhin war ich diejenige, die in diesem Spiel gekränkt worden war, und nicht er. Und hey, ich war bereit zu reden.

»Wieso hast du diesem Wichser Ashton erzählt, was im *Swing to Heaven* vor sich geht? Dass wir ein Swingerhotel sind. Warum hast du das gemacht? Du wusstest doch, wie wichtig Diskretion für uns ist.«

»Aber …«, ich verstand überhaupt nichts mehr. Es ging also nicht um uns? Um unsere Beziehung? Sein mieses Verhalten? Sondern um ihn!

»Ashton wusste doch bereits alles, ich habe ihm nichts Neues erzählt.«

»Ashton wusste überhaupt nichts«, fuhr er mich an. »Er hat dich bloß ausgehorcht und du hast ihm bereitwillig alles berichtet. Du hast *uns* verraten.« Sein Blick war kalt, klirrend kaltes Eis.

»Das … das kann nicht sein.« Fieberhaft versuchte ich mir das Gespräch mit Ashton in allen Einzelheiten zurück ins Gedächtnis zu rufen. Ich musste mir eingestehen, dass ich damals ziemlich viel gequatscht hatte, während Ashton mir nur einzelne Stichworte zugeworfen hatte, die ich bereitwillig apportierte wie ein Hund. Oh, Gott, war ich echt so naiv gewesen? Ich riesengroße Idiotin.

»Kayden, es tut mir so leid. Das wollte ich nicht. Ich habe einfach nicht nachgedacht und Ashton hat es so klingen lassen, als wüsste er alles über euch. Er meinte auch, ihm wäre egal, wie ihr das Bed and Breakfast führt. Ich konnte doch nicht ahnen, dass er so hinterhältig ist. Er machte einen so netten Eindruck.«

»Ich habe dich in Cork schon vor ihm gewarnt.« Mit regloser Miene sah er an mir vorbei.

»Es tut mir wirklich leid«, versuchte ich es noch einmal. Ein dunkles, unheilvolles Gefühl machte sich mit einem unangenehmen Druck in meiner Magengrube breit. »Warum hast du mir nicht erzählt, dass Ashton dein Schwager ist?«

»Was spielt das für eine Rolle, in welcher Beziehung ich zu Ashton stehe? Ich will mit dieser Familie nichts zu tun haben. Um ehrlich zu sein, geht dich mein Privatleben auch überhaupt nichts an.«

Das saß! Seine Worte rammten sich wie ein vergifteter Speer durch mich hindurch. Warum nur hatte ich diesen Mann so schnell an mich herangelassen?

»Das sagst du nur, weil ich die ganze Zeit über nichts weiter als ein Job für dich gewesen bin, stimmt's?«

Er wich mit dem Kopf zurück. »Wovon redest du?«

Ich lachte gequält auf. »Komm schon, steh wenigstens dazu, dass du mich die vergangenen Tage nur bespaßt hast, weil meine Freundin dich dafür bezahlt.«

Wie, zum Henker, hatte es soweit kommen können, dass wir nun in diesem absoluten Chaos versanken? Heute Morgen im Heu war meine Welt noch heil und strahlend gewesen, jetzt lag sie erneut in Trümmern vor mir.

Kayden wischte sich mit beiden Händen durchs Gesicht. »Ja, es stimmt«, gab er schließlich zu, als würde er von sich aus beichten und wäre nicht von mir zur Rede gestellt worden. »Sie hat mich bezahlt. Anfangs war es nur ein Job für mich, aber das hat sich schnell geändert, das musst du mir glauben.«

»Muss ich das?« Mein Herz schmerzte, als ich die Beichte direkt aus Kaydens Mund hingeknallt bekam.

»June …«

»Warum hast mir nicht wenigstens dann die Wahrheit gesagt, als sich deine Gefühle für mich angeblich änderten?« Ich schniefte unfein. »Weil du nicht auf das Geld verzichten wolltest? Weil du sowieso nie vorhattest, mit mir in Kontakt zu bleiben, und alles nur leeres Gerede war? Du wirfst mir vor, ich hätte euch verraten. Aber du hast mich auch verraten, Kayden.«

Bilder stiegen vor meinem inneren Auge auf, die alles in mir durcheinanderbrachten. Es schmerzte, als ich mich daran erinnerte, wie wir uns das erste Mal im Stall geliebt hatten, oder wie wir händchenhaltend durch Cork geschlendert waren. Die Erinnerung an die romantische Nacht im Whirlpool und unser wundervolles Picknick gestern im Heu, beschwerten mein Herz. Jeder glückliche Moment den ich mit diesem Mann verbracht hatte, tat plötzlich weh.

Er schluckte hörbar. »Es tut mir leid, June. Was ich getan habe, war nicht richtig und ich hätte dir schon viel früher alles beichten sollen. Aber ich wusste nicht, wie du reagieren würdest, und ich wollte dich nicht verletzen.«

»Zu gütig«, sagte ich sarkastisch. »Hast du mal daran gedacht, dass es mich tausendmal mehr verletzen könnte, die Wahrheit von jemandem anderen zu erfahren?«

»Der richtige Zeitpunkt war nie da«, behauptete er allen Ernstes und ich hätte ihm am liebsten eine geklebt. Tausendmal und öfter wäre die Gelegenheit da gewesen.

»Wann hat sie dich gebucht?« Besser gesagt: Wie lange verarschte er mich bereits?

»Ist das nicht egal?«

»Nein, mir ist es nicht egal, sonst würde ich nicht fragen«, fuhr ich ihn an. Ich musste wissen, ob es wenigstens eine einzige ehrliche Erfahrung zwischen uns gegeben hatte, die nicht auf diesem bescheuerten Deal beruhte.

Er seufzte, rieb sich den Nacken. »An deinem Geburtstag.«

Das wusste ich bereits von Harper, mich interessierte der genaue Zeitpunkt.

»Bevor oder nachdem wir das Kalb zur Welt gebracht hatten?«

»Direkt davor«, sagte er gedämpft, sein Blick schweifte zu Boden.

Darum also der plötzliche Sinneswandel. Als ich mit Buddy und Sweetheart auf der Wiese saß, war er nicht plötzlich freundlich geworden, weil er ein schlechtes Gewissen hatte, sondern weil zwischenzeitlich Harpers Auftrag hereingeschneit war. Als Charly nach mir gespuckt hatte, wollte er mich noch zum Teufel schicken und eine Stunde später war er plötzlich charmant und zuvorkommend gewesen. Die Verführung in Person.

»Du bist ein Scheißkerl.« Ich blinzelte die verfluchten Tränen weg, die in mir hochstiegen.

»Ich will ehrlich sein. Am Anfang warst du mir total egal. Für mich warst du ein Job, wir brauchten das Geld. Ich dachte mir, die paar Tage mit der sturköpfigen Britin kriege ich schon irgendwie rum. Deine Freundin hatte mich ja nur für Sex gebucht. Für nichts anderes. Aber zwischen uns entwickelte sich so viel mehr, auf das ich nicht gefasst gewesen war.« Einen Moment lang schloss er die Augen, sah aus, als würde er tatsächlich Reue verspüren. »Wir brauchten die Kohle für die Tiere, mir war jeder Auftrag recht.«

Bumm! Wenigstens war er ehrlich, auch wenn seine plötzliche Aufrichtigkeit verdammt wehtat. Aber ich wollte es ja nicht anders.

»Du bist ein wahrer Samariter.« Meine Unterlippe zitterte.

»June, die Dinge zwischen uns haben sich rasend schnell geändert. Das musst du doch auch gemerkt haben. Ich mag dich wirklich. Aber ich habe gerade echt keinen Kopf für diese Unterhaltung, lass uns heute Abend in Ruhe weiterreden. Ich muss meine Brüder suchen, und ihnen eine schlechte Nachricht überbringen.«

Wow, der gnädige Herr hatte wichtigeres zu tun. Ich ballte die Hände neben den Oberschenkeln zu Fäusten.

»Vergiss es Kayden, in Wahrheit bist nur du allein dir selbst der Nächste.« Ich prustete. Es war nicht zu fassen. »Wahrscheinlich ist das Geld bereits auf deinem Konto, und die dumme Britin ist jetzt nicht mehr so wichtig.«

»Du tust, als wäre ich ein absolutes Arschloch.« Er machte einen frustrierten Laut. »Hattest du etwa keinen Spaß die vergangenen Tage? Habe ich nicht wirklich alles gegeben, um dich glücklich zu machen? Ich habe dir nichts vorgespielt, dich auch nie angelogen. Im Gegenteil: Jedes Wort, das ich gesagt habe, war auch exakt so gemeint. Vielleicht habe ich dir nicht alles erzählt, das war nicht in Ordnung von mir, und muss ich mir selbst ankreiden. Aber ich wollte immer, dass du dich bei mir wohlfühlst.«

»Und ich wollte dich«, rutschte es mir heraus, bevor ich mich abwandte. Wieso konnte ich nie meine große Klappe halten? Musste ich mich mit einem quasi Liebesgeständnis zusätzlich demütigen? Mein Kopf fühlte sich taub an, wie in Watte gepackt.

Kayden wollte mich bei der Schulter fassen, aber ich hielt ihn mit einer Handbewegung davon ab. Eine Berührung von diesem Mann, und es war um meine mühsame Selbstbeherrschung geschehen. Ich würde vor ihm in Tränen ausbrechen.

»Du warst kein reiner Job für …«, fing er an, wurde jedoch von einer aufgebrachten Frauenstimme unterbrochen, die wüste Flüche kreischte.

Hastig wandte ich mich um. Sheila Winston kam auf uns zugestochen und hatte Neil im Schlepptau, der auf sie einredete. Ich verstand nur Bruchstücke, bis sie nah genug herangekommen waren.

»Sheila, Baby. Beruhig dich doch mal.«

»Ich soll mich beruhigen? Ist das dein verfluchter Ernst, Neil? Nach allem was diese Bitch getan hat?« Sie deutete auf mich, wie ich erschrocken realisierte. »Nimmst du sie auch noch in Schutz?«

Wovon redete Sheila?

»Ich nehme sie nicht in Schutz, die Lage ist ernst. Aber sollten wir ihr nicht wenigstens eine Erklärung zugestehen?«, fragte Neil, der kaum mit ihr Schritt halten konnte.

»Was ist denn bei denen los?«, fragte ich Kayden. »Warum ist Sheila so wütend?«

»Ich habe keine Ahnung. Hast du dich mal wieder irgendwo verplappert?«

»Wenn du glaubst, du bist witzig, muss ich dich enttäuschen«, schnauzte ich ihn an. Was war bloß in Sheila gefahren? Ihre Augen blitzten mich hasserfüllt an.

»Mir ist heute garantiert nicht nach Scherzen zumute, das kannst du mir glauben.« Er schnaubte.

»Du bist so ein unglaubliches Miststück, June.« Sheila blieb so dicht vor mir stehen, dass ich unwillkürlich einen Schritt zurücktrat, sonst wären wir mit den Nasen zusammengeprallt.

»Sheila.« Neil schnappte sie am Arm, aber sie riss sich los. »Fass mich nicht an«, zischelte sie, ehe sie sich wieder an mich wandte. »Warum hast du das getan? Ich … wir alle haben dir vertraut, waren nett zu dir, haben dich mitfeiern lassen, und dann machst du sowas?« Ihre Stimme wurde immer schriller.

»Wovon redest du? Ich kann dir ehrlich gesagt nicht folgen.« Hatte ich Sheila unbeabsichtigt etwas getan? Sie beleidigt Aber wann? Wir hatten kaum Kontakt.

»Was für eine falsche Schlange du doch bist«, ging sie gar nicht auf meine Frage ein. Ihre Wangen waren gerötet und sie sah aus, als hätte sie sich die Haare gerauft.

»Was ist passiert?«, fragte Kayden seinen Bruder, während ich mich darauf vorbereitete, gleich von Sheila attackiert zu werden.

Neils Augen wurden groß. »Hast du echt noch nichts mitgekriegt? Alle Gäste reisen ab, sie rennen uns buchstäblich davon.«

Alle Gäste reisten ab? Etwa wegen meinem Gespräch mit Ashton im Green Shamrock? Aber er hatte doch wirklich schon alles gewusst. Ich hatte nicht das Gefühl gehabt, ich hätte ihm irgendwelche Neuigkeiten erzählt. Mir wurde ganz schlecht.

»Sobald mein Chauffeur vorfährt, bin ich ebenfalls weg, das kann ich euch und dieser falschen Schlange versprechen«, keifte Sheila. »Ihr seht mich unter Garantie nie wieder.«

»Sheila, wir regeln das. Versprochen«, redete Neil auf sie ein. »Was geschehen ist, tut uns allen aufrichtig leid. Wir biegen das wieder gerade.«

Sie lachte übertrieben auf. »Wie wollt ihr das denn anstellen?« Sheila blinzelte Tränen weg. »Ihr habt meinen Ruf ruiniert. Mein Manager hat mich heute Morgen angerufen und ist total ausgerastet. Nächste Woche habe ich einen Auftritt in einer Talkshow. Was soll ich dort den Leuten sagen?«

»Was zur Hölle ist denn los?«, fragte Kayden noch einmal und sah seinen Bruder fragend an. »Klärt mich vielleicht mal einer von euch auf?«

Neil kramte sein Smartphone aus der Hosentasche, entsperrte es und wischte darauf herum, ehe er uns das Display entgegenhielt. Ich stieß einen erschrockenen Schrei aus, als ich die Überschrift las und die Fotos betrachtete. Sheila saß knutschend auf Salvatores Schoß. Sie sah betrunken aus, der tiefe

Ausschnitt ihres Tops legte einen großen Teil ihrer Brüste frei. Wenn mich nicht alles täuschte, war das Foto im Green Shamrock aufgenommen worden. Und ihren Klamotten nach zu urteilen, war das erst gestern gewesen.

Sheila Winston bei Sex-Eskapaden in geheimem irischen Swingerhotel ertappt! Im Swing to Heaven werden auch die perversesten Träume der Sängerin erfüllt.

»Was zum Teufel«, stieß Kayden hervor, ehe er sich an mich wandte. »Warst du das?«

»Nein.« Ich bekam kaum noch Luft. Der Artikel war in der Online-Ausgabe der *Stars & Glamour* erschienen, dem schlimmsten Klatschblatt Groß Britanniens. Kein Wunder, dass sich diese Schmutzfinken wie ein Rudel hungriger Wölfe auf die Story gestürzt hatten. Eine gute Freundin von mir arbeitete dort als Journalistin und sie hasste den Job mit jeder Faser ihres Seins. Aber von irgendwas musste man halt leben. »Das war ich nicht«, keuchte ich und schüttelte den Kopf. »Außerdem sind die Fotos doch aus dem Pub und nicht dem *Swing to Heaven.*«

»Als ob die Location bei dieser Tratsch-Zeitschrift eine Rolle spielt. Die lügen sowieso in jeder Zeile. Wer soll es denn sonst gewesen sein als du, June? Du bist die einzige Journalistin, die Bescheid wusste«, fuhr Sheila mich an. »Du hast die Story verkauft, oder vielleicht sogar selbst geschrieben und an die *Stars & Glamour* verhökert. Ich wusste von Anfang an, dass man dir nicht trauen darf.« Sie wandte sich an Neil. »Aber du hast mir ja erzählt, ich verhalte mich paranoid und ihr hättet alles unter Kontrolle. Das Ergebnis sieht man ja jetzt, sie hat euch alle mitgerissen.«

»June«, sagte Kayden leise, der Schock vibrierte in seiner

Stimme. »Ich möchte, dass du absolut ehrlich bist. Hast du etwas mit diesem Artikel zu tun?«

»Nein«, ich schüttelte immer noch den Kopf. »Ich schwöre, ich war das nicht.« Mit dem Zeigefinger deutete ich auf die Fotos. »Wenn mich nicht alles täuscht, wurden die Bilder gestern aufgenommen.«

»Und du warst im Green Shamrock«, fauchte Sheila.

»Aber nicht mehr zu diesem Zeitpunkt. Auf den Bildern hattest du eindeutig schon einiges getrunken und ich bin früh gegangen, weil ich mich mit Kayden treffen wollte.«

Wie konnte ich den dreien bloß klarmachen, dass ich unschuldig war? Ich hatte mit diesem miesen Zeitungsartikel nichts zu tun und würde auch niemals im Leben so etwas Hinterhältiges tun. Gut, ich hatte kurz mal mit dem Gedanken gespielt, aber über etwas nachzudenken und es dann endgültig in die Tat umzusetzen, waren ja wohl zwei unterschiedliche Dinge.

»Ihr müsst mir wirklich glauben, ich war das nicht«, sagte ich und rang die Hände. Mein Blick fiel zuerst auf Kayden, dann auf Neil. Beide sahen mich fassungslos an. »Ich war das ehrlich nicht, Kayden. Als die Bilder aufgenommen wurden, war ich bestimmt schon mit dir zusammen, ich kann sie gar nicht gemacht haben.«

Kayden rieb sich mit dem Handrücken über das Kinn. »Wenn du …«

»Aber dein Freund kam später noch einmal zurück«, grätschte Sheila dazwischen. »Vielleicht hat er sie für dich geknipst, um den Verdacht von dir abzulenken. Ihr zwei steckt bestimmt unter einer Decke.«

»Welcher Freund?«, fragte ich.

»Der Typ, der bei dir am Tisch saß und ein Selfie mit mir machen wollte.«

»Ashton?«, fragte ich fassungslos.

»Ashton?«, wiederholte Kayden. »Verdammte Scheiße, June. Wie nah stehst du diesem Typen inzwischen?«
»Ich kenne ihn kaum, und er wusste doch schon alles«, verteidigte ich mich noch einmal, nun jedoch kleinlauter. Mein schlechtes Gewissen überrollte mich, obwohl ich wissentlich überhaupt nichts getan hatte.
Einen Herzschlag lang schloss Kayden die Augen. »Jetzt ist alles aus. Ist das deine Rache? Wegen diesem dämlichen Callboy-Job? Ernsthaft, June?«
»Aber von dem habe ich doch vorhin erst erfahren.«
Sheilas Handy brummte und sie warf einen Blick darauf. »Mein Fahrer steht vor der Tür. Ich bin weg. Ein für alle Mal. Mich seht ihr nie wieder.«
»Sheila, Baby«, sagte Neil. »Können wir noch irgendwas für dich tun?«
»Ja, bleibt mir alle vom Hals, und nenn mich nicht Baby.« Sie drehte sich um und stapfte davon, Neil folgte ihr dennoch.
»Es tut mir so leid, Kayden«, entschuldigte ich mich aufs Neue, weil ich nicht wusste, was ich sonst sagen sollte. Ich hatte das Gefühl, tatsächlich an allem die alleinige Schuld zu tragen.
»Warum musstest du mit diesem Wichser Ashton über uns reden, June? Vor allem, nachdem du doch wusstest, dass ich ihn nicht ausstehen kann.«
»Ich weiß es nicht. Er setzte sich zu mir an den Tisch. Wir kamen ins Gespräch und es fühlte sich nicht an, als wollte er mich aushorchen.« Ich ließ den Kopf hängen.
»Oder du hast ihn tatsächlich zurückgeschickt, um die Fotos zu knipsen. Bist du nicht auf der Suche nach einem neuen Job? Eine Journalistin, die eine so große Story an Land zieht, wird bestimmt überall eingestellt.«
»Ist das dein Ernst?« Ich legte eine Hand auf meinen Brustkorb. Wie konnte Kayden auch nur eine Sekunde lang so

schlecht über mich denken? »Traust du mir diese Hinterhältigkeit tatsächlich zu?«
Er stockte, sein Blick versank Sekundenbruchteile lang in meinen Augen, als versuche er in mir zu lesen. »June, ich kenne dich erst seit ein paar Tagen. Aber du triffst dich bereits hinter meinem Rücken mit Ashton, und hast mir nichts davon erzählt. Kurz darauf erscheint eine Enthüllungsstory in einer britischen Zeitschrift. Was soll ich also von der Sache halten? Ihr habt zusammen Mittag gegessen, euch anscheinend so blendend unterhalten, dass du ihm spontan sämtliche Geheimnisse des *Swing to Heaven* verraten hast. Vielleicht kam euch im Laufe des Gesprächs ja die Idee, dieses Wissen zu euren Gunsten auszunutzen.«
»Glaubst du wirklich, ich wäre zu so etwas fähig?« Groteskerweise hoben sich meine Mundwinkel zu einem kleinen Lächeln, als wollten meine Lippen ihm die Gelegenheit geben, seine verletzenden Worte zu korrigieren.
»Ich weiß ehrlich gesagt nicht, was ich glauben soll.«
»Und jetzt ist alles aus und vorbei?« Ich widerstand dem Wunsch, seine Hand zu nehmen. Dieses Gespräch konnte doch unmöglich unser Ende bedeuten. Vorhin war ich noch stinksauer auf Kayden gewesen, aber inzwischen wuchs eine riesengroße Angst in mir, ich könnte ihn tatsächlich für immer verlieren. »Zwischen uns war doch etwas. Du hast doch selbst gesagt, dass ich für dich mehr als nur ein Job war. Bei dir waren doch auch Gefühle im Spiel. Das kann doch nicht das Ende bedeuten.«
»June, gerade weiß ich überhaupt nichts mehr. Mein Leben geht mit Lichtgeschwindigkeit den Bach runter.« Er rieb sich die Stirn.
»Ich bin für dich da, wenn du mich lässt.« Mein Herz schmerzte unerträglich, klopfte so heftig gegen meine Rippen, dass ich jeden Schlag spürte. Ich sehnte den alten Kayden

zurück, den Mann mit dem Höschen schmelzenden Lächeln, der mir mit seinem Charme weiche Knie bescherte. Ich verzehrte mich nach seiner Warmherzigkeit und dem Glitzern, das sich in seine hellblauen Augen stahl, sobald er mich ansah. Dem Funkeln, das inzwischen erloschen war.
Kayden schluckte, sein Kiefer verspannte, während ich auf seine Antwort wartete. Als keine kam, wusste ich auch ohne Worte, dass es aus war.
»Das war's also mit uns?« Ich legte einen Arm um seinen Nacken, kam etwas näher, worauf sich sein ganzer Körper anspannte. »Zwischen uns war doch etwas. Du hast selbst gesagt, dass es auch für dich mehr als nur ein Job war. Das kann doch nicht das Ende gewesen sein.«
Er nahm meinen Arm herunter und schob mich ein Stück von sich weg, während ich in diesem verfluchten Ozean seiner Iriden ertrank. »Hast du mir gar nicht zugehört? Meine Lebensgrundlage wurde durch diesen Artikel zerstört.«
»Falls du dir Sorgen wegen der Gäste machst, lass mich dir aus meiner Erfahrung als Journalistin sagen, dass nichts einem Business so sehr auf die Sprünge hilft, wie Publicity. Das gilt auch für schlechte Publicity. Bald werden euch die Gäste die Tür einrennen, nur damit sie im selben Swinger Hotel wie Sheila Winston übernachten dürfen.«
»Ist das dein Ernst?« Seine Stimme klang brüchig. »Sag jetzt bloß nicht, du wolltest uns helfen.«
Ein wütender Laut verließ meine Lippen. »Wie oft denn noch, ich war das nicht. Aber jetzt ist es nun mal geschehen, und lässt sich nicht mehr ändern. Die Geschichte ist draußen in der Welt. Vielleicht stellt sich dieser Artikel noch als eine Art Glücksfall für das *Swing to Heaven* heraus.« Irgendetwas Positives musste man diesem ganzen Schlamassel doch abgewinnen können, und ich wollte Kayden unbedingt aufbauen, ihm zeigen, dass ich tatsächlich für ihn da war und nicht bloß leere

Worthülsen absonderte. Von meiner Arbeit wusste ich, dass Skandalgeschichten kamen und gingen, bald schon erschien die nächste und kein Mensch würde sich dann noch an dieses kleine Bed and Breakfast in der Einöde Irlands erinnern, in dem es etwas offenherziger zuging als woanders. Immerhin waren sämtliche Gäste erwachsen und handelten im gegenseitigen Einvernehmen. Heutzutage war ein Swingerschuppen doch kein Weltuntergang mehr.

»Ich liebe dich, Kayden.« Jetzt war es raus und meine Finger begannen zu beben.

Seine Mimik blieb reglos. Versteinert. Gleichgültig.

»June, du bedeutest mir nichts.«

Ich erstarrte mit jeder Faser meines Körpers, mein Gehirn ließ seine Worte nur langsam in meinen Verstand sickern. »Das glaube ich nicht.«

Ich konnte mir unmöglich die ganze Intimität, das Feuer seiner Leidenschaft eingebildet haben. Es konnte doch nicht alles gespielt gewesen sein.

»Du bedeutest mir nichts. Begreifst du das, June?«, wiederholte er noch einmal mit mehr Nachdruck, nachdem ich ihn einfach nur anstarrte. Der Schock saß tief.

»Du warst deutlich genug«, erwiderte ich gepresst, der fette Kloß in meinem Hals erschwerte mir das Sprechen. Ich zögerte eine Sekunde, und noch eine, und noch eine. Noch viele weitere. Kayden stand einfach nur da, und ich konnte nicht glauben, dass er mich eiskalt auflaufen ließ.

»Dann gehe ich jetzt meine Sachen packen. Wenn ich Glück habe, bekomme ich heute noch einen Flieger zurück nach London.« In mir loderte ein Feuerball. Gleichzeitig fühlte ich mich verletzt und wütend, während mein Gehirn voll Sehnsucht und Verlangen die vergangenen Tage abspulte. Mit glühender Leidenschaft wünschte ich mir, alles könnte wieder wie vorher zwischen uns sein. Ich musste masochistisch veranlagt sein, anders konnte ich mir nicht erklären, dass ich immer noch Gefühle für diesen Mistkerl hatte. Verdammt, ich hatte Kayden meine Liebe gestanden, ihm meine Seele auf einem Silbertablett präsentiert, und er hatte mich eiskalt weggestoßen, denn ich bedeutete ihm nichts.

»Einer meiner Brüder bringt dich zum Flughafen«, erklärte Kayden mir kühl, denn ich bedeutete ihm nichts. Offensichtlich war es für ihn völlig ausgeschlossen, selbst diesen Job zu übernehmen, denn ich bedeutete ihm nichts. Ehe ich ihm mitteilen konnte, wie weit er mir am Allerwertesten vorbeiging, hatte er sich bereits in Bewegung gesetzt. Mit großen Schritten ging er davon und ließ mich stehen, denn ich bedeutete ihm nichts.

»Fick dich ins Knie, Kayden Graham«, rief ich ihm nach, während mich meine Traurigkeit überwältigte, die mein Herz zerfraß wie ätzende Säure. Denn er bedeutete mir alles.

25

KAYDEN

Ich hatte gehofft, sobald ich June aus meinem Leben entfernt hatte, würde alles einfacher werden. Dann könnte ich sie vergessen und mich auf all die anderen Probleme konzentrieren, die mich und meine Brüder in Atem hielten. Seit zwei Wochen schon redete ich mir ein, dass der einzige Grund, weshalb June so eine große Rolle für mich gespielt hatte, darauf beruhte, dass ihre Freundin mich bezahlt hatte. In Wahrheit jedoch kam ich nicht damit zurecht, dass sie weg war. Sie fehlte mir. Ich brauchte sie wie die Luft zum Atmen, auch wenn das unglaublich pathetisch klang. Anders ließ sich jedoch nicht beschreiben, was diese Frau in mir angerichtet hatte. Seit Dana hatte es keine andere mehr geschafft, mich derart zu faszinieren, wie June das allein mit ihrem entzückenden Lächeln gelungen war. Okay, ihr heißer Knackarsch, die perfekten Brüste und ihre atemberaubenden Augen hatten mich dann komplett um den Verstand gebracht.

Seit June nicht mehr bei mir war, fühlte ich mich ausgelaugt und leer, wie auf Entzug. Jede Faser meines Körpers sehnte sich nach dieser Frau, mein Schwanz lechzte nach ihrer wundervollen Hitze und gab sich nicht damit zufrieden, dass ich mir selbst ziemlich verzweifelt einen runterholte. Täglich verschaffte ich mir einen unbefriedigenden Orgasmus nach dem anderen, und es wurde kein bisschen besser. Aber es war nicht allein der Sex, den ich vermisste. Ich wollte June in meinen Armen halten, mit ihr über alle möglichen Dinge reden und würde alles dafür geben, sie noch einmal über einen meiner dämlichen Witze lachen zu hören. Pausenlos schwirrte sie in meinen Gedanken umher, ich konnte nur noch an diese Frau denken. An ihren Wahnsinnskörper, die langen schlanken Beine, alles an ihr war weich und ihre Haut so zart. Und erst ihr hübsches Gesicht mit den hohen Wangenknochen, offen und willensstark war es, mit klaren, ausdrucksstarken Augen. Jedes Mal, wenn sie lächelte, knisterte die Luft. Aber ich hatte sie fortgeschickt, war gemein und gefühllos gewesen, weil mir in dem Moment alles zu viel geworden war. Ich starrte vor mich hin, während mein Puls in die Höhe schoss und wild im Hals pochte.

Fuck, ich vermisste sie, versank einem schwarzen Loch gleich in mich selbst, machte mir jedoch keine Illusionen, jemals wieder von June zu hören. Nicht nach all den Dingen, die ich zu ihr gesagt hatte.

»Alles klar bei dir?« Ian rempelte mich mit dem Ellenbogen an und binnen eines Wimpernschlags befand ich mich wieder mitten im Stimmengewirr des Green Shamrock und am Tisch mit meinen Brüdern. Weil meine miese Laune anscheinend kaum noch auszuhalten war, hatten sie mich ins Pub geschleift. Ich war nur mitgegangen, weil ich mich ablenken musste, um June zu vergessen, sonst würde ich noch wahnsinnig werden.

»Was soll schon sein?« In einem Zug trank ich mein Guinness halb leer, das mir heute zwar nicht schmeckte, mir jedoch wie geschmiert durch die Kehle lief.

Meine beiden jüngeren Brüder tauschten einen Blick miteinander, der mir zutiefst missfiel.

»Was ist?«, schnauzte ich die zwei an und nahm noch einen großen Schluck.

»Gott, siehst du beschissen aus, Grumpy«, nannte Neil mich zu allem Übel auch noch bei dem Spitznamen, den June mir verpasst hatte.

»Ach, fick dich doch.« Genaugenommen sah ich genauso aus wie ich mich fühlte.

»Schluss mit dem Unsinn, Kayden«, sagte Neil, als wäre nicht er der Jüngere von uns beiden, und setzte sich aufrecht hin. Oh, oh. Das verhieß nichts Gutes.

»Wir machen diese Scheiße kein zweites Mal mehr mit dir durch, hörst du?« Ian deutete mit dem Zeigefinger auf mich, als stünde ich vor meinem Richter. Was wollten die von mir? Konnten die mich nicht einfach in Ruhe mein Guinness trinken und mich in meinem Selbstmitleid suhlen lassen?

»Ich habe keinen blassen Schimmer, wovon ihr faselt.«

Neil atmete tief durch. »Bei Dana hatten wir vollstes Verständnis. Wirklich. Ihr Tod hat auch uns schwer getroffen. Wir waren für dich da und bereit, dir alle Zeit der Welt zu geben, bis du wieder einigermaßen festen Boden unter deinen Füßen hattest. Aber dieses Mal ist es etwas anderes. Denn du bist selbst schuld.«

»Was wollt ihr von mir?« Ich winkte Abigail, die hinter dem Tresen stand und hielt mein fast leeres Glas in die Höhe, damit sie mir ein neues brachte. Heute wollte ich nichts anderes tun, als meinen Schmerz zu betäuben, statt mir eine Predigt über mein verkorkstes Leben anhören zu müssen.

»Du bist ein riesengroßer Idiot, das muss dir mal einer sagen.« Ein wütender Laut rang sich aus Ians Kehle, der mich aufhorchen ließ. Normalerweise ruhte der Kerl in sich selbst wie der Daila Lama höchstpersönlich. Ihn erschütterte nichts so schnell, nicht mal das Ende des *Swing to Heaven*. Der arme naive Kerl glaubte tatsächlich, es würde schon irgendwie weitergehen, obwohl die Zwangsversteigerung in ein paar Wochen anstand, und wir keine Ahnung hatten, wohin wir gehen und vor allem, was wir mit den Tieren machen sollten.

»Nachdem wir meinen Geisteszustand jetzt geklärt haben, können wir uns ja wieder dem Grund widmen, weshalb wir hergekommen sind.« Demonstrativ leerte ich mein Glas in einem Zug, ich wollte mich heute volllaufen lassen und zwar so lange, bis mir alles egal war.

»Warum rennst du vor jeder Herausforderung davon?«, fragte Neil und verschränkte die Arme. Verdammt, was wollten diese Nervensägen von mir?

»Ich tue was?« Hatte ich mich da eben verhört? Wer war denn nach Dads Tod nur wegen der Familie zurück in diese Einöde gezogen, obwohl ich in Dublin mein erstes Jobangebot als Architekt in der Tasche gehabt hatte?

»Soweit ich das beurteilen kann, sitzt kein Geist vor euch. Ich drücke mich auch kein bisschen vor den Problemen die wir haben.«

»Ich rede nicht vom *Swing to Heaven*, Kayden«, sagte Neil.

»Sondern?«

»Von June. Du erinnerst dich noch an sie?«, fragte Neil sarkastisch. »Hübsch, lustig, warmherzig. Die Frau, die dir den Kopf verdreht hat.«

»June war ein Job, weiter nichts.« Die Lüge kam mir unendlich schwer über die Lippen.

»Und weil sie dir nichts bedeutet, läufst du seit zwei Wochen wie ein Zombie durch die Gegend und machst uns allen mit deiner miesen Laune das Leben schwer«, stärkte Ian meinem Bruder den Rücken. »Mit dir ist es nicht mehr auszuhalten.«

»Lasst mich in Ruhe.« Ich spielte mit meinem leeren Glas

und hielt nach Abigail Ausschau, die hinter dem Tresen zapfte und sich viel zu viel Zeit ließ.

»Dann sag uns ins Gesicht, dass du June nicht vermisst«, ließ Neil nicht locker.

Diese Lüge kam mir nicht über die Lippen, obwohl ich zwei Anläufe startete.

»Ich habe June verletzt, das wird sie mir niemals verzeihen«, sagte ich stattdessen.

»Woher willst du das wissen?« Neil beugte sich über den Tisch. »Hast du versucht, sie zu kontaktieren?«

»Nein, warum auch? Sie hat mich bestimmt schon längst vergessen.«

»Hast du dieser Frau auch nur ein einziges Mal in die Augen gesehen?« fragte Neil. »Ist dir nie aufgefallen, wie sie strahlten, wenn du an ihrer Seite warst? June hat sich in dich verliebt, du Trottel.«

»Ich weiß.« Ich biss so fest die Zähne zusammen, dass mein Kiefer schmerzte. »Sie hat es mir gesagt.«

»Du weißt es, und hockst immer noch hier herum und nervst uns alle mit deiner miesen Laune?« Ian klang fassungslos.

»Ich würde sie nur wieder verletzen. Sie ist ohne mich besser dran.«

»Du und dein beschissener Stolz«, fluchte Ian.

»Ach was, Stolz.« Neil schlug mit der Faust auf den Tisch. »Er hat nur Schiss, das ist alles.«

»Ich will mich nicht noch einmal verlieben. June hat einen anständigeren Mann als mich verdient.« Warum verstanden die beiden nicht, dass June ohne mich besser dran war? Von ihr getrennt zu sein war jetzt schon die Hölle auf Erden. Wie würde es sich erst anfühlen, wenn wir länger zusammen waren? Ein zweites Mal stand ich das nicht mehr durch.

Ian lachte auf. »Denkst du nicht, dass June in dieser Sache auch noch ein Wörtchen mitzureden hat?«

Ich schüttelte den Kopf, ignorierte den ziehenden Schmerz in meiner Brust, die Sehnsucht, die in mir aufstieg. »June ist zu gut für mich. Zu schön, zu sensibel für einen rauen Kerl wie ich einer bin. Mit mir könnte sie nicht glücklich werden.«

»Und das entscheidest ganz allein du, ohne Mitspracherecht«, schlussfolgerte Neil, der sauer klang.

»Neil, ich bin kein Beziehungsmensch.«

»Du?« Er hielt sich den Bauch vor Lachen. »Ausgerechnet du willst kein Beziehungsmensch sein? Du hast schon mit sechzehn Jahren gewusst, dass du Dana mal heiraten wirst. Mein halbes Leben habe ich dich in einer Partnerschaft erlebt. Ich habe dich vor dem Traualtar gesehen, als du den Treueschwur geleistet hast, und du meintest jedes Wort ehrlich.«

Warum fing er ausgerechnet jetzt mit Dana an? Ein Kloß wuchs in meinem Hals, dunkle Wolken schoben sich durch meinen Kopf und stießen mich in ein tiefes Loch.

»Bei Dana habe ich komplett versagt. In ihren dunkelsten Stunden war ich nicht für sie da, weil ich vor lauter Selbstmitleid nur an mich gedacht habe. Wahrscheinlich wäre sie bei ihrer Familie besser aufgehoben gewesen als bei mir. Ich hatte keinen blassen Schimmer, was sie brauchte. Was, wenn ich bei June genauso versage?«

»Bullshit!« Neil sprang auf und stützte sich mit beiden Händen auf dem Tisch ab. »Ausgereifter Bullshit. Was Dana bis zum Schluss wollte, war bei dir sein. Nur wegen dir hat sie überhaupt so lange durchgehalten, trotz der wahnsinnigen Schmerzen die sie hatte. Dass sie den Zeitpunkt ihres Todes selbst wählte, hatte nichts damit zu tun, dass sie sich von dir verlassen fühlte, sondern einzig und allein damit, dass sie nicht mehr länger leiden wollte. Schon bald hätte selbst das Morphium nichts mehr geholfen, ihr stand ein grauenhafter und extrem schmerzhafter Tod bevor, und rein gar nichts und niemand konnte Dana vor diesem Schicksal bewahren.«

»Und warum wollte Dana mich dann nicht dabeihaben, als sie starb? Wieso hat sie hinter meinem Rücken diesen Medikamentencocktail eingenommen, wenn ich ihr so viel bedeutet habe?« Ich war mit jedem Wort lauter geworden, die Erinnerung an Dana wühlte mich auf bis ins Mark. Die fehlende Antwort zerfleischte mich von innen. Andererseits war unser gemeinsames Leben schon so lange Vergangenheit und viel war seitdem geschehen. Irgendwie drehte sich die Erde tatsächlich weiter, auch wenn ich das lange Zeit niemals für möglich gehalten hätte. Dana würde für immer einen ganz besonderen Platz in meinem Herzen behalten, aber sie war nicht mehr da.

»Du hättest nie zugelassen, dass sie es macht, und das wusste Dana«, sagte Neil mit leiser Stimme. »Dana wollte dir den Schmerz ersparen, ihr beim Sterben zuzuschauen. Sie hat dich unendlich geliebt, Kayden. Aber sie ist schon seit über zwei Jahren nicht mehr da und kommt auch nicht zurück. Doch June ist irgendwo da draußen und bei ihr ist es vielleicht noch nicht zu spät. Vorausgesetzt du verhältst dich nicht weiterhin wie ein ausgewachsener Hornochse.«

Verfluchte Scheiße. Meine Augen begannen zu brennen, weshalb ich mir mit zwei Fingern die Nasenwurzel massierte, um das unangenehme Gefühl loszuwerden.

Ian packte mich bei der Schulter. »Wenn dir June tatsächlich nichts bedeutet, warum machst du dir dann so viele Gedanken um diese Frau? Du willst ihr nicht wehtun, du sorgst dich um sie, du willst, dass sie glücklich ist. Hör endlich auf, dagegen anzukämpfen, dass du Gefühle für sie hast. Du willst sie. Und hey: Ich habe June zum Flughafen gefahren und du kannst mir glauben, sie war so geknickt und traurig. Du hast ihr das Herz gebrochen. Aber vielleicht kannst du es wieder kitten. Rede wenigstens mit ihr.«

»Schnapp sie dir, Kayden«, sagte Neil und entlockte mir tatsächlich ein schwaches Grinsen.

»Ein frisch gezapftes Guinness für den schlechtgelauntesten Gast im Green Shamrock. Hoffentlich hebt der gute Tropfen ein wenig deine miese Laune, Kayden.« Mit einem warmen Lächeln auf den Lippen stellte mir Abigail ein volles Glas vor die Nase, meinen Brüdern hatte sie auch gleich Nachschub mitgebracht. Vielleicht hätte ich meinen Kummer in den vergangenen zwei Wochen nicht so oft im Pub ertränken sollen.

»Danke.« Ich raffte mich zu einem Lächeln auf.

»Gibt's ja nicht. Er lächelt.« Sie wandte sich an Neil. »Wie habt ihr das denn geschafft? Ihr seid kaum zwanzig Minuten da. Die letzten Wochen hat der Kerl keine Miene verzogen, nicht mal über Seans dämliche Scherze hat er gelacht.«

»Wir haben ihm einen wohlverdienten Arschtritt verpasst«, ließ Neil sie wissen.

»Gut gemacht, der war längst überfällig.« Abigail wischte sich die Hände an dem Geschirrtuch ab, dessen Zipfel im Gürtel ihrer Jeans steckte. Ihr langes rotes Haar hatte sie zu einem Pferdeschanz zusammengebunden.

»Hey, ich kann euch hören«, erinnerte ich die drei an meine Anwesenheit.

Abigail tätschelte mir die Wange, als wäre ich ein kleiner Junge. »Hoffentlich gibt June dir eine zweite Chance. Zu dir passt sie viel besser als zu Ashton.«

Schlagartig wurden meine Augen schmal. Und wieso glaubten alle, meine derzeitige Verfassung hatte etwas mit June zu tun, und nicht damit, dass meine Existenz den Bach runterging?

Sie schlug eine Hand vor den Mund. »Oh, nein. Sag bloß du bist deswegen so schlecht drauf. Ist June etwa mit Ashton durchgebrannt?«

»Nein«, sagte Neil kopfschüttelnd.

»Keine Ahnung.« Ich war mir da nicht so sicher. Immerhin lebte der Scheißkerl ebenfalls in London. Konnte gut sein, dass er Kontakt zu ihr aufgenommen hatte, während ich Idiot alles versuchte, um diese atemberaubende Frau zu vergessen. June würde nicht ewig Single bleiben, dafür war sie viel zu attraktiv. Warum war ich nicht schon längst auf dem Weg zu ihr, um sie zurückzuerobern, statt sie anderen Männern zu überlassen? Zumindest eine Entschuldigung war ich ihr schuldig. Eine anständige, mit Kniefall und Blumen, samt dem Geloben von Besserung. Ich setzte mich aufrecht hin und schob das Glas von mir. Für diese Entscheidung brauchte ich einen klaren Kopf.

»Ich hatte ehrlich gesagt, nicht den Eindruck, dass June mehr in Ashton gesehen hat, als nur einen Bekannten«, sagte Abigail und schüttelte den Kopf. »Ich meine, als die beiden zusammen am Tisch saßen, haben sie nicht miteinander geflirtet oder so. Sie haben sich einfach nur ganz normal unterhalten. Vielleicht hat sich Ashton etwas mehr versprochen, das kann ich nicht beurteilen. Immerhin kam er später noch einmal zurück, nachdem die beiden gegangen waren. Er hatte seine Golf-Handschuhe irgendwo verloren und wollte nachsehen, ob er sie vielleicht bei uns vergessen hat. Dabei hat er mich dann auch ein bisschen über June ausgefragt. Aber ich kenne sie ja selbst kaum.«

»Er hat dich über June ausgequetscht?« Ein gehöriger Schwall heiße Eifersucht brannte durch meine Adern. Dieser hinterhältige Scheißkerl.

»Wie gesagt, ich konnte ihm nicht weiterhelfen, und dann ist er wieder gegangen. … Was gibt es sonst Neues bei euch, Jungs?«, wechselte Abigail das Thema, während Junes wunderschönes Gesicht groß und präsent vor meinem inneren Auge aufstieg, und mir Herzklopfen bescherte.

»Wie geht es mit dem *Swing to Heaven* weiter?«, redete sie

wie durch dichten Nebel. In mir wuchs eine Scheißangst, ich könnte June ausgerechnet an diesen Wichser Ashton verloren haben.

Neil seufzte. »Wenn kein Wunder geschieht, müssen wir bald alles verkaufen.«

»Kommen keine Gäste mehr?«, hakte sie nach.

»Erstes haben wir kein Geld, um Gäste beherbergen zu können, und zweitens will Kayden nicht.« Neil deutete mit dem Kinn auf mich. Ich hatte in der Tat keinen Nerv mehr für ein Swingerhotel. Mir reichte es endgültig.

»In ein paar Wochen ist doch schon die Versteigerung des Hauses, bis dahin müssen wir unseren Krempel rausgeschafft und die Tiere irgendwo sicher untergebracht haben«, erzählte mein Bruder weiter.

»Das ist so traurig, Jungs. Uns werden eure Gäste auch fehlen, immerhin haben sie immer bei uns gegessen. Eigentlich dachte ich, durch diese Enthüllungsgeschichte wird euer Bed and Breakfast erst so richtig bekannt und es kommen mehr Touristen in die Gegend. Dann hätte dieser Mist am Ende immerhin etwas Gutes gehabt. Ihr seid mir aber auch ein paar Früchtchen, das muss ich euch mal sagen. Ein Swingerhotel in unserer beschaulichen Gegend. Auf Ideen kommt ihr. Eifert mir nicht zu sehr eurem Vater nach.« Mahnend hob sie den Zeigefinger. Wie es aussah, hatte unser Dad bleibenden Eindruck hinterlassen. »Dass es jetzt so gekommen ist, tut mir sehr leid«, fügte sie noch hinzu.

»Wir hätten sowieso nicht ewig weitermachen können.« Ich kramte einen zwanzig Euro Schein aus der Tasche, langsam überkam mich das Gefühl, die Decke würde mir auf den Kopf fallen. Ich musste raus, ein wenig am Strand spazieren gehen, meine Gedanken sortieren. Mir schwirrte viel zu viel im Kopf herum. »Vielleicht ist es ganz gut, dass jetzt alles aufgeflogen ist, und wir eine Entscheidung treffen mussten. Mit diesem

Swingerkram habe ich mich nie richtig wohlgefühlt, es war immer nur Mittel zum Zweck. Ein neuer Anfang ist genau das, was wir brauchen.«

»Und wie sieht der neue Anfang aus?« Sie nahm mein leeres Glas vom Tisch, und wischte mit dem Geschirrtuch den nassen Abdruck weg.

»Ich habe nicht den blassesten Schimmer«, antwortete ich ehrlich.

26

JUNE

ICH GAB mein Passwort fürs Online-Banking ein und überwies mit meinen letzten paar Hundert Pfund die Miete für diesen Monat. Wie es mit mir weitergehen sollte, wenn ich nicht bald einen neuen Job fand und mein Leben in halbwegs normale Bahnen lenkte, wusste ich nicht. Der desaströse Abschied von Irland – genauer gesagt, von Kayden -, steckte mir noch in allen Knochen und lähmte mich bei allem was ich tat. Am meisten schmerzte jedoch, dass mir Kayden tatsächlich zutraute so hinterhältig gewesen zu sein, und sie allesamt verraten zu haben. Immerhin waren wir uns sehr nahegekommen. Warum hatte ausgerechnet ich immer dieses Pech mit Männern? Wieso zog ausgerechnet ich dauernd Chaoten jeder Art an? Was stimmte mit mir nicht? Ein schwerer Seufzer kam mir über die Lippen, während ich mich zurücklehnte. Seit Tagen schon fühlte ich mich leer und ausgebrannt, sodass ich kaum die Energie aufbrachte, morgens aufzustehen und mich anzuziehen. Als ich meine E-Mails durchging und wieder keine Antwort von einem der vielen Verlage, bei denen ich mich in meiner Verzweiflung sogar landesweit beworben hatte, vorfand, stand ich auf, um mir in der Küche eine Tasse Tee zu machen. Ich schaltete den Wasserkocher ein.

Mein Handy klingelte. Harper rief an.

»Hey, du.« Um mich ein bisschen zu motivieren, griff ich im Küchenschrank nach meiner Lieblingstasse. Auf der stand in pinkfarbenen Buchstaben: Heute ist ein wundervoller Tag. Was für eine Selbstverarschung.

»Hi, wollte nur mal nachfragen wie es dir geht. Sollen wir uns zum Lunch treffen?«

Ich nahm meinen letzten Teebeutel Earl Grey aus der Pappschachtel und versenkte ihn in der Tasse. »Tut mir leid, aber ich kann mir Restaurantbesuche erst wieder leisten, wenn ich Arbeit gefunden habe.«

»Du bist eingeladen.«

»Nein«, lehnte ich ab. »Du kannst nicht dauernd alles für mich bezahlen, ich komme mir sowieso schon wie eine Schmarotzerin vor.«

»Was bin ich für eine Freundin, wenn ich dir in einer Notlage nicht beistehe?«

Mir wurde warm ums Herz. »Das machst du doch. Du hörst dir seit zwei Wochen geduldig meinen neuesten Herzschmerz an, obwohl dir von meinem letzten noch die Ohren bluten, und das rechne ich dir hoch an.«

»Na ja«, sagte Harper nach einer kurzen Pause. »Immerhin bin ich nicht ganz unschuldig an dem ganzen Schlamassel.«

Die arme Harper musste schon wieder meinen Liebeskummer ausbaden, und tat das auch klaglos. Sie war einfach die beste Freundin, die man sich wünschen konnte. Anfangs hatte sie mir vorgeschlagen, Kayden anzurufen, um noch einmal das Gespräch mit ihm zu suchen. Aber ich sah keinen Sinn darin. Worüber sollte ich mit ihm noch reden, wenn er nichts für mich empfand?

»Du willst immer nur mein Bestes, das weiß ich doch, Süße.

Unter Garantie kannst du nichts dafür, dass sich mein dummes Herz sofort an diesen Callboy hängen musste, statt einfach nur ein bisschen Spaß zu haben.« Als es blubberte und Dampf aus dem Wasserkocher aufstieg, goss ich meine Tasse voll. Schon wieder tat dieser Muskel in meiner Brust unglaublich weh, und die Schuld daran trug allein Kayden Graham. Obwohl er mich am Schluss so mies behandelt hatte, verging kein Tag, keine Sekunde, in der ich nicht sehnsüchtig und voller Verlangen an ihn dachte. Einerseits vermisste ich ihn schrecklich, dann wiederum brodelte es in mir hoch, allein bei der Erinnerung daran, wie gemein er mich behandelt und eiskalt auflaufen hatte lassen. Ich hatte ihm meine Liebe gestanden und er mich weggestoßen. In seinem Leben gab es keinen Platz für mich. Das war nicht mal die ganze Wahrheit, eher war es so gewesen, dass er mich nicht in seinem Leben haben wollte. Wieder und wieder rief ich mir unsere letzte Unterhaltung zurück ins Gedächtnis. Ging in Gedanken das Gespräch bis ins kleinste Detail durch. Vielleicht hatte ich ja etwas übersehen, eine Aussage zwischen den Zeilen, seine Blicke falsch gedeutet, und er hatte mich aus irgendeinem Grund angelogen. Nach ausgiebiger Selbstzerfleischung musste ich mir jedoch eingestehen, dass Kayden überdeutlich gewesen war und keinen Raum für Interpretationen gelassen hatte. Ich bedeutete ihm nichts. So simpel war das. Wie oft musste ich mir diesen Satz noch vorsagen, bis er endlich mein dummes Gehirn erreichte?

»Du bist schon wieder so still, das gefällt mir überhaupt nicht«, hörte ich Harper sagen und schrak aus meinen Gedanken.

»Alles okay. Ich puste nur in meinen heißen Tee, um ihn abzukühlen.« Jedes Mal, wenn ich von Kayden redete, spürte ich diesen Stich in meinem Herzen, der ewig nicht mehr verging und eine gehörige Ladung Traurigkeit schwappte in mir hoch.

Harper glaubte mir kein Wort, das hörte ich an ihrem leisen Brummen. Sie hatte diese viel zu ausgeprägte Antenne für meine Stimmungen »Weißt du was, ich komme heute Abend bei dir vorbei und bringe eine Flasche Wein mit. Wie klingt das?«

»Das klingt toll, ich freu mich auf dich.« Meine beste Freundin und Alkohol waren genau die Mischung, die ich heute brauchte.

Als es klingelte, horchte ich auf.

»Harper, da ist jemand an der Haustür. Wahrscheinlich der Postbote.« Ich erwartete zwar kein Päckchen, aber ansonsten kam mich in letzter Zeit kein anderer besuchen.

»Ich muss auch los, bis heute Abend.«

»Bis später.« Ich drückte auf den Knopf der Gegensprechanlage. »Ja?«

»June?«, hörte ich eine Frau fragen.

»Ja, wer ist da?«

»Hier ist Sheila Winston. Kann ich kurz reinkommen?«

Mein Blutdruck schnellte in die Höhe. Sheila Winston stand draußen? Ich träumte. Oder hatte ich einen Nervenzusammenbruch, halluzinierte bereits und merkte es gar nicht?

»Hallo, June?«, hörte ich Sheila vorsichtig fragen, und wusste nun, dass die Situation verdammt real war. Dieser Superstar stand tatsächlich draußen vor meiner bescheidenen Haustür. Mein Herz sank in den Magen und verklumpte zu einem Stein. Oh Gott, das bedeutete nichts Gutes, nicht nach unserem letzten Gespräch. Vielleicht wollte sie mich verklagen, aber dann hätte sie mir mit Sicherheit einen ihrer Staranwälte auf den Hals gehetzt und würde nicht persönlich vorbeikommen. Die vergangenen Wochen hatte ich das Internet so gut es ging vermieden, um mich nicht noch mehr zu peinigen. Somit war ich nicht auf dem Laufenden, wie weit die Kreise dieser Geschichte inzwischen gezogen waren.

»Ja, klar. Komm hoch.« Widerwillig drückte ich auf den Knopf, der unten die schwere Haustür öffnete und ließ sie herein, bevor ich in Windeseile durch die Wohnung fegte. Dreckwäsche vom Boden aufsammelte und ins Bad schleuderte, schmutziges Geschirr vom Sofatisch, Regalen, Fußboden und der Couch in die Spüle beförderte. Hastig riss ich das Fenster auf, um etwas von dem Mief aus dem Wohnzimmer zu kriegen. Draußen im Treppenhaus näherten sich bereits Schritte. Scheiße. Ich blickte an mir entlang. Oh nein, ich trug immer noch meinen versifften rosafarbenen Schlafanzug, den verräterische Spuren meiner nächtlichen Schokoladeneis-Fressorgie zierten. Für einen Klamottenwechsel war es allerdings zu spät.

»Hallo«, rief Sheila von der geöffneten Wohnungstür und ich ging ihr entgegen. Mit beiden Händen glättete ich mein ungekämmtes Haar, und fühlte mich noch unappetitlicher, als ich Sheila strahlend schön und durchgestylt vorfand.

»Tut mir leid, ich bin spät aufgestanden.« Immerhin war es fast Mittag. »Ich hatte eine lange Nacht. Also beruflich … ich war die ganze Nacht beruflich unterwegs«, redete ich mich wirr heraus und verfluchte mich für mein bescheuertes Gequassel. Aber ich wollte nicht als totale Loserin vor ihr stehen.

»Kein Problem.« Sheilas Blick schweifte durch den Raum. Auf dem Boden lag ein getragener Slip, den ich in der Eile übersehen hatte. Rasch bückte ich mich danach und pfefferte ihn ins Bad, ehe ich hektisch die Tür schloss und Richtung Wohnzimmer deutete. »Komm doch rein.«

Sie betrat hinter mir das Zimmer. »Nett hast du es hier.«

Das war die Übertreibung des Jahrhunderts, meine Wohnung glich einer Messi-Bude. Mein Energiepegel stand so tief, dass ich mich nur noch zum Nötigsten aufraffen konnte.

Hinterher fühlte ich mich wie nach einem Marathonlauf, und kam stundenlang nicht mehr vom Sofa hoch.

»Ähm, setz dich doch.« Ich deutete auf die Couch, wo meine rot-schwarz karierte Wolldecke in einem zerknitterten Knäuel lag.

»Nein, schon gut. Ich will dich nicht lange aufhalten.« Sie schenkte mir ein freundliches Lächeln, das mich einigermaßen beruhigte. Das blonde Haar floss ihr wie glänzende Seide über die Schultern, sie hatte ein perfekt abgestimmtes natürliches Make-Up aufgelegt, das sie atemberaubend aussehen ließ. In Irland hatte sie schon toll ausgesehen, obwohl sie die meiste Zeit auf Schminke verzichtet hatte und am liebsten in bequemen Klamotten herumgelaufen war. Heute trug sie ein enganliegendes, weißes Designerkleid, das ihre perfekte Figur betonte. Ein wahrer Weltstar stand vor mir und ich fühlte mich noch unbedeutender.

»Wie hast du mich gefunden?«, wollte ich dann doch gern wissen, immerhin war meine Adresse nicht öffentlich auffindbar.

Sie strich sich eine Strähne aus der Stirn. »Um ehrlich zu sein habe ich jemanden engagiert, um dich ausfindig zu machen.«

So einfach funktionierte das? »Einen Privatdetektiv?«

»So ungefähr«, sagte sie an ihren Haaren spielend. »Ich hoffe, du bist mir nicht böse. Aber ich muss dringend mit dir reden.«

»Falls es wegen dem Zeitungsartikel ist, ich habe ihn wirklich …«

»Nein, es ist nicht deswegen.« Sie schmunzelte tatsächlich ein klein wenig. »Außerdem interessiert sich schon längst kein Mensch mehr dafür.« Sheila machte eine dramatische Pause, ihre türkisfarbenen Augen glitzerten. »Wow, das war vielleicht ein Aufreger. Ich hatte schon mit einem mega Shitstorm gerechnet, der meiner Karriere ein verfrühtes Aus beschert. Aber meine Fans sind total ausgeflippt und haben mich für meine sexuelle Freiheit gefeiert. Binnen Tagen hatte ich fünf Millionen neue Follower auf Instagram.«

Ein wahrer Felsbrocken löste sich von meiner Brust. »Ich bin sehr erleichtert, dass alles positiv für dich ausgegangen ist. Das meine ich ehrlich.« Auch der Streit mit Sheila war mir sehr nahe gegangen. In meiner Verzweiflung hatte ich sogar meine Freundin bei der *Stars & Glamour* angerufen und sie gefragt, ob sie eine Ahnung hatte, wie ihre Zeitschrift an die Story gekommen war. Sie wollte sich umhören, konnte aber bislang noch nichts herausfinden, da sie in einer anderen Abteilung arbeitete. Ich rechnete mir keine großen Chancen aus, jemals an diese Info zu gelangen. Für gewöhnlich gaben Journalisten ihre Quellen nicht preis, wenn diese anonym bleiben wollten. Tief in mir drinnen hatte ich jedoch inzwischen Ashton in Verdacht.

»Darf ich dir etwas zu trinken anbieten? Einen Tee vielleicht?« Hoffentlich sagte sie nein, der letzte Beutel schwamm in meiner Tasse.

»Nein, danke«, lehnte sie zum Glück ab. »June, darf ich dich etwas fragen?«

»Ähm, ja klar. Schieß los.« Unwillkürlich verschränkte ich die Arme vor der Brust.

»Hast du noch Kontakt zu den Graham Brüdern?«

»Nein. Wie… wieso fragst du?« Meine Nackenhaare stellten sich auf. Ich kam mir vor wie bei einem Polizeiverhör.

»Nun, du und Kayden ihr seid euch ziemlich nahegekommen. Um ehrlich zu sein, hatte ich nicht das Gefühl, dass ihr zwei einfach nur miteinander spielt.«

Ich schluckte den dicken Kloß im Hals weg, spürte schon wieder dieses verfluchte Brennen in den Augen und wandte den Blick ab. »Gefühle können trügerisch sein«, erwiderte ich, war mir jedoch nicht sicher, ob meine Antwort auf Sheilas Frage gemünzt war oder auf meine Einbildungskraft.

Sie nahm meine Hand. »Das tut mir sehr leid. Kayden ist ein Dummkopf, wenn er dich allen Ernstes hat ziehen lassen.«

Ich schaffte ein gepresstes Lächeln. »Es sollte halt nicht sein. Kayden war ein Urlaubsflirt. Aber du bist doch bestimmt nicht hergekommen, um mich wegen ihm auszuquetschen.«

»Nein.« Sie schüttelte den Kopf. »Rheena hat mich gestern angerufen. Du erinnerst dich noch an sie? Neil und Rheena haben was miteinander am Laufen.«

»Ja, klar. Sie ist total nett.« Die Erinnerung an die vielen lieben Menschen, die ich in Irland kennengelernt hatte, setzte mir zu. »Was wollte sie denn?« Dann schrak ich mit jeder Faser meines Körpers zusammen. »Ist etwas passiert? Geht es Kayden und seinen Brüdern gut?« Mein Puls pochte in den Schläfen.

»Ja, ihnen geht es gut. Wenn man von ihren finanziellen Problemen absieht. Leider hat ihr Bed and Breakfast den Skandal nicht so unbeschadet überstanden wie ich. Ihr Kreditgeber ist abgesprungen, und jetzt sitzen die drei auf einem großen Schuldenberg. Das *Swing to Heaven* soll in ein paar Wochen zwangsversteigert und der Gnadenhof aufgelöst werden.« Sie blinzelte. »Das können wir doch nicht zulassen. Die vielen Tiere, die bei den Jungs endlich ein gutes Zuhause gefunden haben, dürfen unter dem ganzen Mist, der passiert ist, nicht leiden. Ich würde ihnen echt gern mit der nötigen Summe aushelfen, aber erstens ist es etwas völlig anderes, wenn man als Promi mal für ein paar Tage in einem Swingerhotel eincheckt, oder ob man das ganze Ding gleich finanziert. Trotzdem muss es doch irgendeinen Weg geben, wie man den Jungs etwas unter die Arme greifen kann. Vielleicht fällt dir ja was ein. Du bist meine letzte Hoffnung. Dir liegen die Grahams und die Tiere doch auch am Herzen, oder nicht?«

»Selbstverständlich tun sie das. Aber …« Ich zuckte die Achseln. »Ich habe leider keinen blassen Schimmer, was wir tun könnten. Hätte ich Geld auf dem Konto, ich würde es den Jungs sofort überweisen, aber leider bin ich völlig blank.«

Sheila seufzte. »Diese irischen Sturköpfe würden sowieso kein Geld von uns nehmen, dafür sind sie viel zu stolz. Rheena hat mir erzählt, dass die Jungs sich weniger Sorgen um das *Swing to Heaven* als um ihre Tiere machen. Vielleicht schaffen wir es ja, dass sie wenigstens ihren Mini-Zoo gut unterbringen können. Ich habe nur leider keine Ahnung, wie wir das anstellen sollen. Wer hat schon auf die Schnelle Platz für so viele Tiere?«

Ich dachte an Mini-June und ihre Mama, die die Jungs vor dem Schlachter gerettet hatten, als sie trächtig gewesen war. An meinen süßen kleinen Buddy und an Sweetheart mit ihrer Fuck-you-Mentalität. An das Guanako Charly, mit dem ich nie richtig warmgeworden war, und all die anderen Tierchen. Jedes Lebewesen hatte seine eigene Persönlichkeit. Sie waren wie eine tierische Familie für mich. Allein der Gedanke, sie könnten bald kein Zuhause mehr haben, und was danach mit ihnen passieren würde, zerriss mir das Herz.

»Ich habe leider auch keine Idee, wie wir ihnen helfen könnten.« Was konnte ich von London aus schon tun? Kayden hatte mich fortgeschickt und mit Sicherheit war ich die Letzte, von der er nun hören wollte.

»Schade.« Sheila ließ den Kopf hängen. »Ich hätte den Jungs echt gern geholfen.«

»Ich auch, das kannst du mir glauben.« Um ehrlich zu sein, hätte ich es nicht für möglich gehalten, dass ich mich noch schlechter fühlen konnte, als die vergangenen zwei Wochen.

Sheila hielt mir die Hand hin. »Mach's gut, June.«

»Du auch«, sagte ich und ergriff sie. Wir schüttelten uns die

Hände wie zwei weitläufige Bekannte es eben machen, bevor Sheila zur Tür hinaus entschwand.

Nachdem sie gegangen war, saß ich wieder auf meinem Sofa und starrte die Wand an. Die Tage in Irland und Kayden geisterten durch meinen Kopf. Prompt fing mein Herz wie verrückt an zu schlagen. Wenn Kayden schon zu stolz war, um Hilfe von Sheila anzunehmen, würde er unter Garantie auch keine von mir wollen. Außerdem. Allen Ernstes. Was konnte ich schon tun? Ich bekam mein eigenes Leben kaum auf die Reihe. Aber so sehr ich mich auch um Ablenkung bemühte, meine Gedanken verliefen sich jedes Mal wieder schnurstracks in dieselbe Richtung.

Mit Sicherheit waren schon Stunden vergangen, als ich mein Smartphone zur Hand nahm, und in meiner Rufliste nach der Nummer suchte.

27

JUNE

Kritisch begutachtete ich mich von allen Seiten im hohen Wandspiegel, entdeckte aber zum Glück weder Knitterfalten noch irgendwelche Flecke. In meinem dunkelgrauen Kostüm mit dem Bleistiftrock und der weißen Bluse sah ich sehr seriös aus, und atmete tief durch. Meine ganze Konzentration lag auf dem Vorstellungsgespräch, welches in zwei Stunden bei einem kleinen Zeitungsverlag anstand, und das ich auf keinen Fall in den Sand setzen wollte. Meine erste Chance auf einen Job seit Monaten und ich hatte das Gefühl, es könnte langsam wieder bergauf mit mir gehen. Zumindest beruflich.

Als mein Smartphone auf dem Sofatisch klingelte, ging ich ins Wohnzimmer, um nachzusehen, wer mich anrief. Es war Claire Downbridge, meine Freundin von der *Stars & Glamour*, die sich seit unserem Telefonat nicht mehr gemeldet hatte.

Sofort nahm ich das Gespräch an.

»Hi, Claire«, meldete ich mich.

»Hey, June. Wie sieht's aus? Was macht die Jobsuche?«

»Ich habe heute Nachmittag ein Vorstellungsgespräch bei einem kleinen Verlag außerhalb von London.«

»Das sind doch großartige Neuigkeiten. Ich drücke dir die Daumen, Liebes.«

»Ist zwar nur eine Provinzzeitung, aber ich denke ein guter Start, um in der Branche wieder Fuß zu fassen.«

»Mit Sicherheit. Und glaub mir, alles ist besser, als bei der *Stars & Glamour* zu arbeiten. Ich bin bestimmt nicht Journalistin geworden, um im Privatleben irgendwelcher Promis herumzuschnüffeln.«

»Das kann ich gut nachvollziehen.« Um ehrlich zu sein, könnte ich niemals bei dieser Zeitung arbeiten. Nicht einmal für viel Geld. Nicht, nachdem ich hautnah miterleben musste, wie diese Storys die Existenzen von Leuten vernichten konnten. Wie es Kayden und seinen Brüdern wohl ging? Mein Gespräch mit Sheila war inzwischen vier Tage her, und ich hatte seitdem nichts mehr von ihr gehört.

»Aber warum ich anrufe, June. Ich glaube, ich konnte etwas zu deiner Frage herausfinden.«

Unwillkürlich hielt ich das Handy fester. »Ja?«, hauchte ich, meinen wild pochenden Herzschlag ignorierend.

»Aber du musst mir versprechen, dass diese Information unter uns bleibt. Ich könnte sonst meinen Job verlieren. Du machst kein großes Drama aus dieser Sache, verstanden?«

»Ich verspreche es.« Was würde das schon nutzen? Nichts ließ sich mehr ändern. Außerdem würde ich niemals einer Kollegin Ärger bereiten.

»Okay, ich habe sowieso nur einen Vornamen für dich. Also alles ganz vage, und es könnte jede Person sein, die diesen Namen trägt.«

»Alles klar. Ich möchte es nur wissen, für mich.«

Claire räusperte sich. »Kennst du eine Abigail?«, flüsterte sie und ich hielt den Atem an.

»Ja.«

»Wie es aussieht, hat sie uns wohl die Fotos samt der Geschichte gegen Bezahlung zugespielt.«

Das durfte doch nicht wahr sein. Abigail? Ausgerechnet die nette Wirtin aus dem Green Shamrock? Die Frau, die aus derselben Gegend wie die Jungs stammte, die sich alle seit Ewigkeiten kannten? Sie hatte den Graham-Brüdern das angetan? Aber warum bloß? Inzwischen war ich mir so sicher gewesen, dass nur Ashton für diese miese Tat infrage kommen könnte. Ich bekam ein schlechtes Gewissen, weil ich ihn ohne Beweise vorverurteilt hatte.

»Alles klar bei dir?«, hörte ich Claire fragen und nickte, obwohl sie mich nicht sehen konnte.

»Ja«, krächzte ich schließlich, »ich bin nur so geschockt, weil ich ihr diese Gemeinheit nicht zugetraut hätte.«

»Man kann den Menschen eben nur bis vor die Stirn sehen.«

Da hatte sie verdammt recht.

»Danke, dass du es mir gesagt hast.« Immerhin wusste ich jetzt wer hinter allem steckte, auch wenn ich diese Information für mich behalten musste. Aber allein Gewissheit zu haben, änderte schon viel. Vor allem erinnerte es die Journalistin in mir daran, niemals voreilige Schlüsse zu ziehen, egal wie sich eine Sache nach außen hin darstellte.

»Ich muss weiterarbeiten. Treffen wir uns demnächst mal auf einen Drink? Wir haben uns schon seit einer Ewigkeit nicht mehr gesehen«, hörte ich Claire wie durch dichten Nebel sagen.

»Das machen wir, ich ruf dich an.«

»Tu das, und viel Glück für das Vorstellungsgespräch.«

»Danke, Claire.«

Nachdem ich aufgelegt hatte, saß ich wie versteinert da und rätselte über die Gründe nach, die Abigail zu dieser Tat bewogen haben könnten. Schließlich kam ich zu dem Schluss, dass es ihr wohl ums Geld gegangen war. Um ehrlich zu sein, war ich versucht, Kayden anzurufen, um ihm zu berichten, wer die Verräterin in ihrem Umfeld war. Erstens hatte ich das Gefühl, die Brüder verdienten es, die Wahrheit zu kennen. Und zweitens wollte ich mich von dem Verdacht reinwaschen, ich wäre die Schuldige. Leider war die Gefahr zu hoch, Claire in Schwierigkeiten zu bringen, also tat ich es nicht.

Ich stand auf und guckte auf meinem Smartphone nach der Uhrzeit. In einer halben Stunde musste ich los, wenn ich den Zug in den Vorort der Stadt erreichen wollte. Als ich im Flur meine Jacke vom Garderobenhaken nehmen wollte, läutete es an der Haustür und ich verharrte. Wer mochte das wohl sein? Vielleicht kam Sheila mit guten Neuigkeiten zurück. Hastig drückte ich auf den Knopf der Gegensprechanlage.

»Ja?«, fragte ich.

»June, hier ist Ashton«, hörte ich eine dunkle Stimme sagen und zuckte zusammen. Was wollte ausgerechnet Ashton von mir? Langsam kam ich mir wie Ebenezer Scrootch vor, als der vom Geist seine Vergangenheit heimgesucht wurde.

»Was willst du?« Gut, ich hätte diese Frage auch höflicher formulieren können, aber ich war so überrascht.

»Kurz mit dir reden, wenn das möglich ist.«

»Ja, klar. … Aber wirklich nur ganz kurz, ich bin eigentlich schon auf dem Sprung und muss einen Zug erwischen.«

»In fünf Minuten bin ich wieder weg, versprochen.«

Ich drückte auf den Türöffner und lauschte den näherkommenden Schritten im Treppenhaus. Zum Glück sah ich heute wieder wie ein Mensch und nicht wie ein Sumpfmonster aus.

Ashton trug einen dunkelblauen Anzug, mit einem weißen Hemd und einer grau-blau gestreiften Krawatte. Aus der Brusttasche blitzte ein Einstecktuch im selben Stoff hervor. Sein dunkelblondes Haar war akkurat frisiert. Man sah ihm den Anwalt auf hundert Meter Entfernung an.

»Guten Tag, June.« Er deutete eine galante Verbeugung an, und ich kam mir vor, als würde mich Besuch aus der königlichen Familie beehren. Die Höflichkeit hätte geboten, ihn hereinzubitten, aber ich konnte nicht. Ich konnte Ashton kaum in die Augen sehen. Immerhin hatte ich ihn die ganze Zeit über verdächtigt, auch wenn er keinen blassen Schimmer hatte.

»Hi«, ich zwang mich zu einem belanglosen Lächeln. »Was tust du hier? Woher weißt du, wo ich wohne?« Warum stellte ich erneut diese Frage? Dank Sheila Winstons Besuch wusste ich ja inzwischen, wie problemlos Menschen mit Geld andere Leute aufspüren konnten.

»Ich habe jemanden beauftragt, der mir deine Adresse besorgt hat. Hoffentlich bist du jetzt nicht böse.«

Ich wusste nicht einmal ob das legal war. »Worum geht es? Was gibt es so Wichtiges?«

»Können wir die Sache vielleicht drinnen besprechen?« Er deutete an mir vorbei ins Innere meiner Wohnung.

»Nein.« Ich schüttelte den Kopf.

»Also gut.« Er strich einen imaginären Fussel vom Revers. »Wie du sicherlich schon weißt, hat meine Familie das Geld von den Graham Brüdern zurückverlangt, welches sie von uns für ihr Bed and Breakfast und den Gnadenhof bekommen hatten.«

»Nein, ich hatte keine Ahnung.« Ich fühlte mich, als wäre ich gegen eine Wand gelaufen. Also waren die O'Sheas schuld an Kaydens finanziellen Problemen? »Euch haben sie den ganzen Schlammassel, in dem sie jetzt stecken zu verdanken? Warum habt ihr das getan? Euch muss doch klar gewesen sein, dass ihr Kayden und seine Brüder mit so einem Schritt ruiniert.«

»Es tut mir sehr leid, das musst du mir glauben.« Er sah mir direkt in die Augen. »Aber das geliehene Geld kam von meinem Vater und nicht von mir, und mein Dad wollte auf keinen Fall ein Swingerhotel finanzieren und in Verruf geraten. Ich konnte ihn nicht davon abhalten, die komplette Summe zurückzuverlangen.«

»Und was ist mit den Tieren? Kayden hat mir erzählt, dass der Gnadenhof der Lebenstraum deiner Schwester war. Bedeutet euch das überhaupt nichts?«

Seine braunen Augen begannen zu glänzen. »Du kannst dir gar nicht vorstellen, wie viel mir Danas Traum bedeutet. Aus diesem Grund bin ich hergekommen. Ich habe den Blogeintrag gelesen, und möchte helfen.«

Kurz nachdem Sheila gegangen war, hatte ich eine andere Freundin angerufen, die einen sehr erfolgreichen Reiseblog führte. Jeder ihrer Beiträge hatte binnen Tagen hunderttausende Aufrufe. Ich hatte sie gebeten, über das *Swing to Heaven* zu schreiben, und sie fand das Thema interessant. Sie verfasste einen völlig anderen Artikel als die *Stars and Glamour*, erzählte von den Tieren, die dank des unermüdlichen Einsatzes der Graham Brüder schon gerettet werden konnten und die nun bald ihr Zuhause verlieren würden. Sollte kein Wunder geschehen. Die Freundin hatte auch herausgefunden, dass der Hotelbetrieb inzwischen komplett eingestellt worden war, man konnte keine Zimmer mehr buchen, obwohl die Zwangsversteigerung erst in ein paar Wochen stattfinden sollte. Diese Info hatte mich kalt erwischt, denn ich hatte mir erhofft, dass die Jungs sich dank des Blogbeitrages vor Buchungen kaum noch retten konnten, und wieder Geld in ihre Kasse floss. Aber sie hatten mit dem Bed and Breakfast bereits abgeschlossen. Somit war es nur noch eine Frage der Zeit, bis den Brüdern das Geld ausging. Trotz allem war die Resonanz im Internet riesig gewesen. Ein User hatte sogar ein Crowdfunding-Konto für den Gnadenhof eingerichtet und die Spendenbereitschaft war enorm. Alle wollten helfen. Ich hielt mich im Hintergrund, um mit der Aktion nicht in Verbindung gebracht zu werden.

Ansonsten stünden die Chancen wohl noch schlechter, dass die Grahams das Geld annahmen.

»Welcher Blogbeitrag?«, stellte ich mich dumm, und griff mir an den Hals.

»Komm schon.« Ashton prustete. »Du willst mir doch nicht ernsthaft weismachen, dass du in dieser Sache nicht mit drinsteckst ... mit deinen journalistischen Kontakten.«

»Ich habe keine Ahnung wovon du redest.« Ich kniff die Lippen fest zusammen.

Er seufzte. »Egal. Ich bin nur hier um dir zu sagen, dass ich die Summe, die mein Dad zurückverlangt hat, aus eigener Tasche ersetzen möchte. Wegen meinem Sturkopf von Vater darf dieses wichtige Projekt nicht sterben. Mir persönlich ist es auch vollkommen gleich, ob die Jungs ein Swingerhotel führen, das ist deren Angelegenheit und geht mich nichts an.«

»Kayden wird nie im Leben Geld von dir annehmen.« Ich schüttelte den Kopf. So gut kannte ich Kayden inzwischen, um zu wissen, dass er eher alles verkaufen würde, als ausgerechnet in der Schuld des Mannes zu stehen, den er aus tiefstem Herzen verachtete.

»Vielleicht kannst du es ihm ja geben? Sag ihm, du hast es von einem anonymen Gönner bekommen. Um ehrlich zu sein, möchte ich eine Summe dieser Größenordnung ungern auf ein Crowdfunding Konto überweisen, auf das derjenige, der es eröffnet hat, dann Zugriff hat. Ich bin in dieser Hinsicht wohl etwas zu übervorsichtig, aber meine Erfahrung als Anwalt hat mich einiges gelehrt.«

»Es tut mir leid, Ashton. Aber ich habe keinen Kontakt mehr zu Kayden. Ich kann ihm das Geld nicht geben und von mir würde er es genauso wenig annehmen, wie von dir.«

Er wich mit dem Kopf zurück. »Wieso? Ich meine, ihr habt in Irland so verliebt ausgesehen.«

Was sollte ich dazu sagen? Ich kannte die Antwort selbst

nicht, doch Kayden hatte seine Position überdeutlich gemacht, und es wurde Zeit für mich nach vorn zu schauen.

»Manchmal ändern sich die Dinge eben, wir haben nicht einmal eine Woche miteinander verbracht.«

»Kayden kann sich sehr schnell für eine Frau entscheiden, wenn es ihm ernst ist.«

»Dann war es ihm mit mir wahrscheinlich nicht ernst«, fuhr ich ihn an, und krallte meine Fingernägel in die Handflächen, um den Schmerz in meiner Brust einigermaßen erträglicher zu machen. Ashton sollte mir nicht anmerken, wie weh es immer noch tat, dass Kayden nicht dasselbe für mich empfand, wie ich für ihn.

Ashton zog seine Krawatte zurecht. »Das tut mir leid, June.«

»Muss es nicht.« Ich zog die Wohnungstür hinter mir zu. Als Signal zum Aufbruch. »Außerdem muss ich jetzt wirklich los, sonst verpasse ich einen sehr wichtigen Termin.«

»Selbstverständlich.« Er trat einen Schritt beiseite und ließ mich vorbei. »Wenn es irgendetwas gibt, das ich für die Grahams tun kann, dann lass es mich wissen, okay?«

»Ja, mach ich.« *Mit Sicherheit nicht.* Wir stiefelten nebeneinander die Treppe nach unten, schweigend und in uns selbst versunken. Verdammt, ich kam einfach nicht über Kayden hinweg. Jedes Mal wenn ich glaubte, mich einigermaßen im Griff zu haben, stand jemand vor meiner Haustür und riss die Wunde in mir wieder auf.

28

KAYDEN

EIN KRASSES BEBEN erfasste meinen Körper, als ich die Straße entlangging, in der June wohnte. Der Verkehr in London war höllisch, Fahrzeugkolonnen schoben sich die Fahrbahn entlang, es wuselte vor Menschen und jemand hupte ausdauernd. Lärm und Hektik herrschte um mich herum. Ich war so viel Trubel nicht mehr gewohnt.

Junes Adresse hatte ich mir aus den Check-in-Unterlagen besorgt. Ich hatte mir noch keine Gedanken gemacht, was ich zu ihr sagen wollte, aber ich hielt es keine Minute länger ohne diese atemberaubende Frau aus. Wahrscheinlich wollte sie sowieso nichts mehr mit mir zu tun haben, trotzdem wollte ich mich nicht länger wie ein Feigling in Irland verkriechen. Ich musste sie um Verzeihung für all die gemeinen Dinge bitten, die ich zu ihr gesagt hatte. Nichts davon war wahr gewesen.

Ich wich einer Frau aus, die zwei schwere Einkaufstüten trug und hätte fast noch einen Betrunkenen über den Haufen gerannt, der gegen eine Hauswand urinierte. In letzter Sekunde sprang ich beiseite und bahnte mir weiter meinen Weg, während ich versuchte, mir in Gedanken wenigstens ein paar

Einleitungssätze zurechtzulegen, die sich nicht ganz so bescheuert anhörten. Große Worte waren noch nie mein Ding gewesen, ich war ein Mann der Taten.

Abrupt hielt ich an, mein Herzschlag donnerte in der Brust. Keine fünf Meter vor mir stand June zusammen mit Ashton. Ich traute meinen Augen kaum. Er sagte etwas zu ihr, was June zum Lächeln brachte, bevor er die Arme ausbreitete und sie an seine Brust zog. Mich überkam ein Gefühl, als würde mir jemand von hinten ein Brett über den Kopf ziehen. Meine Vorahnung hatte mich also nicht getrogen, June hatte mich längst abgehakt und sich einem Mann zugewandt, der sie nicht so mies behandelte, wie ich das getan hatte. Ich konnte ihr diese Entscheidung nicht einmal verdenken, wahrscheinlich war sie mit Ashton sowieso besser dran als mit mir. Obwohl ich nichts lieber täte, als mich auf ihn zu stürzen, um den Kerl von *meiner* June wegzuzerren. Wie unfassbar schön sie aussah, so gepflegt und business-like passte sie rein optisch perfekt zu ihm, während ich in Jeans und T-Shirt herumstand. Meine atemberaubende, sexy June.

Im nächsten Moment durchzuckte es mich, ich musste weg, bevor die beiden mich entdeckten. Ashton löste sich bereits von ihr, es war höchste Zeit zu verschwinden.

Hastig drehte ich mich um, und machte, dass ich davonkam.

»Kayden«, hörte ich June hinter mir rufen und ächzte auf. Ich beschleunigte meine Schritte. Scheiße, sie hatte mich entdeckt. Das Letzte, wonach mir der Sinn stand, war meiner Traumfrau zu ihrer neuen Beziehung zu gratulieren.

»Kayden«, rief nun auch noch dieser Wichser und mir sträubten sich die Nackenhaare, während ich so tat, als hörte ich die beiden nicht – bis mich jemand an der Schulter festhielt. Wie in Zeitlupe drehte ich mich um, und blickte direkt in Junes fantastische Augen. Mich haute es fast um, auf diesen

Anblick war ich nicht vorbereitet gewesen, obwohl ich wochenlang von nichts anderem geträumt hatte.

»Kayden«, sagte sie noch einmal ganz leise, fast schon schockiert. »Was machst du in London?«

Ich konnte nicht anders und lächelte sie an, ein melancholisches Gefühl machte sich in mir breit, als stünde ich urplötzlich einer längst vergessenen Erinnerung gegenüber. Dann registrierte ich, dass Ashton näherkam.

»Ich will euch nicht stören«, sagte ich, statt ihre Frage zu beantworten. Der Wicht hatte uns bereits erreicht. Sollte er jetzt auch noch seinen Arm um June legen, konnte ich für nichts mehr garantieren, ich musste weg. Und zwar schleunigst.

»Kayden, das ist ja eine Überraschung.« Ashton hielt mir die Hand hin, aber ich schlug nicht ein. Stattdessen straffte ich den Rücken und wandte mich an June.

»Ich bin nur hergekommen, um mich für mein Verhalten am Tag deiner Abreise zu entschuldigen. Es tut mir leid, wie schlecht ich dich behandelt habe.« Aus tiefstem Herzen hoffte ich, dass June meine Entschuldigung annahm. Obwohl sie bereits einen anderen Mann an ihrer Seite hatte, durfte es nicht so übel mit uns enden. Sie sollte mich wenigstens in guter Erinnerung behalten.

»Nur deshalb hast du den weiten Weg nach London gemacht? Um mir das zu sagen, und dann haust du wieder ab?« Sie klang ungläubig, fast schon sauer.

»Wir Iren haben die Dinge nun mal gern geklärt«, ließ ich sie wissen, und schämte mich für meine Unaufrichtigkeit. Für ein Liebesgeständnis war es sowieso zu spät.

»Das ist mir ja völlig neu«, murmelte Ashton und ich warf ihm einen mörderischen Blick zu. Er sollte besser seine verdammte Klappe halten. Immerhin hatte er nicht lange gezögert, um sich mein Mädchen zu schnappen. Als gäbe es in London nicht genügend andere.

»Ich wünsche euch beiden eine großartige Zukunft zusammen.« Das meinte ich ehrlich, auch wenn ich mich unglaublich mies dabei fühlte, und es mir alles abverlangte, diesen Satz laut auszusprechen. Aber Junes Glück lag mir am Herzen, mehr als mein eigenes. Wenn Ashton der Richtige für sie war, würde ich mich nicht dazwischen stellen.

»Oh.« Ihr Blick schweifte zwischen mir und Ashton hin und her. »Wir sind nicht … das siehst du ganz falsch … Ashton und ich sind kein Paar.«

»Ihr habt eben aber sehr vertraut miteinander gewirkt.«

June machte Anstalten, eine Hand auf meinen Brustkorb zu legen, ließ sie dann jedoch sinken. »Wir haben uns wie Freunde voneinander verabschiedet, das war alles.«

Heilige Scheiße. Ich hatte die Situation vollkommen missinterpretiert und machte mich zum totalen Affen.

»Ihr seid also nicht zusammen?«, hakte ich noch einmal nach, nur für den Fall, dass ein akustisches Problem vorlag. Um uns herum bahnten sich Leute ihren Weg, manche redeten oder lachten ziemlich laut.

»Nein.« June schüttelte den Kopf, das wunderhübsche Lächeln erreichte sogar ihre Augen und ließ sie erstrahlen. Verdammt, diese Frau war noch schöner, als ich sie in Erinnerung hatte.

»Nachdem das jetzt geklärt ist, schlage ich vor, du entschuldigst dich noch einmal anständig bei June«, sagte Ashton und schob mich an der Schulter näher zu ihr. »Du Vollhonk«, legte er nach.

Ich ließ ihm den Vollhonk durchgehen, und ergriff Junes Hände. Seit ich wusste, dass meine Traumfrau doch nicht vergeben war, ging mir Ashton meilenweit am Allerwertesten vorbei. June war immer noch Single – und hörte mir zu. »Ich bin manchmal ein riesengroßer Idiot.«

»Und wie du das bist«, stimmte sie mir mit scharfer Stimme zu, und benetzte ihre Unterlippe mit der Zungenspitze. Sie klang, als wollte sie mich am liebsten verprügeln. Mit Recht! Immerhin hatte ich sie zutiefst gekränkt, und mit einer simplen Entschuldigung war es nicht getan. Am liebsten würde ich sie jetzt küssen. Ihre weichen Lippen berühren, an ihnen knabbern und June in meinen Armen halten, bis sie mir wieder vertraute und mich liebte. Bis sie mir eine zweite Chance gab, alles wieder gutzumachen. Jede Zelle, meine Nervenenden vibrierten vor Verlangen und Sehnsucht.

»Ich habe dich sehr verletzt und das tut mir unendlich leid. Glaub mir, ich habe keine Ahnung, warum ich diese Dinge zu dir gesagt habe. Jedes einzelne Wort war gelogen. Du bedeutest mir so viel, June. Du bedeutest mir alles. Ich liebe dich.« Ein Zittern erfasste meinen Körper, während ich auf ihre Reaktion wartete, aber sie sah mich nur an. Wenn sie es darauf anlegte, mich zu foltern, war sie verdammt erfolgreich. Schließlich hielt ich es nicht mehr aus, fasste nach ihrer Taille und zog sie so dicht an mich heran, dass ihre Wärme auf mich überging. Sie stieß mich zwar nicht weg, fiel mir jedoch genauso wenig um den Hals. Himmel, wie ich diese Frau vermisst hatte. Die Anspannung in mir wuchs, weil sie in meinen Armen lag, ohne sich zu regen. Ohne mir auch nur im Ansatz zu signalisieren, dass sie bereit war, mir zu verzeihen oder besser noch: Sie mich immer noch liebte.

»Wenn ich dir so viel bedeute, warum hast du dich die ganzen Wochen über nicht ein einziges Mal bei mir gemeldet? Wieso hast du nicht angerufen, oder mir wenigstens eine Nachricht geschickt? Es kam nichts von dir.« Sie boxte mich gegen die Schulter. Autsch. Die Frau hatte einen harten Schlag drauf.

Ich streichelte ihren Rücken, sie zu spüren tat gut. »Es tut mir so leid, June. Ich war dumm und habe mir keine Chancen mehr bei dir ausgerechnet, habe nicht mehr daran geglaubt, du könntest mir verzeihen. Ich habe viel über uns nachgedacht, das ist die Wahrheit. Jeden Tag, jede Stunde, jede Minute. Nachts konnte ich nicht einschlafen, weil du pausenlos in meinem Kopf herumgeschwirrt bist. Eine Zeitlang war ich der festen Meinung, du wärst ohne mich besser dran.«

»Was am besten für mich ist, das entscheidest ganz allein du?« Ihr schmaler Hals bewegte sich beim Schlucken. »Ich habe kein Wort dabei mitzureden?«

Verdammt, so hatte ich das nicht gemeint. Ich wollte sie nicht noch mehr verletzen, das war der Hauptgrund gewesen, warum ich mich nicht gemeldet hatte.

»Schau mich an, June.« Ich breitete die Arme aus. »Kayden Graham ist ein kaputtes Wrack. Auf Dauer hält es keine Frau mit mir aus. Nicht einmal Dana wollte mich in ihren letzten Momenten dabeihaben. Wenn es hart auf hart kommt, bin ich keine Schulter, an die sich eine Frau anlehnen will. Möchtest du dir einen Mann wie mich tatsächlich antun?«

»Was redest du da für einen Blödsinn, Kayden?«, kam es von Ashton. »Dana hat dich über alles geliebt. Sie konnte sich keinen besseren Mann an ihrer Seite vorstellen. Meine Schwester wollte immer nur dich, wegen dir hat sie sogar mit ihrem Vater gebrochen. Und ja, wir beide hatten unsere Differenzen und sind nie so richtig warm miteinander geworden. Dennoch hatte ich niemals auch nur den leisesten Zweifel, du würdest meine Schwester nicht aus tiefstem Herzen lieben. Du hast alles für sie getan, um ihr die letzten Tage so erträglich, so schön wie möglich zu machen. Ohne dich hätte sie nicht so lange durchgehalten.«

»Trotzdem ist sie gegangen, ohne sich von mir zu verabschieden.« Meine Schläfen begannen zu pochen. Hier mitten auf der Straße war der ungünstigste Zeitpunkt für dieses Gespräch, das Ashton schon so lange mit mir führen wollte, und vor dem ich mich immer gedrückt hatte.

»Der Abschied von dir hat ihr das Herz gebrochen, wärst du dabei gewesen, hätte sie die Überdosis nicht nehmen können. Sie hätte sonst nicht gehen können.« Eine tiefe Traurigkeit spiegelte sich in Ashtons Augen, während June ganz ruhig zuhörte.

»Woher weißt du das so genau?«, hakte ich nach. An jenem Tag war ich frühmorgens aufgebrochen, um Charly aus dem Wanderzirkus abzuholen. Als Dana von dem kleinen gequälten Guanako erfuhr, hatte sie mich gedrängt, ihn auf der Stelle zu retten und ich hatte ihr selbstverständlich den Gefallen getan. Als ich zurückkam, war sie schon tot gewesen. Ohne ein Wort des Abschieds.

»Ich habe sie im Arm gehalten, als sie starb«, sagte Ashton mit brüchiger Stimme. »Dana war in ihren letzten Stunden nicht allein. Sie selbst hatte mich gebeten, ihr die Medikamente zu besorgen.«

»Du warst das?« Ich wollte mich auf Ashton stürzen, aber June stellte sich zwischen uns und stemmte die Hände gegen meinen Brustkorb. Meine Atmung ging schwer, die Wut auf Ashton drohte mich zu zerreißen. Er hatte Dana das Zeug besorgt? Dafür wollte ich ihn bluten sehen.

»Kayden«, sagte June eindringlich. »Tu das nicht.«

Die Wut in mir verrauchte, als ich in Junes bernsteinfarbene Augen blickte, die mich sorgenvoll betrachteten. Zurück blieb bloß noch Trauer. Ich legte eine Hand auf ihre Schulter, drückte die Finger hinein, und sie stützte mich.

»Ihre Schmerzen waren schon so stark gewesen, dass nicht einmal mehr das Morphium richtig geholfen hat«, hörte ich Ashton sagen. »Sie hatte keinen einzigen guten Tag mehr. Meine Schwester war am Ende ihrer Kräfte, Kayden. Es gab keine Hoffnung für sie, du hast doch selbst mit den Ärzten gesprochen. Der Tumor hat sich so schrecklich rasant in ihrem Gehirn ausgebreitet. Ihr wäre ein langer qualvoller Leidensweg bevorgestanden, schon bald hätte sie keinen von uns mehr erkannt, und sie wollte im Vollbesitz ihrer geistigen Kräfte sterben. Als ihr großer Bruder musste ich ihr diesen letzten Wunsch erfüllen, auch wenn es illegal war. Du kannst mich anzeigen, Kayden. Aber ich bereue es nicht. Bevor Dana friedlich eingeschlafen ist, hat sie die ganze Zeit über ausschließlich von dir geredet. Davon, wie sehr sie sich wünscht, dass du wieder eine Frau findest, die dich glücklich macht. Dana wollte immer nur, dass es dir gut geht, Kayden. Sie wollte dein Bestes. Du warst bis zum Schluss in ihren Gedanken.«

»Sie war also nicht allein?« Ich schluckte. Die ganze Zeit über hatte ich geglaubt, Dana hätte klammheimlich diese Welt verlassen, ohne jemanden an ihrer Seite zu haben, der ihr beistand. Diese Vorstellung hatte mich innerlich zerrissen. Ich wäre gern dieser Mensch gewesen, aber meine Frau kannte mich einfach zu gut, denn ich hätte es nicht übers Herz gebracht, sie diese Medikamente schlucken zu lassen. Trotzdem war es ein erlösendes Gefühl, endlich die Wahrheit zu kennen, und ich brachte tatsächlich Verständnis für Ashtons und Danas Handeln auf. Niemand hätte sie retten können, es war Danas Recht gewesen, diese Entscheidung zu treffen. Mit etwas Distanz konnte ich ihre Beweggründe besser nachvollziehen. Damals war ich zu involviert gewesen, um die Situation aus ihrer Perspektive betrachten zu können. Ich war egoistisch, wollte sie nicht verlieren.

»Ich war bis zum Schluss bei ihr, Kayden«, hörte ich Ashton wie aus weiter Ferne sagen. »Es ging schnell, sie hat nichts gespürt, ist friedlich eingeschlafen.«

»Kayden.« June küsste meinen linken Mundwinkel und

umarmte mich um die Taille. »Du musst dir keine Vorwürfe machen.«

Ich lehnte meinen Kopf an ihren, fühlte mich schwach und ausgelaugt, und war froh, June an meiner Seite zu haben.

»Dana hätte dich gemocht, June. Da bin ich mir sicher«, sagte Ashton, und ich konnte ihm nur zustimmen. »Schon damals in Cork habe ich auf den ersten Blick gesehen, dass Kayden ein großartiges Mädchen gefunden hat. Er ist ein Idiot, wenn er dich nochmal ziehen lässt.«

»Kayden«, flüsterte June. »Ich liebe dich. Ich habe nie aufgehört dich zu lieben.«

Junes Worte wärmten mein Herz. Vielleicht war ich doch kein hoffnungsloser Fall.

»Ich liebe dich auch. So sehr.«

»Jetzt küsst euch doch endlich.« Ashton packte uns beide bei der Schulter. »Oder nein, lieber doch nicht. Ich lasse euch besser allein. Bestimmt habt ihr viel miteinander zu bereden, und ich störe nur.«

Ich wandte mich an meinen Schwager, und sah ihn zum ersten Mal mit völlig anderen Augen. Dana wollte immer, dass ich mich gut mit ihrem Bruder verstand, aber ich hatte ihm keine Chance gegeben, weil er zum versnobten O'Shea Clan gehörte. »Mach's gut, Ashton. Melde dich mal, wenn du wieder in Irland bist und lass uns ein Guinness trinken.«

Seine Mundwinkel hoben sich zu einem Lächeln. »Das mache ich auf jeden Fall.« Er verabschiedete sich von meinem Mädchen mit einem Kopfnicken. »Auf Wiedersehen, June.«

»Bye«, sagte sie lächelnd, dann machte sich Ashton auf den Weg.

Ich legte die Arme um Junes Taille, während sich links und rechts die Leute an uns vorbeischoben. »Und du willst dich tatsächlich auf Grumpy einlassen?« Schmunzelnd hob ich eine Augenbraue, aber sie schüttelte den Kopf.

»Die grumpy Zeiten sind vorbei, mein Lieber. Ich lasse mich höchstens auf Sexy ein.«

Ein hungriges Knurren verließ meine Kehle, das gefiel mir. »Diesen Wunsch erfülle ich dir nur zu gern.«

Wir versanken in einem leidenschaftlichen Zungenkuss der zuckersüß schmeckte, und süchtig machte. Ihre Zunge spielte mit meiner, forderte mich zu einem erotischen Spiel heraus. Alles in mir zog sich vor Begehren zusammen.

»Warum gehen wir nicht in deine Wohnung?«, raunte ich an ihren Lippen.

»Ich habe gleich ein Vorstellungsgespräch«, keuchte sie.

»Wie schade.« Ich konnte sie nicht loslassen, meine Hände glitten über ihren Rücken, sie fühlte sich großartig an.

»Warum wartest du nicht in meiner Wohnung, bis ich wieder zurück bin?«

»Klingt gut. Ich könnte uns was Leckeres kochen«, schlug ich vor, obwohl ich sie nicht gehenlassen wollte. Aber ihr Jobinterview war wichtig, das verstand ich.

»Das klingt großartig.« Mit einer Hand kramte June in ihrer Handtasche herum, während ich an ihrer Unterlippe knabberte.

»Dritter Stock.« Sie seufzte wohlig, und drückte mir ihren Schlüsselbund in die Hand. »Jetzt geh schon, sonst lasse ich das Vorstellungsgespräch noch sausen.«

Schweren Herzens löste ich mich von June, und schob ihr eine Locke aus der Stirn, die sich aus ihrer Hochsteckfrisur gelöst hatte. »Auf keinen Fall. Wir holen nachher alles nach. So schnell wirst du mich sowieso nicht mehr los.«

Ja, ich war süchtig nach meinem Mädchen, liebte es, sie so zu nennen, und war total in June verschossen. Diese zweite Chance würde ich mir nicht nehmen lassen. Ich würde June zur glücklichsten Frau der Welt machen.

EPILOG

JUNE

Hin und wieder blitzte ein Sonnenstrahl durch die dicke Wolkendecke, demnächst würde es regnen, aber so sah ein typischer Herbsttag in Irland nun mal aus.

Kayden umarmte mich von hinten und ich lehnte mich an ihn, genoss es, in seinen starken Armen zu liegen. Seine Finger glitten den Schwung meiner Hüfte entlang, und machten mich ganz schwach.

»Bereit?«, fragte er.

»So bereit, wie man nur sein kann«, sagte ich mit fester Stimme, obwohl sich mein Magen zusammenzog.

»Dann mal los.«

»Halt.« Ich hielt seine Hände fest, und atmete tief durch. »Ich brauche noch einen Moment, bevor es losgeht.«

Ich hörte ihn schmunzeln. »Kleiner Feigling.«

»Immerhin riskiert man nicht jeden Tag sein Leben.« Mein Herz pochte spürbar in der Brust.

»Ich bin bei dir, du musst keine Angst haben.«

Statt beruhigt zu sein, starrte ich geradeaus. »Das sagst du so einfach.«

»Lass dir einfach nicht anmerken, wie es in dir aussieht.« Er küsste mich auf die Wange.

In Kaydens Armen fühlte ich mich in der Tat sicher und geborgen. Meine Gefühle für diesen Mann waren inzwischen so überwältigend und stark, dass ich mir ein Leben ohne ihn nicht mehr vorstellen konnte. Aus diesem Grund hatte ich vor ein paar Tagen auch meinen neuen Job samt Wohnung gekündigt, und London endgültig den Rücken gekehrt, um mir ein gemeinsames Leben mit Kayden aufzubauen. Wir hielten die ständigen Trennungsphasen einer Long-Distance-Beziehung beide nicht mehr aus, und er konnte Irland unmöglich verlassen. Als mir ein kleiner Zeitungsverlag in Youghal eine Stelle anbot, was kaum eine halbe Stunde entfernt von Kaydens Wohnort lag, war mir das wie ein Wink des Schicksals vorgekommen.

In diesem Moment jedoch war ich mir nicht mehr so sicher, ob ich eine gute Entscheidung gefällt hatte. Das hatte ich nun davon, als Großstadtmädchen diesem Mann quasi in die Wildnis gefolgt zu sein. Jetzt stand ich hier und blickte meiner größten Angst direkt in die Augen.

Nämlich Charly.

Seines Zeichens Guanako und die personifizierte Bosheit.

Mein Herz klopfte bis hoch in den Hals. Selbstverständlich hatte er mich bereits entdeckt, und stand erwartungsvoll am Gatter. Er rupfte einen Grasbüschel ab und kaute genüsslich, während er auf mich wartete.

»Ich glaube, er führt etwas im Schilde«, flüsterte ich, damit Charly mich auch ja nicht hörte.

»Er ist ein Guanako, kein Serienmörder«, raunte mir Kayden mit belustigtem Unterton ins Ohr.

»Da bin ich mir nicht so sicher.« Ich erinnerte mich noch viel zu gut an unsere Hetzjagd über die Wiese. Damals hatte ich schon halbwegs mit meinem Leben abgeschlossen gehabt. Aber da ich nun in Irland wohnte, und Kayden sämtliche Tiere als Familienmitglieder betrachtete, wollte ich nicht länger im Clinch mit einem von ihnen liegen, und einen neuen Anfang wagen.

Sachte schob mich Kayden einen Schritt auf Charly zu. Im hinteren Bereich der Weide sprang Mini-June wie verrückt herum und schlug kleine Haken, als wäre sie ein Pony, während ihre Mutter graste. Das Kälbchen hatte sich prächtig entwickelt und mich sogar wiedererkannt. Ich war so froh, dass alle Tiere nun bei den Grahams bleiben durften.

Nach stundenlangen Diskussionen hatte ich Kayden und seine Brüder endlich so weit gehabt, dass sie die Geldspenden vom Crowdfunding annahmen. Selbstverständlich waren sie anfangs zu stolz gewesen, auch nur einen Cent davon anzurühren. Aber dieses Mal ging es nicht um ihren irischen Sturkopf, sondern um das Wohl ihrer Tiere und das hatten sie schließlich eingesehen. Jeder einzelne Euro floss in den Gnadenhof, nichts von dem Geld verwendeten sie für etwas anderes. Sie führten penibel Buch über die Summe und veröffentlichten auf ihrer Homepage bis auf das Komma genau, was sie mit den Spenden machten. Außerdem waren sich alle drei inzwischen einig, dass die Zeiten des *Swing to Heaven* definitiv Geschichte waren Kayden hatte einen Job in einem Architekturbüro in Corph angenommen und liebte seine kreative Arbeit über alles. In seiner Freizeit entwarf er unser Traumhaus mit Blick aufs Meer, das wir neben der Scheune bauen wollten. Wir schmiedeten bereits eifrig Zukunftspläne, in denen auch Kinder vorkamen, und ich war unendlich glücklich. Neil und Ian führten nun allein das Bed and Breakfast, welches sie in *Irish Summer Breeze* umgetauft hatten, und stellten nun Zimmer für stinknormale Rucksacktouristen zur Verfügung. Die Nachfrage war enorm, ihre mittlerweile ziemlich bekannte Unterkunft auf Monate hinaus ausgebucht, weshalb sie Gäste sogar an umliegende Herbergen weitervermitteln mussten, was dem Tourismus in ihrer ländlichen Gegend einen enormen Auftrieb verlieh. Auch die paar Pubs in der Nähe konnten sich wegen mangelndem Umsatz nicht mehr beklagen. Vor ein paar Wochen hatte Abigail den Brüdern dann alles gestanden. Sie hatte ein so schlechtes Gewissen gehabt, dass sie ihr Geheimnis nicht mehr länger für sich behalten konnte, und bereute sehr, was sie getan hatte. Sie hatte nicht damit gerechnet gehabt, dass die Geschichte so hohe Wellen schlagen und die Brüder gleich vor dem Aus stehen könnten, sondern sich lediglich ein bisschen Publicity für die Gegend gewünscht. Nach einem langen Gespräch hatten die Grahams ihr verziehen, und erhielten im Green Shamrock nun kostenlos Guinness auf Lebenszeit.

Kayden drückte mir ein Stückchen Karotte in die Hand, während wir uns Schritt für Schritt dem Grauen näherten. »Vielleicht solltest du dich ein bisschen beeilen«, trieb Kayden mich vorsichtig an, weil ich mich wie in Zeitlupe bewegte. »Ashton kommt in einer Stunde vorbei und ich muss noch den Grill befeuern.«

In meiner Aufregung hatte ich ganz vergessen, dass wir Besuch erwarteten. Die beiden verstanden sich inzwischen echt gut, sodass Ashton nun zur Familie gehörte. Er wollte uns heute seine neue Freundin vorstellen und ich war schon sehr gespannt.

»Manche Dinge brauchen eben ihre Zeit.« Die Hand, in der ich das Karottenstück hielt, zitterte. »Den Rest schaffe ich allein«, sagte ich und sammelte meinen ganzen Mut zusammen.

Kayden ließ mich los. »Viel Glück«, sagte er spöttisch, und ich warf ihm einen bitterbösen Blick über die Schulter zu, bevor ich mich wieder auf das Wildlama konzentrierte, das seiner Bezeichnung alle Ehre machte.

»Hey, Charly.« Tapfer ging ich allein weiter, und hielt den

Arm ausgestreckt, um so viel Distanz wie möglich zwischen uns beide zu bringen. »Schau mal, was ich für dich habe.« Ich wusste, dass Charly Karotten nicht widerstehen konnte, und setzte deshalb auf Bestechung.

Der Kerl beäugte tatsächlich das Gemüsestückchen auf meiner Handfläche, und kam ganz nah an den Zaun. Ich wollte mich unbedingt mit ihm anfreunden, ansonsten wäre es mir niemals möglich, allein die Weide zu betreten, und den Jungs mit den Tieren zu helfen.

»Schau mal, ich habe dein Lieblingsessen mitgebracht«, lockte ich ihn mit schmeichelnder Stimme.

Charly schnupperte, als ich ihm meine Hand vor die Nase hielt, nahm dann das Karottenstück und kaute mit mahlendem Kiefer. Eine riesige Last fiel von mir ab, so schlimm war Charly gar nicht.

»Super machst du das, du bist so ein braves Guanako«, lobte ich ihn und streichelte sein dichtes, weiches Fell am Hals. Wow, er fühlte sich toll an, ein bisschen flauschig sogar. Was für ein schönes Tier. Ich war echt ein Angsthase.

»Sind wir jetzt Freunde?«, fragte ich ihm die Wange kraulend. »Ich bringe dir auch jeden Tag Karotten mit, versprochen.«

»Du verwöhnst ihn noch. Wenn er fett wird, bist du schuld«, hörte ich Kayden sagen, aber das war mir egal. Ich würde unser zartes Freundschaftsband mit vielen Leckerchen stärken.

Strahlend drehte ich mich um, wovor hatte ich eigentlich so viel Schiss gehabt?

»Er mag mich«, rief ich Kayden zu und erntete ein wohlwollendes Grinsen.

»Siehst du, ich bin eine Lamaflüsterin. Wir sind in Nullkommanichts Freunde geworden.«

Kaydens Augen wurden groß. »June«, rief er noch, da hörte

ich schon das spuckende Geräusch, und eine Ladung Schleim samt zerkauten Karottenstückchen landeten in meinen Haaren und im Gesicht. Hastig sprang ich beiseite, mein Magen drehte sich um, während ich mir hektisch mit dem Jackenärmel die schlimmste Bescherung von der Wange wischte.

»Igitt! Du bist ein ganz böses, gemeines, und hinterlistiges Lama«, schalt ich Charly, der sich umdrehte und davonstolzierte, ohne mich noch eines Blickes zu würdigen.

»Er ist ein Guanako«, verbesserte mich Kayden und zupfte etwas Orangenes aus meinen Haaren, das er ins Gras schnippte.

»Wir werden nie Freunde«, heulte ich auf, und schüttelte meine Locken aus. Dabei hatte ich mir so viel Mühe gegeben.

»Das wird schon noch«, tröstete Kayden mich. »Vielleicht solltest du besser unter die Dusche springen, bevor die Gäste da sind. Eigentlich sollte es ja eine Überraschung werden, aber Sheila Winston kommt auch vorbei.«

Ich hielt inne. »Tatsächlich?«

Er nickte. »Ja, sie hat gestern ein Konzert in Dublin gegeben, und kommt auf einen Sprung vorbei. Neil steht noch mit ihr in Kontakt.«

»Dann sollte ich mich beeilen, ich kann ihnen auf keinen Fall total vollgekotzt unter die Augen treten.« Ich freute mich riesig auf das Wiedersehen mit Sheila.

»Wenn du willst, komme ich mit, und helfe dir beim Saubermachen.« Er zwinkerte mir zu.

Ich warf ihm einen lasziven Blick zu, so verführerisch, wie man es mit Lamakotze im Haar halt tun konnte. »Ich bräuchte dringend Hilfe beim Einseifen.«

Er streichelte über meinen Hintern.

»Dann lass uns keine Zeit verschwenden, Baby.« Seine Stimme klang so sexy.

»Ich rechne es dir hoch an, dass du mich selbst vollgekotzt

noch heiß findest.« Ich schloss die Augen, genoss, was seinen talentierten Finger mit mir anstellten, und wollte mehr. Viel, viel mehr sogar.

»Das bisschen Lamasabber schreckt mich nicht ab.« Er nahm mich bei der Hand und zog mich hinter sich her in Richtung des Bed and Breakfasts. Wir wohnten nun vorübergehend in seinem kleinen Apartment unter dem Dach, bis unser Haus fertig war. »Du bist und bleibst meine Traumfrau.«

»Und du bist und bleibst mein sexy Toy-Boy.« Ich kicherte.

»Du darfst jederzeit mit mir spielen, meine Süße. Tag und Nacht.« Als er mir wie ein waschechter Bad Boy zuzwinkerte, flatterten Tausende Schmetterlinge in meinem Magen wild durcheinander, und ich freute mich wie verrückt auf alles, was dieser Mann noch zu bieten hatte. Ich fühlte mich wie im siebten Himmel, und dankte meiner besten Freundin im Stillen, dass sie mich damals im *Swing to Heaven* einquartiert hatte.

LESEPROBE

Liebe Leser*innen,

alle die sich vielleicht fragen, was die Autorin denn noch so geschrieben hat, dürfen sich jetzt auf ein kleines Appetithäppchen freuen. Ich habe einen Einblick in einen weiteren amüsanten Liebesroman aus meiner Feder für euch, den ich meiner geneigten Leserschaft nicht vorenthalten möchte. *Liebeschaos – Mitbewohner gratis abzugeben* schaffte sofort den Sprung in die Bild-Bestseller Liste, war wochenlang unter den Amazon Top 3, und ein absolutes Lieblingsbuch vieler meiner Leser*innen. Ich wünsche ein vergnügliches Hineinschnuppern.

Liebeschaos – Mitbewohner gratis abzugeben *von Ute Jäckle*

Klappentext:

Er hat jede Nacht eine andere. Sie traut keinem Mann mehr über den Weg.

Mich vor dem heißesten Kerl des Campus' blamieren – geschafft!
Dann auch noch in einer WG mit dem Macho einquartiert werden – geschafft!
Am ersten Abend von ihm bloßgestellt werden – geschafft!

Warum muss ausgerechnet die frisch von ihrem Freund verlassene Luca mit dem größten Macho des Campus' in einer WG landen? Ben Nowak verkörpert alles, vor dem Mütter ihre Töchter warnen. Er ist unverschämt. Aber leider auch unverschämt sexy. Luca und er sind wie Hund und Katz, wie Feuerzeug und Benzin. Eine einzige Nervenprobe. Der Kerl scheint zu glauben, dass ihm die Welt gehört und hat eine Abreibung bitter nötig. Eines Abends schleicht Luca in Bens Zimmer … und diese Provokation lässt sich nicht so einfach wiedergutmachen. Denn plötzlich bringt Ben ihr Herz aus ganz anderen Gründen zum Rasen ...

Neuauflage! Dieser Roman erschien 2016 als Spitzentitel: Nicht auch noch der! im LYX Verlag. Erhielt drei Thalia Buchhändler Empfehlungen! Prädikat: witzig und hinreißend

KAPITEL 1

LUCA

»UND SIE SIND SICHER, dass Sie kein Mann sind?« Die Sekretärin, Ende vierzig, musterte mich verwirrt und blätterte durch ihre Akte. Dabei benetzte sie immer wieder ihren Zeigefinger mit der Zungenspitze. Sie saß hinter ihrem Schreibtisch, links und rechts von ihr reihten sich Aktenschränke an der Wand entlang. Neben ihrem Tisch ließ eine Yuccapalme ihre Blätter hängen wie eine deprimierte Henne in Käfighaltung die Flügel. Für den Bruchteil einer Sekunde blieb ihr überheblicher Blick an meiner Oberweite haften und ich zuckte unwillkürlich zusammen. An der Art, wie sie die linke Augenbraue hob, sah ich buchstäblich, wie sich die Worte *aufgepumpt* und *Silikon* in ihrem Kopf formten. Ein feines Grinsen umspielte ihre Mundwinkel und ich widerstand nur schwer dem Drang, meinen Oberkörper mit einem Arm zu verdecken. Ich schluckte und riss mich zusammen. Immerhin stand ich heute aus einem immens wichtigen Grund hier im Wohnservice-Büro des Erlanger Studentenwerks.

»Ja, wie Sie sehen, bin ich kein Mann«, gab ich mürrisch zu. »Aber Ihr Büro hat mich in einer Männer-WG einquartiert.«

Wie zum Beweis deutete ich auf den Zettel, der in meiner Hand zitterte. Diese Neuigkeit hatte ich heute Morgen am Briefkasten nur schwer verkraftet und mich umgehend auf den Weg gemacht.

»Aber hier steht doch Luca Vogt«, insistierte sie weiterhin verständnislos.

»Ja«, erwiderte ich gedehnt. »Das bin ich.« Ich tippte mit dem Zeigefinger gegen mein Brustbein. »Ich heiße *Luca.*« Das stimmte nicht ganz, aber das musste sie nicht wissen. Besser gesagt: Niemand durfte das wissen.

»Oh.« Sie sah auf und schien eine Erleuchtung zu haben. »Ich dachte immer, Luca wäre ein Männername.«

»Wie Sie sehen …« Ich brach ab. Was sollte diese Diskussion, schließlich stand ich vor ihr.

Noch immer lächelte sie süffisant, ein paar Falten gruben sich rings um ihre Augen in ihr gebräuntes Gesicht, außerdem wirkte sie für ihr Alter auch noch unglaublich fit. Sofort überkam mich ein schlechtes Gewissen. Ich war ein ausgesprochener Sportmuffel und keuchte schon, wenn ich die zwei Stockwerke in meine Wohnung hochsteigen musste. In meine Ex-Wohnung wohlgemerkt, die nun mein Ex-Freund allein bewohnte.

»Ich verstehe Ihr Problem.« Die Dame nickte mit dem gütigen Ausdruck einer Madonna. »Nur leider sind alle Zimmer vergeben. Es gibt Studenten, die haben sich bereits letztes Jahr um ein Zimmer bemüht.«

Die Art, wie sie *letztes Jahr* betonte, ließ nichts Gutes erahnen – dennoch würde ich nie im Leben in eine Männer-WG ziehen. Eher ging ich ins Kloster und legte ein Gelübde ab. Von Männern hatte ich für die nächsten Jahrzehnte die Nase voll. Vielleicht sollte ich tatsächlich Nonne werden, überlegte ich gerade allen Ernstes, da quasselte die Unheilsbotin weiter. »Sie hatten Glück, dass kurzfristig jemand abgesprungen ist.«

»Ich bin Ihnen ja dankbar«, log ich schwer seufzend. Hinter mir hörte ich etwas knarren, achtete aber nicht darauf, denn nun schlug ich einen weinerlichen Ton an und beugte mich über den Schreibtisch. Vielleicht bewirkte die Mitleidsmasche etwas. Spontan beschloss ich, meine Trennung von Ringo ein wenig mit erfinderischen Details auszuschmücken. Es hatte mich schwer getroffen, ihn mit dieser Wasserstoffblondine im Wohnzimmer vorzufinden. Vor allem, da Ringo der Erste gewesen war, dem ich vier Jahre nach dem schlimmsten Abend meines Lebens eine Chance gegeben hatte. Und das auch nur, weil er sich monatelang um mich bemüht hatte. Von wegen Traumfrau und so … elender Heuchler! So etwas würde mir nie wieder passieren.

Ich ging zum Frontalangriff über und legte den Kopf schräg. »Sehen Sie, ich muss dringend aus meiner alten Wohnung raus. Mein Freund hatte Sex auf unserem Wohnzimmertisch … mit einer anderen.« Meine Stimme wurde brüchig, ich räusperte mich. Es hatte mich doch einiges an Überwindung gekostet, diese Schmach zuzugeben. Bis hierhin stimmte die Geschichte sogar noch.

»Dann werfen Sie ihn halt raus«, erwiderte sie desinteressiert und sah mich über den Rand ihrer Brille hinweg an. »Soll er sich doch um eine neue Wohnung kümmern und nicht Sie.«

»Leider ist es seine Wohnung. Ich bin damals zu ihm gezogen.«

Die Gesichtszüge der Frau wurden plötzlich weich, also beschloss ich, einen Gang hochzuschalten. Es tat gut, mir alles von der Seele reden zu können. Die letzten Tage hatte ich die Nerven meiner besten Freundin Caro in dieser Hinsicht ein wenig überstrapaziert.

»Angefangen hat alles damit, dass ich ihn eines Nachts im Badezimmer dabei erwischt habe, wie er sich gerade … na ja

Sie wissen schon.« Ich machte eine vage Auf- und Abwärtsbewegung mit der Hand, worauf die Sekretärin hektisch nickte.

»Und dann?«, fragte sie mit großen Augen, während ich möglichst unauffällig ihr Gesicht nach Anzeichen für Misstrauen absuchte. Ich schwitzte Blut und Wasser in der Hoffnung, sie würde mir diese groteske Geschichte abnehmen. Aber ich konnte auf gar keinen Fall mit zwei Männern zusammenwohnen – nicht nach allem, was geschehen war. Ich brauchte eine Pause von den Kerlen.

»Er hat sich herausgeredet. 'Schatz, es ist nicht das, wonach es aussieht'«, ahmte ich Ringos krächzende Stimme nach. »Natürlich nicht.« Ich schnaubte. »Er hatte nur alle Hände voll zu tun.«

Sie kicherte. Die Mitleidsmasche klappte besser als erwartet. In meinem Gehirn formten sich alle möglichen Schreckensszenarien. Und die Dame wollte allem Anschein nach mehr wüste Storys hören. Okay …

»Er meinte dann allen Ernstes: 'Ein bisschen Handbetrieb ab und zu stärkt das Immunsystem. Bei mir ist eine Erkältung im Anflug'«, gab ich ihr, was sie wollte.

Sie hyperventilierte beinahe. »Aber danach ...?«

»Er hatte dann eine seiner Migräneattacken, ich glaube, deshalb war auch öfter Flaute bei uns.« Ob sie mir mein Gelaber tatsächlich abnahm? Ihr Mund stand leicht offen, sie sog jedes einzelne Wort regelrecht in sich auf wie ein Staubsauger.

»Also bin ich am nächsten Tag losgezogen, um unser Liebesleben aufzupeppen, habe mir knappe Spitzendessous zugelegt, auch noch Handschellen aus einem Erotikgeschäft. Ich habe mir sogar einen Porno mit ihm angeschaut.«

Die Sekretärin verzog das Gesicht, als hätte sie Schmerzen, und ich nickte hastig. Uh, zu dick aufgetragen.

»Ich weiß, Pornos sind auch nicht mein Ding.«

»Hat es wenigstens was gebracht?«

Ich lachte bitter auf. Das Verhör begann mehr als unangenehm zu werden. Hoffentlich würde ich dieser Frau niemals wieder in meinem Leben begegnen. Am besten verdrängte ich unser bizarres Gespräch nachher einfach, und tat, als hätte es nie stattgefunden. Um endlich zum Ende zu kommen, gab ich ihr einen Nachschlag. »Ja. Als ich letzte Woche nach Hause kam, lag diese Blondine an meinen Wohnzimmertisch gefesselt, während nebenher der Porno lief.« Wenn das nicht genügte, um mich umzuquartieren, war ich mit meinem Latein am Ende.

Ihr blieb der Mund offen stehen. »Ihre Dessous hatte sie hoffentlich nicht an.«

Was? Leiser Zweifel nagte in mir wie eine Maus an einem Stück Käse. War ich eventuell ein Schrittchen zu weit gegangen bei meinem kläglichen Versuch, ihr Mitleid zu erhaschen?

Mit spitzen Fingern griff die Frau nach ihrer giftgrünen Kaffeetasse und trank einen Schluck. Einen Schluck hätte ich jetzt auch bitter nötig, allerdings von etwas Hochprozentigem. Schweiß brach mir aus allen Poren. Meine Schultern schmerzten vor Anspannung – es nützte ja nichts, jetzt noch einen Rückzieher zu machen. Wohl oder übel musste ich bis zum bitteren Ende durch. »Nein, sie war nackt und er in ihr.« Dieser Teil stimmte sogar wieder.

Sie betrachtete meinen Antrag nachdenklich. Ich hielt den Atem an.

»So ein Schwein«, murmelte sie, wandte sich ihrem Computer zu und tippte wild darauf herum.

Es tat unglaublich gut, diese Worte aus einem fremden Mund zu hören. Ich nickte, sie hatte ja so recht. Wie hatte ich die letzten zwei Jahre nur dermaßen blind sein können?

»Vielleicht …«, murmelte sie nachdenklich und kratzte sich mit dem Zeigefinger am Kinn.

Das erste Glücksgefühl seit Tagen durchströmte mich. Sie hatte mir die Story abgekauft. Ich war ein böses Mädchen. Egal. Das neue Zimmer war so gut wie mein!

»In der Tat ein Schwein«, hörte ich eine dunkle Stimme hinter mir und riss den Kopf herum. Ich blickte direkt in zwei nachtblaue Augen, ein tiefes Blau mit einem Schwarzstich darin. Sie gehörten zu einem jungen Kerl mit dunkelbraunen strubbeligen Haaren. Einer seiner Mundwinkel zuckte bei dem Versuch, ernst zu bleiben. Wo kam der auf einmal her?

»Und du hast echt nichts gemerkt?« Er klang ungläubig. Sein Blick streifte meinen Brustkorb und verharrte dort ein wenig länger als nötig. »Der wusste wohl deine Vorzüge nicht zu schätzen. Sei froh, dass du ihn los bist.« Er grinste breit.

Hinter mir kicherte die Sekretärin los. Ich wirbelte zu ihr herum. Fassungslos beobachtete ich, wie sie mit einer Hand vor ihrem Mund herumwedelte.

»Kindchen, Gott, sind Sie naiv. Sie sollten nicht so gutgläubig sein. Männer muss man an der kurzen Leine führen.«

»Nimm's nicht persönlich, jeder Cowboy poliert hin und wieder seinen Colt …«, kam es nun lachend von hinten, und noch immer perplex wandte ich mich wieder ihm zu.

Oh nein! Ich wollte am liebsten sterben. Er hatte nicht nur alles mit angehört – die miese Büro-Schnepfe hatte es auch noch bewusst darauf angelegt. Mein gesunder Menschenverstand drängte mich spontan zur Flucht. Selbstverständlich hörte ich nicht auf mein Gehirn. Stattdessen glitt mein Blick hinunter zu meiner Hand, in der ich den Brief hielt, und ich drehte mich wortlos wieder um. Am besten ignorierte man solche Typen einfach.

»Was ist jetzt mit meinem Anliegen?«, fuhr ich die Sekretärin grob an, da die Blicke dieses Möchtegern-Casanovas in meinem Rücken landeten wie eine Sammlung Dartpfeile.

Umgehend veränderte sich der belustigte Ausdruck in ihren Augen. Offenbar mochte sie es nicht, herumkommandiert zu werden.

»Leider kann ich Ihnen nicht weiterhelfen, das habe ich Ihnen doch vorhin bereits erklärt. Entweder Sie nehmen das Zimmer, oder Sie lassen es bleiben und suchen sich selbst was.«

»Aber … aber.« Mir fiel kein weiterer Überzeugungsgrund mehr ein. Nicht, solange der Typ hinter mir stand und sich schlapplachte. Verdammt, der Kerl kam näher, ich hörte ihn hinter mir atmen und drehte mich erbost um. »Könntest du vielleicht damit aufhören, mir deinen Atem in den Nacken zu hecheln?«, fauchte ich.

Er wirkte perplex – gut so.

»Sind wir heute schlecht gelaunt? PMS?«, fragte er überfürsorglich, worauf ich erst mal nach Luft schnappte.

»PMS, ganz genau. Steht für Primitives-Mann-Syndrom, und ich glaube, das ist ansteckend. Also würdest du dich bitte nicht so nahe hinter mich stellen?«

Er lachte. Ich konnte es nicht glauben – er lachte!

»Bist du immer so schlecht gelaunt? Kein Wunder …«

»Kein Wunder was?« Ich reckte mich vor ihm in eine, wie ich hoffte, bedrohliche Pose und stemmte beide Hände in die Hüften. Der Arsch hatte alles verdorben. Leider ließ die Wirkung zu wünschen übrig, da ich den Kopf in den Nacken legen musste, ansonsten hätte ich mit seinem Brustkorb geredet. Zu allem Überfluss spürte ich meine Wangen glühen, aber ich ließ mir nichts anmerken und funkelte ihn kampflustig an.

Es wirkte. Er wich einen Schritt nach hinten aus und hob beschwichtigend beide Hände.

»Ganz ruhig«, sprach er auf mich ein, als wäre ich ein zähnefletschender Pitbull, »bevor du mich schlägst. Ich wollte nur meinen Antrag abgeben und dann verschwinde ich sofort wieder, damit ihr in Ruhe weiterreden könnt. Deine Probleme gehen mich nichts an.« Grinsend hob er ein Blatt Papier vor meine Nase, auf dem in großen Buchstaben *Parkplatzreservierung* stand, gleichzeitig deutete er auf ein Registerfach auf dem Schreibtisch. Dort prangte dasselbe Wort.

»Oh.« Mehr fiel mir auf die Schnelle nicht ein. Das war unglücklich gelaufen, also zwang ich mich zu einem fast freundlichen Lächeln und machte eine grazile Handbewegung in Richtung Tisch. Die Sekretärin hatte sich mittlerweile erhoben, stand jetzt am Fensterbrett und goss sich Kaffee nach.

»Ben.« Die Dame strahlte ihn an. »Legen Sie das Formular einfach ins Fach. Ich kümmere mich gleich um Ihren Antrag und werde sehen, was sich machen lässt, damit Sie Ihren Parkplatz bekommen.«

»Das ist wirklich nett von Ihnen.« Er musterte sie ausgiebig von oben bis unten. »Sagen Sie, Frau Weber, treiben Sie in letzter Zeit mehr Sport?«

Sie winkte geschmeichelt ab. »Ich gehe nur ein bisschen Joggen im Park.«

Mir wurde augenblicklich schlecht – was für ein Schleimer. Er grinste, als er bemerkte, wie ich die Augen verdrehte, ehe er sich wieder an die Sekretärin wandte. »Ist mir sofort aufgefallen. Sie sehen super aus. Ich hätte am liebsten den Parkplatz ganz vorne in der Tiefgarage, dann muss ich morgens nicht so weit laufen.« Seine Stimme war eine Oktave tiefer geworden, er hörte sich an, als hätte er ihr soeben versprochen, die Nacht mit ihr zu verbringen. Ich schüttelte mich, aber ihr schien sein Gesäusel unter die Haut zu gehen. Mit einem gewagten Hüftschwung kam sie zurück.

»Das lässt sich arrangieren«, hauchte sie wie Marilyn Monroe beim Geburtstagsständchen für Kennedy.

»Vielen Dank, auf Sie ist einfach Verlass.« Er warf den Antrag an mir vorbei in das Fach und spazierte zur Tür. Dort drehte er sich noch einmal mit einem breiten Grinsen um, das er ausschließlich mir vergönnte, bevor er verschwand.

»Ein netter junger Mann«, meinte die Sekretärin und starrte verzückt auf die geschlossene Tür. »Sie sollten nicht so schnell aus der Haut fahren, Männer mögen keine Furien.«

Super. Dank diesem Arsch war ich nicht mehr das arme bemitleidenswerte Opfer, sondern der Drachen, der seinen bedauernswerten Freund in die Arme einer anderen getrieben hatte.

Frau Webers Lächeln wirkte so falsch wie ihre Haarfarbe. »Ich glaube, es ist am besten, Sie ziehen vorerst einmal in diese WG. Probieren Sie es doch erst mal aus. Bestimmt lernen Sie so einiges über Männer dazu.«

Ich schnaubte. »Das klingt, als wollten Sie mir ein Haustier aufschwätzen. Nur leider reagiere ich extrem allergisch auf Tierhaare. Sie wissen schon, Kaninchen-, Katzen-, Männerhaare, die ganze Bandbreite.«

Tief einatmend warf Frau Weber einen Blick auf ihre Armbanduhr. »Gleich habe ich Mittagspause. Ich kann Ihnen anbieten, dass Sie das Zimmer erst mal nehmen, und ich melde mich bei Ihnen, sobald etwas anderes frei wird. Oder Sie lassen es und suchen sich etwas anderes. Viel Glück.« In der Art, wie sie mit den Achseln zuckte und nach Bens Antrag griff, wurde mir klar, dass ihr mein Schicksal vollkommen egal war. Was sollte ich jetzt tun? Ich war so knapp bei Kasse, dass ich mir keine eigene Wohnung leisten konnte. Zumal ich sowieso im letzten Studienjahr war. Das mit Caro war nur eine Notlösung. In ihrer winzigen Wohnung traten wir uns fast auf die Füße, wenn wir aneinander vorbeigingen. Und zu Ringo konnte ich nicht zurück.

»Also gut, aber Sie melden sich, sobald was frei wird. Diese Situation ist nur vorübergehend.« Ob sie meine Zähne knirschen hören konnte?

Frau Weber strahlte wie ein undichter Atommeiler, kramte in einer Schachtel mit Schlüsseln, von denen sie schließlich einen in die Höhe hielt. »Bitteschön, hier den Erhalt quittieren.« Sie schob eine Liste über den Schreibtisch und tippte auf meinen Namen, der dort in Druckschrift stand.

Nach einem Moment des Zögerns riss ich ihr den Kugelschreiber aus der Hand und setzte die Mine auf dem Papier an. Meine Unterschrift geriet ein wenig krakelig, aber das war mir egal. Wutentbrannt stürmte ich aus dem Büro.

KAPITEL 2

LUCA

VOR DER TÜR blieb ich erst mal stehen, um durchzuatmen. Das konnte einfach nicht wahr sein – was für ein Albtraum. Ich sollte also ernsthaft in einer Männer-WG hausen?

Nervös spielte ich mit dem Schlüssel in meinen Fingern, bis er klimpernd zu Boden fiel. Seufzend hob ich ihn auf und marschierte los, den Gang entlang und die Treppe nach unten.

Im Foyer des Studentenwerks entdeckte ich in einer Ecke einen Kaffeeautomaten, auf den ich zielstrebig zusteuerte. Fix und fertig, wie ich war, brauchte ich dringend Koffein, um meine Lebensgeister zu wecken, also kramte ich ein paar Münzen hervor, die ich in den Schlitz warf. Verdammt, da kam kein Becher raus – was war heute bloß los? Ich bückte mich und betrachtete die Stelle, an der eigentlich mein Kaffee stehen sollte, aber nichts passierte.

»Blödes Ding.« Wutentbrannt trat ich gegen den Automaten.

»Brauchst du Hilfe?«, hörte ich jemanden hinter mir. Sofort erkannte ich die Stimme. Sie gehörte diesem Ben von eben. Super. Der hatte mir gerade noch gefehlt.

»Nein, danke«, fauchte ich, da schlug er bereits mit der geballten Faust gegen den Münzeinwurf, dass der ganze Apparat wackelte. Gleich darauf ploppte der Becher hervor, und die schwarze Brühe floss zischend hinein.

»Wo rohe Kräfte sinnlos walten«, zitierte ich, während ich den dampfenden Kaffee vorsichtig herausnahm.

»Gern geschehen«, sagte er spöttisch. »Ich arbeite drüben im Copy Shop und hole mir hier immer Kaffee, darum kenne ich Ernies Tücken.«

Ich zwang mich, den Kopf zu heben, was mich einiges an Überwindung kostete, und sah direkt in diese tiefblauen Augen, mit denen er jeden Hypnotiseur hätte neidisch machen können. »Danke.« Ich versuchte, wenigstens einigermaßen freundlich zu klingen. »Ernie?«

Er strich an der Seite des Automaten entlang, als berührte er eine nackte Frau. »Ich habe ihn so getauft. Maschinen haben auch eine Seele. Glaub mir, seit ich mich gut mit Ernie verstehe, rückt er immer Kaffee raus.« Er deutete auf meinen Becher.

»Du bist also ein Maschinenversteher.« So sehr ich es auch versuchte, ich konnte ein Glucksen nicht unterdrücken. Aber ihm schien sein Gefasel kein bisschen peinlich zu sein.

»Auch.« Ben lehnte sich gegen den Automaten. »Warum bist du eigentlich nicht schon vorher abgehauen?«

»Aus dem Wohnheim-Büro?« Ich musterte ihn verwirrt.

»Nein, von deinem Ex, spätestens als er mit dieser dämlichen Migräne Ausrede daherkam, hättest du deine Koffer packen sollen.« Er prustete.

Verlegen nippte ich an meinem Kaffee, und verzog augenblicklich den Mund, da das Gebräu schauderhaft schmeckte. Musste er mit meinem bescheuerten Gerede von vorhin daherkommen? Ich verspürte keinerlei Lust, meine gescheiterte

Beziehung mit einem Wildfremden zu analysieren, und am allerwenigsten mit ihm. Die Art, wie er das gesagt hatte, hatte deutlich gemacht, dass er an meinem Verstand zweifelte. Okay, ich hatte vorhin im Büro übertrieben, trotzdem war meine Beziehung ein einziger Reinfall gewesen. Was sollte ich ihm antworten? Dass ich darauf gehofft hatte, diese jämmerliche Beziehung doch noch irgendwie auf die Reihe zu kriegen? Dass ich taub und blind gewesen war? Dass ich mich sowieso schwer tat, Männer kennenzulernen, weshalb es jedes Mal die Hölle für mich bedeutete, mich zu verabreden? Was wusste er schon? Bestimmt drehten sich alle Frauen nach ihm um, er hatte überhaupt keine Ahnung, wie man sich fühlte, wenn man abgewiesen oder betrogen wurde. Überhaupt, was ging ihn mein Leben an?

»Hör zu, die Sache ist abgehakt und sehr privat. Könntest du vielleicht vergessen, dass dieses Gespräch jemals stattgefunden hat?«

Wie cool er wirkte, in seinem engen schwarzen T-Shirt und der gut sitzenden Jeans. Er war definitiv eine Nummer zu groß für mich, normalerweise sprachen solche Männer nicht einmal mit mir. Vielleicht hatten wir aber auch nur einen schlechten Start, überlegte ich gerade etwas milder gestimmt, da setzte er noch einen drauf.

»Sex ist ein guter Indikator, um herauszufinden, ob eine Beziehung noch intakt ist. Es ist quasi die Spitze des Eisbergs. Läuft es im Bett nicht mehr, kann man den Rest auch vergessen.«

Unfassbar. »Vielen Dank für Ihre Analyse, Doktor Freud«, ätzte ich. Auf seine *fachmännische* Abhandlung meines bescheidenen Sexlebens konnte ich getrost verzichten. Im Bruchteil einer Sekunde verblasste seine Attraktivität auf das Format einer Blindschleiche. »Du bist ein wahrer Frauenkenner, stimmt's?«

Zu meiner Verärgerung wirkte er geschmeichelt. Er griff sich in den Nacken, als wäre es ihm peinlich, das zuzugeben.

»Könnte man so sagen, ja.« Ben lächelte breit.

Wie konnte man nur so eingebildet sein? »Sag bloß, du hast eine Freundin.«

Er beugte sich näher zu mir. »Warum? Willst du abchecken, ob was geht?«

Wohlwollend tätschelte ich ihm den Arm. »Träum weiter. Ich wollte nur wissen, ob es da draußen wirklich eine Frau gibt, die es mit dir aushält.«

»Da gibt es sogar einige.« Er zwinkerte mir zu. »Und bis jetzt hat sich noch keine beschwert. Ich glaube, dir fehlt nur …«

»Mir fehlt nur ein Kerl, der es mir so richtig besorgt«, beendete ich den Satz für ihn und verschränkte die Arme vor der Brust. Er war so durchschaubar.

»Dir fehlt nur ein wenig Selbstvertrauen, wollte ich sagen. Aber deine Definition gefällt mir auch ganz gut.« Ein Funkeln stahl sich in seine Augen, als hätte ich ihm gerade ein anzügliches Versprechen gemacht.

»Ich muss gehen.« In einem großen Schluck trank ich meinen Kaffee aus und versenkte den Becher im Abfalleimer neben dem Automaten. Mein Handy klingelte. Super Timing, es gab doch einen Gott. So konnte ich einfach verschwinden, ohne diesem arroganten Schwachkopf noch mehr von meiner wertvollen Zeit widmen zu müssen. Im Gehen zog ich mein Smartphone aus der Jackentasche und warf einen Blick auf das Display. Caro. Sofort nahm ich das Gespräch an.

»Hey, Luca. Wollte nur wissen, ob du was erreicht hast«, fragte sie. Auf dem Weg hierher hatte ich sie über mein Unglück informiert.

»Nein, sie haben nichts mehr frei. Was für ein Mist.« Ich legte eine Hand auf die Glastür, um sie aufzudrücken, als diese mir mittlerweile leider nur zu bekannte Stimme erneut ertönte.

»Warte doch mal.«

»Bleib bitte kurz dran, Caro«, sagte ich und ließ das Handy sinken. Ich atmete so laut durch, dass er es hören musste, ehe ich mich langsam umdrehte. Den Kerl würde ich eiskalt auflaufen lassen. »Was gibt's?«

»Du hast etwas verloren«, sagte er mit einem diabolischen Grinsen, das mich sofort stutzig machte. Wie in Zeitlupe hob er den Arm und hielt mir etwas Weißes zwischen Daumen und Zeigefinger vor die Nase. Als ich erkannte, was er mir präsentierte, wäre ich am liebsten im Boden versunken.

»Lag ich vorhin also doch nicht so falsch.«

Ich fauchte wie eine in die Enge getriebene Katze ehe ich ihm den Tampon aus der Hand riss. Wortlos drehte ich mich um und hörte ihn hinter mir lachen.

»Gibt es keinen Finderlohn?«

Printed in Poland
by Amazon Fulfillment
Poland Sp. z o.o., Wrocław

93811264R00191